Auf den Strassen von Avize

Es wäre eigentlich ganz einfach gewesen. Ich hätte mich nur unter das Volk von Avize mischen, mit der aufgeregten Menge verbinden und die Straße entlangtreiben müssen. Und wenn niemand darauf geachtet hätte – mir ein paar funkelnde Taler aus den goldbestickten Geldbeuteln des gutbetuchten Bürgertums nehmen sollen.

Die Menschen waren gehüllt in glänzende Tücher und aufwendig bestickte Kleider, trugen Masken, die wie Diamanten in der Nacht leuchteten, angestrahlt von den zwei Monden und den Lichtern der Stadt. Sie waren überall. Auf den Straßen. Auf den Dächern der Häuser, die auf Pfählen errichtet worden waren. Auf den Brücken über den Flüssen und Kanälen, die Avize in tausend kleine Inseln teilten. Die Luft war durchtränkt mit Ausgelassenheit und sie versuchte auch mich betrunken zu machen, bis ich mich ebenfalls den Feierlichkeiten hingeben würde.

Gerade als ich meine Hand ausstrecken wollte, um sie unbemerkt in eine der prall gefüllten Taschen zu versenken, schob sich ein Mann mit einem tropfenförmigen Saiteninstrument durch die Menge und warf mir ein zahnloses Lächeln zu. Er war unverkleidet, ein armer Schlucker, von dem ich nichts holen konnte.

»Es lebe Avize!«, rief er mir zu und mit seiner freien Hand machte er Anstalten, nach meiner zu greifen. Das war nicht gut, nein. Obwohl ich weiße Handschuhe trug, wusste ich, was er unter dem weichen Stoff spüren würde: die harten Kiele der Federn, die durch meine Haut stachen. Er würde mich ansehen, als wäre ich von den Toten auferstanden, und dann – dann würde er schreien.

»Es lebe Avize«, beeilte ich mich zu sagen. Meine Hände hinter dem Rücken versteckend, lächelte ich unter meiner Maske. Er würde es nicht sehen, doch er könnte es in meiner Stimme hören. »Der König Elyes soll Euch gnädig sein.«

Der Mann strahlte. »Euch auch, Mylady. Es lebe Avize!«, wiederholte er euphorisch und um uns herum echoten die Worte über den Platz, immer und immer wieder. *Es lebe Avize.*

Jemand rempelte mich an und ich nutzte die Gelegenheit, um mich von der Menschenmasse verschlucken zu lassen. Es war wichtig, dass sich niemand an mich erinnerte, nur so konnte ich mich unerkannt zwischen all den Menschen bewegen. Das Pflaster unter meinen Füßen war vom abendlichen Regen und den Überresten der verschiedenen Getränke, mit denen sich das Volk von Avize zuprostete, nass.

Federn flogen durch die Luft, begleitet von Glitzerstaub, Musik und Stimmengewirr. In einer Lücke blitzte der prächtige Anzug von Alarig auf und mit ihm das Funkeln von Gold. Es war so kurz, dass es auch eine optische Täuschung hätte sein können. Ein Funkelteilchen, das sich auf seinem Flug durch die Luft im Schein einer Laterne gedreht und gespiegelt hätte. Aber ich wusste es besser, denn ich hatte es schon oft gesehen. So oft und trotzdem wohnte dem Moment noch immer ein Zauber inne.

Als hätte Alarig meinen Blick bemerkt, drehte er sich in meine Richtung und erstarrte für einen Moment. Wie er zwischen den Feiernden stand, wirkte er wie gemalt. Ein Bild für die Unendlichkeit.

Dann neigte er den Kopf und tippte sich an die Hutkrempe. Innerhalb eines Wimpernschlages war er fort und ein anderer Mann stand an seiner Stelle, begleitet von einer Frau in einem Kleid, von dem ich nur träumen konnte. Wellen aus blutrotem Stoff, mit prunkvollen Verzierungen und – oh, eine Handtasche, die wahrscheinlich nur so klimperte. Auf dem Kopf der Frau thronte ein schwarzer Hut mit breiter Krempe, der in einem Rosenbouquet aus Silber und Gold explodierte. Als sie sich drehte, sah ich, dass ihre weiße Maske ebenfalls mit goldener Spitze bestückt war.

Ohne mein Zutun schob mich die Menge in ihre Richtung und für einen Moment genoss ich das ausgelassene Treiben der Festspiele. Es war eine Wonne, ihnen beizuwohnen, ganz abgesehen von dem Umstand, dass die Menschen zu betrunken waren, um das Fehlen des Inhalts ihrer Taschen zu bemerken.

Es war auch die einzige Zeit im Jahr, in der die Geschichte von Unarmon ruhte. Für kurze Zeit schob sich die Vergangenheit des

Landes mit den tausend Gräbern in den Hintergrund. Zu meinem Glück blieben die Kostüme und Masken, auch wenn die Trauer des Landes zurückkehrte.

Eine Frau lachte, hoch und schrill, als mein Blick über die Köpfe der Menschen hinwegglitt. Über die bunt gestrichenen Gebäude der Stadt und den mitternachtsschwarzen Himmel. Mit dem Rücken zu der Frau stehend, tastete meine rechte Hand nach der Tasche. Sie bestand aus einem schweren Stoff und der Beschaffenheit nach zu urteilen, war sie bestimmt sehr teuer. Meine Finger glitten über den Knopf, der den Inhalt der Tasche vor fremden Händen schützen sollte – abgesehen von meinen.

Die Frau bewegte sich einen Schritt zur Seite und ich spiegelte ihre Bewegung in dem Moment, in dem meine Finger den schweren Beutel zu fassen bekamen. Bei den Monden von Unarmon! Ich konnte meine Hand kaum um das verschnürte Paket schließen.

Womit ich nicht gerechnet hatte, war die andere Hand, die sich zeitgleich um mein Handgelenk schloss. »Du lässt jetzt los, wenn dir deine Pfoten lieb und teuer sind.«

Ich wollte zu einer bissigen Antwort ansetzen, als mir dämmerte, was er unter dem weißen Stoff spüren musste.

Bei Domyn, konnte es noch schlechter für mich laufen?

»Das sind sie tatsächlich«, antwortete ich und drehte meinen Kopf in seine Richtung. Eine Maske mit blauen Tränen unter den Augen lachte mir entgegen und verbarg das Gesicht des Mannes, das ich so gerne gesehen hätte. Ich wüsste zu gerne, wer er war, dass er tatsächlich dachte, mich mit diesem simplen Satz einschüchtern zu können. War er schön? Alt? Hatte er eine große Nase oder vielleicht eine Narbe über der rechten Augenbraue?

Aber es blieb keine Zeit, darüber nachzudenken; ich riss meine linke Hand hoch und zielte auf seinen Adamsapfel. »Es lebe Avize!« Sein aufgebauschter Kragen dämpfte den Schlag, dennoch gab er ein befriedigendes, glucksendes Geräusch von sich, als ihm die Luft wegblieb. Ich ließ meine Beute nicht los, als ich meine Hand zurückriss, und spürte im selben Moment einen heftigen Ruck an meinem Handgelenk.

Die Zeit schien sich um ein Tausendfaches zu verlangsamen, so konnte ich zusehen, wie ein Band durch die Luft flog. Das Metall meiner Schlüssel, die an ihm hingen, blitzte kurz auf und verschwand zwischen unzähligen Paaren von Schuhen. Ich hatte bei Weitem nicht die Zeit, um nach ihnen zu suchen, also trat ich den Rückzug auf die alte Art und Weise an, indem ich die Füße in die Hand nahm – und losrannte.

Die Menschen raunten empört, als ich mich an ihnen vorbeidrängte. Ich spürte mein Herz in der Brust pochen, das mit jedem kräftigen Schlag Blut durch meinen Körper pumpte. Ich musste über eine Brücke, zu einer Gondel oder auf ein Dach? Und wo war Alarig, wenn man ihn brauchte? Seine Abwesenheit würde ihn, und das würden die Monde von Unarmon bezeugen können, noch mal verdammt teuer zu stehen kommen!

Mir folgte hastiges Fußgetrappel über das unebene Pflaster, doch ich blickte mich nicht um. Ich wollte nicht sehen, wie nah der Mann mir war. Alles war zu nah. Es hätte nie so weit kommen dürfen und meine Schlüssel … Ich konnte nur beten, dass Alarig sie fand, ehe es jemand anderes tat.

Vor mir teilte sich die Menge und eine kleine Gasse wurde zwischen zwei schmalen Gebäuden sichtbar, welche die Straße von Lavis mit der Straße von Dawienes, die beide nach den gleichnamigen Städten benannt worden waren, verband – und an deren Ende: eine Brücke, die förmlich aus der Straße herauswuchs. Ohne zu überlegen, sprintete ich auf sie zu. Als meine linke Hand sich um das Geländer schloss, sah ich die verlassene Gondel unter der Brücke hervorragen. Oh, da war jemand gnädig mit mir.

Das Kanalsystem von Avize konnte nur mit einem Wort beschrieben werden und das war: großartig. Still fragte ich mich, ob die Stadt nicht von Gaunern errichtet worden war. An sich wäre es selbstmörderisch gewesen, sich auf eine Gondel zu retten, wenn diese doch so viel langsamer über das Wasser schwamm, als ein Mensch laufen konnte. Die Flüsse, die die Stadt durchzogen, beherbergten einen unsichtbaren Strudel, der die kleinen Boote sofort mitriss, sobald man sie losband. Und das war genau das, worauf ich abzielte. Dann würde ich auf einem Seitenkanal, der auf beiden Seiten an Gebäude grenzte, von dannen treiben.

Meine linke Hand behielt ich am Geländer, während ich mit der rechten meinen Rock hochraffte. *Ich hätte mich vielleicht doch für das*

Kostüm eines Mannes entscheiden sollen, schoss es mir noch durch den Kopf, dann schwang ich mich über das Geländer und … fiel.

Protestierendes Geschrei ertönte über mir, am liebsten hätte ich gelacht. Ich hatte den Beutel noch immer in der Hand, mit dem Gold. Gold für mich und meine Familie. Ein weiterer Monat, den wir überleben konnten. Um die Schlüssel würde, *musste* ich mich später kümmern.

Eilig zog ich mein kleines Messer, das ich in einer eingenähten Schlaufe am Kleid trug, und machte ich mich daran, die Gondel loszumachen. Bis die Worte meinen Verstand erreichten.

»Du wirst das Seil nicht kappen!«

»Und das, weil …?«, rief ich und warf einen Blick nach oben. Der Mann, der mich ertappt hatte, lehnte über dem Geländer. Er hatte seine Maske heruntergerissen, welche nun an einem glänzenden Faden von seinem Kragen baumelte. Erstaunlicherweise war er nicht so schön, wie seine Stimme vermuten ließ. Keine Narbe, die seinem Gesicht eine verwegene Attraktivität verliehen hätte.

»Deswegen«, erwiderte er ruhig und deutete mit einer Hand in die Richtung hinter mir. Als mein Blick seiner Geste folgte, setzte mein Herz einen Schlag aus.

Am Ende der Straße rannten Nachtwächter in unsere Richtung, alarmiert von der aufgelösten Menge. Das war jetzt genau das, was ich gebrauchen konnte. Mit zusammengekniffenen Augen versuchte ich meine Möglichkeiten abzuwägen. Würde ich schnell genug sein, um zwischen den Häusern zu verschwinden, ehe die bewaffneten Männer der Gendarmerie die Chance ergreifen konnten, auf mich zu schießen?

»Du hast etwas verloren!« Die Worte wurden begleitet von einem Klimpern. Ich taumelte leicht, als ich zu erspähen versuchte, woher sie kamen, bis ich dem anderen Mann auf der gegenüberliegenden Kanalseite endlich die Aufmerksamkeit schenkte, die er haben wollte. Die Maske, die er trug, lächelte ein hämisches Grinsen. Doch was er in den Händen hielt, ließ mich beinahe erstarren. Meine Schlüssel!

Erleichterung durchflutete meinen Verstand wie eine Droge, während er mit der Kordel umherwedelte. *Bei Domyn, aber bitte zeig sie doch nicht so offen!*

»Wirf sie her!«, heischte ich in dem Moment, als mein Verfolger voller dunkler Vorhersehung »Tu es nicht! Sie …« brüllte. Aber es war zu spät. Sie flogen – und als ich das kalte Metall zwischen meinen Fingern spürte, schallte mein Gelächter von den Hausfassaden wider.

Ein Funke sprang über … und ich war frei.

Das war knapp, war der erste Gedanke, der durch meinen benommenen Verstand strich. Dann gewann Wut die Überhand – wo war Alarig die ganze Zeit gewesen? Er hätte da sein sollen, aus diesem Grund waren wir immer in Gruppen unterwegs, immer in Reich- und Hörweite, falls genau so eine Situation eintreten sollte. Oh, wenn Salys davon erfuhr …

Aber ich hatte es geschafft! Dass ein wenig Glück dabei eine Rolle gespielt hatte – wer interessierte sich schon für die genauen Ereignisse? Ich hielt das Gold mit meiner rechten Hand umklammert, so fest, dass mir die Finger schmerzten. Doch das war es wert gewesen. Für Mutter und meine Schwester. Für Vater.

Zarte Ästchen treichelten mein Gesicht im aufkommenden Wind. Lila Knospen, die mein Sichtfeld umrahmten, und dann wurde mir klar, wo ich aufgewacht war. In einem der Lavendelfelder außerhalb der Stadt. Sicher und unweit der Kathedrale. Hier konnten mich die Nachtwächter nicht mehr erreichen, dafür hatten die Schlüssel, die ich noch immer in meiner Linken hielt, gesorgt.

Mein Blick verweilte auf dem rötlichen Metall, das von Kratzern überzogen war. Die Stellen, die ich häufig berührte, waren jedoch glatt poliert, mein goldener Handabdruck schimmerte darauf. Die Schlüssel waren Salys' Beigabe zu meinem Fluch gewesen, gefertigt aus einem Metall, das besonders leicht Funken schlug. Wenn ich sie fest zwischen meinen Fingern rieb, ermöglichten sie mir, in Flammen aufzugehen.

Die Kathedrale, vor der ich aufgewacht war, war gigantisch. Aus ehemals weißem Stein gehauen, den der Zahn der Zeit zerfressen hatte. Einst hatte sie das Zentrum von Avize dargestellt, bevor das Große Wasser gekommen war und die Bauten und Menschen der Stadt ertränkt hatte. Bis auf die hohen Mauern der Kathedrale.

Es schien sich aus dem Landesinnere ausgebreitet zu haben, über die Flüsse, die das Land durchzogen. Es trat damals über die Ufer, trug Dämme ab und ertränkte Wälder, bis nur noch Baumwipfel aus den neu geschaffenen Seen ragten. Es breitete sich still aus, streckte beinahe heimlich seine nassen Finger gierig in alle Richtungen aus. Es war eine Invasion, gegen die niemand etwas auszurichten gewusst hatte. Bis es sich wieder zurückzog, so jäh, wie es gekommen war. Zurück blieben verdorbene Landstriche und zersetzte Gemäuer. Avize wurde neu errichtet, auf einer Ebene, die dem Meer näher war und die das Wasser nie nicht erreicht hatte. Auf den Trümmern der alten Stadt blühten nun die Felder voll Lavendel.

Heute boten die Gemäuer Zuflucht für drei ganz besondere Gestalten. In der Nacht meiner ersten Verwandlung waren es Rhys, Ascher und Caia gewesen, die mich hier gefunden hatten. Sie bestätigten das Gefühl des drohenden Unheils, das mich schon seit Tagen verfolgt hatte. Dass ich nicht nur ein Versprechen gegeben, sondern einen Fehler begangen hatte.

Aus Salys' Mund hatte es sich angehört wie ein Wunder. Später sagte Rhys einmal, er hätte die ganze Nacht so ein mulmiges Gefühl gehabt; und als er meine schmale Gestalt wie aus dem Nichts am Boden liegen sah, wusste er, dass wieder etwas in Gang gekommen war. Ein jahrhundertealtes Trickspiel und ich war darauf reingefallen.

Seine erste Frage an mich war gewesen: »Für wen hast du diese Bürde auf dich genommen, Mädchen?«

Ich hatte sofort gewusst, worauf er sich bezog. »Meine Familie«, hatte ich hervorgebracht. Er hatte nur stumm genickt. Seine ernst blickenden Augen beherbergten jedoch keinen Vorwurf, nur Verständnis.

»Das ist edel und töricht zugleich.« Dann hatte er gelächelt. »Aber diesen Fehler haben wir alle gemacht.«

Wir alle …

»Es gibt noch mehr?«

»Nur ein paar. Zwei, um genau zu sein.«

Sie waren sich nicht sicher, ob es noch mehr in Avize gab, die waren wie wir, und sie sich vielleicht nur versteckten oder eine andere Unterkunft hatten, die sie vor neugierigen Menschenblicken schützte. Denn sie waren nicht gut auf uns zu sprechen.

Auf uns, die der Menschlichkeit den Rücken gekehrt hatten, auf der Suche nach einer höheren Macht. Wir waren es, die auf dem Weg nach Glück und Vollendung immer weiter strebten, immer höher, bis wir wie Sterne vom Himmel fielen.

So nannten sie uns auch.

Gefallene.

Mein kleiner Trick hatte seinen Tribut gefordert. Mein Kleid … nun, das was davon übrig geblieben war, sah so traurig aus, dass mir das Herz blutete. Schwarz verkohlte Fasern und Löcher, die meine schwarze Seele gefressen hatte, zierten es. Oh, Salys wäre entzückt über den Gedanken, da war ich mir sicher. Aber Rhys … würde er bemerken, dass ich mit einem anderen Kleid wiederkam?

Die Treppe des Südturms war eine endlos erscheinende Aufwärtsspirale aus hundertdreiundachtzig Stufen. Ich war sie in den letzten Jahren so oft hoch- und wieder abgestiegen, dass ich mich fragte – da es nicht einfacher wurde, sie zu bewältigen –, ob die Stufen nicht immer mehr wurden.

Aus einer steinernen Nische am Fuße der Treppe zog ich ein Bündel glänzenden Stoffes heraus. Ein Kleid, genauso prunkvoll wie das, das ich nun im Morgengrauen verbrennen würde, und eine Maske. Im Tausch gegen die verbrannten Fetzen kleidete ich mich darin ein und ließ ebenfalls meine Schuhe zurück.

Gotische Verzierungen begleiteten mich auf dem Weg nach oben und auf der Plattform angekommen, peitschte mir der Wind die Haare ins Gesicht. Es war eine kreisförmige Terrasse, überdacht von einer steinernen Kuppel. An einer Seite war die Balustrade zerstört worden. Dort am Rande saß Rhys, seine Beine baumelten in der Leere unter ihm und seine Haare fielen schwarz und glänzend auf seine kräftigen Schultern.

Flügel wuchsen wie schwarze Schatten aus seinem Rücken. Ein Überrest aus vergangener Zeit und mein persönliches Mahnmal, denn die Federn auf meinen Händen waren nur der Anfang. So zu werden wie er und die anderen beiden, war auch mein Ende. Rhys war mein Vertrauter. Freund. Mentor. Seit dem ersten Tag und allen folgenden, die ich hier verbrachte, war er es gewesen, der mich in mein neues Leben eingeführt hatte.

Außer ihm gab es hier noch ein Geschwisterpaar. Ascher und Caia besaßen Flügel, die wie bei Krähen mit ihren Armen verbunden waren. Wenn sie diese seitlich streckten, erreichten sie eine beträchtliche Spannweite. Die Federn des Mädchens waren rund und besaßen ein feines, filigranes Muster aus violettem Schwarz und dunklem Rot. Sie passten hervorragend zu Caias roten Haaren. Die Federn ihres Bruders waren spitz und schimmerten abwechselnd in einem dunklen Grün und einem hellen Blau.

Nur Rhys … seine Schwingen wuchsen aus seinem Rücken. Pechschwarz und erhaben, ähnelten sie verdammt stark den Flügeln der Krähen, die durch unsere Stadt zogen.

Und meine? Meinen gefiederten Armen nach zu urteilen, standen die Chancen nicht schlecht, dass ich die gleichen Flügel wie das Geschwisterpaar erhalten würde.

Er war allein, die Plätze zu seiner Linken und Rechten waren verlassen, sodass ich mich neben ihn gesellte und ebenfalls meine Füße baumeln ließ.

»Ein neues Kleid?«, fragte Rhys, ohne aufzusehen. Als ich mich ihm zuwandte, konnte ich den Ausdruck in seinem Gesicht nicht lesen. War es Spott? Resignation?

»Ich brauchte ein wenig Abwechslung«, erwiderte ich und wandte meinen Blick von ihm ab, ließ ihn stattdessen über das Land unter uns wandern. Die Felder erstreckten sich bis zu den Stadtmauern Avizes. Kleine Pfade und Wege verliefen kreuz und quer, doch sie hatten eines gemeinsam: sie alle endeten an den Toren der Stadt. Hier draußen gab es sonst nicht viel, wofür es sich zu reisen lohnte. Die Wege zu den anderen Hauptstädten des Landes waren weit und beschwerlich, nicht viele trauten sich die Reisen zu. Links von uns, hinter den weißen Mauern der Stadt, ging das Meer in den Horizont über.

»So.« Rhys atmete ein und aus. Seine Schwingen raschelten im Wind. »Und wie verlief dein Beutezug heute Nacht?«

Spitze, wollte ich sagen. Ganz große Klasse, obwohl er mich beinahe meinen Kragen gekostet hätte. Aber das hätte Rhys nur als Aufhänger gedient, um mir eine seiner Predigten zu halten. So entschied ich mich für ein neutraleres Resümee: »Erfolgreich.« Mit diesem Wort zauberte ich aus meiner Tasche den Beutel voll Goldmünzen und ließ ihn vor seinem ernsten Gesicht baumeln. »Hörst du die vielen Möglichkeiten singen, die mir dieser kleine Schatz bietet?«, fragte ich euphorisch.

»Oh ja«, sagte Rhys und sah mich an. Seine dunklen Augen blickten voller Vorwurf. »Aber ich habe auch deine Vorsehung singen hören über die Nächte, die du uns in naher Zukunft Gesellschaft leisten wirst.«

Scham loderte in meiner Brust wie ein kaltes Feuer auf.

»Woher weißt du das?«, brachte ich ächzend hervor und hätte vor Schreck den Geldbeutel losgelassen, wenn Rhys nicht nach meiner Hand gegriffen hätte. Sein Griff war kalt und fest, beinahe steinern.

»Ascher hat dich gesehen«, erklärte er ruhig.

Ich brachte nicht mehr als ein beschämtes ›Oh‹ heraus.

»Ja, *oh*«, wiederholte er. Langsam ließ er meine Hand los und überließ mich meinen Gedanken. Er wusste ganz genau, was nun in meinem Kopf vorging. Wenn Ascher Rhys informiert hatte … wieso war er dann nicht hier, wenn er die Zeit gehabt hatte, von der Stadt bis hierher zu fliegen? War er nur dafür gekommen und sofort wieder aufgebrochen? Oder …

»Wie lange war ich weg?«, entfuhr es mir.

»Ein paar Stunden. Die Monde sind fast aufgebraucht«, erwiderte Rhys ebenso leise, mit einer Stimme frei von jeglichen Emotionen. Diese überließ er mir. Mein Kopf flog sofort herum und ich suchte bestätigungsheischend den Nachthimmel ab, bis ich die Monde fand. Die einzigen Zeugen für uns, wie viel Zeit vergangen war, doch sie brachten mir kein Glück. Nur noch blassgoldene Sicheln hingen am Himmel. Ihr Strom an Mondlicht, der nach unten in Richtung Land verlief, war beinahe komplett versiegt, während der Himmel das Licht in sich aufgenommen hatte. Die Dämmerung stand kurz bevor. Wieso war mir nicht vorher aufgefallen, dass sich die Nacht dem Ende neigte? »Du brauchst immer länger, Emery.«

Das kann nicht sein, wollte ich sagen. *Es waren nur ein paar Minuten, nicht wahr?* Nur wenige Minuten. Ich hatte doch sofort die Augen wieder aufgeschlagen, nachdem ich von der Gondel verschwunden war!

»Verleugnung schenkt dir nicht mehr Zeit, Liebes.«

»So oder so steuere ich unausweichlich darauf zu. Dann kann ich auch so lange die Augen davor verschließen, bis es so weit sein wird, und mir solange ein schönes Leben machen.«

»Emery, glaubst du wirklich, dass es dich nicht jetzt schon verfolgt? Wovon träumst du nachts?«

Wie es sich anfühlt, langsam zu versteinern. Von dem erdrückenden Gefühl, atmen zu wollen, aber es nicht mehr zu können. Es lag mir auf der Zunge, doch …

»Von dir.«

»Hm.« Er versuchte, mir durch mein Haar zu wuscheln, doch ich tauchte unter seinem Arm hinweg. Ein trauriges Lächeln zierte seinen Mund, dann sprach er wieder: »Wie wird er darauf reagieren?«

Auch wenn er den Namen nicht aussprach, so wusste ich dennoch, wen Rhys meinte: Salys. Den Mann, dem ich mein neues Leben in einer Gruppe von Taschendieben verdankte. Er war es gewesen, der mich mit jungen Jahren bei sich aufnahm – und mir die Fähigkeit verlieh, in Flammen aufzugehen und außerhalb der Stadt wieder zum Leben zu erwachen. Seinetwegen musste ich mich damit abfinden, was aus mir werden würde.

»Er wird nicht erfreut sein, schätze ich.«

»Nicht erfreut?«, wiederholte Rhys tonlos. »Was wird er machen?«

»Was soll er schon tun? Was geschehen ist, ist geschehen.«

»Hm«, machte er. Er war mit meiner Antwort nicht zufrieden. Aber andererseits wusste ich, genau wie er, dass er sowieso keine Möglichkeit hatte, es zu verhindern, weil er an dieses Gemäuer gebunden war.

»Lass mich dir versichern, dass ich …«, begann ich, doch Rhys unterbrach mich sanft.

»Sie kommen.« Flügelschlagen bestätigte seine Worte. Schatten wuchsen aus dem immer heller werdenden Himmel über uns, Wind strich wie Federn über mein Gesicht, meine Haare, mein Kleid, begleitet von einem Jauchzen.

»Emery, das war unglaublich!« Ascher. Er landete hinter uns, die hellen Haare zerzaust vom Flug. In seinen Händen hielt er ein angebissenes Brot und gestikulierte wild damit, während seine Schwester ihm geräuschlos folgte.

»Hast du mir nachspioniert?«, fragte ich mit gerunzelter Stirn.

»Nein, natürlich nicht!«, gab er unwirsch zurück, ehe sich seine Miene aufhellte. »Ich habe einen der Stände am Ende der Straße von Lavis durchforstet, bis die Leute anfingen zu schreien. Ich war so stolz, als ich sah, dass du das ganze Chaos verbreitet hast!«

»Es ehrt mich sehr«, erwiderte ich und drehte mich zu Caia. Das Mädchen grinste spitzbübisch, als es sich an Ascher vorbeischob. Wie immer hatte sie die Schultern beim Gehen leicht vorgeschoben und mit einer flüchtigen Bewegung strich sie sich die roten Haare aus den Augen.

»Er konnte die letzten Stunden nicht aufhören, davon zu reden, wie fassungslos du die Menschen zurückgelassen hast.«

»Sie wussten gar nicht, wie ihnen geschah, als du die Schlüssel berührt hast und in einer Feuersäule aufgegangen bist! Der Rauch stieg meterhoch in den Himmel und als er sich klärte, warst du einfach von der Gondel verschwunden. Die Männer dachten, du wärst zu Staub verbrannt!«

»Siehst du, was ich meine?« Caia zog gespielt leidend eine Grimasse über das Verhalten ihres Bruders. Obwohl beide vielleicht nur ein Jahr jünger waren als ich, wirkten sie manchmal wie Kinder in Körpern von Erwachsenen.

»Ich hätte am liebsten applaudiert, aber du weißt ja – uff!«, kam es von Ascher, als seine Schwester ihm einen Ellenbogen in die Seite stieß.

»Wie lange bist du schon hier?«, fragte Caia und tat so, als würde sie den finsteren Blick von Ascher nicht bemerken.

»Ich –«

»Kurz nachdem ihr zusammen aufgebrochen wart, kam sie zurück«, antwortete Rhys für mich, sah mich jedoch nicht an. Sein Blick war auf seinen Schoß geheftet, wo er seine Hände zu Fäusten geballt hatte. Ich verstand nicht, wieso er so wütend war … es war meine Entscheidung gewesen, von Anfang an.

»Fabelhaft.« Caia grinste nur noch breiter. »Wir reden später darüber, ja? Emery, in letzter Zeit sehen wir dich so selten. Aber es wird leider Zeit.«

Ascher fluchte bei diesen Worten. »Schon? Die Nächte werden auch immer kürzer!« Vor sich hin jammernd biss er noch einmal von dem Stück Brot in seiner Hand ab, bevor er es über den Rand der Plattform warf. »Emery, Liebes. Ich sage es nur ungern, aber du sitzt auf meinem Platz«, sprach er liebenswürdig.

»Verzeih mir«, antwortete ich und rutschte ein Stück zur Seite, damit er sich neben mich setzen konnte. Seine großen Flügel strichen sanft an meinem Arm entlang. Dann nahm er meine Hand und grinste. »Du musst mir alles erzählen. Versprochen?«

»Versprochen.«

Ascher drückte aufmunternd meine Hand. »Hab nicht zu viel Langeweile ohne uns.«

»Ich geb mein Bestes.«

Caias Kopf tauchte hinter dem Rücken ihres Bruders auf. »Emery, kannst du mir bitte Seife vom Markt mitbringen? Die mit den Rosenblättern?«

»Wieder dieselbe?«

»Es ist meine Lieblingsseife«, erklärte sie scheu. Inzwischen saß sie neben Rhys, der mich die ganze Zeit stumm beobachtete. Ich hatte seinen Blick auf mir gespürt und zu ignorieren versucht. Doch als ich Caia ansah, konnte ich es nicht verhindern und schaute trotzdem zu ihm.

»Pass auf dich auf«, sagte er schlicht. Und dann versiegten die Mondsicheln – und als der letzte Tropfen den Himmelskörper verließ, leuchtete der Himmel über unseren Köpfen für einen Moment violett auf.

Mit dem Aufklaren ergraute ihre Haut, als hätte der Tod sie geküsst.

Caias glänzende, flammend rote Haare wurden stumpf und farblos, während der zufriedene Ausdruck in ihrem Gesicht zu einer grotesken Maske gefror. Aschers Handgriff lockerte sich und seine Finger erkalteten zu rauem Stein.

Rhys wirkte wie immer. Stolz und anmutig, während sein starrer Blick über die fernen Türme von Avize wanderte. In seiner Ernsthaftigkeit sah er schmerzlich schön aus und mir wurde bewusst, dass ich nicht nachtragend sein sollte. Denn die Verbitterung, die ihn heimsuchte, war mir dicht auf den Fersen, seitdem wir alle das gleiche Schicksal teilten. Denn wir alle hatten unsere Seele verkauft, mit dem einzigen Unterschied, dass ich mich nicht jeden Tag in Stein verwandelte. Doch mit jeder flammenden Verwandlung bewegte ich mich unweigerlich einen Schritt näher darauf zu, so zu werden wie sie.

Vorsichtig löste ich meine Hand aus Aschers Umklammerung und kam langsam auf die Beine.

Am Tage tot wie ein Stein und nachts an das Gerippe der einst prächtigsten Kathedrale des Landes gekettet.

Für eine verdammt lange Ewigkeit.

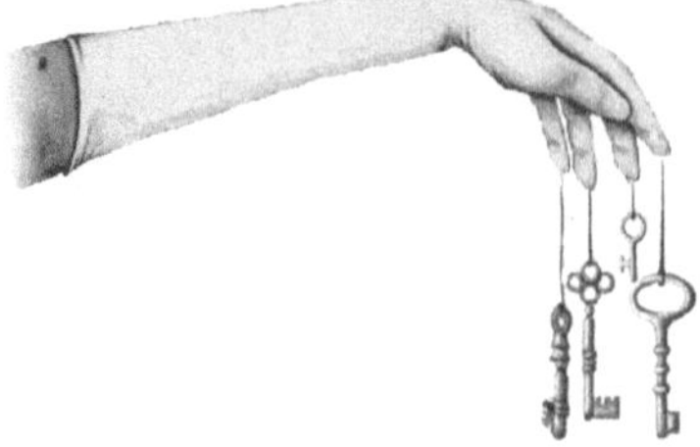

Ein Traum aus Rosen

Der morgendliche Wind war so frisch, dass ich die Arme vor meiner Brust verschränkte, um mich ein wenig zu wärmen. Bald würde ich den Weg nach Hause einschlagen, damit Mutter nicht die Möglichkeit hatte, darüber zu argwöhnen, wieso ihre älteste Tochter erst so spät nach Hause kam.

Viel gab es nicht mehr, was das Feuer vernichten musste. Die Flammen waren purpur. Der Rauch kringelte sich schwarz in der Luft, ehe er zwischen dem hohen Gras verwehte.

Während ich die sterbenden Flammen beobachtete, erinnerte ich mich an die Nacht, in der die ersten Federn gekommen waren. In dieser Nacht war ich vor Schmerzen aufgewacht und hatte mein Bewusstsein in derselben Sekunde genau deshalb fast wieder verloren. Mein ganzer Körper war schweißdurchtränkt, meine Hände waren nass und glitschig gewesen und als ich nach der Öllampe tastete, waren meine Finger über das Holz des Nachttischchens gerutscht. Als die Flamme hochgeschossen war, hatte der zurückgehaltene Schrei, der sich in meiner Kehle manifestierte, geschmerzt. Überall Blut. Auf dem Holz, dem Glas der Lampe, den Laken.

Mein Blut.

Es war aus den Poren meiner Unterarme gesickert. Tiefrot und glänzend. Ich hatte alle Mühe gehabt, den Schrei und das Entsetzen herunterzuschlucken, um nicht das ganze Haus aufzuwecken. Wie hätte ich meiner Mutter das ganze Blut erklären sollen? Oder die schwarzen Federn, die aus meiner Haut wie Würmer wuchsen?

Der größte Fehler war es gewesen, sie herausziehen zu wollen. Wie sollte ich sie am Morgen vor den Blicken meiner neugierigen Mutter und meiner Schwester verstecken? Doch aus einer Feder, die ich ziehen konnte, ohne an meinen Tränen zu ersticken, waren zwei neue wieder nachgewachsen. Und es war immer mehr Blut geflossen, immer mehr …

Es war das erste Mal gewesen, dass ich im Morgengrauen meine Sachen verbrannte.

Es war auch die Nacht gewesen, in der ich Salys zum ersten Mal getroffen hatte. Er war eine beeindruckende Persönlichkeit. Ich fragte mich damals wie nun auch, was er, als Anführer einer Gruppe von Taschendieben, in dem jungen Mädchen gesehen haben musste, das ich damals nun mal gewesen war, als ich auf der Suche nach Perspektiven durch die Straßen von Avize gestrichen war. Zu dem Zeitpunkt war es mein Glück gewesen – auch wenn Rhys es als mein größtes Pech betiteln würde –, dass er auf mich aufmerksam geworden war.

Aber Rhys war auch jemand, der durch seine Vergangenheit dazu prädestiniert war, zuerst das Schlechte zu sehen. Schließlich war er genauso einem Trug erlegen wie ich. Jedoch sah er nicht, wie Salys mir half, meine Familie am Leben zu halten, nachdem mein Vater gestorben war. Seine Versprechen waren real und greifbar gewesen, nicht falsch und leer, wie es sonst Menschen wie Salys zu tun pflegten.

Rhys hatte einmal gesagt, dass es Menschen wie ihn zu Hunderten in Unarmon gab. Sie könnten deine Mutter, dein Geliebter oder dein Freund sein. Oder jemand wie er, jemand, der mir eine Möglichkeit bot, meine Familie in dieser harten Zeit unterstützen zu können. Auch hatte er gemutmaßt, dass Salys selbst nicht einmal genau wusste, was er tat. Dass Salys klug genug war, nicht selbst auszuprobieren, was es mit den Flüchen auf sich hatte, da er es sonst am eigenen Leib spüren würde. Die Angst, die Ungewissheit, die Wut, die ich jeden Tag durchlebte. Wahrscheinlich wusste er auch nicht, was solch eine Existenz, wie ich sie führte, mit sich brachte. Denn von den Schmerzen hatte er nicht gesprochen. Nur von Möglichkeiten – für mich, aber vor allem *für ihn.*

Zu Beginn hatte ich das Gefühl gehabt, als hätte mir Salys unendlich viele Leben geschenkt. Mit der Zeit kristallisierte sich jedoch eine erdrückende Wahrheit heraus: Der einzige Fehler in dieser Gleichung war gewesen, dass er mir keinen Körper gegeben hatte, der diese vielen Leben verkraften konnte. Rhys, Ascher, Caia … sie alle waren der Beweis dafür, dass die Flammen ihre menschlichen Hüllen zerfressen hatten. Was übrig geblieben war, waren ihre Seelen und an ihnen haftete ein Schatten. Der klebrige Handabdruck vom Tod.

Deshalb wünschte ich mir manchmal, ich könnte die Schlüssel zusammen mit meinem Schicksal hinfortwerfen, im Meer versenken, von den Flammen zerfressen lassen wie meine Kleider, damit ich mein Leben so leben könnte, als hätte es die Begegnung zwischen Salys und mir nie gegeben. Aber ich konnte es nicht.

Inzwischen waren die Federn ein Teil von mir geworden. Ein sehr ungeliebter, doch vergaß ich manchmal für eine oder zwei Sekunden am Tag, aus welchem Grund ich die Handschuhe trug.

Der Tag steckte noch in Kinderschuhen. Die Straßen waren leer, bis auf den Nachhall des Tanzes und der Musik der vergangenen Nacht. Wenn ich ganz genau hinhorchte, konnte ich noch das entfernte Echo von ›Es lebe Avize!‹ hören. Doch es war alles vergangen und erst wenn die Monde wieder am Himmel erscheinen würden, würde das Feiern und Trinken weitergehen.

Das Haus meiner Familie war in einem der äußersten Bezirke von Avize. Ich konnte mich noch an den Geruch der frisch gestrichenen Fassaden erinnern, als wir hergezogen waren. An den Geruch frisch gebackener Brötchen und das ausgelassene Kinderlachen zwei Häuser weiter, das durch meine weit geöffneten Fenster in mein Zimmer geflogen war.

Doch alles war verflogen. Erst das Lachen, dann der Geruch der Bäckerei am Ende der Straße und schließlich der Glanz der neuen Siedlung. Alles war grau und damit … still geworden. So still, dass es sich anfühlte, als wären nur noch wir übrig geblieben.

Die Hintertür war nur angelehnt und dahinter hörte ich unseren Hund Willa aufgeregt bellen, begleitet von dem Geräusch zersplitternden Glases.

»Du Unglückstier«, fluchte meine Schwester. »Mutter wird mir die Schuld dafür geben!« Ihre Schritte knirschten über den Küchenboden. Als ich mich in das Innere der Küche schob, verschwand sie gerade hinter einer Schranktür.

»Ich kann nur hoffen, dass du Schuhe anhast«, sagte ich und schloss die Tür hinter mir. Willa schoss sofort auf mich zu und versuchte an mir hochzuspringen. Während ich sie mit einer Hand am Boden hielt, kraulte ich den beinahe pechschwarzen Hund hinter den tief hängenden Ohren.

Amra sah aus wie einem Sturm entsprungen, als sie hinter der geöffneten Tür hervorlugte. Sie sah mich mit ihren großen Augen an, dann schnaubte sie. »Natürlich.«

Ihre Haare waren zu einem unordentlichen Dutt hochgesteckt, aus dem mehr Strähnen heraushingen, als wohl eigentlich festgehalten wurden. Sie trug ein Hemd von Vater, eines von denen mit den Flicken an den Ellbogen und den Brusttaschen, die aufgesprungen waren, weil Vater immer so viele Bonbons mit sich herumgetragen hatte. Mit einer unwirschen Bewegung strich sie sich ihre blonden Haare aus der Stirn. Die Farbe, die wir beide von Vater geerbt hatten. Während es bei mir das Einzige war, das ich von ihm besaß, hatte sie sein spitzes Kinn und die Grübchen unter den Augen, wenn sie lachte.

Wenn sie einmal lachte. Amra war so ernst, als würde das Gewicht der Welt auf ihren Schultern lasten. Dabei nahm ich ihr so viel ab, indem ich jede Nacht auf den Straßen von Avize mein Glück versuchte. Während sie die Möglichkeit hatte, von einem besseren Leben träumen zu können, indem sie mit der Schulbildung, die sie erhielt, später einen Beruf ergreifen konnte, der ihr Spaß und Geld bringen würde.

Alleine dafür war ich unserem König, König Elyes, dankbar. Dass er sich um die Bildung des Volkes von Unarmon kümmerte. Ode, ebenfalls ein Dieb unter Salys' Führung, hatte einmal von den Schreiberlingen erzählt, die jedes der Worte der Monarchen niederschrieben und in die Städte kamen, um sie auf die Nachrichtensäulen der Stadt zu kleben.

Er hatte mir dann einige vorgelesen. ›Unser geliebter König Elyes‹, war dort niedergeschrieben worden, ›wünscht sich nichts sehnlicher, als seinem Volk einen großen Wunsch zu erfüllen. Um ein guter König zu sein, bedarf es eines guten Volkes. Damit dies eintreten kann …‹ Es folgte eine Erklärung über die Notwendigkeit von Bildung. Dass die Fähigkeit, Lesen und Schreiben zu können, die Tore zu einem besseren Leben öffnete. Ich hoffte, dass es wahr war, was da geschrieben stand.

Geräuschvoll kramte Amra einen Handfeger aus einer Ecke und ein Kehrblech aus einer anderen.

»Kommst du erst jetzt nach Hause?«, fragte sie, während sie die Scherben auffegte.

»Du kannst dir diesen Monat wieder ein Buch kaufen. Welches würdest du dieses Mal lesen wollen?«, wich ich ihrer Frage aus und manövrierte dabei Willa aus der Küche, damit sie sich nicht die Pfoten aufschnitt. Mit einem leisen Klicken schloss sich die Tür hinter dem Tier und ich wandte mich wieder Amra zu. Wenn sie vor mir stand, war ich noch immer zwei Köpfe größer als sie. Wie lange würde es dauern, bis sie mich einholen würde – ein Jahr, vielleicht zwei?

Ein Ausdruck von Unglaube und Überraschung huschte über Amras schmales Gesicht. »Meinst du das ernst? Oh, Emery, das ist fabelhaft! Aber können wir uns das wirklich leisten?«

Ich nickte und lächelte über ihre Freude. Allein dafür war die gestrige Nacht es wert gewesen.

»Ich habe das letzte noch nicht ganz durch …«, begann sie und wirkte mit einem Mal beschämt. »Wenn du möchtest, kann ich dir daraus vorlesen. Es ist witzig geschrieben und der Held ist so tollpatschig, dass er tatsächlich über seine eigenen Füße stolpert, als er vor dem Bösewicht davonrennt!«

Gut, dass mir das gestern nicht passiert ist, dachte ich. Bei Domyn, das wäre tragisch und komisch zugleich gewesen.

»Worüber lachst du?«, riss mich Amra aus meinen Gedanken, ehe sie ein letztes Mal über die Fliesen kehrte und den Glasbruch in einem Eimer entsorgte. »Wo bist du wieder mit deinen Gedanken, Schwester?«

»Ich fand die Vorstellung lustig«, seufzte ich ertappt und setzte mich an den Küchentisch. Schon als kleines Kind war sie eine gute Beobachterin gewesen. »Dann spar es dir auf für den Tag, an dem du es beendest. Du kannst mir dann immer noch später daraus vorlesen.«

Amra nickte und auf ihren Wangen zeigten sich rote Flecken. »Zeigst du mir … nur ganz kurz die Taler? Emery? Sind sie aus Gold?«

»Sie sehen aus wie neu, kannst du dir das vorstellen? Wer hat schon so viele neue Taler und trägt sie mit sich herum? Sie funkeln wie die Monde, bevor die Nacht gänzlich hereinbricht. Ich habe sie noch nicht gezählt. Hilfst du mir zählen, Amra?«

Das blonde Mädchen nickte und kaute dabei auf ihrer Unterlippe herum.

»Komm her!«, wies ich sie an, neben mir am Tisch Platz zu nehmen. Im Tageslicht sah ich, dass der Beutel aus Leder war. Zart und weich, vielleicht von einem Kalb oder einem Lamm. Es schmiegte sich an meine Fingerkuppen wie Wasser.

Es klimperte, als sich die Münzen auf dem Küchentisch ergossen.

»Mam bekommt einen Anfall, wenn sie das sieht«, flüsterte Amra ehrfürchtig. Doch ich konnte ihr nur schwer zustimmen – denn mit den Münzen fielen kleine Bleifiguren aus dem Beutel. *Wertlos, wertlos, wertlos.* Ich schluckte und versuchte meine Stimme wiederzufinden.

»Wir dürfen nicht alles auf einmal ausgeben«, sagte ich. »Versprichst du mir das? Du musst auch darauf achten, wie viel Mam davon nimmt. Das Geld ist für uns alle, klar?«

In dem kindlichen Gesicht meiner Schwester spiegelte sich Entschlossenheit. »Emery, darauf kannst du dich verlassen«, sagte sie feierlich.

»Auf dich immer, was? Wir …«

»… gegen den Rest der Welt«, beendete sie meinen Satz und grinste von einem Ohr zum anderen. So sehr, dass ich mir nicht sicher war, ob ihr kleines Gesicht die Spannung aushalten würde.

»Grins nicht so, sonst fallen dir die Zähne raus«, sagte ich schließlich und bedeckte mit einer Hand ihren Mund. Sie stöhnte und rollte mit den Augen.

»Maf fie weg oder if fpucke«, nuschelte sie und bleckte die Zähne unter meinen Fingern. Schnell zog ich sie zurück.

»Du bist ein Schwein«, stellte ich fest, woraufhin sie mir die Zunge rausstreckte.

»Selber! Wie viel können wir davon behalten?«

Ich atmete tief ein. »Wie viele hast du gezählt?«

Es dauerte nicht lange, bis sie mir darauf eine Antwort geben konnte. »Vierunddreißig Goldmünzen.«

Die Rechnung ging schnell im Kopf. Von dem Geld könnten wir ein Stück Butter kaufen, ein paar Laibe Brot, dazu vielleicht eine Messerspitze Salz.

Ich zögerte, versuchte mich nicht von der Enttäuschung mitreißen zu lassen. Aber es gelang mir nicht bei der geringen Zahl an Talern.

»Nächstes Mal –« Mit ihrer Hand wischte Amra sich über den Mund, doch ich hatte schon gesehen, was sie vor mir zu verbergen versuchte. Das Zittern ihrer Unterlippe. »Nächstes Mal bekommst du mehr und dann … dann warte ich halt so lange, bis ich mir ein neues Buch kaufen kann«, sagte sie.

»Ich bin froh, dass du das so siehst.« Ich wuschelte durch ihr Haar und schielte missmutig zu den Zinnfiguren, die mich so sehr getäuscht hatten. »Wenn es so weit ist, darfst du dir auch zwei aussuchen. Was sagst du dazu?«

»Bist du sicher, dass das Geld dafür reichen wird?«

»Wenn ich es dir doch sage?« Daraufhin lächelte Amra zaghaft, ähnlich wie es Caia gerne tat. Dabei kam eine Erinnerung an die Oberfläche meines Bewusstseins. »Amra, wie sieht noch mal das Wort für Seife aus? Und Rose?«

Sie richtete sich überrascht auf. »Es fängt mit einem Schnörkel an, Seife meine ich. Soll ich es dir aufmalen? Wozu brauchst du das?«, fragte sie neugierig.

»Ich habe es auf dem Markt aufgeschnappt«, antwortete ich schnell. »Eine Frau sagte, dass die Seife mit den Rosenblüten am besten riecht und ich konnte die Beschriftungen der einzelnen Seifenstücke nicht lesen. Weißt du, wie Rosen riechen?«

»Nein«, seufzte meine Schwester verträumt. »Aber die Leute aus Gavenye bestimmt. Kannst du dir vorstellen, durch Rosengärten zu wandern? Es hört sich so viel schöner an, als wenn ich sage: ›Lass uns einen Spaziergang durch die Lavendelfelder machen‹. Nicht wahr? Emery?«

Ein Rosenmeer … und auch wenn ich es noch nie gesehen hatte, so wusste ich, dass es viel schöner sein musste, als ein Meer aus Lavendel je sein könnte.

»Schreibst du es mir auf, Amra? Ich bringe später ein Stückchen Seife mit und dann riechen wir so lange dran, bis uns schwindelig wird. Ja?«

»Sehr wohl, Mylady. Bis wir Sterne sehen, jawohl!« Sie nickte so sehr, dass ihre blonden Haare auf und ab flogen.

»Hör auf«, kommandierte ich lachend und legte eine Hand auf ihrem Scheitel ab. »Davon wird dir immer schlecht.«

»Na und? Von dem Geld kann ich mir so viel Kamille kaufen, dass mir die nächsten Jahre nicht mehr schlecht wird«, setzte Amra dagegen und grinste wieder.

»Dafür willst du unser ganzes Geld ausgeben?«

»Es ist unser Geld, oder nicht? Emery, du sagtest …«

»Ja«, besänftige ich sie. »Alles unser.«

Sie klaubte die Hälfte des Geldes zusammen, packte es zurück in den Beutel und huschte mit einem Strahlen davon. Den Rest ließ ich zurück in meine Tasche gleiten. Denn so klein die Hoffnung auch war, irgendwie schaffte sie es, einen Überlebenswillen zu wecken, der die ernste Fassade von ihr durchbrach und das Mädchen zum Vorschein kommen ließ, das sie gewesen war, bevor Vater gestorben war.

Stille legte sich über die Küche und ich hörte Amra im Flur rascheln. Vor meinem inneren Auge konnte ich sehen, wie sie hinter eine kleine Kommode griff, um dann hinter losen Dielen den Beutel zu verstecken.

Bevor Amra gleich zur Schule aufbrach, band sie mir die Schleife meiner Maske im Nacken zusammen. Im Gegensatz zu gestern bedeckte sie nicht mein ganzes Gesicht, sondern endete in einer feinen Linie auf meinen Wangen. Eine blaue Blüte ragte links in mein Sichtfeld hinein.

Mutter kam die Treppen herunter. Ich beobachtete schweigend, wie sie in die Küche schlurfte, die dunklen Haare zu einem unordentlichen Zopf gebunden. Sie trug ein viel zu großes Nachthemd, das nur kläglich ihren ausgemergelten Körper versteckte.

»Müsst ihr los?«, fragte Mutter. »Gibt es noch Kaffee?« Amra sprang auf und ich nutzte den Moment und verschwand nach draußen.

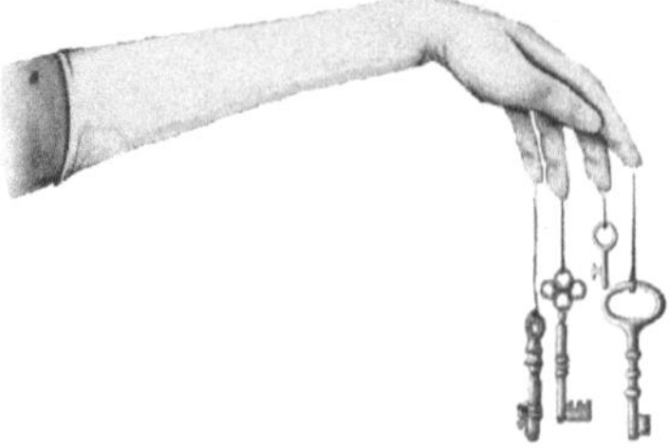

Mit Flügeln

Der erste Schnörkel war derselbe wie auf dem Papier. Aber der nächste war es nicht mehr. Kein Kreis, sondern ein Halbmond mit Schwänzchen. *Re …*

Das nächste Kärtchen konnte ich gar nicht lesen. Ein Strich mit einem Dach. Langsam wurde ich nervös. Das Geschnatter um mich herum war so gewaltig, dass ich meine eigenen Gedanken nicht hören konnte. Wie lange stand ich schon vor dem Stand? Und wieso musste es so viele verschiedene Seifen mit roten Stückchen darin geben?

Links in der Ecke begann es wieder mit dem mir vertrauten Schnörkel und danach: ein Kreis! Doch bevor ich die Schrift weiter mit Amras Zettel vergleichen konnte, ohne dass jemand bemerkte, was ich da eigentlich tat, begann eine Frau neben mir zwischen den einzelnen in Seidenpapier gewickelten Paketen zu wühlen und brachte meinen ganzen Plan durcheinander. Die beschrifteten Kärtchen flogen nur so durch die Luft.

Nervös tippten meine behandschuhten Finger auf dem feinen Papier. Es knisterte, je fester ich es tat. Ich wusste nicht, was ich für ein Gesicht gemacht haben musste, dass mich der Händler plötzlich ansprach.

»Kann ich dir helfen?«, fragte er freundlich, betrachtete mich offen mit seinen hellblauen Augen und am liebsten wäre ich geflüchtet. Mir kam das Gespräch mit ihm ungewollt intim vor. Das Privileg, einem anderen Menschen ins Gesicht oder gar in die Augen blicken zu können, war seit jeher den wichtigsten Personen im eigenen Leben vorbehalten. Es war ein bedeutender Moment, die Maske für den anderen fallen zu lassen. Ein Kompliment, jemand anderem die verwundbare Seite zu zeigen, gar anzuvertrauen, und eine Bitte, diese zu ehren. Dieser Glaubenssatz war fest in unserer Kultur verankert. Deshalb trugen wir immer die Masken und Kostüme, nicht nur zu den Feierlichkeiten. Sie waren unser zweites Gesicht. Das Lächeln, das die Sorgen verdeckte.

Die Augen sind der Spiegel zur Seele, Emery, hatte Vater gesagt. *Also achte darauf, wer hineinsehen darf.*

Es gab jedoch auch die, die sich keine aufwendigen Kleider oder Masken leisten konnten. Arme, Ausgestoßene. Und Leute wie dieser Händler, die kein Taktgefühl besaßen.

Sein offener Blick irritierte mich. »Ehm, ich …«

»Bist du dir unsicher, welche du haben möchtest? Es ist wirklich eine große Auswahl, da kann man schon unschlüssig sein«, brummte der Mann gut gelaunt. Er hatte kurz geschorenes, braunes Haar. Die silbernen Schläfen standen im starken Kontrast zu seinen jugendlichen Augen. War er schnell ergraut oder hatte er nur Glück, mit einer langsam alternden Haut gesegnet worden zu sein?

»Ich habe von Rosen gehört«, sagte ich schließlich leise. »Habt Ihr Seifen mit Rosen?«

Sein durchdringender Blick wanderte für einen kurzen Moment zu meinen Lippen, die Amra im selben Blau meiner Maske geschminkt hatte. Beim Sprechen fühlte ich die Glitzerpartikel aneinanderreiben.

»Sogar drei Sorten, Mädchen. Welche willst du haben? Die blauen Rosen oder die roten? Oder die gelben?« Innerlich stöhnte ich auf. Konnte er mir nicht einfach welche einpacken? Ich versuchte mich zu erinnern, was ich ihr beim letzten Mal mitgebracht hatte, doch die Erinnerung daran war grau und verlaufen und ich fragte mich, wie lange es schon her war. Eine ganze Weile wohl. Ich war so nervös gewesen, dass ich Ode vorgeschickt und er mir danach wortlos ein Paket in die Hand gedrückt hatte, schwer und süß. Aber ich hätte ihn nicht fragen können, ohne mir erneut einen blöden Spruch anhören zu müssen. Ich konnte das auch allein, ich brauchte keine Hilfe.

»Eine rote«, brachte ich hervor. Für Caia. »Und eine gelbe. Bitte.« Weil es Amras Lieblingsfarbe war.

Der Händler lächelte. »Sehr gerne. Obwohl die blauen hervorragend zu deinem bezaubernden Schmuck passen würde.«

Bei diesen Worten spürte ich, wie sich meine Lippen unwillkürlich zu einem Lächeln verzogen. »Vielen Dank, Herr.«

Mit seinen geschäftigen Händen faltete er das Paket in Papier und tätschelte es zufrieden. Mir fiel auf, dass die Haut an seinen Fingern rissig war. Es gab seltene Momente, in denen Caia von ihrer Familie erzählte, die eine Siederei in Gavenye betrieben hatte. Die Arbeit dort soll hart und schweißtreibend gewesen sein. Als junges Mädchen hatte sie zusammen mit Ascher so raue Hände wie Schmirgelpapier gehabt.

»Trotzdem eine gute Wahl, jawohl … das macht eine Goldmünze. Kannst froh sein, dass du zwei Seifen genommen hast«, zwinkerte er mir zu. Bei nur einer Seife hätte er mir einen Silberling geben müssen. Und dafür bekam man nicht viel in der Stadt, denn ein Silberling bedeutete, dass es nicht für einen schimmernden Taler gereicht hatte. Ein Silberling für den Rest. Aber alles, was die Menschen sehen wollten, war das funkelnde Gold.

Es gab einen Tausch, Gold gegen Seife, und als meine behandschuhten Finger über das seidige Papier strichen, war es beruhigend. Besser als der knittrige Zettel in meiner geballten Faust. »Habt Dank. König Elyes soll Euch gnädig sein«, verabschiedete ich mich, lächelte und ließ mich von der Menge verschlucken. Am Rande des Marktplatzes wurde die Menschenmenge kleiner, hier bekam man ein wenig Platz zum Atmen. Was gäbe ich dafür, um für eine Sekunde die Maske herunternehmen zu können, damit der aufkommende Wind den Schweiß auf meiner Stirn trocknen könnte.

Während ich kurz versuchte, meine zittrigen Finger zu beruhigen, ließ ich meinen Blick über den Himmel von Unarmon gleiten. Die hellste Stunde des Tages war vergangen. Die Schatten wurden größer und bald würden sie die Stadt wieder einnehmen.

Die Monde, die Stunden zuvor noch verblasst waren, formten sich wieder über unseren Köpfen. Ihre noch schwachen Silhouetten pulsierten und schon als Kind hatte ich mir gerne vorgestellt, wenn es auf der Welt plötzlich ganz still werden würde, dass ich ihre Herzen schlagen hören könnte. Ein leises, sanftes Pochen. *Bumbum … bum … bumbum …* Mit jedem Ton würde ein wenig mehr von der Farbe des Himmels abgehen, bis die Monde jedes Licht von ihm aufgesaugt hätten und die Nacht hereinbrechen würde.

Mit dem Paket unterm Arm wanderte ich die Straße von Dawienes entlang. Je später der Tag, desto hektischer wurden die Menschen. Sie alle drängte es mit ihren bunten Kleidern und Kostümen auf die Straßen hinaus, den Moment abwartend, wenn nur noch die Lichter der Laternen und die Monde uns den Weg weisen würden. Je weiter ich hinauskam, desto stiller wurde es. Die Gegend war genauso verarmt und vergessen worden wie der Randbezirk, in dem wir wohnten.

Mit jedem Schritt näherte ich mich der hohen Stadtmauer. Wachen hatten schon vor langer Zeit aufgehört, an den Toren zu patrouillieren und so konnte ich, ohne Aufsehen zu erregen, die Stadt hinter mir lassen. Die Lavendelfelder waren verwaist. Nur der Wind strich in Wellen über die langen Gräser und Halme.

Und am Horizont – die Kathedrale. Alt, majestätisch und verlassen.

Ich war nicht sicher, ob ich es mir einbildete oder ob ich tatsächlich die drei grauen Schatten von Rhys, Ascher und Caia am Rande des südlichen Turms ausmachen konnte. Oh, würde ich genau zu der Zeit ankommen, in der sie sich wieder zurückverwandeln würden? Der Spaziergang durch die Felder konnte lange dauern, je nachdem, wie schnell ich lief. Der Fülle der Monde nach zu urteilen, konnte es bald so weit sein. Für mich wurde es Nacht und für Rhys und die anderen Tag. Während ich so die Straße langging, fragte ich mich, ob es nicht einsam für sie war. Zu leben, wenn der Rest der Welt schlief. Auszuharren, während das Leben pulsierte. Wenn es nach Rhys ginge, würde ich mir selbst bald eine Antwort darauf geben können. Bei diesem Gedanken entfuhr mir ein trotziges Schnauben. *Nicht in diesem Leben*, sagte ich mir, *nicht in diesem und auch nicht im nächsten.*

Irgendwann passierte ich die Stelle, an der ich am Morgen noch meine Kleider verbrannt hatte. Der Geruch von Feuer hing noch in der Luft.

Sie saßen noch immer da wie vor wenigen Stunden. Aschers Hand schwebte in der Luft, als würde er eine unsichtbare Partnerin zum Tanz auffordern wollen. Ich atmete die abkühlende Luft ein und tätschelte seine Hand. Es war schön hier, ruhig, als wäre die Zeit in einem Moment voller Glückseligkeit stehen geblieben. Später mal, in den nächsten Tagen würde ich bei Salys vorbeischauen und meine Abgabe leisten müssen. Das Geld, worauf er einen Anspruch erhob, weil Avize seine Stadt war und er deshalb ein Anrecht auf die Hälfte unserer Beute besaß. Wenn ich die Wahl gehabt hätte … aber er war wohl das, was für uns alle die einzige Perspektive gewesen war.

Die Monde hatten in den letzten Minuten an Farbe und Form gewonnen, bis sie in ihrer vollen Präsenz auf Avize blickten und Aschers Hand, die in meiner lag, ein Zittern durchfuhr.

Sie erwachten und Ascher war der Erste, der sprach.

»Du bist noch hier?«, fragte er verwirrt und streckte mit einem wohligen Seufzen seinen Rücken durch. Wie so oft fragte ich mich, wie es sich wohl anfühlte, wieder zurück ins Leben zu kehren. Ausgeruht, wie nach einem traumlosen Schlaf? Doch all die Jahre, die ich die drei nun kannte, hatte ich mich nicht getraut, danach zu fragen, weil es mir ungemein intim vorkam.

Also lachte ich, weil die Frage herrlich naiv war. »Genau, ich habe den ganzen Tag nichts anderes gemacht, als deine Hand zu halten, Ascher. Im Falle, dass du aus unerfindlichen Gründen von dem Turm fallen solltest, bin ich hier und warte auf den Moment, in dem ich dich zurück auf die Plattform zerren kann«, antwortete ich mit einem Augenrollen. Diese Vorstellung entlockte ihm ein Grinsen und mit einem seiner Flügel stupste er mich sanft an. Eine Feder strich geräuschvoll über die Blüten meiner Maske.

»Das wäre eine Tragödie«, erwiderte er vergnügt. »Ich sollte dankbar sein, dass du dies verhindern würdest.«

Ich neigte den Kopf zur Antwort. »Das solltest du!« Und zu den anderen gewandt, sprach ich: »Hallo, Rhys, hallo, Caia.« Letztere klopfte sich den Staub vom Hosenboden ab und dehnte sich dann ebenfalls. In ihrem Rücken knackte es und Caia verzog das Gesicht.

»Wie war dein Tag, Emery?«, fragte sie, nachdem sie sich aufgerichtet hatte. »Warst du heute schon auf den Straßen unterwegs?«

»Nein, noch nicht. Aber bald wird es wieder Zeit für mich«, gab ich zu und seufzte schwer. Obwohl es nicht einfach werden würde. Die Menschen waren bestimmt auf der Hut. Es war nichts, was zu unseren Gunsten war. Denn ich hatte bei Weitem nicht genug Geld für den nächsten Monat zusammen und doch hätte ich gern nach dem letzten Fiasko eine kurze Pause eingelegt, damit sich die Situation wieder beruhigen konnte. Der Schreck, obwohl das Adrenalin so gütig durch meine Adern gerauscht war, saß noch immer in meinen Gliedern. Eine Verwandlung weniger, bis …

Eine Bewegung in meinem Augenwinkel erregte meine Aufmerksamkeit. Rhys streckte die Arme von seinem Körper, der angespannt bis in die Fingerspitzen war. Er wirkte hochkonzentriert.

»Rhys –«, entfuhr es mir. »Nein –« Das ›Nein‹ jedoch erstarb in einem Gurgeln, als er sich von der Kante abstieß. Dann war er weg und die Stelle, an der er eben noch gesessen hatte, leer. Mit einem Satz war ich am Rand und der Stein bröckelte unter meinen Schuhen. Lose Steine krümelten hinab, doch ehe ich einen Blick in die Tiefe werfen konnte, hielt mich eine Hand zurück.

»Du hast noch keine Flügel«, tadelte Ascher mich, als er mich sanft zurückzog. »Ich glaube, es wäre keine gute Idee, ihm dort hinunter zu folgen.«

»Ist er wahnsinnig?« Ich hörte kaum, wie ich schrie. Doch der Schmerz in meiner Kehle musste davon herrühren. Das war mein Albtraum, meine größte Angst: die Flügel auszubreiten und abzustürzen, so wie Rhys eben. Ich wusste, dass ihm nichts passieren konnte, und dennoch … Hier zu stehen, auf der Kuppel des Südturms, war kein Problem. Hier hatte ich noch festen Boden unter den Füßen. Aber in der Luft?

Ascher hatte mich ein einziges Mal mitgenommen. Rhys hatte darauf bestanden, damit ich sah und verstand, was aus mir werden würde. Dass ich so werden würde wie sie. Ascher hatte mich unter den Armen gepackt wie ein Kleinkind und dann waren wir geflogen. Als wir den Turm verließen und ich sah, wie tief die Felder unter uns waren … hatte ich mich zwei Mal übergeben müssen, sobald meine Schuhe wieder das Gras berührt hatten.

»Man könnte glatt meinen, du sorgst dich um mich.« Rhys schwebte wie ein Racheengel in der Luft. Sein schwarzes Haar verschmolz mit der Nacht hinter ihm, genauso seine Flügel. Nur das sanfte Vibrieren in der Luft erinnerte an sie. Ein schelmisches Lächeln zierte sein Gesicht.

»Du bist wohl nicht zu retten«, keuchte ich atemlos. »Da runter … die Tiefe …«

»Sie wäre dir fast hinterhergesprungen«, warf Caia leise ein. »Rhys.«

Sein Grinsen verschwand. »Du weißt doch, dass mir nichts passieren kann? Emery? Ich bin –«

»Ein verdammter Idiot!« Ich hatte Mühe, ihm einen wütenden Blick zuzuwerfen, denn das Bild vor meinen Augen verschwamm. Sie brannten und es wurde auch nicht besser, als ich meine Hand kurz auf meine Augen presste.

Ascher lachte. »Ehrlich, fällt dir das erst jetzt auf?«

»Mir war das schon vorher bewusst«, schnaubte ich zur Antwort und warf Rhys noch einen warnenden Blick zu. Er hatte seinen stolzen Mund wieder zu einem Grinsen verzogen und wanderte mit sanftem Flügelschlagen durch die Luft, ehe er die Plattform erreichte. »Aber noch nicht, in welchem Ausmaß!«

Er zog es vor zu schweigen, bis er vor mir stand. Sein Blick tastete mein Gesicht ab, jeden Zentimeter meiner unbedeckten Haut, meine blauen Lippen, die Maske, meine Augen, die blau durch die Schlitze leuchten mussten.

»Beruhige dich«, murmelte er. »Es ist nichts passiert.« Und griff mit seiner Hand nach meiner, die, ohne dass ich es bemerkt hatte, sich fest um das Paar Schlüssel geklammert hatte, die an der Kordel um meinen Hals hingen. Die Schlüssel, die mir zugeworfen wurden. Ohne die ich wahrscheinlich nicht hier stehen würde. Wusste er auch davon?

Mit sanfter Bestimmtheit löste er meine Hand von ihnen. Sein Griff war kühl, angenehm an meiner erhitzten Haut. Seine Gelassenheit strahlte förmlich durch den Stoff. Dann ließ er sie los und erst dachte ich, er wollte mir eine meiner vorwitzigen Haarsträhnen aus dem Gesicht streichen. Doch seine Finger wanderten in Richtung meines Nackens, wo Amra mir zuvor die Maske zugeknotet hatte.

»Interessant, wie lange sich dieser Brauch hält«, kommentierte er. Hinter diesem simplen Satz steckte so viel mehr, etwas Unausgesprochenes. Wie lange er diesen schon kannte, kennen musste. Doch ich hatte mich bisher noch nie getraut zu fragen, wie lange genau. Ich wollte nicht wissen, wie viel Zeit eine Ewigkeit sein konnte. Vor allem konnte ich mir Rhys nicht vorstellen, wie er so förmlich und bis zur Unkenntlichkeit verkleidet auf der Straße von Lavis oder der Straße von Dawienes entlangspazierte. Das war nicht er. Er war Rhys, der

Mann mit den Flügeln. Mit einem Gesicht, das nicht hinter einer Maske versteckt werden sollte. Ich hatte aufgehört zu zählen, wie oft mich das Bedürfnis überkommen hatte, die Sorgenfalten auf seiner Stirn glätten zu wollen oder die dunklen Ringe unter seinen Augen nachzufahren. Dabei lag immer der unausgesprochene Satz auf meiner Zunge: ›Was ist dir widerfahren, Rhys? Was hat dich so melancholisch werden lassen?‹ Doch irgendwie ahnte ich, dass die Antwort zu groß für mein Verständnis sein würde. Denn er war so unendlich erwachsener als ich, dass ich wahrscheinlich nicht einmal erahnen konnte, was er alles erlebt hatte.

Frische Luft peitschte in mein Gesicht, als er den blauen Rahmen um mein Sichtfeld entfernte. Im ersten Moment verschlug sie mir den Atem, dann lächelte ich. Dankbar. Seitdem ich hier angekommen war, hatte ich vergessen, wie groß mein Verlangen danach gewesen war, sie endlich abzunehmen. Und bei ihnen konnte ich ich sein.

»Caia, ich habe dir etwas mitgebracht«, purzelten die Worte aus meinem Mund. »Magst du lieber rot oder gelb?«

Rhys lächelte.

»Oh, du hast daran gedacht? Emery!« Das Mädchen nahm das Paket und drückte es wie ein Neugeborenes an seine Brust, wiegte es sanft hin und her. Doch Caia öffnete es nicht, noch nicht. Das würde sie in einer ruhigen Minute machen, vielleicht nicht hier oben, sondern irgendwo hinter den Feldern, wo die Luft klar und rein und frei von anderen Gerüchen sein würde, damit sie den Duft der Rosen aus Gavenye in sich aufnehmen und in alten, lieblichen Erinnerungen baden konnte. »Vielen Dank. Du weißt, wie viel mir das bedeutet.«

Ich nickte, benommen von ihrem Glück. Es war ihre einzige Verbindung zu ihrer Familie. Da war es doch nicht verkehrt, ihr etwas mitzubringen, dass die Erinnerung an sie lebendig halten würde? »Nicht dafür, Caia. Wirklich nicht.«

Sie lächelte glückselig und hielt das Geschenk weiter an ihren dünnen Körper gepresst. Wie einen Schatz, den sie nicht verlieren durfte.

Jedoch hielt ihre Euphorie nicht lange an, als Ascher aus dem Nichts auftauchte und sich das Paket schnappte. Er huschte wie ein Schatten davon, gefolgt von Caias Kreischen, und beide stürzten den Turm hinab.

Es ging so schnell, dass ich nur überrascht blinzeln konnte.

»Wenn Caia ihn erwischt, zieht sie ihm die Ohren lang.« Rhys lächelte versöhnlich bei diesem Gedanken. »Ich würde es ihm gönnen.«

»Du tust nichts, um es zu verhindern, oder?«

»Sehe ich so aus?« Dann lachte er. In der Ferne hörten wir Caias Gezeter und Aschers Lachen. Er rief etwas, das verdächtig nach ›Fang mich doch, wenn du kannst!‹ klang.

»Ich muss morgen zu Salys.«

Rhys erstarrte für einen Moment. »Du warst noch nicht bei ihm? Es macht es nicht besser, wenn du es immer weiter hinauszögerst.«

Ich schüttelte den Kopf. »Was macht es für einen Unterschied? Er wird wütend sein, egal, wann ich zu ihm gehe, genauso wie ich zu dem werde, was ihr seid. Egal, wie. Egal, wann. Egal, wie sehr ich es zu verhindern versuche.«

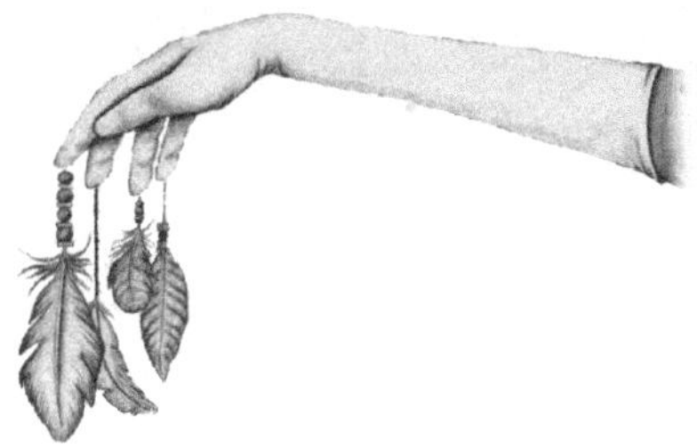

Salys

Es wurde Zeit, dass ich mich dem Ursprung meiner Albträume stellte, und eine Gondel war es, die mich zu ihm brachte. Bei dem Gedanken, Salys wieder gegenüberzutreten, schlug mein Herz heftig in meiner Brust. Auch wenn es schon Jahre waren, die ich bei ihm ein und aus ging, so versetzte mich seine Anwesenheit immer noch in Unruhe. Schließlich war er nicht grundlos der Kopf der Gruppe. Er hatte schon in zahlreichen Situationen bewiesen, dass er seinen Rang zu verteidigen wusste. Dieses Wissen ließ mich vorsichtig werden.

Bei einer Rechtsgabelung geriet das Boot, in dem ich saß, kurz ins Wanken und unwillkürlich verstärkte sich der Griff um den Bug der Gondel. Der junge Mann, der mich fuhr, schnalzte dabei missbilligend mit der Zunge.

»Denk nicht dran, hier reinzukotzen. Sonst fliegst du gleich über Bord«, schob Asyah hinterher.

Bei seinen Worten zogen sich meine Augenbrauen ärgerlich zusammen. Asyah gehörte ebenso wie Ode und Alarig zu Salys' Bande – doch er war wohl derjenige, den ich am wenigsten leiden konnte. Was vor allem an seiner unglaublich unfreundlichen Art lag, die es immer wieder schaffte, eine Seite von mir zum Vorschein zu bringen, auf die ich nicht gerade stolz war. Aber anders wusste ich mir bei ihm nicht zu helfen.

»Hat dich jemand nach deiner Meinung gefragt?«, setzte ich ihm entgegen. »Als ob mir schon jemals auf einer Gondel schlecht geworden wäre.«

»Du bist hier auf meiner Gondel, Mädchen«, sagte Asyah unbewegt. Auf seinem Kopf thronte ein Zylinder mit roten Ornamenten, und es juckte mich in den Fingern, ihn von seinen schmalzigen Haaren zu schlagen – dafür, dass er so ein Ekel war. »Meine Gondel, meine Regeln.«

Ich unterdrückte den Drang, mit den Augen zu rollen und zwang mich, mehrere Atemzüge zu nehmen, bevor ich antwortete. Ich bemühte mich gar nicht, ihn darüber aufzuklären, dass diese Gondel – genauso wie alle anderen – Salys gehörte und wir diese nur als Leihgabe nutzen durften.

»Erzähl' das mal Salys«, erwiderte ich dann und versuchte dabei, meine Stimme von jeglichen Emotionen frei zu halten. »Ich kann mir vorstellen, dass ihn deine Besitzansprüche wirklich interessieren würden.«

Stille, bis auf das ruhige Plätschern des Wassers. Dann fauchte Asyah: »Halt' die Klappe!« Doch er war es, der die restliche Fahrt über schwieg. Ich sparte es mir, ihm unter die Nase zu reiben, wie genugtuend dies für mich war.

Wenige Zeit später steuerte er mit unserer Gondel ein verlassenes Dock an, ehe er das Tau über einen Holzpfahl warf, der aus dem Wasser ragte.

»Raus mit dir!«

»Immer die Freundlichkeit in Person«, erwiderte ich, als ich den Rock meines Kleides mit beiden Händen raffte und den Spalt zwischen Boot und Steg mit einem kleinen Sprung überbrückte. Dann wandte ich mich Asyah zu und machte einen übertriebenen Knicks. »Es war mir eine Freude.«

»Halt die Klappe.«

»Kannst du eigentlich noch etwas anderes sagen?«, fuhr ich ihn an und musterte ihn abschätzig. Doch er mied meinen Blick und richtete nur ungerührt den Zylinder.

»Für dich verschwende ich bestimmt nicht meinen Atem«, murmelte er kaum hörbar – und doch so laut, dass ich es mitbekam.

»Ach, ist das so? Für mich sieht das aber anders aus.« Dann machte ich kehrt, nicht ohne jedoch einen Blick auf den Mittelfinger zu erhaschen, den er mir zeigte.

Etwas Gutes hatte die Auseinandersetzung mit Asyah, realisierte ich, als ich mit schnellen Schritten auf Salys' Versteck zusteuerte. Die Wut über den Jungen hatte das mulmige Gefühl, das mich seit dem Morgen befallen hatte, verdrängt. Nun bahnte es sich wieder seinen Weg von meiner Magengegend in meinen Verstand, mit so einer Heftigkeit, dass ich fast bedauerte, dass die Gondelfahrt so schnell vorübergegangen war.

Doch diesen Gedanken versuchte ich abzuschütteln, als ich die wenigen Stufen hinaufsprang.

»Wer kommt denn da?«, merkte Ode an, als ich durch den Eingang des Hauses trat. Die Tapete blätterte in großen Streifen von den Wänden, während in den Ecken Staub und Steine, aus den Wänden herausgebrochen, herumlagen. In den freigelegten Putz waren Sprüche und andere Obszönitäten eingeritzt.

Ode saß mit Alarig an einem Fass, das sie senkrecht aufgestellt hatten und auf dessen Boden sie Karten spielten. Jedoch war es in dem Flur so dunkel, dass ich mich fragte, ob sie überhaupt sahen, welche Karten sie da auf den improvisierten Tisch warfen. Ode jedoch beantwortete seine zuvor gestellte Frage, bevor ich die Möglichkeit hatte, etwas darauf zu erwidern, und warf eine weitere Karte auf den niedrigen Stapel. »Emery.« Er wirkte gelangweilt wie immer.

Die beiden sahen sich mit den hellen Haaren und den blauen Augen so ähnlich, dass man sie für Brüder halten könnte. Ode hatte so eine arrogante Gelassenheit an sich, die mich regelmäßig an die Decke gehen ließ. Er brachte es fertig, mit seinem gelangweilten Blick so gut wie jeden aus der Reserve zu locken. Alarigs Züge waren dagegen weich, beinahe kindlich. Mit ihm verstand ich mich am besten – auch, weil er erstaunlicherweise sehr ehrlich für einen Taschendieb war. Deshalb wurmte es mich umso mehr, dass er mich am gestrigen Abend im Stich gelassen hatte.

»Ode.« Ich nickte ihm flüchtig zu und stellte mich zu den beiden, um zu beobachten, wie Alarig überlegte, auf welche Art er auf den Spielzug seines Gegners reagieren sollte. Doch ich ließ ihm nicht die Zeit dafür. »Du hast versagt«, stellte ich klar, und bei dem Gedanken an die vergangene Nacht spürte ich die altbekannte Wut in meinem Bauch aufwallen. »Wo bist du gewesen, Alarig?«

Der Angesprochene sah auf, mit dem betroffenen Gesichtsausdruck eines gescholtenen Jungen. Auf seiner Stirn zeichnete sich eine Sorgenfalte ab, und der Ausdruck in seinen blassblauen Augen sagte mir, dass er mich ernst nahm. Wenn jemand von den Jungen hier ein Gewissen hatte, dann er. Wenn ich wiederum mit Ode unterwegs war, konnte ich mir nicht sicher sein, ob er mir in einer brenzligen Situation tatsächlich helfen oder sich aus dem Staub machen würde, um seine Haut zu retten. Das war Ode. Aber für gewöhnlich war auf Alarig Verlass.

»Ich war dort«, verteidigte er sich. »Aber ich habe den Tumult zu spät mitbekommen und erst danach kapiert, dass du dort mitten drin warst.«

»Das hätte auch anders ausgehen können«, sagte ich nach einem Moment, in dem ich über seine Worte nachgedacht hatte, freundlicher.

»Ich weiß – es tut mir leid«, antwortete er bedauernd, ehe er hinterherschob: »Aber du hast einen tollen Abgang hingelegt, Emery. Sehr stilvoll – aber dramatisch.«

»Es wäre wirklich dramatisch gewesen, hätte ich meine Schlüssel nicht bekommen, du Schwachkopf.« Gespielt erzürnt schlug ich ihm mit meiner flachen Hand gegen den Hinterkopf. »Aber das nächste Mal musst du aufmerksamer sein, dafür sind wir zu zweit unterwegs. Keinem von uns darf so ein Fehler passieren, ist dir das klar?«

Alarig schenkte mir ein Lächeln. »Glasklar.«

Ode, der bisher unserem Gespräch mit betontem Desinteresse gelauscht hatte, unterbrach es. »Dir sollte so etwas nicht noch einmal passieren«, bemerkte er. »Dein Fauxpas erschwert uns die Arbeit erheblich, denn die Straße von Lavis können wir die nächsten Tage vergessen.«

»Denkst du, ich weiß das nicht? Ist ja nicht so, dass es gewollt war.« Meine Worte kamen schärfer heraus, als ich beabsichtigt hatte.

»Hm.« Er legte nachdenklich den Kopf schief, seine Augen auf das Spiel vor ihm fixiert. »Erzähl das nicht mir«, meinte er dann. »Salys ist oben.« Er sagte es so, als würde es alles erklären und gleichzeitig unser Gespräch beenden.

Salys ist oben.

Rechtfertige dich vor ihm, denn er ist es, der über dein Schicksal entscheidet.

Nachdem er gesprochen hatte, warf er wieder eine Spielkarte auf den Fassboden. Alarig fluchte daraufhin.

»Du Bastard hast die Karte ins Spiel geschmuggelt!«

»Ach?«, fragte Ode herausfordernd und richtete sich auf seinem Hocker zu seiner vollen Größe auf. Um seine Worte zu unterstreichen, hob er eine Augenbraue. »Und woher willst du das wissen?«

»Weil ich das Pik Ass auf der Hand habe, du Stück Aas!«

»Vielleicht hast du sie ja –«

»Komm mir nicht mit diesem Scheiß, Ode!«, brüllte Alarig mit einem Mal. Dabei schlug er mit beiden Handflächen auf das Fass.

»Ich gehe«, stellte ich fest. »Schlagt euch nicht allzu sehr die Köpfe ein.« Doch die beiden waren zu sehr in ihren Streit vertieft, um mich zu beachten. Es ging in meinem Rücken weiter. Ein Stuhl kippte um, als Ode ruckartig aufsprang und zurückbrüllte.

Oben bedeutete, dass Salys auf dem Dach des Hauses war. Dort hielt er sich meist dann auf, wenn er über die Dächer der Stadt blicken und, wie er sagte, seinen Gedanken nachhängen wollte. Deshalb begab ich mich zur Treppe und atmete einmal tief ein und aus, ehe ich zwei Stufen auf einmal nehmend nach oben huschte.

Er hob den Kopf, als er meine Schritte vernahm. »Emery«, sagte Salys liebenswürdig. Die Arme vor der Brust verschränkt, stand er am Rande des flachen Daches. Ob er wohl ausheckte, wie er den Nächsten mit seinen Versprechungen locken konnte?

»Hallo, Salys«, begrüßte ich ihn zögernd.

Seine Gesichtszüge waren streng und unnachgiebig, als hätte jemand einen Spiegel zerschlagen und aus den Scherben ein scharf geschnittenes Gesicht erschaffen. Dieser Eindruck wurde vor allem durch die harte Linie seines Kiefers und das kühle Blau seiner Augen unterstützt. Sein Haar war genauso lang und schwarz wie das von Rhys, doch der größte Unterschied zu dem Mann mit den Flügeln waren seine Augen. Während Rhys' Güte ausstrahlten und lachen konnten, so waren Salys' berechnend und kalt.

Er trug keine Maske und er bestand darauf, dass wir es ihm gleichtaten. Damit wir uns in die Augen sehen konnten. »Zeigst du mir dein schönes Gesicht?« Die Frage war das Erste, was mich erreichte. »Wir vertrauen uns, nicht wahr?«, pflegte er dabei immer, wie auch jetzt, zu sagen.

Ich nickte, atemlos, doch ich verzichtete darauf, zu antworten. Es lohnte sich nicht, mit ihm darüber zu diskutieren und gleichzeitig war es etwas, woran ich mich in all den Jahren nicht gewöhnen konnte, weil es sich nach einer Niederlage anfühlte. Deshalb tat ich, worum er mich gebeten hatte. Meine Hände wanderten beinahe automatisch hinter meinen Kopf, mit flinken Fingern löste ich meine Maske.

»Wundervoll.« Ein Lächeln breitete sich dabei auf Salys' Gesicht aus. Ob er den Umstand meinte, dass ich seiner Anweisung Folge geleistet hatte oder den Anblick meines Gesichts, wusste ich nicht – ich hatte mir nie die Mühe gemacht, dieses Rätsel aufzuklären. Es war nicht so, dass es mich kümmerte. Nicht, wenn die Worte von jemandem wie ihm kamen, der so erschreckend glaubhafte Lügen erzählen konnte. Sie machten die Wahrheit wertlos. Anders wäre es, wenn Rhys sie ausgesprochen hätte, Caia oder Ascher, denn bei ihnen war ich mir immer sicher, dass die Worte ernst gemeint waren. Keine Spielchen, wie Salys sie zu spielen vermochte.

»Ich habe dir etwas mitgebracht«, verkündete ich und griff nach dem kleinen Beutel, den ich in meinem Kleid verstaut hatte.

»So?«, fragte Salys und hob fragend eine Augenbraue, bevor er näher an mich herantrat.

»Ich weiß gar nicht, wieso du so überrascht bist.« Mit einer geschmeidigen Bewegung warf ich ihm meine Beute zu und er fing sie ebenso galant auf. »Mein Beitrag von dem, was ich ergattern konnte. Es ist nicht so viel, wie ich erwartet habe, bei dem Theater, das der Mann veranstaltet hat«, erklärte ich und spürte mit einem Mal das Verlangen, mich rechtfertigen zu müssen.

Mit einem unlesbaren Gesichtsausdruck fädelte er die Kordel auf und ließ die Taler in seine Hand fallen. Prüfend wog er die Menge ab, warf sie sanft in die Luft und fing sie wieder auf, wobei sie leicht klirrten. Dann sprach er: »Es ist wenig, aber ich muss wohl damit leben, was? Heute Abend gibt es hoffentlich mehr.«

»Der Fokus der Wachen wird auf der Straße von Lavis liegen – dort werden die Menschen achtgeben. Im Rest der Stadt –«

»Dann geht ihr dorthin.« Salys lächelte dünn. »Ich wünsche mir, dass ihr heute Nacht geht. Du mit Ode, wenn es dir recht ist.«

Ich war mir fast sicher, dass mein Lächeln wie eine Grimasse aussah, als ich sagte: »Sicher, Salys. Wie du möchtest.«

Er ging nicht weiter darauf ein. »Du hast gestern ein ganz schönes Chaos veranstaltet, Emery«, sagte er und seine Miene wurde ernst. »Ich wünsche mir, dass das nicht noch einmal vorkommt, verstehen wir uns da?«

»Es ist nie meine Absicht gewesen.«

Er nickte schmallippig, damit war ich entlassen und machte mich auf den Weg zurück ins Erdgeschoss. Ich war gespannt, ob die Jungs sich inzwischen wieder beruhigt hatten. Doch die Antwort konnte ich mir selbst geben. Während ich die Treppen hinunterstieg, stürmte mir Ode wütend entgegen. Er drängelte sich an mir vorbei und ich zischte auf, als sich sein Ellenbogen schmerzhaft in meine Seite bohrte.

»Pass doch auf!«, schnappte ich.

»Nächstes Mal«, warf er über seine Schulter zurück.

»Überdenk deine Antwort noch einmal. Wir sind heute Nacht zusammen unterwegs.«

Das ließ ihn innehalten. Langsam drehte er sich zu mir. »Ein Traum«, murmelte er, ehe er mir ein strahlendes Lächeln zuwarf. »Aber versuch, nicht wieder hochgenommen zu werden, in Ordnung?«

»Ich bin nicht besonders erpicht darauf, das in naher Zukunft zu wiederholen, Ode.«

»Dann ist ja gut.« Er nickte mir bestätigend zu, dann verschwand er nach draußen.

Alarig saß noch immer dort, wo ich die beiden zurückgelassen hatte, und schäumte mit vor der Brust verschränkten Armen vor sich hin. Mit einem Seufzen ließ ich mich auf Odes ehemaligen Platz nieder und faltete die Hände in meinem Schoß.

»Heute Abend geht es weiter«, seufzte ich, als Alarig keine Anstalten machte, ein Gespräch zu beginnen – bis mich ein Gedanke innehalten ließ. »Was ist eigentlich mit dem Mann passiert, der mir die Schlüssel zugeworfen hat?«

»Was?« Alarig sah auf und runzelte die Stirn. »Wer?«

»Meine Schlüssel.« Dabei zupfte ich an der Kordel, die um meinen Hals hing. Alarig nickte verstehend. »Die ich fast verloren hätte. Was ist mit dem Mann passiert?«

»Welcher Mann?«

»Bist du taub, sag mal?«

»Ich kann mich an keinen erinnern, Emery! Was soll ich denn sagen? Etwa lügen, um dein Gewissen zu beruhigen? Auf dem Boot hattest du die Schlüssel.«

»Ich – nein. Entschuldige bitte«, gab ich leise zurück. »Es wäre nur schön gewesen, etwas über ihn zu erfahren.«

»Es waren überall Menschen, Emery«, erklärte er, dieses Mal sanfter. Hilflos fuhr er sich durch das dichte Haar. »Verdammt, hätte ich das vorhergesehen, hätte ich deinen Hintern da rausgeholt. Aber ich war zu weit weg und viel zu spät darauf aufmerksam geworden. Als ich bei dir war, warst du schon weg. Es war überall Chaos. Wirklich, Emery.«

»Schon gut«, sagte ich – und fühlte mich mit einem Mal benommen. Wahrscheinlich hatte er recht und es war gar nicht wichtig, wer der Mann gewesen und was mit ihm passiert war. »Salys war wohl nicht begeistert, was?«

Bei diesem Gedanken hellte sich Alarigs Miene augenblicklich auf. »Wen kümmert es schon? Das war großartig. Davon kannst du später deinen Enkeln erzählen.«

Oh ja, ich könnte ihnen davon erzählen, dass ich nach einer spektakulären Verfolgungsjagd nur knapp entkommen war, indem ich zur Feuersäule wurde. Doch die Wahrscheinlichkeit, dass ich überhaupt in das Alter käme, war verschwindend gering.

Ode kündigte seine Ankunft erneut an, indem er polternd die Stufen nach unten kam. »Es ist gleich so weit. Dann gehen wir los«, verkündetet er, als er uns erreichte. »Ist Asyah hier?«

»Asyah kam mit mir.« Seufzend hob ich die Maske an und legte sie an mein Gesicht. »Er wird schon auftauchen.«

Bedauern

»Emery?« Amra lag verkehrt herum auf ihrem Bett, mit ihren Beinen an der Wand langgemacht. In ihrer Hand hielt sie die Seife, die ich vom Markt mitgebracht hatte, in ein weißes Tuch gewickelt. Sie hielt sie sich vor ihr Gesicht, sog geräuschvoll die Luft ein und seufzte wohlig.

»Hm?«

Unser Zimmer war nicht eindrucksvoll eingerichtet. Es war schmal geschnitten und besaß ein Fenster mit weiß gestrichenem Rahmen. Die Farbe platzte vom Holz. Früher hatte Mam in die Blumenkästen, die vor dem Fenster hingen, Stiefmütterchen gepflanzt; nun waren sie seit Langem leer. Auf der Fensterbank standen Holzfiguren dicht aneinandergereiht, mit bunten Glasmurmeln als Köpfe. Links und rechts vom Fenster befanden sich unsere Betten, zwischen ihnen ein niedriger, rechteckiger Hocker, den wir als Tisch nutzten. Auf diesem saß ich.

»Die Seife riecht wie Sommer und frische Wäsche«, murmelte sie verträumt. »Und Kuchen. Kuchen …«

»Was möchtest du mir sagen?«, fragte ich belustigt.

»Nichts«, sagte sie. Ich schüttelte über ihre kindliche Art den Kopf und widmete mich dem Kleid, das auf meinem Schoß lag. Im Laufe des heutigen Abends war ich in einem unachtsamen Moment auf den Saum getreten und er war gerissen, deshalb nähte ich mit Nadel und Faden bewaffnet einen neuen Saum. Mit meiner Schwester im Zimmer konnte ich die Handschuhe nicht abnehmen und die Nadel rutschte mir durch die Finger. »… her? Emery? Emery, hörst du mir zu?«

Vor Schreck stach ich mir in den Finger. »Ja – au! Was denn?« Ein dunkelroter Punkt fraß sich durch den weißen Stoff.

Amra seufzte, ließ ihre Beine die Wand herunterrutschten und drehte sich auf den Bauch. »Du hast mir nicht zugehört«, beschwerte sie sich und schüttelte den Kopf. Doch das Grinsen auf ihren Lippen verriet sie.

»Tut mir leid«, sagte ich bedauernd. »Was liegt dir auf dem Herzen?«

Amra schürzte die Lippen. »Ich habe nachgedacht«, begann sie zögerlich und mein Herz sank. »Wie schätzt du jemanden ein, dessen Gesicht du nicht kennst, Emery? Wie kannst du dieser Person vertrauen?«

»Wieso brauchst du das Gesicht dafür?«, fragte ich. »Was wäre, wenn diese Person hässlich wäre? Oder entstellt? Macht sie das weniger vertrauenswürdig als ein schönes Gesicht?«

Amra schoss die Röte ins Gesicht. »Nein, natürlich nicht«, stotterte sie. »Aber ich kann nicht wie bei dir sehen, was du beim Sprechen denkst. Außerdem kenne ich dich, das ist was anderes! Aber bei Fremden …«

Mein Blick schnellte zu ihr. »Von welchem Fremden redest du?«

Auch wenn ich es nicht für möglich gehalten hätte, wurde sie noch röter als vorher. »Amra?«, fragte ich behutsam. Ich beugte mich vor, um eine Strähne hinter ihr Ohr zu streichen. »He, wieso schämst du dich? Von wem sprichst du?«

Sie biss sich auf ihre Unterlippe. »Ich habe momentan das Gefühl, neben mir zu stehen; meine Gedanken schweifen ab und mein Bauch flattert, ohne dass ich verstehe warum. Ich weiß nur, dass es passiert, sobald eine gewisse Person neben mir steht. Ich glaube, ich habe mich – verliebt«, endete sie.

»Du klingst, als wäre das was Schlechtes.«

»Weil ich mich nicht mehr verstehe!« Beim Sprechen wurde ihre Stimme lauter. »Gestern hielt er mir die Tür auf und ich denke bis heute darüber nach, wieso er es getan hat!«

»Vielleicht wollte er nett sein?«, schlug ich vor. »Oder hast du sie nicht aufbekommen?«

»Emery!«

»Also hast du sie nicht aufbekommen!« Ich gluckste bei dieser Vorstellung, bis mich Amras vorwurfsvoller Blick zum Schweigen brachte. »Ich erzähle es dir nicht, damit du dich darüber lustig machen kannst.«

Ich seufzte. »Entschuldige, ich wollte dich nicht kränken. Bitte, erzähl mehr. Wer ist es?«

»Er ist einer der wenigen, die nur eine Halbmaske tragen und …« Amra schlug die Hände vor ihr Gesicht und blinzelte durch ihre Finger. »Er hat so schöne Lippen! Seit ein paar Tagen lächelt er mich jedes

Mal an, wenn wir aneinander vorbeigehen. Ich komme mir so dumm vor, Emery! Wenn er mit mir spricht, habe ich das Gefühl, als wäre in meinem Kopf nur Brei. Und wenn er mich was fragt, schaffe ich es gerade so, eine Antwort zu stammeln. Mir fällt nichts ein, was ich ihn fragen könnte! Ich habe das Gefühl, ich werde verrückt«, murmelte sie und versteckte das Gesicht in ihren Händen. »Warst du schon mal verliebt, Emery?«

»Ich …« Ich stockte. Wen gab es in meinem Leben, in den ich mich hätte verlieben können? »Ich wünschte, ich könnte die Frage mit *Ja* beantworten, aber – nein.«

Amras verschmitztes Grinsen verriet alles, aber es bereitete mich nicht auf ihre nächste Frage vor. »Auch nicht in Rhys?«

Mir fiel die Nadel aus der Hand. »Wie kommst du auf ihn?«, rief ich und fischte nach dem Nähwerkzeug.

Es gab Momente im Leben, in denen man körperlich fühlen konnte, wie einem das Fundament unter den Füßen wegbröckelte. Dies war genau so einer, in denen jede Lüge, die ich ihr über unser Geldglück vorgetischt hatte, vor meinem inneren Auge vorbeizog.

Früher hatte ich ihr erzählt, dass es einen Mann in der Stadt gab, der die Reichen bestahl und das Geld an die Armen und Obdachlosen von Avize verteilte. Ein Dieb, der so selbstlos war, dass er es an die weiterverschenkte, die es so viel dringender als er benötigten. Dass ich ihn irgendwann auf der Straße getroffen und er mir daraufhin einen Sack voll mit funkelnden Talern in die Hand gedrückt hatte.

In Amras Augen hatte etwas aufgeleuchtet, das irgendwo zwischen Bewunderung und Dankbarkeit gelegen hatte. Ich erinnerte mich noch daran, wie sie aufgeregt auf ihrer Unterlippe herumgebissen hatte, ehe sie gefragt hatte: »Wie heißt der Mann?«

Mir war daraufhin nichts besseres eingefallen, sodass ich den nächsten Namen wählte, der mir in den Sinn kam. »Er hat sich mit … Rhys vorgestellt.«

»Rhys«, hatte sie den Namen über ihre Zunge rollen lassen und dem Ausdruck in ihrem Gesicht zufolge hatte er ihr gefallen. »Und wie sieht er aus, Emery? Sieht er gut aus?« Diese Frage hatte mich innerlich zusammenzucken lassen. Denn ja, Rhys war schön, so schön, wie es auch Ascher und Caia für mich waren, weil sie für mich Reinheit in ihrer schönsten, unschuldigsten Form repräsentierten. Vor allem Rhys mit seiner gütigen Art. Aber ich bezweifelte stark, dass das die Art von Schönheit war, die Amra im Sinn hatte.

»Er hat ein großes Herz. Etwas, das du auch ohne Maske erkennst. Und du hast sein Gesicht gesehen und findest es schön, also wieso nicht? Außerdem«, fügte sie hinzu und hob die Hände, um mich von unten anzublinzeln, »träumst du von ihm.«

»Ich tue was?«

Ein Grinsen huschte über ihr Gesicht. »Also ist es wahr!«, sagte sie triumphierend.

»Ich dachte, wir reden hier über deine Schwärmerei!« Sie wagte es, mir die Zunge rauszustrecken. »Du brauchst nicht von dir abzulenken! Ich bin nicht in ihn verliebt!«

»Wärst du es gerne?«

»Ich glaube nicht, dass er der Richtige wäre. Ich könnte ihn nie so verliebt ansehen, wie Pam Mutter angesehen hat, verstehst du?«

»Was soll ich machen?«, fragte sie. »Ich werde es ihm nicht sagen, falls du das meinst. Ich will mich nicht blamieren.«

Das ließ mich lächeln. »Weißt du noch, was Pam immer gesagt hat?« Ich legte mein Nähzeug beiseite und bedeutete meiner Schwester, auf dem Bett Platz zu machen. Dann rutschte ich zu ihr auf die Bettdecke.

»Pam hat so viel gesagt«, schniefte sie. »Er wusste immer einen Rat und jetzt, wo ich einen brauche, ist er nicht mehr da.« Das letzte Wort ging beinahe in dem Zittern ihrer Stimme verloren. Ich streckte meine Arme nach ihr aus und sie rutschte in meine Umarmung

»Er würde jetzt sagen: ›Kind, was schämst du dich?«

Amra machte ein blubberndes Geräusch, als sie zu lachen versuchte. »Und Mam hat ihn dann tadelnd angesehen!«

Ich lächelte. Das Erlebte war lange her und die Erinnerung daran schien fremd, so unwirklich, wie aus einem anderen Leben.

»Wir haben darüber geredet, wie es wäre, frei von unseren Konventionen zu sein«, sagte ich. »Wenn wir uns nicht durch die Illusion definieren würden, durch das Wesen, das wir mit Maske und Kleid vorgeben zu sein. Wir versuchen uns fehlerlos und schön zu machen und vergessen, dass es diese Dinge nicht braucht, um angenommen, um geliebt zu werden. Erinnerst du dich?«

»Nein.« Amra seufzte. »Ich erinnere mich an so vieles nicht mehr, fürchte ich.«

Ich strich ihr tröstend über den Kopf. »Er sagte, es sei nicht wichtig, was der Mensch unter seiner Maske trägt. Es ist wichtig, was er in seinem Herzen trägt. Was er sagt, wie er es sagt, was er tut … das zeigt dir viel mehr als ein hübsches Gesicht. Die Maske ist nützlich«, schloss ich, »weil sie dir die Möglichkeit gibt, nicht von Äußerlichkeiten abgelenkt zu werden. Damit du nicht den Blick auf das Wesentliche verlierst, also kannst du ruhig dankbar für sie sein. Aber«, fügte ich nach einer kurzen Pause hinzu. »Hast du dir vorgestellt, wie es wäre, ihn zu küssen?«

Amra duckte sich aus meiner Umarmung heraus und knuffte mir in die Seite. »Ich kann dir darauf keine Antwort geben!«

Ich lachte. »Du kannst dir vielleicht etwas vormachen, aber mir nicht.« Ich löschte die Kerze auf dem Nachttisch. »Schlaf gut, Schwester.«

Ich hörte Amra in der Dunkelheit neben mir atmen. »Du auch«, flüsterte sie. Und so leise, dass ich mir nicht sicher war, ob mir meine Ohren einen Streich spielten: »Jeden Tag.«

Als ich erwachte, war der Platz neben mir leer. Die Wände in unserem Haus waren so dünn, dass ich Amra im Badezimmer hörte, als sie ein altes Kinderlied summte. Wasser gluckerte durch die Rohre in den Wänden wie eine zweite Melodie.

Im Bett setzte ich mich auf und nachdem ich die Bettdecke auf meinem Schoß glatt gestrichen hatte, zog ich mir die Handschuhe, die ich auch über Nacht trug, von den Armen.

Im Licht des erwachenden Tages schien meine Haut blass, sogar beinahe durchscheinend. Versuchsweise dehnte und streckte ich meine Hand, meine Finger, rieb meine Fingerspitzen einander. Sie fingen auf meinem Handrücken an; die Federn. Begannen mit schwarzen feinen Linien wie Adern unter meiner Haut, ehe erst kleine Stiele aus ihr wuchsen und dann richtige, pechschwarze Federn, die im Tageslicht verschiedenfarbige Lichtreflexe hatten. Mein ganzer Unterarm war von ihnen bedeckt und während ich sie betrachtete, fragte ich mich – würde ich bemerken, wenn es losgehen würde? Die Verwandlung zu Stein?

Die Frage war mir schon so oft durch den Kopf gegangen und noch immer hatte ich keine Antwort darauf gefunden, die mich nachts besser schlafen ließ. Ich wusste, was mich erwartete und es gab nichts, was es ändern könnte.

Als ich die Handschuhe wieder über meine Arme streifte, hörte ich, dass eine Tür geöffnet und wieder geschlossen wurde, ehe meine Schwester in unser Zimmer zurückkehrte.

»Du bist wach«, stellte sie fest, als ihr Blick auf mich fiel. Sie trug ein dünnes Unterkleid, das früher weiß gewesen und nun durch unzählige Wäschen ergraut war. Ihre blonden Haare fielen glatt und noch feucht vom Waschen auf ihre Schultern; sie hinterließen dunkle Flecken auf dem Stoff. An ihrer linken Schläfe drehte sich ihr Haar in einem Wirbel. »Schon lange?«

»Nein, ich bin gerade erst wach geworden«, erwiderte ich. »Und du? Du hättest mich ruhig wecken können.«

Sie schüttelte den Kopf und ich beobachtete, wie sie erst ein hellblaues, dann ein moosgrünes Kostüm aus dem Schrank zog und diese abwechselnd vor dem Spiegel vor ihren Körper hielt. Der Zweifel stand ihr ins Gesicht geschrieben. Beide waren schön, doch von dem blauen wusste ich, dass sie ein wenig herausgewachsen war. »Das Kleid steht dir gut, die Farbe passt zu deinen Augen.«

»Grün in grün?« Die Andeutung eines Lächelns huschte über Amras Gesicht, als sie durch den Spiegel zu mir herübersah. »Ist das nicht langweilig?«

»Ein hübsches Kleid und ein hübsches Mädchen … Ich wüsste jemanden, der sich drüber freuen würde.« Augenblicklich begann Amra wieder auf ihrer Unterlippe zu kauen.

»Wir haben in drei Tagen eine Aufführung«, sagte sie nach wenigen Sekunden.

Mich überkam ein seltsames Gefühl bei diesen Worten; ich hatte Mühe, das merkwürdige Ziehen in meiner Brust zu ignorieren. »Ich wusste nicht, dass du schauspielerst.«

»Das mache ich auch nicht«, entgegnete sie hastig. Ich runzelte die Stirn.

»Was machst du dann?«

»Ja, na ja, also –« Sie rang mit ihren Händen, als ihr die Worte nicht einfallen wollten, die sie so dringend benötigte. »Ich bin ein Baum«, sagte Amra schließlich. Stille folgte ihren Worten, bis sie sich zu einem dünnen Lächeln durchringen konnte. »Ich bin der Baum, der die Geschichte Annorums erzählt.«

»Ihr führt das ›Mondgedicht‹ auf?«

Amra nickte. »Es ist unsere erste Aufführung. Im alten Theater. Hast du … hast du an diesem Abend Zeit, um mir vor der Aufführung die Haare zu flechten? Und vielleicht mitzukommen?«

Ich blieb beinahe in der Decke hängen, als ich aus dem Bett hastete. »Da fragst du noch?«

»Ich war mir nicht sicher, ob du dafür Zeit hast. Du bist immer so beschäftigt!«

»Ich bin deine Schwester!« Feierlich legte ich ihr eine Hand auf ihre Schulter, die andere ließ ich durch ihr offenes Haar gleiten. »Soll ich dir einen Kranz flechten?«, überlegte ich laut. »Oder was möchtest du haben?«

»Das wäre wundervoll!« Sie blickte träumend aus dem Fenster. »Kannst du mir Blüten ins Haar stecken? So viele wie möglich?«

»Soll ich dir auch noch ein Vogelnest reinsetzen?«

»Emery!« Ich lachte.

»Du bist doch ein Baum, oder nicht?«

»Und wenn sie mir auf den Kopf machen?«

»Dann musst du wohl warten, bis das Stück zu Ende ist, ehe du in Panik ausbrechen kannst.«

Bei dem Gedanken rümpfte Amra die Nase. »Können wir uns nur auf Blumen einigen, bitte?«

»Ich überleg's mir«, sagte ich lachend.

»Ja, bitte!« Sie strecke mir die Zunge raus, nahm ihr Kleid und verschwand aus dem Zimmer.

Das Gespräch ließ mich nachdenklich zurück. Manchmal fragte ich mich, ob es das wert gewesen, ob mein Opfer wirklich nötig gewesen war. Die Träume in der Nacht, in denen ich, während ich mit Amra scherzte, plötzlich keine Luft mehr bekam, weil mir das Atmen und jede andere Bewegung schwerfiel. Während meine Schwester nur langsam mitbekommen würde, was mit mir passierte, und ihr verzweifelter Schrei das Letzte wäre, was ich hörte, ehe alles in Dunkelheit getaucht würde.

Zu Beginn schien es sinnig: Ein kleines Opfer für ein sorgenfreies Leben meiner Schwester. Doch damals kannte ich die Zweifel und die Gedanken nicht, die mich nachts nicht mehr schlafen ließen. Und nun, wo ich sie kannte, wollte ich sie von mir abstoßen wie ein fremdes Körperteil. Aber es war zu spät – sie gehörten schon längst zu mir.

Die Frage nach der Schuld und was schwerer wiegen würde – meine Familie im Stich zu lassen oder wer schlussendlich dafür verantwortlich war, was aus mir werden würde –, ließ sich in beiden Fällen mit *Emery* beantworten. Es hätte an mir gelegen, wenn sie vor Hunger umgekommen wären, und so war es auch mein Verdienst, dass ich meine Seele weggegeben hatte. Ich hatte es willentlich getan und im Nachhinein fragte ich mich, ob es nötig gewesen wäre, um ein paar Goldtaler im Monat mehr zu haben. Doch ich war schwach gewesen.

Nun würde ich nie wissen, wie unser Leben ohne den Fluch gewesen wäre, und jetzt war ich in einer unhaltbaren Gedankenspirale gefangen, die nur ein Ziel, ein Ende für mich kannte: Die letzte Verwandlung, die das Leben in eine versteinerte Existenz einläuten würde.

Ich fand mich in der Küche vor dem Fenster stehend wieder. Es dauerte nicht lange, bis ich hörte, wie meine Schwester die Stufen der Treppe hinuntersprang. Das Geräusch ihrer Absätze hallte über die Fliesen und stoppte hinter mir.

»Worüber denkst du nach, Emery?« Als ich mich zu ihr herumdrehte, stand meine Schwester gebeugt am Tisch und hatte ihr Gesicht auf ihre Hand gestützt. In der anderen hielt sie ihre morgendliche Tasse Tee, die sie sich jeden Abend vorbereitete. Der Dampf kringelte sich in der Luft. Ihre blonden Haare fielen offen auf ihre Schultern und sie bedachte mich mit einem ernsten Blick. Ich schüttelte meinen Kopf, um die trübsinnigen Gedanken loszuwerden, doch sie sprach weiter, ehe ich ihre Bedenken zerstreuen konnte: »Manchmal habe ich das Gefühl, du bist gar nicht richtig hier.«

»Stehe ich etwa nicht hier in der Küche?«, versuchte ich zu scherzen. Doch selbst ich spürte, dass ich gegen ihre versteckte Anschuldigung nicht ankam, nichts Wirkungsvolles gegen ihren anklagend auf mich gerichteten Blick hervorzubringen hatte, in dem so viel mehr mitschwang.

Ich weiß, dass du mir etwas verheimlichst.

Woran denkst du? An die Stunden, die du heimlich verschwunden bist und über die du nicht sprechen möchtest?

Was hast du erlebt, dass du Schweigen vorziehst?

Ich hätte ihr alles gesagt, um ihr die Sorgen zu nehmen, doch es wären nichts weiter als weitere Lügen gewesen. Eine Lüge mit einer Lüge zu heilen; ich bezweifelte, dass dies möglich war. Als ich Salys zugestimmt hatte, hatte ich auch die Bürde des Geheimnisses auf mich genommen. Wie könnte ich Amra also das Leid ersparen, wenn sie um mein Opfer wüsste? Ich war felsenfest davon überzeugt, dass geteiltes Leid sich nicht halbierte. Es wäre egoistisch, Amra damit zu belasten, um mir den Schmerz zu nehmen. Denn er verdoppelte sich, lastete auf zwei Schultern, deren Besitzer er mit seinem Gewicht in die Knie zwang.

Und was würde es über mich sagen, wenn ich den Schmerz meiner Schwester meinem eigenen Seelenheil vorziehen würde?

»Darf ich nicht mehr nachdenken?«, fragte ich zurück, bemühte mich um einen versöhnlichen Tonfall. »Ich habe nur den Tag bewundert. Er ist zu schön, um nicht rauszugehen.«

Amra verengte ihre Augen kurz zu Schlitzen, ehe sie zögerlich nickte. Auch wenn ich wusste, dass ihr die ausweichende Antwort nicht genügte, ließ sie diese vorerst durchgehen.

»Du musst bald zur Schule aufbrechen, nicht wahr?« Verwirrt über meinen plötzlichen Themenwechsel, nickte meine Schwester mit gerunzelter Stirn. »Lass mich wissen, wann du gehst. Ich begleite dich ein Stück.«

Amra verschränkte die Arme vor ihrer Brust. Ihr Blick war anklagend, doch sie konnte das Zucken ihrer Mundwinkel nicht verbergen. »Willst du so losgehen?«

Ich blickte an mir herunter. Mit ›so‹ meinte sie wohl mein ausgeleiertes Hemd und meine nackten Füße.

»Ich brauche nicht lange, versprochen!«, sagte ich und verschwand nach oben. Es war egal, in welches Kleid ich mich hüllte, denn sie hatten eins gemeinsam: Sie machten eine andere Person aus mir. Auch

Amra hatte sich in der Zeit hergerichtet, als ich mich umzog. Auf ihrer Nase thronte nun eine Halbmaske, die sie in letzter Zeit häufig trug, und ich konnte erst jetzt den Grund dafür erahnen. Als sie an mir vorbei zur Tür huschte, wehte mir der verblassende Geruch von Rosen entgegen.

Wir wanderten schweigend durch die Straßen von Avize. Der morgendliche Wind strich kühl durch die Gassen und mit ihm die Verheißung des anbrechenden Tages. Je näher wir dem Zentrum kamen, desto mehr Menschen begegneten wir. Zu dieser Jahreszeit, kurz vor dem heißen Sommer und während der Trauerfeiern, wunderte es mich nicht, dass uns Feiernde entgegenkamen. Zwei Frauen und ein Mann. Sie hielten ihre Masken in den Händen und die Frauen außerdem ihre Schuhe. Sie waren in ein angeregtes Gespräch vertieft, dann brachen die Frauen in hysterisches Gekicher aus.

»Sie können das doch nicht machen«, murmelte Amra unzufrieden, als wir die Gruppe passierten. Dann warf sie einen Blick über ihre Schulter. »Das ist *so* unanständig. Sie sind bestimmt genauso schlimm wie Diebe, Mörder und Gefallene. *Gesetzlos.* Wie können sie keine Maske tragen?«

Ich lächelte über ihre Entrüstung und versuchte nicht mein Gesicht darüber zu verziehen, wie sehr mich ihre Worte schmerzten. »Sie sind wahrscheinlich noch immer betrunken.«

»Was würde geschehen, wenn die Gendarmerie sie ertappt?«

»Was denkst du denn?«

»Na ja, sie werden doch festgenommen und bestraft.« Und zögerlicher fügte sie hinzu: »Oder, Emery?«

»Dann müsste jeder Bettler dafür bestraft werden, dass er kein Gold für eine Maske hat. Soll er lieber hungern? Ich habe noch nie gehört, dass ein Mittelloser für so ein Vergehen verhaftet wurde.«

»Hm.« Amra schwieg nachdenklich. Wie in Trance tastete sie ihre Maske ab. Ihre Finger glitten über die dünne Keramik und verharrten an der Stelle, an der ihr Gesicht sichtbar wurde. »Keine Gesetze?«, fragte sie. »Aber wieso tragen wir sie dann überhaupt?«

»Es gibt auch kein Gesetz, dass dir verbietet, nackt durch die Straßen zu tanzen. Tust du es trotzdem?«

Amra kicherte. »Emery! Du bist so unanständig!«

Ich lachte mit ihr. »Für mich wäre es dasselbe; ohne meine Maske bin ich nackt. Du nicht?«

»Mein Innerstes nach außen kehren?« Sie schauderte. »Niemals! Ich könnte es nie ertragen, meine Gefühle so offen jemandem zu zeigen, den ich nicht kenne! Es geht niemanden etwas an, was ich denke. Außer dich natürlich«, fügte Amra hinzu, griff nach meiner Hand und drückte sie ermunternd. Ich erwiderte ihre Geste.

»Du denkst manchmal etwas zu viel, glaube ich«, sagte ich. »So, wie du die ganze Zeit über diesen Jungen nachdenkst.«

Amra ließ meine Hand los und schlug gespielt gegen meinen Oberarm. Dann sah sie sich hektisch um. »Emery!«, raunte sie empört. »Es könnte dich jemand hören! Wir sind nicht mehr so weit von der Schule entfernt!«

Ich warf ebenfalls einen Blick über meine Schulter, doch außer den Händlern, die am Ende der Straße ihre Karren befüllten, sah ich niemanden. »Angsthase!«, neckte ich sie. »Wegen des Jungen wünschst du dir bestimmt, dass es keine Masken gäbe, damit du mehr siehst als seine schönen Lippen, die du so gern küssen würdest. Wie heißt er überhaupt?«

Meine Schwester presste ihre Lippen zu einer dünnen Linie zusammen. »Als ob ich dir das jetzt sage.«

»Es stimmt doch?«

»Das macht es nicht besser!«, rief Amra aus, ehe sie sich die Hand vor den Mund schlug. Wieder sah sie sich um. »Bei den Monden, Emery, dir darf man so was nicht erzählen. Du quälst mich!«

Ihre peinliche Berührtheit ließ mich wieder kichern. »Deshalb sind wir Schwestern.«

»Damit du mich quälen kannst?« Jetzt klang sie leidend. »Und was darf ich machen?«

»Süß sein«, schlug ich vor. »Und von mir verhätschelt werden. Aber vorher musst du mir den Namen verraten.«

Sie stöhnte, doch schmiegte sich an mich heran und machte sich größer, um es mir ins Ohr zu flüstern. »Versprichst du, dass du mich nicht lächerlich machst?«

»Ich kann bestimmt eine Ausnahme machen.«

»Emery!«

»Ja, jetzt sag schon!«

»In Ordnung.« Sie atmete tief durch. »Ellis. Sein Name ist Ellis.«

»Wie bitte? Meinst du, er heißt –« Amra trat mir auf den Fuß. Ich zischte auf.

»Du hast es versprochen!«

»Seit wann bist du so gewalttätig, Schwester?«

»Seit wann bist du so unleidlich, Schwester?«, äffte sie mich nach und mit einem frechen Grinsen hüpfte sie davon. »Die letzten Meter kann ich auch alleine gehen! Wir sehen uns heute Abend!«

»Du kleine Kröte!« Sie lachte, drehte sich herum und warf mir eine Kusshand zu. Ich fing ihren Kuss auf und warf ihn über meine Schulter. »So will ich ihn nicht!«

Amra entfloh ein Japsen. »War er dir nicht gut genug?«

»Nur feuchte Luft?«

»Pffff.« Damit trabte sie den Weg zurück. Als sie vor mir stand, schnappte sie nach meinem Haar und zog mich daran zu sich herunter. Bevor ich protestieren konnte, drückte sie mir einen Kuss auf die Wange. Mit diesem ließ sie mich frei. »Zufrieden?«

»Wenn ich gewusst hätte, dass du mir dafür die Haare ausreißt …« Sie kam mir mit ihrer Hand erneut verdächtig nah an meine Haare. »… ja, sehr! Gehst du nun zur Schule?«

Amra gluckste. »Willst du mich jetzt schnell loswerden?« Doch bevor ich darauf etwas erwidern konnte, huschte sie davon. Ich beobachtete, wie ihre schmale Gestalt die Straße entlangwanderte. Bevor sie um die Ecke verschwand, hielt sie inne und winkte mir zu. Als ich meine Hand zum stummen Gruß erhob, war sie verschwunden.

Es gab schöne Zeiten, so wie diese, in denen alle dunklen Momente zu fernen Erinnerungen wurden. Doch ich hatte das Gefühl, dass sie seltener wurden. Stattdessen häuften sich die Gespräche, die sehr starke Ähnlichkeit zu dem von heute Morgen in der Küche hatten, in denen mich meine Unfähigkeit, mit Amra darüber zu reden, unruhig zurückließ. Meine Schuldgefühle trieben mich durch die Stadt, bis ich mich vor den Toren des Marktes wiederfand. Trotz der frühen Stunde waren die Stände belebt. Die Händler versuchten sich gegenseitig in ihren Marktschreien zu übertrumpfen.

Doch der Vorteil war, dass die Stände noch voll mit frischer Ware und die Gassen nicht so überfüllt waren wie zur Mittagszeit. Für heute war mein Ziel einer der Blumenhändler. Der Markt war wie eine eigene Stadt aufgebaut, jeder Berufsstand besaß sein eigenes Viertel. Das System war einfach zu durchschauen. Je teurer und edler die Waren, desto tiefer im Inneren befanden sie sich.

Ein Farbenmeer der Gerüche hieß mich willkommen, noch ehe die ersten Stände der Händler in Sichtweite kamen. Auf der Straße vor ihnen waren prächtige Sträuße ausgestellt, Blumenzwiebeln in allen erdenklichen Formen und Größen nebeneinander aufgereiht, Blumen aus Lavis, Myllain und den anderen Städten. Es gab sie einfarbig, gescheckt, gestreift. Manche in so leuchtenden Farben, dass es auf mich wirkte, als würden sie von innen heraus leuchten. Ich zwang meinen Blick von einer Knolle weg, die zu pulsieren schien, als bärge sie ein Herz in ihrem Inneren, und schob mich in der Masse weiter zu den Schnittblumen. Als mich ein Mann im Vorbeigehen streifte, vergewisserte ich mich, dass mein Geldbeutel noch unter meinem Kleid verborgen war.

Zum Glück musste ich für die Blumen keine Schilder lesen. Meine Entscheidung fiel deswegen schnell und ich raffte gelbe Rosen, Astern, Azaleen, Glockenblumen, Gänseblümchen und Weidenkätzchen in einem Arm zusammen und ging auf den Händler zu, um sie zu bezahlen. Ich versuchte nicht daran zu denken, dass wir wegen der Blumen weniger Nahrung kaufen konnten. Der Händler trug eine Maske aus geschliffenem Holz, das wie dunkler Honig glänzte, mit großen Aussparungen für seine Augen und seinen Mund. Er brauchte nur einen winzigen Moment, um den Wert der Blumen in meinen Armen abzuschätzen, und nannte mir die Summe, gefolgt von einem abschätzigen Schnalzen seiner Zunge. »Ich wäre mir nicht sicher, ob es damit getan ist.«

Meine eine Hand hatte sich schon um den Geldbeutel geschlossen, als ich verunsichert innehielt. »Ich glaube, ich verstehe nicht ganz.«

Doch er winkte ab. Ich warf ihm einen fragenden Blick zu, doch wenn er es bemerkt hatte, so zeigte er es nicht. Mit geübten Griffen befreite er Rosenstiele von ihren Dornen. Als er merkte, dass ich keine Anstalten machte zu zahlen, ließ er die Hände sinken. »Es macht nichts, wenn es schnell geht«, brummte er. »Oder hast du gar nicht vor zu zahlen? Sag mir bitte, du bist nicht eine der lausigen Preller, ich habe durch euch schon so viele Verluste in den letzten Wochen machen müssen.«

»Nein! Natürlich werde ich zahlen.« Ich spürte, wie sich meine Ohren erwärmten, meinen Geldbeutel noch immer in der Hand haltend. Es war ein Tadel, obwohl er gar nicht an mich gerichtet war – zumindest nicht an die Rolle, die ich gerade einnahm. Doch zu einer anderen Stunde, an einem anderen Ort wäre genau ich mit diesen Worten gemeint gewesen. »Ihr habt mich nur ins Stutzen gebracht.«

»Zerbrich dir nicht den hübschen Kopf drüber. Es lohnt nicht, sich über alles und jeden Gedanken zu machen. Davon bekommt man nur Falten und ich glaube zu wissen, dass du noch zu jung dafür bist.« Zu meinem Erstaunen lachte er. »Also, willst du deinen Geldbeutel noch länger in der Hand halten oder hast du auch tatsächlich vor zu bezahlen? Sonst musst du die Blumen leider hierlassen.«

»Natürlich.« Ich reichte ihm die Münzen und machte mich mit dem Strauß, nun eingeschlagen in dünnes Papier, davon.

Am Rande des Marktplatzes ließ mich ein Rufen herumwirbeln.

»Emery!« Ode schob sich durch die Menge auf mich zu. Sein Blick streifte mein Paket, dann zuckten seine Mundwinkel, als könne er nur schlecht ein spöttisches Lächeln unterdrücken. »Was tust du hier?«

»Wonach sieht es wohl aus, Ode?«

»Als wärst du langweilig.« Er ignorierte mein entrüstetes Schnauben und rückte seine Maske zurecht. »Hast du nicht von den Zigeunern gehört?«

»Von wem?«

»Wieso wundert mich das nicht?« Er seufzte schwer. »Komm, dann tue ich etwas für deine Allgemeinbildung und bringe Abwechslung in dein ödes Leben.«

»Danke, aber –« Ode schnappte mein Handgelenk und zog mich, ungeachtet meines Protestes, fort.

»Hab dich nicht so«, warf er über seine Schulter. »Alarig ist auch da. Wir sind alle da.«

»Wo überhaupt?«

»Schausteller. Sie sind heute Nacht gekommen und ziehen durch die Straßen, als würde die Stadt ihnen gehören. Salys ist *begeistert.*«

»Er will sie im Auge behalten?«

»Ah«, machte Ode. »Sie lernt es doch noch.«

Gekränkt entriss ich ihm mein Handgelenk und rieb die schmerzende Stelle, die seine Finger hinterlassen hatten. »Ich kann auch alleine gehen, du hast keinen Grund, mich so hinter dir herzuzerren!«

»Worauf wartest du dann noch?«

Wir verließen den Markt über eine Seitengasse und verfielen in Gleichschritt. Unser Weg führte uns in Richtung des Zentrums von Avize, in das Viertel, in dem sich auch der Palast des Königs befand. Früher ragte er alleine in der Nähe der Küste auf, doch nach der Neugründung von Avize wurde diese um ihn herum errichtet.

»Was hast du eigentlich auf dem Markt gesucht?«, fragte ich, um die Stille zu durchbrechen, die zwischen uns herrschte.

Ode wandte mir sein Gesicht zu und öffnete in einer fließenden Bewegung sein Jackett, um mir einen kleinen Beutel zu zeigen. Anstatt ihn zu loben, runzelte ich die Stirn.

»Meinst du nicht, dass das ganz schön riskant war?«

»Ich bin doch nicht so langsam wie du. Und ich will garantiert nicht *da* landen«, sagte er und warf mir ein Grinsen unter seiner Halbmaske zu. Mit einem Finger deutete er in Richtung des Palastes; auf das Gebäude aus ebenfalls weißem Stein, das in seinem Schatten aufragte. »Du weißt, was sie gerne mit den Dieben machen, die blöd genug waren, sich erwischen zu lassen? Der König soll zwar gutherzig sein, doch er ist nicht dumm. Leider. Sonst hätte er wohl kaum die Todesstrafe auf den Diebstahl königlichen Eigentums verhängt. Stell dir vor, was es bei ihm alles zu holen gäbe! Also meine ich es nur gut, wenn ich dir sage, dass du *vorsichtiger* sein musst.«

»Ist klar.« Ich biss mir auf die Unterlippe. Natürlich wusste ich es. Es war ein Mahnmal, das sich der Gefängniswärter von Avize nicht nehmen ließ – die fliegenden Käfige, die über der Kreuzung der Straße von Lavis und der Straße von Dawienes hingen, direkt vor den Toren des Gefängnisses.

»Dann denk dran, wenn du das nächste Mal wie ein Schlafwandler durch die Menge läufst! Komm, wir sind gleich da!« Unser Ziel war ein Innenhof. Eine Menschentraube hatte sich auf den Treppen und Durchgängen versammelt. Ich brauchte nicht lange, um Alarig zu erkennen, neben ihm ein Mann in Schwarz. An der Art, wie er sich bewegte, erkannte ich Salys in Maske und Zylinder.

»Diese kleinen Nichtsnutze«, spuckte er so voller Hass aus, dass ich innerlich zusammenzuckte. »Die Menschen geben ihnen das Geld freiwillig und merken dabei nicht mal, wie ihnen das Geld aus den Taschen gezogen wird.«

Sie bekommen auch etwas für ihr Geld geboten. Aber ich hütete mich davor, das auszusprechen.

Nachdenklich beobachtete ich ein junges Mädchen dabei, wie es flink wie ein Eichhörnchen über ein zwischen Bäumen gespanntes Seil huschte. Das, was ich im ersten Augenblick für eine Maske hielt, entpuppte sich als Bemalung auf ihrem Gesicht. Ihre Augen waren mit dunkler Farbe umrandet, und als sie blinzelte, blitzten auf ihren Lidern grüne Iriden auf. Sobald ihre Füße den Boden berührten, empfing sie Applaus. Ein schüchternes Lächeln lag auf ihren Lippen, während sie einen alten Hut aus ihrer Tasche zog und den Zuschauern entgegenhielt. Pfiffe rieselten auf sie nieder, begleitet vom Blitzen der Münzen. Sie neigte sich in eine tiefe Verbeugung. Anerkennend zog ich die Augenbrauen hoch; es war nicht dumm, das schüchterne Mädchen zu spielen, dem die Aufmerksamkeit unangenehm war. Bescheidenheit zahlte sich mehr aus als Übermut.

Als der Hut an uns vorbeiwanderte, senkte Salys seine Hand über ihn – sehr zu meinem Erstaunen. *Er gab ihr etwas?* Als hätte Salys meine Überraschung gespürt, warf er mir ein strahlendes Lächeln zu, so giftig wie der Stich einer Hornisse.

»Denkst du so schlecht von mir?« Dann zog er seine geballte Faust heraus und ließ sie beiläufig in seiner Jackentasche verschwinden. Meine kurzzeitige Bewunderung zerfiel zu Staub.

»Für einen Moment dachte ich, jemand anderes wäre an deine Stelle getreten.«

»Und würde euch Ehrlichkeit lehren wollen? Ich bezweifle, dass das noch möglich ist.« Der Mund, aus dem das Gesprochene kam, war zu einem weichen Lächeln verzogen, doch die Worte waren scharf wie Messer. Ich spürte den Stich, der mich unterwürfig machen und beschämen sollte, genau. Für einen kurzen Augenblick wollte ich dagegen aufbegehren, doch die Erinnerung an meinen Fehler vor ein paar

Tagen ließ mich schweigen. Ich wandte den Blick ab und er fiel auf das Mädchen vor mir, das das Kunststück aufgeführt hatte. Ich hatte nicht bemerkt, dass ich den Spendenhut umklammert hielt, und es lächelte mir dankbar zu, als ich ihn ihr überreichte. Mein Blick erhaschte für einen winzigen Moment den Inhalt und mein Magen wurde so schwer wie die Zinnplättchen, die den Boden bedeckten.

Sie dankte mir mit einem angedeuteten Kopfnicken und ging die Reihe weiter. Vor meinem geistigen Auge sah ich sie später über die bittere Erkenntnis in ihrem Schaustellwagen weinen.

»Du trägst dein Herz in deinen Augen, Emery«, hörte ich Salys murmeln. »Wenn du es nicht in deinem Inneren begräbst, wird jemand irgendwann das Licht darin löschen.«

Bevor ich nachdenken konnte, hörte ich meine eigene Stimme, die erwiderte: »Es war nicht richtig, sie zu bestehlen.«

»So?«, fragte Salys mit gespieltem Erstaunen. »Was unterscheidet sie denn von den Menschen, die du sonst beklaust?« Darauf fand ich keine Antwort – denn es gab keinen Unterschied. Salys seufzte und klopfte mir im Vorbeigehen auf die Schulter. »Du musst noch viel lernen, kleiner Vogel.« Ich spürte das Gewicht seiner Hand noch drei Straßen weiter auf meiner Haut und erst dann fiel mir eine Antwort ein: weil ich ihr Gesicht gesehen hatte.

»*Lass dein Herz zu Hause*«, hatte Ode mir in meiner Anfangszeit bei Salys geraten. »*Oder die Wachen finden dich anhand der Spur der Schuld, die du hinterlässt.*« Als ich mit den Blumen in der Hand hinter Salys und den Jungs zum Haus zurückschlich, sah ich es vor mir, als wäre es erst gestern und nicht vor vier Jahren gewesen. Meine dritte Beutejagd und die erste, die schiefgegangen war. Der Schreck darüber, dass ich nicht so unerreichbar war, wie Salys mir hatte weismachen wollen, hatte mich wie kaltes Wasser aus einem süßen Traum geholt. Es war eine Frau gewesen, die ich zu bestehlen versucht hatte. Die goldenen Schnallen an ihrem Korsett hatten mich auf sie aufmerksam gemacht und mir die Illusion gegeben, dass ich mir genauso schönen Prunk kaufen könnte, würde ich nur ihr Geld besitzen.

Doch beim Versuch, meine Hand in ihre Tasche zu schieben, hatte sie mich so fest an der Kehle gepackt, dass ich Tage danach noch die dunklen Schatten vor Amra und Mutter mit einem Tuch hatte verbergen müssen.

»Du kleines Aas!«, hatte sie voller Verachtung gezischt und die Rohheit ihrer Worte hatte mich mehr erschreckt als die Hand um meine Kehle. »Denkst du wirklich, dass mir mein kleiner Schatten nicht aufgefallen wäre, so dreckig und zerlumpt wie du aussiehst? Aus welchem Kanal bist du gekrochen, dass du glaubst, solch dreistes Verhalten würde nicht bestraft werden?«

Schreckensstarr hatte ich in ihrer Umklammerung gehangen, hilflos und ohne das nötige Selbstbewusstsein, bis sich hinter ihr ein Schatten erhoben hatte. Sie musste es wohl in meinen Augen gesehen haben; ein fremder Ausdruck – war es Verwunderung? – war über ihr Gesicht gehuscht und ihre Augen hatten sich nach hinten gerollt. Hände hatten verhindert, dass sie mich mit ihrem Gewicht zu Boden gerissen hätte.

»Ich glaube, ich schulde Alarig nun zwei Goldmünzen«, sagte Ode damals zerknirscht. Er hatte sich gebückt und den Beutel aus der Tasche der Frau gefischt, die mich in Schwierigkeiten gebracht hatte. Mit seiner neuen Beute in der Hand hatte er gegrinst.

»Wieso?« Meine Stimme war ein Krächzen gewesen. »Wettet ihr bei jedem, wann er zum ersten Mal mit offenen Augen in sein Unglück rennt?«

»Klingt verlockend, aber nein. Ich habe gewettet, dass du beim ersten Mal schneller hochgenommen wirst als ich.«

Ein heiseres Lachen war meine Kehle hochgestiegen. Mir war schwindelig gewesen von der Aufregung, sodass ich in die Hocke gegangen war. Als ich zu Ode hochgeblinzelt hatte, hatte ich mir das überlegene Grinsen nicht verkneifen können.

»Beim ersten Mal Anfängerglück, beim zweiten Spielerpech. Ich hoffe, du hast mehr Glück in der Liebe, Ode.«

Ein Mundwinkel hatte sich träge zu einem angedeuteten Lächeln gehoben; doch es war nichts Herzliches darin zu erkennen gewesen. Daraufhin hatte er den Satz gesagt, der mir bis heute im Gedächtnis geblieben war: »Wen sollen wir lieben, wenn wir uns nicht mal selbst lieben?«

Damals verstand ich nicht, was er meinte – doch mit den Jahren bei Salys kam das Verstehen. Wenn ich mich selbst geliebt hätte, hätte ich mein Leben nicht so leichtsinnig weggegeben.

»Wenn du so klaust, wie du gehst, wundert mich nichts mehr.« Ode tauchte neben mir auf.

»Wie gehe ich denn?« Die Frage war mir über die Lippen gekommen, ehe ich über seinen Spott nachgedacht hatte.

»Schwerfällig. Woran denkst du, dass du nicht –«

Daran, wie roh dich die Straße gemacht hat. Ich biss mir auf die Lippe. »Du kannst mir nicht erzählen, dass du das aus ehrlichem Interesse heraus fragst.«

»Als würde ich mich über dich lustig machen!«

»Und was machst du gerade?«

»Dich aus ehrlichem Interesse fragen, worüber du nachdenkst.«

»Hm.«

Ode lachte und seine spöttische Fassade bekam erste Risse.

»Rhys?« Ich hatte ihn auf dem Pfad zwischen der Stadt und der Kathedrale gefunden. Erst hatte ich gedacht, dass der schwarze Schatten im mannshohen Gras nur eine Täuschung meiner Sinne gewesen war, doch er war echt gewesen. Nun lagen wir nebeneinander im Lavendelfeld und während mich ein Zweig an meiner blanken Sohle kitzelte, lauschte ich seinem stetigen Atem.

»Hm?« Es war wie das Flüstern des Windes, der um uns herum durch die Ebene strich. Aber ich verstand ihn dennoch und beinahe musste ich lächeln, darüber, dass es genau die Reaktion gewesen war, die ich mir als Antwort vorgestellt hatte. Dieses sanfte, lockende Geräusch, das aus der Tiefe seines Brustkorbes zu kommen schien.

Genau weil dieses Geräusch so vertraut war, kam ich mir auch nicht schlecht vor, die nächsten Worte zu sprechen: »Ich habe … Die Schmerzen, sie werden immer stärker.« Es war ein Bekenntnis, das ich mich nur ihm gegenüber traute zuzugeben.

»Wie fühlen sie sich an?«, fragte er sanft und mit einem Mal fühlte ich mich verstanden. Weil er es auch durchlebt hatte, Ascher und Caia genauso, deshalb konnten sie meine Angst am besten nachempfinden. Niemand anders könnte das. Wie könnte jemand das gleiche fühlen wie ich, wenn das Wissen fehlte, was ich in mir trug?

»Wie Feuer«, atmete ich aus. »Es fühlt sich an, als würde ich meine Hände in glühende Kohlen stecken.«

»Kannst du sie noch bewegen?«, fragte er leise nach einer Weile. Seine Hand tastete suchend nach meiner, ehe er sie vorsichtig drückte. Die Berührung seiner kühlen Finger linderte ein wenig das stete Brennen in meinen Adern. Doch das Echo der Schmerzen blieb.

»Ja.«

»Dann ist noch alles gut.«

Das Zögern seiner Worte ließ mich innehalten und über seine Wortwahl nachdenken. »Es wird schlimmer werden, nicht wahr?«

Das Gras raschelte unter seiner Bewegung, als er langsam nickte. »Vielleicht …« Würden sie besser werden, hätte er ›Nein‹ gesagt.

Mit meiner Zunge befeuchtete ich meine Lippen, ehe ich fragte: »Wenn du ehrlich zu dir bist, Rhys … hat es sich für dich gelohnt? Das alles?« Um die Worte zu unterstreichen, holte ich mit einer Hand aus und schnitt damit in einer ausschweifenden Bewegung durch dic Luft.

Seine Antwort kam nur einen Herzschlag später: »Ja.« Wäre er sich nicht sicher gewesen, hätte er ›Vielleicht‹ gesagt. Ich hatte seine Überzeugung immer bewundert, denn darin unterschieden wir uns am meisten. Während ich zweifelte, bereute er seine Entscheidung nicht, hatte es nie getan.

»Wie war sie?«, fragte ich und hob den Arm. Unsere verschränkten Hände verdeckten gänzlich die Silhouetten der zwei Himmelskörper über uns. Der Wind raunte um uns herum, als würde er mich für diese Frage tadeln wollen. Aber ich war neugierig. Ich wollte wissen, wer die Frau war, an die er sein Herz verloren hatte. Sie war krank gewesen, sehr sogar, und der Mann, der Rhys Erlösung versprochen hatte, hatte ihn um ein glückliches Ende betrogen. Ein kleiner Tausch – seine Seele für ihre Gesundheit –, damit sie wieder vollständig genesen würde.

Natürlich hatte es nicht geklappt und sie war gestorben, trotz seines Opfers. Man konnte nicht den Zerfall durch eine unsichtbare Kraft rückgängig machen. Aber wer weiß, wie ich gehandelt hätte, wenn Salys mir so etwas angeboten hätte, um Vater zu retten.

Es war ein Spiel, das seit Jahrhunderten, gar Jahrtausenden gespielt wurde und sich seitdem wiederholte, wieder und wieder. Und wir waren, was daraus geboren wurde. Einsame Schicksale, abseits der

Gesellschaft. Gefürchtet, verbannt, gestraft. Wir würden vergehen, unerkannt von der restlichen Welt, zusammen mit unserem Geheimnis. Unsere Angst würde unser Grab sein.

Er ließ sich Zeit. »Schön«, antwortete Rhys dann mit belegter Stimme. »Alles, was ich mir gewünscht habe.« Diese Beschreibung war mächtig, denn hinter *alles* verbarg sich so viel mehr, das ich nur erahnen konnte. Wenn ich mir alles vorstellte, das ich mir wünschte … dafür würde ich gar keine Worte finden. Was würde Alles wohl für mich sein?

»Aber sie wäre so oder so gestorben«, sagte ich sanft. »Du hättest dein normales Leben weiterleben können. Du hättest jemanden Neues gefunden. Kinder bekommen. Wärst alt geworden.«

»Und gestorben«, sagte Rhys lakonisch. »Aber ja, du hast recht. Doch ich hätte jede Nacht wach gelegen und mich gefragt, ob ich nicht die einzige Möglichkeit, sie zu retten, aus egoistischen Gründen abgelehnt hätte. Ich hätte mich mit der Frage gequält, ob es vielleicht nicht die Lösung für uns beide gewesen wäre.« Seine Stimme war frei von Vorwurf. Es war nur eine Erinnerung, von der er sprach, wieso er sich so entschieden hatte.

»Aber bereust du es denn nicht, wenn du darüber nachdenkst? All diese Nächte, die Tage, die du verschläfst. Immer hier zu sein? Nie mehr richtig leben, nie sterben zu können?« Ich drehte meinen Kopf, um ihn besser sehen zu können. Rhys dagegen blickte noch immer in den Himmel, sodass ich nur sein Profil zu sehen bekam. Seine Augen, dicht umrahmt von dunklen Wimpern, blinzelten und Grübchen vertieften sich in seinen Wangen, als er daraufhin die Lippen zu einem Lächeln verzog.

»Nein. Ich werde es auch in den nächsten Jahren nicht bereuen, denn ich weiß, wofür ich es gemacht habe.«

Aber es hat nichts gebracht, wollte ich sagen. Doch im Gegensatz zu mir lebte er mit dem Wissen, dass er alles Mögliche probiert hatte. Ich dagegen musste den Gedanken aushalten, dass ich es gar nicht erst richtig versucht hatte. Denn die Verlockung, sofort eine Lösung für all unsere Probleme zu haben, war mehr als groß gewesen.

»Hattest du keine Zweifel? Auch nicht zu Beginn?«

»Das Gefühl, nichts machen zu können, war lähmend«, begann er leise. »So lähmend, dass ich nächtelang nicht schlafen konnte, weil ich Angst hatte, sie würde dann unbemerkt von mir gehen. Ohne dass ich die Möglichkeit gehabt hätte, etwas für sie zu tun. Verstehst du?«

Ich nickte. Atemlos.

»Aber Zweifel an dem, was ich tat, hatte ich nie. Die Aussicht, mit diesem Versprechen ihr Leben zurückzubekommen … als ich davon erfuhr, habe ich geweint. Ich schäme mich nicht, das zuzugeben«, fügte er leiser hinzu. »Es schien ihr tatsächlich besser zu gehen, wir konnten sogar spazieren gehen, was davor sehr lange unmöglich gewesen war. Wir träumten davon, in die warme Gegend von Gavenye zu ziehen. Sie hatte schon immer die Stadt sehen wollen. Doch am vierten Tag war sie tot.«

Tränen brannten in meinen Augen und ich wischte sie fort, ehe Rhys sie erkennen konnte. »Ich will nicht, dass mir das passiert. Die Verwandlung, meine ich.«

»Dennoch ignorierst du es … oder versuchst es zumindest. Was denkst du, macht dich anders als uns, dass du diesem Schicksal so entkommen könntest?«, setzte er sanft hinterher, als er das Aufbegehren in meinen Augen erkannte. »Denkst du nicht, wir hätten unser Möglichstes versucht, wenn es etwas gegeben hätte?«

»Vielleicht habt ihr zu früh aufgegeben.« Rhys lächelte bei dem Trotz in meiner Stimme und senkte den Kopf. »Mir bleibt nur zu hoffen, dass ich es verhindern kann, wenn ich fest genug dran glaube.«

»Dadurch wird es sich nicht aufhalten lassen, Emery. Nicht, wenn du so tust, als gäbe es diesen Fluch nicht, den du mit dir trägst.« Rhys seufzte. »Wenn du tatsächlich etwas ändern möchtest – dein Schicksal ändern möchtest –, dann musst du aus deinen Gedanken Taten machen. Denn wenn es dich so sehr beschäftigt, ist es wohl wert, das Risiko einzugehen. Was kannst du schon verlieren? Schlimmer als das, was dich sonst erwartet, kann es wohl nicht werden, oder?«

»Aber wie? Wie soll ich es ändern? Du hast es auch nicht geschafft. Weder du noch Caia noch Ascher, habt eure Verwandlungen aufhalten können«, stieß ich hervor. Ich hörte selbst, wie verbittert ich mich anhörte. War das aus mir geworden? »Meinst du nicht, es ist etwas ungerecht, mir diese Illusion geben zu wollen, ich könnte tatsächlich und wahrhaftig etwas daran ändern?«

»Ich verstehe deine Sorge«, entgegnete Rhys sanft. »Aber du darfst uns nicht mit dir vergleichen. Auch wenn wir den gleichen Fluch teilen, so ist es niemals derselbe. Es ist jedes Mal anders. Und bei dir ist es im Gegensatz zu uns nicht zu spät, Liebes.«

»Das sagst du nur so.«

»Du weißt, dass das nicht stimmt.« Er setzte sich auf, ehe er mir die Hand reichte und mir aufhalf. Der Wind, vor dem wir vorher geschützt gelegen hatten, blies mir die Haare ins Gesicht. Rhys ragte über mir auf und strich sie mir aus den Augen. Sein Blick war ernst. »Wenn du etwas ändern willst, dann tu es jetzt. Bevor es zu spät ist.«

»Du bist nicht gerecht«, sagte ich voller Bitterkeit. »Du tust so, als gäbe es eine Möglichkeit. Als hätte ich eine Wahl. Einen Trumpf in meiner Hand, den ich nur auszuspielen bräuchte. Aber dieses große Ganze hier, was wir Leben nennen, ist kein Spiel. Wir haben Schicksale, denen wir uns nicht entziehen können, und wenn wir es versuchen, wird *das* aus uns. Damals war es alles, was ich mir auszumalen wagte. Alles, was ich wollte.« Zittrig stieß ich Luft aus. »Es hat sich richtig angefühlt, das für Amra zu tun. Ich hätte es mir sonst nie verziehen. Und jetzt? Ich fühle mich wie ein Feigling, weil ich wünschte, ich könnte es rückgängig machen. Weil meine Angst größer ist als der Wunsch, es ginge ihr gut.«

»Vielleicht findest du einen Weg, beides zu erreichen.«

»Wie?«

Rhys schwieg für einen Moment. »Salys hat nur so viel Macht über dich, wie du ihm zu haben eingestehst. Wenn du glaubst, dass er zu viel hat, musst du sie ihm wegnehmen. Du hast das besondere Glück, dass du nicht alleine bist, Emery. Vergiss das nicht. Du hast uns und du hast deine Schwester. Das ist mehr, als manch andere haben.«

Er drückte meine Hand. »Bitte denk wenigstens darüber nach, in Ordnung? Du bist ein starkes Mädchen. Lass dich nicht schwächer machen als du bist.« Mit diesen Worten breitete er seine Flügel aus und erhob sich in den Himmel. Sein Schatten fiel wie ein Schleier über mich und der aufgewirbelte Wind brachte Lavendelduft und Sand mit sich.

Mit einer Hand schirmte ich meine Augen ab, sah ihn über mir kreisen.

»Du hast leicht reden!«, rief ich zu ihm hinauf. »Du bist so viel mutiger als ich!«

»Es hat nichts mit Mut zu tun, seinen Weg gehen zu wollen«, gab er zurück. »Es war mutig von dir, für deine Schwester einzuwilligen, und es macht dich nicht feige, dein Leben leben zu wollen.«

Ein Wiedersehen

Als wäre ich eine Höhle und als hätte Rhys in mich hineingerufen, geisterten seine Worte noch Stunden später durch meinen Verstand. Irgendwann war ich so besessen von dieser Idee, die er wie einen Samen in meinen Kopf gepflanzt hatte, dass ich am nächsten Tag wie im Fieber war.

Nachmittags waren wir wieder auf den belebten Straßen unterwegs. Ode bewegte sich so flink und unauffällig durch die Menge, dass selbst ich mit meinem geschulten Auge für Absonderlichkeiten Schwierigkeiten hatte, seinen schnellen Bewegungen zu folgen. Es war auch bewundernswert zu sehen, wie sich Ode, derjenige, der sich immer so unbeeindruckt zeigte, wie ein völlig anderer Mensch präsentierte. Mit seiner hohen Gestalt zeigte er sich charmant und höflich, gar gewitzt, während er um die Frauen herumschwirrte, sie wie zufällig am Rücken, der Schulter, der Taille berührte und so ihr Geld ausfindig machte.

Wir trauten uns nach den vergangenen Tagen noch immer nicht auf die Straße von Lavis, was zur Folge hatte, dass die Stimmung langsam ungemütlich wurde. Salys war unzufriedener denn je, dass wir die größte Straße der Stadt meiden mussten. Er hatte die absurde Vorstellung, dass ihm dadurch Einnahmen entgingen, obwohl wir immer mit denselben Kleckerbeträgen wie sonst zu ihm zurückkehrten. Ich zumindest merkte keine Veränderung, jedoch reflektierten die anderen seine Laune.

Ode drehte sich um und bedeutete mir mit einer Handbewegung, dass ich mich beeilen sollte. »Kein Wunder, dass du erwischt wurdest, so träge, wie du dich bewegst«, murmelte er so, dass nur ich ihn hören konnte, und legte eine Hand auf meinen Rücken, um mich besser durch die Menge manövrieren zu können.

»Das eine hat mit dem anderen überhaupt nichts zu tun!«, verteidigte ich mich. »Ich bewege mich nur bedächtiger und gehe nicht so in die Offensive wie du. Und«, fügte ich mit Nachdruck hinzu, als er wieder zu einer flapsigen Antwort ansetzen wollte, »es ist nicht so, als wäre dir noch nie ein Fehler unterlaufen. Muss ich dich an die Nacht erinnern, in der dir der Mann in die Gondel hinterhergesprungen ist und ihr beide gekentert seid?«

»Das war etwas komplett anderes!«

»Natürlich war es das.«

Ode blieb für einen Moment still, dann seufzte er. »In Ordnung. Ich hätte ihn vielleicht nicht herausfordern sollen, es mir nachzutun.«

»Und du hast bekommen, was du verdient hast. Du hast den armen Mann nicht nur beklaut, sondern ihn auch verhöhnt. Dämlicher ging es nicht mehr«, betonte ich.

»Streu noch mehr Salz in die Wunde, Emery.« Mit einer Hand strich er sich über die Maske, als würde er versuchen, sich den Schweiß von seiner bedeckten Stirn zu wischen.

»Mit Vergnügen.«

»Ach, halt die Klappe«, grummelte Ode mit einem Mal unwirsch. »Teilen wir uns jetzt auf? Viel Erfolg.« Dann war er fort. Ich konnte nicht abstreiten, dass ich erleichtert war, als er endlich verschwand. Seine aufsässige Art ließ mich unkonzentriert werden – das war etwas, das ich mir nun nicht erlauben durfte. Nicht, nachdem ich der Grund war, dass wir unserer Arbeit nur erschwert nachgehen konnten.

Bei dem Gedanken seufzte ich auf, ließ mich von der Menge, der Ausgelassenheit und dem Lärm mittragen. Die Menschen strömten in das Zentrum der Stadt, doch das war nicht mein Ziel. Hier, in einer der Seitengassen, die über mehrere Brücken miteinander verbunden waren, mit verwinkelten Wegen und Türen, die auf die Dächer der Häuser führten, gab es genug Möglichkeiten, sich nach einem gelungenen Trick aus der Affäre zu ziehen.

Es lebe Avize!

Hoch lebe König Elyes!

Mylady, Ihr seht fabelhaft aus!

Tausend Gespräche um mich herum. Die Luft war voll von ihnen. Geschickt schob ich mich durch die Lücke zweier Menschen hindurch und hielt nach einem geeigneten Opfer Ausschau. Einer Frau oder einem Mann, die ihr Geld in fahrlässiger Weise an ihrem Körper trugen. Ode konnte noch nicht weit weg sein. Ob er schon jemanden ausgemacht hatte, den er um ein paar Taler erleichtern konnte?

Ich war so auf die Verkleidungen und Habseligkeiten der Menschen um mich herum fixiert, dass ich erst merkte, wie nah mir jemand gekommen war, als mich dieser jemand unsanft anrempelte. Mein erster Impuls war, weiterzugehen und so zu tun, als hätte die Person es nicht geschafft, mich ins Straucheln zu bringen.

Bis mich eine sanfte Berührung an meinem Arm zurückhielt.

»Oh, verzeiht«, sagte eine tiefe Stimme. Mein Blick schnellte automatisch zu der Hand, die wieder zurückgezogen wurde.

Dann zu ihm. Ein Mann stand vor mir, in einem prächtigen Anzug aus Silber und Grün und mit einem erhabenen Kragen. Er war ohne Hut, trug seine dunklen Haare zu einem Zopf in seinem Nacken gebunden. »Ich hatte meine Aufmerksamkeit für einen kurzen Moment schweifen lassen. Geht es Euch gut?«

»Natürlich«, murmelte ich unwirsch. Mein Blick glitt über seine Maske, ehe ich eine Lücke in der Menschenmenge suchte, in der ich ungesehen verschwinden konnte. Salys ließ uns viele Freiheiten, wenn es darum ging, wie wir unser Geld zu ihm herantrugen, doch in einem war er strikt. Wehe, wenn wir Aufmerksamkeit erregten. Deswegen war es auch so fatal, was mir widerfahren war. Sollte ich mich nicht schnellstens aus dem Gespräch entziehen können, so würde ich mein Kleid und meine Maske für sehr lange Zeit in meinen Schrank sperren müssen.

Aber ich war nicht dumm. Das hämische Grinsen der Maske kam mir ungemein bekannt vor. Nicht umsonst achtete ich auf solche Kleinigkeiten in einer Welt, in der sich die Wahrheiten hinter Fassaden versteckten.

»Es ist nichts passiert«, betonte ich ein zweites Mal und setzte zu einer Verabschiedung an. Gefolgt von einem Knicks, bereit, mich aus dem Staub zu machen. Doch seine Hand hielt mich abermals zurück.

Für meinen Geschmack wurde mir der Herr ein wenig zu aufdringlich.

»Kann ich Euch irgendwie helfen?«, presste ich zwischen meinen Zähnen hervor und visierte den Mann an. Er war fast zwei Köpfe größer als ich und besaß eine schmale Statur; er konnte nicht viel älter sein, vielleicht zwanzig? Es fiel mir schwer, es genau einzuschätzen, ohne sein Gesicht zu sehen. Was wollte er?

»Ich möchte für dich hoffen, dass du deine Schlüssel sicher aufbewahrst.« Obwohl die Menschen um uns herum tobten, wurden sie plötzlich zum Nebengeräusch. Dabei konnte ich nicht anders, als ihn fassungslos anzustarren, während ich versuchte, die Bedeutung hinter diesen Worten zu verstehen.

Eines wusste ich nun sicher: Er war es wirklich. Der Mann, der mir meine Schlüssel zugeworfen hatte und unerkannt verschwunden war. Er hatte gesehen, was ich war – seine Sorge konnte doch nicht ernst gemeint sein.

»Bitte?« Mit einem Ruck befreite ich mich aus seinem lockeren Griff. Er machte keine Anstalten, etwas dagegen zu unternehmen. »Ich weiß nicht, wovon Ihr redet. Was für Schlüssel? Ihr müsst verstehen, ich habe wirklich keine Zeit für solche Scherze!« Ich wich einen Schritt zurück, dann noch einen. Doch mein Vorhaben blieb nicht unentdeckt; er schloss mühelos wieder auf.

»Wirklich nicht?«, fragte er. »Aber was ist dann mit diesen hier?« Er hob den linken Arm und das Blut in meinen Adern gefror. Ich war unfähig, einen klaren Gedanken zu formulieren, geschweige denn mich zu bewegen. So konnte ich nur beobachten, wie meine Schlüssel bei seiner Bewegung auf und ab wippten. *Meine* Schlüssel, die eigentlich um meinen Hals hängen sollten, blitzten unschuldig im Licht des Tages. »Dachte ich es mir doch. Ich hatte gehofft, dich irgendwann wiederzutreffen. Du hast mich mit deinem Zaubertrick sehr beeindruckt, wenn ich ehrlich bin …«

Ich warf einen kurzen Blick zu den dargebotenen Schlüsseln und zwang mich, sofort wegzusehen. Das Bedürfnis, sie sicher bei mir zu wissen, war überwältigend. Die Lüge fiel mir deshalb umso schwerer.

»Noch nie gesehen«, murmelte ich und ich war froh, dass meine Maske meinen verräterischen Gesichtsausdruck verdeckte. Wie hatte er sie ergattert? Wie hatte ich mich beklauen lassen können? »Ich befürchte, ich muss Euch enttäuschen. Wahrscheinlich hat sie jemand anderes verloren. Ich kann Euch wirklich nicht weiterhelfen. Wenn ich also bitten darf –«

»Ach, komm schon.« Er ließ mich nicht ausreden. »Du kannst mir nicht erzählen, dass du sie nicht wiederhaben willst. Oder?«

Ich verlor das innerliche Tauziehen um meine Fassung. »Ich mache es dir einfach: Behalte sie, wenn du es unbedingt möchtest! Ich besorge mir neue!«

»Wirklich?«, fragte er lauernd. »Geht das so einfach?«

Nein, ging es nicht. Aber er konnte nicht wissen, dass Salys mir nur dieses eine Paar gegeben hatte.

Und wenn doch?

»Bitte«, begann er auf mein Zögern hin. »Ich möchte nur kurz mit dir reden; danach bist du frei, mit deinen Schlüsseln zu tun und zu lassen, was du möchtest. Du bekommst sie wieder, versprochen.«

Während er sprach, ließ ich meine behandschuhten Hände hinter meinen Rücken wandern. Für den Fall, dass er mir noch näher kommen sollte, konnte ich aus einer kleinen eingenähten Lasche ein Messer ziehen und mich notfalls verteidigen. Es war Rhys' Idee gewesen, doch bisher war es nie so weit gekommen. Und dieser Abend sollte nicht der erste werden.

»In Ordnung.« Meine Stimme war ein Krächzen. Dann zögerte ich. »Du hast eine Minute, um dich zu erklären, also sprichst du besser schnell. Danach will ich meine Schlüssel wiederhaben und dich nie wiedersehen. Verstanden?« Hilfe suchend warf ich einen Blick über meine Schulter, doch ich konnte Ode nirgends erblicken. Mein Herz schlug aufgeregt in meiner Brust, während ich die Menge analysierte, ob wir jemandem aufgefallen waren. Würde sich jemand an uns erinnern?

Wo war Ode, wenn ich ihn brauchte? *Bei den Monden.*

»Ich habe so etwas noch nie gesehen. Das Feuer, die Hitze … du hast die Menschen sprachlos zurückgelassen. Das war doch nicht das erste Mal, dass du … wie lange machst du das schon?«

»Mache ich *was* schon?«

»Na …« Er zögerte. »Ich meine die Verwandlungen. Sie helfen dir beim Stehlen, oder?«

»Du hast es gesehen oder nicht? Wozu fragst du dann noch?«

»Ich würde es gerne verstehen …« Der Mann verstummte.

»Und du denkst, es würde dich etwas angehen?«, zischte ich. »Du tauchst hier auf und weil du mir einmal geholfen hast, bin ich dir einen Gefallen schuldig? Ich glaube, da irrst du dich!«

»Aber du bist eine von ihnen, oder nicht? Du hast deine Seele –«

Ich schlug ihm vor die Brust. »Wage es nicht!«, zischte ich. Tränen brannten in meinen Augen. Dafür waren die Masken gut! Alleine dafür! »Wage nicht, es auszusprechen!« Doch ich hatte ihn unterschätzt, das merkte ich nun.

»Dann zwing mich nicht dazu!«, gab er mit einem Mal kalt zurück. »Du weißt es, ich weiß es – es gibt keinen Grund, uns was vorzumachen. Du *bist* eine Gefallene. Du *hast* deine Seele verkauft, ob du es wahrhaben willst oder nicht. Was ändert es daran, es auszusprechen?«

»Alles!«, brachte ich gequält heraus. »Sprich es nie wieder aus, hast du verstanden? Sag jetzt, was du von mir willst und stell keine Fragen mehr, deren Antworten du schon weißt!«

Mein Ausbruch schien ihn zu überraschen. Der Mann zuckte zusammen und hob abwehrend die Hände. »Nein, hör zu. Was ich eigentlich –«

»Ich glaube, deine Minute ist fast um!«, unterbrach ich ihn harsch und wollte zu einer weiteren Bemerkung ansetzen. Doch seine Hände lenkten mich ab, als er sie über der bloßen Haut meines Oberarms schweben ließ. Ehe er zupackte. Nicht meinen Arm, sondern meinen Hals. Seine Finger wickelten sich wie Schlingen um ihn, bis er mir jegliche Luftzufuhr abschnitt. Dann trat er noch einen Schritt näher an mich heran.

Das kann er nicht machen, nicht bei den vielen Menschen, schoss es mir durch den Kopf. Doch aus den Augenwinkeln sah ich niemanden mehr. Nur wir zwei in der nachmittäglichen Stille, die uns umgab wie ein Kokon.

Wie hat er das gemacht?

Was *war* er?

Es gab keine Magie mehr in Unarmon. Sie war vor langer Zeit verloren gegangen. Es gab nur noch die nutzlosen Abbilder, die Illusionen, die auf den ersten Blick wie Magie wirkten, aber keine waren. Sie war mit den königlichen Dynastien verloren gegangen. Jedes Königshaus hatte seinen Spruch, sein Wappen, seine Magie, doch als sie starben, starb sie mit ihnen.

Ich war ihm nun so nah, dass ich mir einbildete, seinen Atem auf meiner Maske zu spüren. Feine Linien zogen sich über die glasierte Oberfläche der seinen, die einst wohl weiß gewesen sein musste. Nun war sie milchig und an einer Stelle platzte die Farbe der Lippen ab. Doch seine Augen –

Seine Augen lagen in Schatten.

Ich spürte mein Herz widerspenstig in meiner Brust pulsieren und dennoch verschwamm meine Sicht mit jedem Schlag mehr.

»Lass mich los«, keuchte ich. Jeder Atemzug schmerzte. »Wieso tust du das?«

»Wirst du mich anhören?«, fragte er. »Ich bin mir sicher, dass es auch dich interessieren würde!« Seine Stimme klang seltsam weit entfernt und dumpf.

Was hat er gefragt, Emery? Reiß dich zusammen!

»Ich hab doch gesagt, dass ich es tun werde! Bitte, ich –«

Das Bild vor meinen Augen zerfiel und der Lärm von Avize schwappte über mich.

Augenblicklich legte ich meine Hände schützend um meinen Hals. Dort, wo eben noch seine Hände gewesen waren, strich kühle Luft über meine Haut, füllte wieder meine Lunge wie süße Euphorie. Das Erste, was ich wahrnahm, waren die vielen tanzenden, ausgelassenen Menschen um mich herum. Ich ließ suchend meinen Blick über die Menge gleiten, hielt Ausschau nach jemandem, der eben gesehen hatte, was mir angetan wurde, doch niemand achtete auf uns. Die Menschen strömten an uns vorbei, als wären wir Statuen. Doch wie konnte er mit einem Mal zwei Schritte entfernt stehen, wenn er mich eben noch beinahe stranguliert hatte? Was war geschehen?

Niemand hatte etwas mitbekommen.

»Was hast du getan?« Selbst ich hörte, wie verloren ich klang. Der Fremde musterte mich regungslos, beide Arme hingen schlaff an seinem Körper hinab.

»Ist alles in Ordnung bei dir?« Er klang unverschämt besorgt. War alles in Ordnung? Bei den Monden von Unarmon, was war los mit mir? »Ich wollte dich nicht aufregen«, schob er hinterher. »Habe ich etwas falsch gemacht? Ich wollte nur reden – ich glaube, das war keine gute Idee. Hier.« Er streckte seinen Arm aus und ich zuckte beinahe zusammen, doch er hielt nur die Schlüssel in meine Richtung und klimperte auffordernd mit ihnen. Benommen griff ich nach ihnen. Er schien eine Berührung vermeiden zu wollen und ließ sie los, sodass sie in meine geöffnete Hand fielen.

Ich hatte noch immer keine Worte gefunden und so konnte ich nur beobachten, wie er sich nach einem kurzen Augenblick umdrehte und sich einen Weg zwischen den Menschen hindurch bahnte. Er war jedoch nicht weit gegangen, da hielt er inne, als hätte er etwas vergessen. In dem Moment, in dem er sich mir wieder zuwandte, flog etwas durch die Luft und aus einem Reflex heraus fing ich es auf.

»Bitte verzeih mir. Sieh es als Wiedergutmachung für die gestohlene Zeit«, sagte er, ehe sich die menschliche Wand zwischen uns verschob. Er war fort. Ich starrte ihm ratlos hinterher, ohne überhaupt zu begreifen, dass er tatsächlich weg war. Nach wenigen Schritten erinnerte ich mich, wie in Trance, dass mir der Mann einen Beutel zugeworfen hatte, und als ich meine Hand zur Faust ballte, bohrten sich die Kanten der Taler in meine Handinnenfläche. Hatte mir mein Verstand einen Streich gespielt? Oder war ich noch einen Schritt näher an das Ende herangerückt?

Über dem restlichen Abend lag ein Schleier der Benommenheit, begleitet von einer quälenden Frage. Wurde ich verrückt? Rhys hatte nie erwähnt, dass es zu solchen Visionen kommen konnte. Hatte er sie aus irgendwelchen unerfindlichen Gründen verschwiegen? Aber wieso hätte er das tun sollen? Oder vielleicht wusste er nichts von ihnen, weil die Verwandlung bei jedem anders verlaufen war? Genauso wie jeder von ihnen, Rhys, Ascher und auch Caia, ganz anders mit seinen Flügeln aussah?

Noch auf der Straße wagte ich es, einen verstohlenen Blick in den Beutel zu werfen. Es waren zwei oder drei Handvoll an Talern, genug, dass Salys nicht argwöhnisch wurde, wenn ich nicht mit mehr wiederkommen würde. Ich war viel zu aufgewühlt, um noch auf Beutezug zu gehen. Je aufgeregter ich war, desto wahrscheinlich war es, dass ich Fehler machen würde.

Ich wusste nicht, wie viel Zeit vergangen war. Als Ode mich fand, tippte er mir auf die Schulter.

»Was machst du? Bist du so langsam gegangen, dass du schließlich erstarrt bist?«

Mein Blick schnellte zu ihm und ich schlug seine Hand weg. »Der Spruch ist neu, wo hast du ihn aufgeschnappt?«, zischte ich. Schnell ließ ich den Geldbeutel in den Falten meines Kleides verschwinden. »Bist du fertig?« Ode nickte und ich bemerkte, dass er mich argwöhnisch musterte, doch ich schüttelte den schwelenden Blick von mir ab. »Was stehst du dann hier herum? Wir haben noch einen Rückweg vor uns.«

Ich wartete seine Antwort nicht ab, sondern stürmte vorwärts. Möglichst weit weg von dem Geschehen und dem Mann, der mich für einen Gefallen beinahe erwürgt hatte.

Aber wieso hatte es so ausgesehen, als hätte er sich nicht bewegt?

»Ist etwas vorgefallen?«

»Was sollte passiert sein?«, gab ich unwirsch zurück. »Außer dass meine Ausbeute mager ist und Salys nicht entzückt sein wird?«

Selbst später meinte ich mir einzubilden, noch immer die Finger des Fremden auf meiner Haut zu spüren. Als wir Salys' Haus erreichten, zog ich mich als allererstes ins Badezimmer zurück. Es war ein trister Raum; das Fensterglas war milchig und es drang nur wenig Tageslicht hinein. Früher waren die Wände mit bräunlichen Fliesen bedeckt gewesen, doch der Großteil von ihnen lag nun in Scherben am Boden. Ich trat vorsichtig um sie herum und wischte den Staub von der gläsernen Oberfläche des Spiegels.

Mir blickte eine Frau entgegen, die Maske aus hell gebrannter Keramik, die Lippen unter der Halbmaske zu einer dünnen Linie zusammengepresst. Ich sah alt und verhärmt aus. Mit vorsichtigen Bewegungen schlug ich den Kragen meines Kleides zurück und suchte im Spiegel nach Abdrücken. Obwohl es mich erleichtern sollte, verstörte mich das, was ich vorfand, umso mehr. Mit einem lautlosen Keuchen wich ich vom Spiegel zurück, bis ich mit dem Rücken gegen die Wand stieß. Mein Spiegelbild tat es mir gleich, den Mund zu einem überraschten *›o‹* aufgerissen.

Es gab keinen blauen Schatten als Beweis dafür, dass es wirklich passiert war. Als wäre es nicht real, eine Täuschung gewesen.

Ich kehrte mit bebenden Händen zurück, Ode saß am Fass und mischte ein Kartendeck. Vor ihm auf dem Holz lag seine Beute. Er schenkte mir keine Beachtung, als ich an ihm vorbei zur Treppe huschte. Im oberen Stockwerk angekommen, leerte ich den Inhalt des Beutels auf den Boden und begann unschlüssig, die runden Stücke auf den Dielen hin und her zu schieben. Das Geld des Mannes jedoch behielt ich bei mir; ich war mir noch unschlüssig, was ich damit anstellen wollte.

Mit Zahlen war ich besser als mit Buchstaben, und so tippte ich mit jeder Fingerspitze eine Münze an, zog jeweils fünf aus dem Haufen und stapelte sie zu einem Turm. Das machte ich so lange, bis ich nur noch Türme vor mir aufgereiht sah und sie in Pärchen zusammenschob. Ein Pärchen waren so viele wie die Finger meiner beiden Hände zusammen. Ich bildete acht Grüppchen, bis ein Turm übrig blieb und zusätzlich drei einzelne Taler. Ich zählte achtundachtzig Münzen. Von diesen wollte Salys die Hälfte haben, aber an diesem Tag zögerte ich. Rhys' Worte hallten noch immer in mir nach und verunsicherten mich. Hatte ich tatsächlich die Möglichkeit, Salys die Macht zu entziehen, die er auf mich ausübte?

Das bedeutete, wenn ich frei sein wollte, musste ich endlich die Fesseln abwerfen, die er mir auferlegt und die ich als junges Mädchen nur allzu willig angenommen hatte. Ihm nicht mehr bei jedem Satz zuzustimmen. Nicht mehr blind seinen Anweisungen folgen. Ihn nicht mehr bestimmen lassen, wie viel Geld er von mir bekommen würde. Aber war es so einfach? Dieser Akt der Rebellion schien so unbedeutend.

Denk an Amra, wisperte eine Stimme, lockend und verführerisch. Meine Hand verharrte über den Münzen. *Denk daran, was sie sich von dem zusätzlichen Geld wünschen könnte.*

Ich versuchte mir einzureden, dass Salys nicht wissen konnte, wie viele Münzen ich mitgebracht hatte. Er ließ sich nie die genaue Beute zeigen, er war zufrieden mit dem, was wir ihm brachten. Mein Blick flog zur Tür, doch sie war noch immer angelehnt und hielt mich vor neugierigen Blicken geschützt. Das war wohl der Grund, wieso ich nicht wie sonst die Hälfte für Salys beiseitelegte, sondern viel weniger. Den Rest schob ich zusammen und verstaute ihn in einem anderen Beutel in meinem Schuh. Gerade als ich meinen Rock über den Stiefel raffte, polterte Ode in das Zimmer.

»Warst du heute Nacht erfolgreich?«, fragte er mit hochgezogenen Brauen. Er trat mit verschränkten Armen an das einzige Fenster im Raum und warf einen Blick auf die Straße, ehe er sich mir wieder zuwandte. Während er sich drehte, erlosch das Abbild der Lichter der Straße auf seinem Gesicht.

»Ich denke, vierzig sind genug«, antwortete ich leicht irritiert. Was brachte es ihm, immer wieder wissen zu wollen, wie viel er im Vergleich zu den anderen ergaunert hatte? »Und du?«

»Mehr als du«, flapste er.

»Ach. Und wie viele genau, Ode?«

»Wenn du es so genau wissen willst«, sagte er mit Nachdruck. »Dreiundfünfzig.«

»Das ist natürlich ein Unterschied«, merkte ich amüsiert an.

»Sonst wäre die Zahl nicht größer, Emery.« Nun war er es, der irritiert wirkte. »Wie auch immer. Die Nacht ist noch nicht zu Ende und Alarig hat vorgeschlagen, dass wir noch in die Stadt gehen und die Feier genießen sollten. Kommst du mit?«

»Aber ihr geht nicht mit derselben Kleidung hin, mit der ihr eben zurückgekommen seid, oder?«

»Klar.« Ode schnaubte bei diesem Gedanken. »Natürlich nicht, das wäre selten dämlich. Hast du ein anderes Kleid hier?«

Ich seufzte und der Gedanke an die verstörende Begegnung von vor wenigen Stunden kratzte an meinem Bewusstsein. »Nicht heute Nacht, Ode. Morgen vielleicht.« Vielleicht würde die Welt dann wieder anders aussehen und ich hätte eine logische Erklärung für das, was passiert war.

Er zuckte mit den Schultern. »Nicht, dass ich es schade finden würde.«

»Wieso hast du dann überhaupt gefragt?«, hakte ich verärgert über dieses Geständnis nach.

»Alarig hat mich gezwungen.« Er schnitt eine Grimasse dabei. »Aber nun muss ich mir ja keine Gedanken mehr machen.«

»Ach, tu uns beiden den Gefallen und hau ab, du Arsch mit Ohren.« Wütend kam ich auf die Beine und warf ihm einen stechenden Blick zu – er grinste –, um stolzen Schrittes den Raum zu verlassen.

Unentschlossen, ob ich Rhys und den anderen einen Besuch abstatten sollte, entschied ich mich erst mal dafür, über die Kanäle zu treiben, hüpfte in eine der Gondeln, die vor Salys' Haus angedockt waren, und löste das Tau vom Pfahl. Sofort ging ein Ruck durch das Boot und es begann sich, angetrieben durch den Strudel, vorwärts zu bewegen. Ich stand auf dem hinteren Teil der Gondel, dem Heckschnabel. Meine Hand ruhte auf dem Riemen, der in einer Mulde der Rudergabel lag, und manövrierte mich so über den Kanal. Es war ruhig auf dem Wasser. Die meisten waren zu betrunken, um ihre Gondeln noch lenken zu können und so tummelten sie sich auf den Brücken und den Gassen, die ich passierte. Ihr Lachen und Plaudern hallte zwischen den Häusern entlang und wurde um ein Mehrfaches von der Wasseroberfläche zurückgeworfen.

Je weiter weg ich vom Zentrum in die äußeren Bezirke der Stadt gelangte, desto ruhiger wurde es. Mit der Zeit hörte ich nur noch das sanfte Plätschern des Wassers.

In meinem Schuh spürte ich das zusätzliche Gewicht der Taler. Es fühlte sich gut an; als würde ich langsam ein Stück Macht über mein Leben zurückerhalten. Ein wenig Kontrolle über mein Schicksal.

Irgendwo schrie eine Katze, begleitet von dem Klang eiliger Schritte. Sie wurden immer lauter, hallten von den Wänden wider. Vielleicht ein anderer Dieb, der in die Schwärze der Nacht flüchtete. Bis die Schritte genau über der Brücke haltmachten, unter der ich gerade durchfuhr. Als die Monde mich mit ihrem Licht wieder in Empfang nahmen, entwich der Person ein Seufzen. Ich wollte mich umdrehen, schauen, wer so hastig durch die Nacht lief, doch das Einzige, was ich sah, war der Schatten von jemandem, der über die Brüstung stieg und sich fallen ließ. Die Wucht, mit der mich der Körper traf, presste mir die Luft aus den Lungen. Ich landete auf dem Rücken und ein Stück Holz bohrte sich unsanft in mein Fleisch.

Die Gondel schaukelte bedrohlich, als ich versuchte, den Eindringling von mir herunterzuschieben.

»Runter«, krächzte ich panisch. »Runter von mir! Ihr tut mir weh –«

»Gut«, erwiderte die körperlose Stimme. »Das war mein Ziel!«

»Es hat nichts Ehrenwertes, jemanden auf einer Gondel zu überfallen!«

»Aber ihnen das Geld aus den Taschen zu ziehen? Emery, glaubst du das wirklich?«

Das fehlende Puzzlestück fiel an seinen Platz. »Ode«, schnappte ich. »Das ist nicht witzig. Was machst du hier? Hast du getrunken? Geh – geh runter!«

Stattdessen schlossen sich seine Finger schmerzlich um meine Schulter.

»Ich weiß ganz genau, was du getan hast«, unterbrach er mich. Seine Worte kamen langsam und drohend aus seinem Mund, sein warmer

Atem strich über mein Gesicht, als er sich näher zu mir beugte. »Was hast du dir nur dabei gedacht?«

Ich ignorierte das Gefühl aufkeimender Panik in meinem Inneren. »Wovon redest du, verdammt? Geh von mir runter!« Mit meinen Händen versuchte ich ihn von mir wegzudrücken, doch er war stark – zu stark. »Was auch immer du für ein Problem hast, meinst du nicht, dass wir das normal klären können?«, schnappte ich frustriert.

»Du mit deinen kleinen Spielchen … du wirst zu Salys gehen und beichten, was du getan hast. Du weißt, wie ungehalten er wird, wenn er erfährt, dass jemand ihn betrogen hat«, presste Ode zwischen seinen zusammengebissenen Zähnen hervor. Der Druck seiner Hände verstärkte sich, sodass ich spürte, wie sich meine Knochen unter seiner Umklammerung verschoben. Doch der Schmerz hinderte mein Herz nicht daran, mir in die Hose zu rutschen.

»Ich habe niemanden betrogen!«

»Ach ja? Und was ist mit dem Geld, dass du in deinem Schuh versteckst? Viel mehr, als dir eigentlich zustehen würde? Du solltest Türen nicht angelehnt lassen, wenn du sowas im Schilde führst! Was denkst du, hätte Salys mit dir getan, wenn er es an meiner Stelle beobachtet hätte, hm?«

»Er hat mich auch hintergangen! Schon seine ersten Worte an mich waren gelogen, ganz zu Schweigen von der Gabe, die mehr Fluch als Segen ist!«

»Denkst du, er würde das verstehen? Du kannst mir nicht sagen, dass du *so* dumm bist!«

»Ich habe das für meine Familie getan!«, japste ich. »Du hast doch auch Familie, Ode. Würdest du nicht –«

»Aber man sollte wissen, wo man seine Prioritäten setzt, Emery«, antwortete er mit einem Mal ruhig. »Und du hast dich für die falsche Seite entschieden.«

»Du kannst das nicht machen«, hielt ich dagegen. »Meine Familie ist auf das Geld angewiesen, Ode!«

»Oh, doch. Ich kann und ich will. Du hast bis morgen Abend Zeit.«

»Du Mistkerl«, heulte ich frustriert auf. »Das kannst du nicht machen!« Mit aller Kraft stemmte ich ihn von mir weg und trat mit meinem Bein nach ihm; ich musste ihn an einer ungünstigen Stelle getroffen haben, denn er grunzte überrascht auf und lockerte seinen Griff für einen winzigen Moment. Dieser reichte, um ihn mit meinen Beinen aus der Gondel zu katapultieren. Ein Glucksen wie ein Schrei hallte durch die Nacht.

Nach Atem ringend richtete ich mich auf und starrte auf das schwarze Wasser. Es dauerte nicht lange, bis Ode an der Stelle, an der er untergegangen war, fluchend wieder auftauchte. Doch ich war zu weit weg, als dass er mich noch einholen konnte. Fassungslos beobachtete ich, wie er sich das Wasser aus den Augen strich.

»Denk an meine Worte, Emery«, brüllte er aufgebracht. Seine Drohung wurde wie ein Echo von den Häuserwänden zurückgeworfen. »Du hast einen verdammten Tag Zeit, um Salys um Gnade anzuflehen!«

An der nächsten Biegung sprang ich aus der fahrenden Gondel. Meine Gedanken ergaben keinen Sinn. Ein Teil von mir forderte, dass ich Ode augenblicklich ausfindig machte, um ihn zum Schweigen zu zwingen, der andere jedoch war außer sich. Wie hatte ich nur so naiv sein können, zu denken, ich könnte Salys betrügen? In seinem eigenen Haus?

Was hatte ich getan?

Meine Schulter brannte von dem festen Griff, mit dem Ode mich umklammert gehalten hatte. Auch meine Finger schmerzten, besonders die Nägel, mit denen ich in blinder Furcht versucht hatte, nach meinem Angreifer zu greifen und ihn zu kratzen. Ich verirrte mich auf dem Weg nach Hause.

In meinem Bett angekommen, wälzte ich mich hin und her, bis ich schließlich in einen leichten Schlaf fiel. Bis ein Käuzchen schrie und ich wieder wach und mit pochendem Herzen dalag. Neben mir hörte ich Amra in ihrem Bett pfeifend durch die Nase atmen. Drei pfeifende Atemzüge später wusste ich, dass ich nicht mehr einschlafen würde und kroch aus dem Bett. Von tiefer Unruhe getrieben, denn in meinem Kopf überschlugen sich die Möglichkeiten, Ode davon abzuhalten, Salys meinen … Verrat zu beichten.

Verrat.

Es war so ein hartes Wort, dafür, dass ich nur das Beste für Mutter, aber vor allem für Amra gewollt hatte. Ich hatte es als ausgleichende Gerechtigkeit empfunden, dass ich mehr behielt von dem, was ich als

Taschendiebin einstrich. Immerhin hatte ich noch eine ganz andere Bürde zu tragen.

Oh, wie süß das Versprechen gewesen war, das Salys mir damals gegeben hatte.

Willige ein, und du kannst dir sicher sein, dass du zu so viel Geld gelangst, dass du aufpassen musst, nicht darin zu ertrinken, sagte er damals. *Es gibt kein Risiko. Wenn die Luft einmal dünn werden sollte, kannst du dich einfach in Luft auflösen, Emery. Ein Wunder, stell es dir vor! In Luft! Wer kann das schon?*

Doch was er hätte sagen sollen, war: *Du wirst jedes Mal ein Stück von dir aufgeben, Emery. Bis dein Herz aufhört zu schlagen und ich dir die funkelnden Taler aus deinen steinernen Händen nehmen kann, als würdest du sie mir darreichen wie einen Schatz. Denn sie gehörten von Anfang an mir. Du wirst jede Nacht beobachten können, wie deine Familie vor Hunger umkommt. Langsam, quälend, bis sich der Betrug durch deinen Verstand frisst und du dir nichts sehnlicher wünschst, als diesen Pakt niemals geschlossen zu haben.*

Damals wusste ich nicht, was ich jetzt wusste, als er mich mitten auf der Straße ansprach. Dass ›Wunder‹ mit ›lebenslangem Unglück‹ gleichzusetzen war. Sein adrettes Aussehen und die Art, wie er mit mir gesprochen hatte, als wäre ich kein junges unbedarftes Mädchen, hatten mich geblendet. Doch so war es mit Lügen, nicht wahr? Sie waren so süß und klebrig, dass ich an ihnen hängen blieb und der Illusion frönte, als sei sie der Schlüssel zu allem. Das war mein erster Fehler.

Mein zweiter Fehler war, dass ich wirklich dachte, ich könnte Salys belügen. Dass ich, nachdem mir sein Verrat bewusst geworden war, plötzlich glaubte, ihn genauso überlisten zu können wie er mich.

Nun war ich kurz davor, meinen dritten Fehler zu begehen, das spürte ich. Und es gab niemanden, der mir sagen konnte, was richtig oder falsch war. Mich Rhys anzuvertrauen, glich einer weiteren Niederlage. Das Einzige, was er sagen würde, wäre, dass es meine verdammte Schuld war. Man betrog Salys nicht. Aber irgendwie hatte ich tatsächlich gedacht, dass ich ihn austricksen könnte.

Ich musste mit Ode reden. Für eine andere Lösung hatte ich keine Zeit.

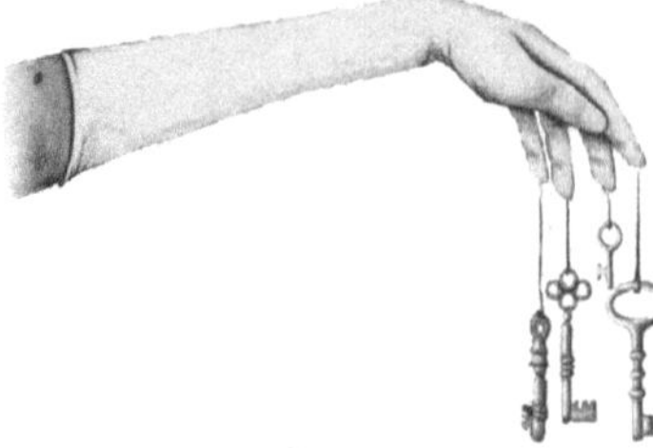

Wahrheiten, denen man sich stellen muss

Die Tür hing nur in einer Angel. Wahrscheinlich hatte einer der Männer gegen sie getreten, entweder aus Wut oder wegen zu viel Alkohols.

Dass ich nervös war, wäre noch untertrieben formuliert. Meine Handflächen waren so nass, dass ich sie andauernd am Rock meines Kleides abwischen musste. *Hoffentlich ist Salys nicht da*, wiederholte ich in meinen Gedanken wie ein Mantra. Hoffentlich war er unterwegs.

»Ode!«, flüsterte ich und hielt am Absatz der Treppen inne. »Ode, bist du da?«

Stille begrüßte mich. Sekunden verstrichen, in denen ich horchte, doch bis auf das Rascheln einer Ratte in einer der Wände war nichts zu hören. Und dann, ein schleifendes Geräusch im Raum rechts von mir.

Ich hatte auf dem Weg hierher das Gespräch tausendmal in meinem Kopf durchgespielt. Wenn ich wüsste, wo er war, würde ich zu ihm gehen, sicheren Schrittes und mit meiner Maske auf dem Gesicht, die jeden verräterischen Ausdruck verdecken würde. Ich würde ihn von Alarig oder Asyah unter einem Vorwand weglocken, damit sie keinen Verdacht schöpften. Wenn wir außer Hörweite wären, hatte ich vor, ihm mit meiner Faust die Nase zu brechen. Was wahrscheinlich mir mehr wehtun würde als ihm.

Ich folgte dem Geräusch. Kein Licht der Straßenlaternen drang in den Raum ein, sodass ich erst nach einem Moment den Umriss in der Dunkelheit erkennen konnte.

»Was willst du hier?«, begrüßte mich Ode barsch. Wieder erklang ein schleifendes Geräusch. Licht flammte auf. Ich fand ihn in der Hängematte liegend. Ode warf mir einen abschätzigen Blick zu. Dunkle Ringe zeichneten sich unter seinen Augen ab und ich bezweifelte, dass er schon geschlafen hatte. In seiner linken Hand die Öllampe, die er nun auf den Boden neben sich stellte. Es war ein trostloser Raum, in dem die Tapete von den Wänden hing. Von den Dielen fehlten so viel, dass große, schwarze Löcher im Boden klafften, bei denen man aufpassen musste, dass man sich nicht den Knöchel brach. Spuren im Staub erzählten mir, dass er den zerfledderten Sessel verschoben haben musste.

Mit meiner Ferse schob ich die Tür hinter mir zu – für den Fall, dass doch einer der anderen hier war. Nervös spielte ich am Stoff meines Kleides herum, ehe ich mich dazu zwang, in den Raum zu treten.

»Weißt du, wenn du in mein Bett klettern willst, hättest du nur fragen brauchen und dich nicht mitten in der Nacht hierherschleichen müssen«, sagte Ode. »Am Tag …«

Die Hitze schoss mir in den Nacken. »Ich will garantiert nicht das Bett mit dir teilen!«, rief ich. »Bei den Monden, du weißt ganz genau, warum ich hier bin!«

»Hm«, machte er. »Ich weiß wohl, aus welchem Grund du gekommen bist, aber ich weiß nicht, wieso du denkst, es würde etwas nützen.«

»Du kannst doch nicht so kaltblütig sein!«

Ein herausfordernder Zug schlich sich um seine Mundwinkel. Mit einer lässigen Geste verschränkte er die Hände hinter seinem Kopf und sah mir direkt in die Augen. »Wollen wir wetten?«

Auch wenn ich ihn am liebsten gewürgt hätte, schloss ich die Augen und atmete tief durch. *So werde ich nicht gewinnen*, mahnte ich mich. *Wenn ich ihn dränge, verliere ich!*

»Wir sind Verstoßene«, flüsterte ich mit aller Dringlichkeit, die ich in meine Stimme legen konnte. »Auf uns treffen die Regeln nicht mehr zu. Das haben wir mit unserem Blut unterschrieben.«

Ein humorloses Lachen. »Dafür zahlst du auch mit allem, was du hast.«

»Auch wenn du keinen Pakt eingegangen bist, frei bist du nicht! Gib mir ein wenig mehr Zeit. Wenn du es ihm gar nicht sagst …« Ich machte eine Pause.

Ode verstand sehr wohl, worauf ich hinauswollte. »Wenn ich dich nicht konfrontiert hätte, hättest du es gelassen?«

Natürlich nicht – wäre mir dieser kleine Streich gelungen, wäre es wie ein Rausch gewesen. Noch ein Taler hier, einer da, eine Handvoll, bis immer weniger bei Salys angekommen wäre. Ich gab mich nicht der Illusion hin, Ode würde eine Lüge als solche nicht erkennen; dafür kannte er mich schon zu lange. »Wahrscheinlich nicht.«

Er nickte verstehend.

»Also? Überlegst du es dir, Ode? Du weißt –«

»Irre ich mich oder haben wir Besuch zu dieser ungewöhnlichen Stunde? Emery«, rief eine Stimme, »wo hast du deine Manieren gelassen? Magst du heraufkommen?« Es kam so unerwartet, dass ich zusammenzuckte. Mein Blick huschte zu Ode. Seine Lippen waren zu einem wutbleichen Strich zusammengepresst.

»Hast du etwa …«, hörte ich mich flüstern, doch er wandte das Gesicht ab – als ginge ihn das alles nichts an – und schwieg. Panik flatterte in meiner Brust wie ein gefangener Vogel. »Ode? Hast du es ihm gesagt?«

»Emery?« Salys hörte sich ungeduldig an.

»Sofort!« Bildete ich es mir nur ein oder klang meine Stimme viel zu hoch, dafür, dass es ein ganz normaler Besuch sein sollte?

Mit langsamen Schritten ging ich rückwärts zur Tür, als würde Ode es sich anders überlegen und mir eine Antwort geben. Doch an der Schwelle angekommen, saß er mir noch immer abgewandt.

»Feigling!«, murmelte ich so laut, dass es nur für ihn hörbar war, und stieg die Treppen hinauf.

»Was verschafft uns die Ehre?«, fragte Salys, nachdem ich die erste Etage betreten hatte.

»Du tust glatt so, als würde ich hier zum ersten Mal erscheinen«, erwiderte ich.

»Da hast du wohl recht.« Erheiterung hellte seine strengen Züge auf. Doch so schnell, wie sie gekommen war, verschwand diese Emotion auch aus seinen Augen. »Emery, mir scheint, dass heute ein besonderer Tag ist. Weißt du auch, welcher?«

»Nein«, gab ich ehrlich zu. »Klärst du mich auf?«

»Wie lange kennen wir uns schon?«

»Vier Jahre, Salys? Sind es schon so viele?«

Er kicherte, wahrlich. »Ganz genau. Vier geschlagene Jahre. Du bist sehr erwachsen geworden, Emery. Aber noch immer nimmst du nicht deine prächtige Maske ab, wenn du mit mir sprichst«, tadelte er sanft.

Ruhig, Emery, redete ich mir ein, während ich meine Verkleidung abnahm. Kühle Luft strich meine erhitzten Wangen entlang. Was wäre es für eine Wohltat, wenn es nicht Salys wäre, der vor mir stünde.

»So jung«, sprach er weiter. »Wie alt warst du wohl? So jung, wie deine Schwester nun Jahre zählt, nicht wahr? Dreizehn?«

»Vierzehn.« Ich versuchte, meine Miene frei von jeglichen Emotionen zu halten. Ich wusste, würde ich nervös werden, würde mir die Kontrolle über die Situation entgleiten. Jedoch konnte ich nicht verhindern, dass mir eine Ohnmacht meine Wirbelsäule hochkroch. Das war nicht das Gespräch, was ich hatte führen wollen … ich hatte ihm nie von ihr erzählt.

»Ah«, machte er daraufhin. »Verzeihe mir. Amra, nicht wahr? Was macht sie heute?«

»Sie geht zur Schule«, erwiderte ich ausdruckslos.

»Das ist ja fabelhaft. Das konntest du nie, nicht wahr? Wie fühlt sich das an, wenn die eigene Schwester privilegierter aufwächst als man selbst?«

»Ich freue mich für sie, Salys. Was kümmert es dich?«

»Wirklich? Kein Neid?« Doch. Natürlich gab es Momente, in denen ich mir wünschte, dass ich an ihrer Stelle wäre. Doch die hatten hier nichts zu suchen.

»Siehst du!«, rief er mit einem Mal triumphierend aus. »Du hast gezögert. Neid ist keine schöne Charaktereigenschaft, lass dir das gesagt sein, Emery. Neid macht hässlich. Wobei, wenn ich deine schönen Augen sehe, kann ich mir nicht vorstellen, dass sie jemals etwas verunstalten könnte. Also kannst du wohl so neidisch sein, wie du willst. Du solltest jedoch darauf achten, dass es nicht die Beziehung zwischen euch zerstört.«

»Es ist alles in bester Ordnung. Danke für dein Mitgefühl.«

Er wirkte zufrieden mit dieser Antwort – doch das Glitzern in seinen Iriden verriet ihn: er war noch nicht fertig. »Würdest du dir nicht wünschen, dass sich Amra uns anschließt, Emery? Deine Schwester, hier? Oh, ihr könntet viel Spaß damit haben, in den Nächten durch die Straßen von Avize zu streichen und das Geld einzutreiben, das du unterschlagen hast, Emery.«

Er weiß es. Doch viel schwerer wog die Erkenntnis, dass Ode es ihm gesagt und mir keine Möglichkeit gelassen hatte, es irgendwie geradezurücken. Er hatte mir die einzige Möglichkeit genommen, Salys in dieser Hinsicht zu manipulieren.

Salys kam mir mit jedem Wort näher. Ich hatte nicht gemerkt, wie sehr er mich in die Ecke gedrängt hatte, bis ich beinahe das ganze Zimmer durchquert hatte. Und doch war er mir immer näher gekommen. Er packte mich am Kragen – und bevor ich reagieren konnte, stieß er mich mit seinem vollen Körpergewicht gegen eine Wand. Seine breiten Finger griffen nach meinem Gesicht und hielten es gefangen, sodass ich ihn ansehen, ihm in seine kalten, berechnenden Augen blicken musste.

»Du wirst mir jetzt ganz genau zuhören, Emery«, flüsterte er. Salys kostete jedes Wort der Demütigung aus, ich sah deutlich in seinem Gesicht, wie sehr er es genoss, ehe er es mir entgegenschleuderte. Jedes seiner Worte war ein präzise gewählter Pfeil. »Du wirst alles zurückbringen. Alles, verstanden?«

Nein, wollte ich schreien. *Du hattest genug Kontrolle über mich. Es reicht!* Sein Griff ließ mir keine Möglichkeit zu antworten, ich hätte nur mit dem Kopf nicken können. Als ich nichts erwiderte, verzog sich der Ausdruck in seinem Gesicht zu einem wahnsinnigen Grinsen. Sein Mund kräuselte sich, als würde er etwas sagen wollen, doch das Nächste, was ich spürte, waren seine Lippen, die sich gegen meine pressten. Der Kuss war grob und fordernd, und während ich schockgefroren dastand, wanderte seine andere Hand über meinen Körper. Ich spürte die widerliche Wärme, die sie ausstrahlte – selbst durch den dicken Stoff meines Kleides.

Meine Hände, bei Domyn, ich hatte noch meine Hände! Und mit einer von ihnen holte ich aus und stieß ihn gleichzeitig von mir weg.

»Du Schwein«, zischte ich. Tränen der Scham brannten in meinen Augen. Dafür brauchten wir die Masken, damit niemand sich einfach so das Kostbarste nehmen konnte, was man besaß. Niemand konnte dir deine Würde nehmen, wenn er nicht wusste, wer du bist. »Wage es nicht, noch einmal –« Vor Wut blieb mir die Luft weg. Schwer atmend stierte ich den Mann vor mir an, beide Hände zu Fäusten geballt.

Salys dagegen sah so aus, als wäre er bereit zu töten. Wäre ich selbst nicht so aufgebracht, hätten mir wahrlich die zahlreichen Facetten seiner Mimik imponiert. Er machte sich nicht die Mühe, die Stelle zu berühren, an der meine Faust mit seiner Wange kollidiert war.

»Du wirst alles zurückbringen. Jeden verdammten Taler. Du stehst verdammt noch einmal in meiner Schuld, du Miststück«, sagte er leise und die Bestimmtheit, die in seinen Worten lag, jagte mir einen kalten Schauer über den Rücken. Er meinte es ernst, todernst. Und ich wusste, würde ich ihm verweigern, was er von mir verlangte –

»Du wirst jeden Abend in meinem Dienst stehen. Du wirst Säcke von Gold an mich herantragen und du wirst nichts für dich behalten. Hast du mich verstanden? Es war meine Güte, die dir diese Möglichkeiten gab, Emery. Und jetzt wirst du kriechen. Denn wenn nicht …«

… *würde er mich umbringen.* »Du weißt, was dann passiert, nicht wahr?«

Ich nickte unmerklich, wagte nicht zu atmen, während ich versuchte, einen klaren Gedanken zu fassen. Mit zwei großen Schritten überbrückte er den Abstand zwischen uns. Sein heißer Atem strich über mein Gesicht.

»Wage es nicht –«, wisperte ich gegen seine Lippen.

»Nicht?« Seine Lippen verzogen sich zu einer amüsierten Fratze, die eine Gänsehaut auf meinem Körper auslöste. »Oh, Emery. Ich bekomme, was ich will und wenn nicht, dann hole ich es mir.« Mit seinem Gesicht näherte er sich meinem und mein Atem setzte aus, als ich wirklich dachte, dass er mich wieder küssen würde … doch bei Domyn, er tat es nicht. Die Demütigung saß tief. Seine Bartstoppeln strichen über meine Wange und er flüsterte: »Ich hätte ein Auge auf dich haben sollen, aber ich habe mich von deiner Schönheit blenden lassen. Ich Dummkopf! Wer hätte gedacht, dass so ein bildhübsches Mädchen wie du so verlogen und hinterhältig sein kann? Ich habe dir vertraut und du hast es missbraucht, darüber bin ich mehr als enttäuscht. Das wirst du dir wieder hart erarbeiten müssen.«

»Was? Dein Vertrauen?«, schnaubte ich.

»Ja«, antwortete er ruhig, so ruhig, dass sich mein Magen umdrehte. »Das, und deine Freiheit. Solange wirst du mir gehören, Emery.«

Ich hätte Ode in den Kanälen Avizes ertränken sollen, als ich die Gelegenheit dazu hatte. Das war mein dritter Fehler bei meinem Versuch, alles richtig zu machen.

Daraufhin trat Salys einen Schritt zurück und strich sich in einer abwesenden Geste die Haare, die ihm ins Gesicht gefallen waren, zurück. Der Wahnsinn in seinen Augen verblasste.

»Ich hoffe für dich, dass du die Ernsthaftigkeit dieser Sache begreifst«, richtete er die nächsten Worte an mich. »Ansonsten werden wir bald wieder ein so unangenehmes Gespräch wie jetzt führen müssen.«

Unfähig, darauf etwas zu erwidern, schüttelte ich den Kopf. Salys hob beinahe spöttisch eine Augenbraue.

»Willst du es nicht verstehen oder willst du noch einmal so ein Gespräch erleben, liebste Emery?« Salys hätte mir auch einen Fußtritt verpassen können. Ich wich zurück, als könnte mich seine bloße Anwesenheit verbrennen. Mein Kopf war leer, sodass ich mich nur umdrehen und wortlos flüchten konnte. Die Treppen sprang ich mehr runter als dass ich sie ging, und in meiner Hast wäre mir beinahe entgangen, dass der Flur nicht mehr verlassen war.

Bei Odes Anblick begannen meine Augen verräterisch zu brennen und ich hasste mich dafür, dass ich vor ihm einknickte. Er selbst mied meinen Blick vehement, während er im Türrahmen des Zimmers stand, in dem ich ihn zuvor zur Rede gestellt hatte. Mein Blut kochte bei so viel Feigheit.

»Hast du nichts zu sagen?«, fuhr ich ihn an. »Bist du jetzt zufrieden? Jetzt, wo alles in Schutt und Asche liegt und du den geliebten Sohn mimen kannst? Dein Neid wird dein Verderben sein und auf diesen Tag werde ich warten!« Zwei Herzschläge verstrichen, doch als Odes Reaktion ausblieb, war ich in zwei Sätzen bei der Tür und verschwand in der Dunkelheit der Nacht.

Ich kam mir vor wie im freien Fall. Meine Finger glitten haltlos durch die Luft, während meine Beine ins Leere traten. Wind zerrte auf meiner Flucht an meinen Haaren. Die Straßen, durch die ich rannte, waren nur eine Abfolge von Bildern. Und mit jedem weiteren Schritt kristallisierte sich eine erschreckende Wahrheit heraus.

Es war nicht meine Idee gewesen. Der Betrug war aus einer ganz anderen Richtung gekommen.

Ich fand den Halt erst wieder, als meine Hände den verwitterten Stein der Kathedrale spürten und meine Füße die abgewetzte Treppe hinaufliefen. Rhys' Gestalt auf der Plattform zu sehen, war wie in eine tröstliche Umarmung zu fallen. Wie nach Hause zu kommen. Bis hierhin folgten mir meine Schreckgespenster nicht. Doch als er sich zu mir herumdrehte – zögerte ich.

Hätte ich nicht auf seine Worte gehört, müsste ich Salys nun nicht meine Treue beweisen!

In einer umständlichen Bewegung zog ich mir die Maske vom Gesicht. Es war wie Luftholen. Ich wusste, dass ich nicht gerecht war, doch ich sprach die Worte trotzdem: »Wenn du nicht wärst, wäre alles in Ordnung!«

Meine Worte brachten Rhys in einiger Entfernung zum Stehen, die Hände abwehrend erhoben. Ich sah ihm an, dass er meinen Ausbruch nicht einordnen konnte.

»Was ist geschehen?«, fragte er behutsam. Doch seine Ruhe bremste mich nicht.

»Wolltest du mich ins Verderben stürzen?«, rief ich aus. »Oder warst du tatsächlich so naiv zu glauben, ich könnte Salys belügen? Dachtest du tatsächlich, es würde funktionieren?«

Ich weinte; und ich merkte es erst, als Rhys näher kam und mit seinem Daumen sachte die nasse Tränenspur von meiner Wange wischte. Und doch war ich nicht wütend genug, dass ich vor seiner Berührung zurückwich.

»Ich habe dir kein Glück gebracht, oder?«

Zittrig ausatmend wischte ich mir über die Augen und schüttelte den Kopf. »Wie hatte ich nur denken können, ich könnte ihn bestehlen? Ich habe mich von deinen Worten blenden lassen. Dabei … dabei sitzt ihr hier auf diesem Turm, während das Leben um euch herum weitergeht! Ihr seid stehen geblieben! Ihr habt keine Sorgen, nichts, worüber ihr euch Gedanken machen müsstet, da ist es einfach, Ratschläge zu geben!«

Zwei Herzschläge später senkte Rhys den Blick. »Da magst du recht haben. Wir wissen nicht viel von diesem Leben, das du führst, bis auf das, was du uns erzählst«, sagte er ruhig. »Dazu sind wir viel zu sehr in unserem eigenen Schicksal gefangen und fernab vom Puls der Zeit. Aber vergiss nicht, dass wir auch gelebt haben. Hier – so wie du. Wir haben gelebt, geliebt, Fehler gemacht. Sonst wären wir nicht hier. Und vergiss nicht, dass du genauso schlechte Entscheidungen getroffen hast wie wir. Maße dir also nicht an, über uns zu urteilen, wenn du nur einen Herzschlag davon entfernt bist, so zu werden wie wir.«

In seinen Worten, die so schmerzlich ehrlich waren, schaffte es Rhys, keinen Tadel mitschwingen zu lassen. Keinen Funken von Abscheu – und dafür bewunderte ich ihn.

»Und das ist genau das, was ich nicht will. Ich will nicht so werden wie ihr – euer Leben, das ist nichts für mich.«

»Doch wie willst du das verhindern, wenn du nichts unternimmst?«

»Ich hab es versucht!«, rief ich aus. »Und du siehst, was daraus geworden ist! Nichts hat es gebracht! Salys wird …« Aus Furcht verstummte ich, doch Rhys verstand es, ohne dass ich es aussprechen musste. Er legte seine Hände auf meine Schultern und ich ließ mich in seine weiche Umarmung fallen. An meinem Ohr pulsierte sein Herz in der Brust.

»Dann lauf weg!« Er klang so drängend, dass ich über den Schmerz in seiner Stimme erschrocken die Augen aufriss. »Geh fort aus Avize! Dorthin, wo er dich nicht erreichen kann –«

Ich schob ihn von mir fort. »Dann wäre alles nichtig, wofür ich gekämpft habe. Mein Opfer wäre umsonst gewesen! Die Federn – alles! Und wohin sollte ich gehen?«

»Wir können dich nicht beschützen.« Er klang gebrochen. Als würde ihn sein Geständnis beschämen, wandte er den Blick ab und ließ ihn über die Felder gleiten. »Zumindest nicht am Tag. Und selbst dann …« Er wurde leiser, bis die Worte vom Wind weggetragen wurden, zu weit fort, um sie verstehen zu können. »Erbärmlich, nicht wahr?«

Seine offenkundige Abscheu vor sich selbst traf mich so überraschend, dass ich meinen Blick für einen kurzen Moment abwenden musste. Ich biss mir auf die Unterlippe. »Wo seid ihr am Tag?«

Rhys spannte seinen Kiefer an. »Tot«, antwortete er. »So fühlt es sich zumindest an.«

Mein Schicksal. Bei dem Gedanken krampfte sich mein Magen zu einem nervösen Ball zusammen. Es war, als würde der Wind für einen Moment Luft holen, dann fegte er heulend über die Plattform und brachte Rhys' Flügel hörbar zum Schwingen.

»Geh fort«, wiederholte er, dieses Mal sanfter. »Ich kann es dir nur ans Herz legen.«

»Aber es gibt einen Haken, oder, Rhys? Du sprichst nur von mir … und ihr, ihr würdet hierbleiben, nicht wahr?«

»Vielleicht ist es nur ein Abschied auf Zeit. Wer weiß, vielleicht kommst du irgendwann zu uns zurück«, sprach er sanft und legte mir tröstend eine Hand auf die Schulter. Es sollte eine Aufmunterung sein, doch es bewirkte genau das Gegenteil. Erschrocken wich ich zurück.

»Niemals!«, rief ich aus. »Wie kannst du so etwas sagen? Hörst du dich selber reden? Vor ein paar Tagen klangst du noch anders, erinnerst du dich? Was ist daraus geworden, dass ich etwas ausrichten könnte?«

»Das war nicht nur so dahingesagt!«

»Das klang gerade aber ganz anders!« Schwer atmend standen wir uns gegenüber, die Schatten der Nacht malten Rhys' Züge mit kräftigen Pinselstrichen. Ich spürte die Wut in meinem Bauch hochkochen. *Aber er ist nicht Salys,* erinnerte ich mich. Er war nicht der, vor dem ich mich in Acht nehmen musste.

»Ich habe jedes Wort ernst gemeint, als ich sagte, du hättest es in der Hand.« Rhys griff nach meinem Arm und zog mich an den Rand des Plateaus, an dem wir uns niederließen. Schulter an Schulter blickten wir auf die Stadt zu unseren Füßen. »Von hier oben siehst du das ganze Land und die Möglichkeiten, die dir offenstehen, Emery. Du kannst entscheiden, ob du den Weg über das Meer wählst oder ob er dich durch die Wälder und Wüsten führt. Links oder rechts. Ja oder nein. Leben oder sterben. Nur musst du für dich entscheiden, was du wählst.«

Mir schwindelte bei der Vorstellung, die er in meinem Kopf erzeugte. Weggehen oder hierbleiben? *Leben oder sterben?* Doch es lag mir auf der Zunge: Selbst wenn ich vor Salys floh, vor meinem Schicksal konnte ich nicht davonlaufen. »Dein Plan ging nicht auf«, flüsterte ich. »Und ich befürchte, bevor ich mich entscheiden kann, wird Salys nun die Schlinge noch enger um meinen Hals ziehen, bis ich irgendwann keine Luft mehr zum Atmen bekomme.«

Darauf wusste auch Rhys keine Antwort mehr.

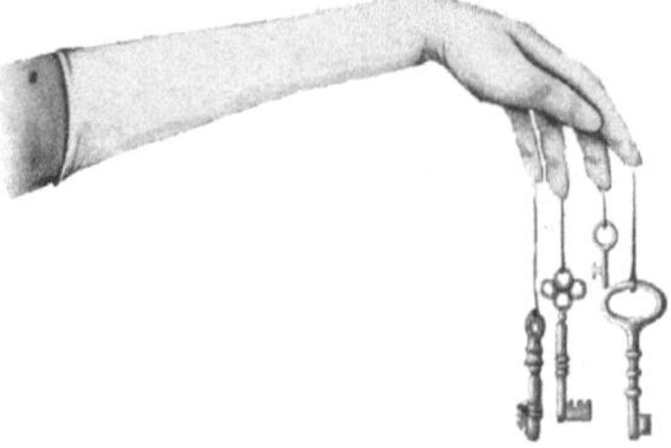

Schwester

Eine Berührung streifte meine Wange und ein Gedanke ließ mich hochfahren.

Salys!

Doch es waren nur Caias Augen, die mich anblinzelten. Eine ihrer roten Locken kitzelte an meiner Wange, so dicht beugte sie sich über mich. »Hallo, Schlafmütze, wovon hast du geträumt?«

Ich kniff die Augen zusammen. Es dauerte einen Moment, bis ich mich an die letzten Augenblicke erinnerte, bevor ich an Rhys' Schulter gelehnt eingeschlafen war. Nun spürte ich den rauen Stein in meinem Rücken und weichen Stoff, auf dem mein Kopf gebettet lag. »Von dir.« Meine Stimme war belegt vom Schlaf und so räusperte ich mich. »Seid ihr schon lange da?«

Wenn sie mir nicht glaubte, so zeigte sie es nicht. Caia nickte ernst und ihr Finger berührte meine Wange. »Dann muss ich dich wohl sehr gekränkt haben. Du weinst, Liebes.« Während ich mir beschämt mit dem Ärmel über das Gesicht wischte, fuhr sie fort: »Nicht lange, aber ich musste Ascher schon abhalten, dir mit einem Kohlenstück einen Schnurrbart ins Gesicht zu malen.« Sie bedachte ihren Bruder mit einem tadelnden Blick. Ascher verstand es anscheinend als Aufforderung. Er winkte.

»Hallo, Emery«, rief er von der anderen Seite des Plateaus. »Wirklich schade! Ich bin mir sicher, er hätte dir gut gestanden! Wirst du noch länger bleiben?«

»Danke.« Ich sah auf meine Hände hinab. »Heute Nacht werde ich wohl nicht so lange bleiben. Ich … ich bin müde.«

Verstehend nickten sie. »Denk über meine Worte nach«, gab mir Rhys zum Abschied mit und schon floh ich die Wendeltreppe hinab und über die Lavendelfelder.

Licht brannte in unserem Zimmer. Als ich die Tür aufstieß, saß Amra auf dem kleinen Hocker zwischen unseren Betten, mit dem Rücken zur Tür gewandt. Eine Kerze brannte auf dem Boden und erleuchtete ihre schmale Figur.

»Wieso bist du noch wach?«, fragte ich. In meiner Stimme schwang ein unterdrücktes Zittern mit und ich hasste mich dafür, dass ich vor meiner Schwester nicht stark sein konnte. »Es ist schon spät, meinst du nicht?«

Sie regte sich nicht.

»Amra?« Ich schloss die Tür hinter mir und erst das war der Moment, in dem meine Schwester aus ihrer Starre erwachte. Ihre Schultern hoben und senkten sich, dann drehte sie sich herum. Erst jetzt erkannte ich, was da noch mit ihren Haaren verflochten war. Blüten in allen erdenklichen Farben und Größen waren in ihrem goldenen Haar gebettet, gerahmt von Weidenkätzchen. Es sah aus wie eine Krone, auf ihrem Kopf gewachsen.

Aber ihre Augen. Ihre Augen waren rotgerändert.

Und der Groschen fiel.

»Die Aufführung war heute?« Meine Stimme klang kläglich.

»Du hattest es versprochen.« Ihre war ein Murmeln, doch die Wirkung war gewaltig. Amra musste nicht die Stimme erheben, um zu zeigen, was in ihr vorging.

»Ich wollte ja kommen …«

»Aber du bist es nicht!«, rief sie und kam auf die Beine, den Zeigefinger anklagend auf mich gerichtet. »Ich habe auf dich gewartet und habe dadurch beinahe die Aufführung verpasst. Und dass nur, weil ich anscheinend so eine treulose Schwester habe!«

Scham legte sich wie ein heißes Tuch auf meine Wangen. »Es tut mir leid!«

»Das macht es nicht ungeschehen!« In diesem Moment war sie mir fremd. Diese Erkenntnis erschrak mich so sehr, dass ich zurückstolperte. Vor mir stand nicht meine kleine Schwester, die ich mit Märchen füttern konnte. Vor mir stand das Abbild der Frau, zu der Amra werden würde. »Ich will keine Lügen mehr hören, Emery!«, fauchte sie.

»Ich kann es dir nicht sagen!« Mein Schrei hallte im Zimmer nach. Wir zuckten zusammen, beide erschrocken über meinen Ausbruch.

Amras beherrschte Ausstrahlung fiel in sich zusammen. Sie atmete zittrig erst ein, dann aus. »Ich möchte dich um etwas bitten. Ich bitte dich, ehrlich zu mir zu sein«, sagte sie. »Versprichst du es?« Als ich zögerte, sprach sie weiter, ihre Worte immer drängender. »Versprich es, Emery!«

»Ja, ich verspreche es!«

»Dann sag mir eins: Wo treibst du dich herum?«

Die Antwort hatte ich mir gedanklich schon so oft zurechtgelegt, dass sie mir ohne zu zögern über die Lippen kam. »Ich treibe mich nirgends herum.«

»Ich frage mich nur die ganze Zeit, Emery ... Das ganze Geld, das du nach Hause bringst ... und ich kann mir nicht vorstellen, dass es diesen Samariter wirklich gibt. Ich wünsche mir, dass es wahr wäre – aber so viel Glück können wir gar nicht haben. Das wäre zu schön. Also, wem hast du dich verpflichtet, dass du über so viel Geld verfügst?«

Die Wahrheit lag mir auf der Zunge. Nach den letzten Ereignissen war meine Kraft erschöpft, ich konnte kaum noch die Fassade aufrechterhalten, die ich immer sorgsam um mich errichtet hatte. Auf eine Weise war ich stolz auf ihre Scharfsinnigkeit, aber ich verfluchte den Zeitpunkt, den sie gewählt hatte. Ich konnte es nicht aussprechen. Ich könnte es nicht ertragen, wenn Amra mir nach dem Geständnis nicht mehr in die Augen sehen könnte.

Das Schweigen deutete sie auf ihre Weise.

»Weißt du«, sagte sie. »Mutter hat nicht ein einziges Mal gefragt, woher das Geld kommt.«

»Das hat sie noch nie.«

»Spricht es dich von der Verantwortung für das, was du machst, frei? Nein, ich glaube nicht«, sagte sie mit einem bitteren Zug um die Mundwinkel. »Aber es ist einfacher, so zu tun, als würde sie es billigen, oder? Das hast du schon immer gut gekonnt; die Augen vor der Wahrheit verschließen. Das, was du nicht siehst, existiert für dich nicht. Doch ich sag dir was: es gibt immer zwei Seiten! Und es ändert nichts daran, dass Mam heute wieder einen Anfall hatte!«

Ich versuchte meine zitternden Hände hinter meinem Rücken zu verstecken. »Ach ja?«, fragte ich und meine Schwester nickte daraufhin. Ich las die Skepsis in ihren Augen; sie wusste, ich spielte auf Zeit. »War dir so langweilig, dass du dir solche abstrusen Sachen überlegt hast?«, fragte ich und zwang mich zu einem Lächeln. Amra schnaubte.

»Emery, ich meine das ernst.«

»Ich auch«, schnappte ich. »Denkst du wirklich so schlecht von mir? Meine eigene Schwester?«

Daraufhin wirkte Amra verlegen und betroffen zugleich. »Nein … natürlich nicht. Aber – aber verstehst du nicht, dass ich mich frage, was du den ganzen Tag treibst? Und wieso du erst so spät nach Hause kommst? Mit all den Gerüchen an dir und diesem Gesichtsausdruck, der immer derselbe ist? Als würdest du dich am liebsten weg von dieser Welt wünschen, Emery?« Mit einem Mal schwammen Tränen in ihren Augen.

Die unsichtbare Mauer, die uns trennte, zerbrach.

Bei Domyn, dachte sie wirklich so? Sah ich so unglücklich aus?

»Amra«, sagte ich behutsam und setzte mich neben sie aufs Bett. »Liebes. Bitte weine nicht –«

»Vielleicht kümmert sich Mutter nicht«, unterbrach sie mich mit wackeliger Stimme. »Aber ich mache mir jeden Tag Sorgen, Emery. Manchmal habe ich das Gefühl, du vergisst, dass du noch mich hast.«

»Nein, nein! Oh, Amra.« Ich schlang die Arme um die schmalen Schultern des blonden Mädchens und presste mein Gesicht in ihr nach Rosen duftendes Haar. »Du bist meine Schwester und ich liebe dich. Manchmal bist du zwar ein wenig nervig, aber ich würde dich gegen nichts in der Welt eintauschen wollen!«

Sie gab ein Geräusch von sich, das einer Mischung aus Nase hochziehen und Lachen glich.

»Dann sag mir, dass alles gut ist. Und dass du sicher bist, bei dem, was du tust. Bitte«, flehte sie.

Oh Amra, wenn du wüsstest, welche Lüge du da von mir verlangst, dachte ich und erinnerte mich daran, was Salys vorhin zu mir gesagt hatte. Aber ich hatte keine Wahl, als ich sagte: »Immer. Es ist alles gut.« Ich schlug die Decke über uns wie eine schützende Membran. »Ich möchte es wiedergutmachen!«, flüsterte ich. »Erlaubst du es mir?«

Amra blinzelte, mit noch immer tränenfeuchten Augen. »In Ordnung«, wisperte sie und schlief nach dem Gespräch in meinem Armen ein. Die Lüge, die ich ihr serviert hatte, lag mir schwer im Magen, und ließ die Nacht in einem Wechsel aus kurzen Schlafphasen und Wachträumen vergehen. Salys' Worte verfolgten mich bis in meine Träume und ich schmeckte noch immer den harten, kalten Kuss auf meinen Lippen.

Mit der Zeit wurde mein Arm schwer und ich schlüpfte aus ihrer Umarmung in mein eigenes Bett. Ich lag mit offenen Augen da, bis die Dämmerung langsam durch das Fenster in unser Zimmer kroch und die Schatten sich gekränkt zurückzogen. Nur wenig später begann sich Amra zu regen; ihre Bettdecke raschelte, als sie sich drehte – und der Feigling, der ich nun einmal war, schloss die Augen.

Sekunden verstrichen, in denen beide von uns die Luft anzuhalten schienen, bis Amra aus ihrem Bett glitt und mit tappenden Schritten durchs Zimmer schlich. Die Klinke quietschte, ein Luftzug glitt kühl über mein Gesicht, dann schloss sich die Tür mit einem leisen Klicken. Und ich atmete aus. Der Blick zur Seite bestätigte mir, dass Amra fort war. Zurück blieb ich mit zwei verschiedenen Stimmen in meinem Kopf. Salys auf der einen Schulter, Rhys auf der anderen.

»*Bis dahin wirst du mir gehören.*«

»*Geh fort.*«

Für einen kurzen Moment gab ich mich der Illusion hin, ich könnte fortlaufen. Das Schlamassel, das ich mir eingebrockt hatte, hinter mir lassen und ein neues Leben beginnen. Aber ihm würde ich nicht entkommen, egal, wie weit weg ich vor Salys floh. Und ich war keine so schlechte Schwester, dass ich Amra im Stich ließ.

Leise Schritte kündigten ihre Rückkehr an. Sie schlüpfte in das Zimmer und als sich die Tür hinter ihr schloss, fiel ihr Blick auf mich. Sie erstarrte.

»Guten Morgen«, sagte ich. Ich sah, dass es hinter ihrer Stirn arbeitete. Sie war noch immer verletzt und hatte nicht entschieden, wann sie mir verzeihen und wieder vertrauen konnte. Das war fast noch schwerer zu ertragen, als die Sache mit Salys.

»Morgen«, wisperte sie. Mit unsicheren Schritten ging sie zum Schrank und zog aus den Fächern Mieder und Strümpfe, ehe sie ein graublaues Kleid vom Haken nahm.

»Lass uns heute den Feierlichkeiten beiwohnen«, sagte ich mit sicherer Stimme, als ich mich fühlte.

»Wieso?«, fragte sie argwöhnisch.

»Weißt du nicht, was heute für ein Tag ist?«

Amra schüttelte den Kopf und ich lächelte.

Heute war der Endlose Tag. Die Menschen gingen in dieser Nacht nicht schlafen, sondern feierten von einem Morgengrauen in den nächsten. Morgen würde die Stadt wie ausgestorben sein.

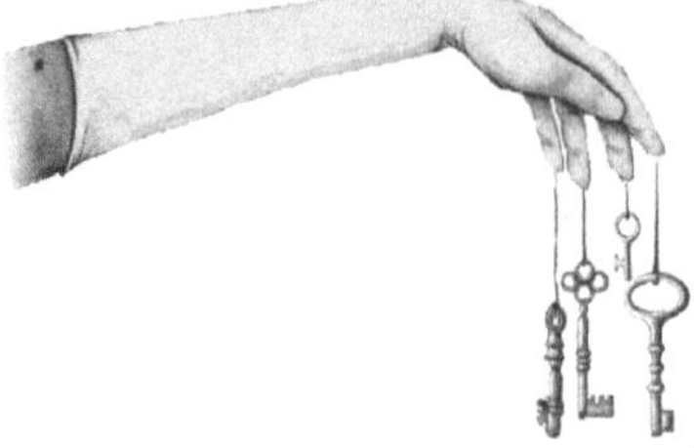

Vor Glück zerfliessen

Vor dem Beginn der Feierlichkeiten stiegen wir auf die Dächer der Häuser, die die Straße von Lavis säumten. Die Menschen winkten mit ihren Hüten ekstatisch dem Narren, der auf der Straße sein nächstes Kunststück aufzuführen begann, während Amra neben mir einen Schritt näher ans Geländer trat. Ihre Hände umfassten das Metall und dann beugte sie sich tief vor, um das Geschehen unter uns besser beobachten zu können. Eine ihrer blonden Locken löste sich aus dem kranzförmigen Hut auf ihrem Kopf und hüpfte auf und ab, als meine Schwester versuchte, alles, was auf der Straße geschah, in sich aufzusaugen.

Amra lachte. Und es klang so rein und hell, dass ich am liebsten in ihrer Wonne gebadet hätte. »Emery, Emery! Hast du das gesehen? Der Mann, er hat …« Vor Lachen blieb ihr die Luft weg. Natürlich hatte ich gesehen, wie der Mann mit kleinen Törtchen jongliert hatte, ehe er jedes einzelne von ihnen in seinem Mund verschwinden ließ. Es war beeindruckend gewesen. Die Menge teilte anscheinend meine Meinung, denn sie tobte.

Lange Wimpern strichen am Rand der Maske des Mannes entlang. Seine vollen Lippen verzogen sich unter seiner Halbmaske zu einem zufriedenen Lächeln, ehe er seine Arme einladend durch die Luft bewegte und sich tief verbeugte.

Amra tauchte am Geländer wieder auf. Sie war glücklich, und sie sah schön aus mit ihrer Maske, die mit schillernden Steinen und Mustern geschmückt war. Sie bildete einen tollen Kontrast zu ihren grünen Augen, die mich ekstatisch musterten.

»Er kommt!« Bei diesen Worten überschlug sich ihre Stimme beinahe vor Aufregung. Der Königliche Zug bestand aus so vielen Kutschen und Wagen, dass ich nicht sehen konnte, wo er in der Ferne endete. Er schien die gesamte Straße von Lavis einzunehmen.

»Wer?«, neckte ich sie.

»Emery!« Sie sah mich tadelnd an, und hörte sogar für einen Moment auf, auf ihren Fersen auf und ab zu wippen. »Wer wohl? Der König natürlich! König Elyes! Erinnerst du dich zufällig an den Mann, der Unarmon regiert?«

»Sein Name sagt mir ganz schwach etwas«, antwortete ich und als Amra sich vor Schreck an die Brust fasste, konnte ich das Lachen, das sich in meiner Kehle manifestiert hatte, nicht mehr halten. Daraufhin warf mir meine Schwester einen vernichtenden Blick zu.

»Das ist nicht witzig, Emery.«

»Doch, schon.«

»Nein. Und jetzt sei still, ich glaube – oh, siehst du ihn, Emery? Sieht er nicht *fantastisch* aus?«

Seine Robe sah beeindruckend aus. Doch er? Sein Gesicht war hinter einer Maske aus purem Silber versteckt, umrahmt von einem Wasserfall seidiger Tücher, silberner Ketten und Ornamenten, die ihren Ursprung in der mächtigen goldenen Krone auf seinem Kopf fanden. Bei seinem Anblick erinnerte ich mich an das, was die Leute über die Königsfamilie sagten. Dass ihre Herzen aus Silber, purem Edelmetall waren, und dass es auch flüssiges Silber war, das angetrieben von ihrem Herz durch ihre Venen floss.

Neben ihm stand eine Frau, die sich in seinem angebotenen Arm eingehakt hatte. Die Schwester des Königs und Königin bis zu seiner Heirat. Ihre Erscheinung ähnelte der des Königs sehr, mit dem einzigen Unterschied, dass ihre Krone aus Silber war.

Beide standen auf einem beeindruckend gearbeiteten Wagen aus Silber und Gold. Die Pferde, die ihn zogen, waren schwere und edle Tiere. Muskeln arbeiteten unter ihrem vor Schweiß glänzendem Fell.

Die Königin hatte ein Bouquet aus verschiedenfarbigen Blumen in ihren Armen. König Elyes zupfte aus diesem ein paar heraus und warf sie in die Menge.

»Mein wunderbares Volk«, rief er. »Ich bin glücklich, zu sehen, wie Ihr in so großer Zahl zu unserem Besuch erschienen seid. Es macht uns so glücklich, zu sehen, dass wir den Menschen in Avize ein gutes Leben schenken können.« Eine Welle der Begeisterung ging durch die Straße und selbst Amra neben mir war ergriffen von der Rede des Königs. Sie presste vor Verzückung ihre geballte Faust an die Brust. »Doch wir können leider nicht alles sehen, was in der Stadt passiert. Die Königin Bytraz und ich versprechen, Schreiber in die Stadt zu schicken, damit sie uns davon berichten können, was dem Volk von Unarmon fehlt.«

Arbeit, fiel mir ein. Perspektiven nach der Schule, die er errichtet hatte. Zwar hatte der König dafür gesorgt, die Menschen zu bilden, doch er hatte nicht bedacht, was diese danach mit ihrem ganzen Wissen anfangen sollten. Es war schwer, eine Lehrstelle in Avize zu finden, da es nicht genug Handwerksbetriebe gab. Für Höhere Berufe fehlte es an Gelehrten.

Ein Meer aus Farben explodierte in der Luft, als die Königin ihre Arme öffnete. Der Wind trug die Blumen durch die Luft … Rosen, Tulpen, Lavendel, Vergissmeinnicht, Elfenschuh, Dahlien, Herbstaster. Die Zeichen der anderen großen Städte in Unarmon.

Herbstaster aus Illonar.

Rosen aus Gavenye.

Elfenschuh aus Dawienes.

Lavendel aus Avize.

Vergissmeinnicht aus Lavis.

Dahlien aus Relaeih.

Amra jauchzte. »Hast du ihn gehört? Emery?« Einige der Blüten flogen so hoch, dass sie zu unseren Füßen landeten. Amra hob diese auf, ehe sie sie wie einen Schatz in ihrer Hand barg. Wie ein Symbol für das Versprechen, das der König uns gegeben hatte. Dass alles besser werden würde. Ich bückte mich und hob Brombeerblüten auf, die zu unseren Füßen gefallen waren, und steckte sie Amra hinters Ohr.

»Er fährt weiter!« Amras Stimme ging beinahe in dem Lärm der Menge unter.

»Dann lass uns hinterherlaufen, vielleicht wirft er noch mit Goldtalern!«

Sie lachte wieder. »Kannst du eigentlich auch an was anderes denken?«

Nicht wirklich.

»Komm«, sagte ich und griff nach ihrer Hand. »Genug getratscht. Sonst verpassen wir sie.«

Mit gerafften Röcken eilten wir die flachen Dächer entlang, übersprangen schmale Gassen, bis wir zu einer Leiter kamen, die wir hinunterstiegen. Augenblicklich waren wir von der ausgelassenen Menge umringt. Und dieses Mal war ich nicht die Diebin, die die Menschen um ihr Geld betrog. Dieses Mal war ich eine von ihnen.

Scham trieb mich wieder zu Salys' Haus und doch brauchte ich ungewöhnlich lange für den Weg. Auf dem Hinweg verfolgte mich die quälende Frage, ob sie es wohl wussten. Am meisten fürchtete ich mich davor, was wohl Alarig sagen würde. Ich war mir nicht sicher, was mich bei meiner Wiederkehr erwartete und gerade deswegen war meine Kehle so trocken wie Sandpapier, als ich die Schwelle übertrat. In der Tür stieß ich mit jemandem zusammen. Durch den Aufprall geriet ich ins Straucheln, bis eine Hand hervorschoss und mich stützte. Mir lag das ›Danke‹ bereits auf der Zunge, doch dann sah ich, in wen ich hineingelaufen war.

»Fass mich nicht an!« Grob stieß ich Odes Hand, mit der er meinen Sturz aufgefangen hatte, von mir.

»Dann pass auf, wo du hinläufst, Mädchen!«, grollte er. Bei seinem Anblick kochten all die Gefühle der letzten Stunden hoch – der Verrat, die Demütigung, die *Verzweiflung.* Hatte es sich für ihn gelohnt? Was hatte ihm Salys versprochen?

»Das kann ich nur zurückgeben!«, fauchte ich. »Willst Salys' bester Mann sein, aber schaffst es nicht, geradeaus zu gehen?«

»Du weißt wohl alles, was?«, sagte Ode verächtlich und wandte sich brüsk ab. Er sprang die Stufen hinab und verschwand um die nächste Ecke.

»Hm«, machte jemand hinter mir und als ich mich herumdrehte, entdeckte ich Alarig am Treppenabsatz stehen. Ich hatte ihn nicht herunterkommen hören. »Ich weiß nicht, ob das so klug war, wenn ich ehrlich bin. Aber Ode ist heute auch besonders gut gelaunt.« Er lächelte mich schief an. »Schön, dass du wieder zurück bist. Ich hatte schon Sorge, du wärst getürmt.«

Beschämt sah ich zu Boden. »Ich habe tatsächlich drüber nachgedacht«, gab ich leise zu, ehe ich wieder aufblickte und ihm forschend ins Gesicht sah. Doch ich entdeckte weder Abscheu noch Missgunst. »Du weißt also davon?«

Alarig deutete ein Nicken an. »Du solltest das nicht zu laut sagen«, sagte er ebenso leise.

»Ich bin hier, das ist wohl das, was zählt, oder nicht?«

»Nicht immer und am wenigsten in diesem Haus, das solltest du wissen«, tadelte er sanft. »Gedanken sind die Saat und Verzweiflung der Regen, der sie wachsen lässt. Salys ist sich dessen bewusst. Deswegen packt er einen dort, wo er am meisten anrichten kann.« Und dann lauter, Worte, die bis in den ersten Stock getragen werden würden: »Wir sitzen gerade beisammen und warten die Dämmerung ab. Ich schätze, deswegen bist du hier?«

Dankbar nickte ich ihm zu.

»Dann komm!« Alarig ergriff meine Hand und zog mich die Stufen hoch.

»Halt, warte!« Mitten auf der Treppe wand ich mich aus seinem Griff und bedeutete ihm, ebenfalls anzuhalten. »Wer weiß es noch?«, flüsterte ich ihm zu.

Sein Blick glitt kummervoll über mein Gesicht. »Wir alle. Wir wissen es alle. Salys hat nicht versäumt, uns über deine Verfehlung in Kenntnis zu setzen.«

Ich biss mir auf die Lippen, bevor ein Wimmern über sie kommen konnte. Bloßgestellt. Als Verräterin abgestempelt. Kein Mitglied der Gruppe mehr. Ich sah die Konsequenzen in aller Deutlichkeit vor mir: die wichtigsten Informationen würden nun als Letztes zu mir gelangen.

»Komm! Bevor sie Verdacht schöpfen, wieso wir so lange brauchen. Er hat dich erwartet, sag am besten kein Wort über eurer letztes Zusammentreffen, wenn du es nicht noch schlimmer machen willst! Verstanden?«

Benommen nickte ich. Bevor ich begreifen konnte, was mir nun bevorstand, stand ich ihnen schon gegenüber. Alle versammelt, bis auf Ode. Ein länglicher Tisch, Asyah, Bened, Alarig.

Salys war der Erste, der sprach. »Sieh an, das verlorene Kind ist zurückgekehrt. Hast ja auch lange genug dafür gebraucht.« Eine unwirsche Handbewegung folgte. »Setz dich, Emery! Setz dich! Wir haben Wein aufgemacht, willst du einen Schluck?« *Als wäre nichts geschehen.*

Ein Glas wurde vor mir abgestellt, bis zum Rand mit dunklem Wein gefüllt. Er schmeckte bitter und Salys lachte über meinen

Gesichtsausdruck, ehe er sich wieder dem Gespräch mit Alarig zuwandte. Nur wenig später stieß Ode zu uns, er verlor kein Wort darüber, woher er kam, und tauchte ohne Umschweife in das Gespräch zwischen Asyah und Bened ein.

»Das kann ich so nicht sagen«, sagte Alarig, als ich wieder zu ihm hinübersah. »Ich habe sie gestern erst im Viertel gesehen.«

Daraufhin schürzte Salys missbilligend die Lippen. »Das dauert mir zu lange. Wir könnten ihnen etwas anhängen, dann wären wir sie schnell los.«

»Wen?«, fragte ich schließlich. »Los, sag schon, wem wollt ihr eins reinwürgen?«

Es verging ein Moment, ehe sich auf Salys' Gesicht ein gehässiges Lächeln ausbreitete. »Den Gauklern, die unsere Stadt eingenommen haben. Die Spielmänner und leichten Mädchen. Du bist ihnen doch schon begegnet, oder irre ich mich?«

»Und sie sind dir so ein Dorn im Auge?« Alarig schüttelte unmerklich den Kopf und selbst Ode, der am anderen Ende des Tisches saß, die Beine locker übereinandergeschlagen, sah mit gerunzelter Stirn zu mir herüber. Aber es war schon zu spät.

»Bitte?« Salys' Augen lagen blau und kalt auf mir. »Natürlich. Sie schmälern unsere Einnahmen.«

»Ich verstehe«, sagte ich leise. Und mit einem Mal kam mir der Raum klein und beengt vor. »Dann gehe ich besser … ich habe das Gefühl, wir vertrödeln nur Zeit, in der ich schon ein wenig Münzen hätte einsammeln können.«

»Ich glaube nicht, dass das so eine gute Idee ist, Emery«, sagte Salys langsam. »Wir wissen alle, was beim letzten Mal passiert ist.«

Weil du es ihnen gesagt hast!, dachte ich wütend.

»Was empfiehlst du dann?«, fragte ich. »Salys?«

Aus dem Augenwinkel sah ich, dass Alarig blass geworden war. Es war ein Fehler, das erkannte ich selbst, doch ich hatte mir nicht anders helfen können. Die Wut war zu groß, als dass ich sie ignorieren konnte.

»Ode, begleitest du unser Mädchen in die Stadt und achtest darauf, dass sie alle Taler wieder mitbringt?«

»Nein, das wird er nicht!«, stieß ich hervor.

»Entweder er – oder du bleibst hier«, sagte Salys sanft und wandte sich von mir ab, um Bened auf die Schulter zu tippen. Das war das Zeichen, dass unser Gespräch beendet war.

Meine Ohren glühten vor Scham, als ich mich abwandte und aus dem Raum stürmte. Die Demütigung saß tief – in meinem Inneren wusste ich, dass ich es provoziert hatte. Ich wollte selber sehen, wie sehr Salys versuchen würde, die Kontrolle zurückzuerlangen … und ich hatte recht behalten. Er entschied über mich.

»Wohin gehst du?« Odes Stimme hielt mich an der Treppe auf. »Emery?«

»Weg.«

»Wohin?«, wiederholte er. Mit großen Schritten überwand er die Distanz zwischen uns und als er vor mir stehen blieb, verschränkte ich die Arme vor der Brust. Ich suchte in seinem Gesicht etwas von der Vertrautheit der letzten Jahre, doch es war, als würde ein Fremder vor mir stehen.

»Weg!«, sagte ich, diesmal heftiger. »Fragst du das nur, um mich wieder bei Salys zu verpetzen? Das kannst du dir abschminken, als würde ich dir jemals wieder etwas anvertrauen!«

»Entweder gehen wir beide oder keiner«, erwiderte Ode ruhig. »Das ist seine Bedingung. Du weißt, dass er da stur sein kann.«

»Dann keiner!« Doch weder ich noch er glaubten meinen Worten.

Ode schüttelte den Kopf. »Mach dich nicht lächerlich. Komm!«

Doch seine ruhige Art hielt nicht lange an.

»Dass du es geschafft hast, irgendjemandem etwas zu klauen«, sagte Ode neben mir, als wir uns in der Masse bewegten. Zugegebenermaßen, ich achtete nicht mehr auf die Leute um uns herum. Wie fein ihre Kostüme waren, ob sie Taschen trugen … ich war einfach erschöpft. Mir taten die Beine weh von den Stunden, die ich auf der Straße verbracht hatte, ohne mich ausruhen zu dürfen. Sobald ich ein Säckchen mit Gold zwischen die Finger bekam, nahm Ode es sofort an sich und scheuchte mich in das nächste Viertel der Stadt. »Es überrascht mich jedes Mal aufs Neue.«

»Will ich mit dir reden?«, entfuhr es mir gereizt und ich musste sagen, dass ich mich von Minute zu Minute mehr beherrschen musste, ihm nicht an die Gurgel zu springen.

Daraufhin lachte er nur. »Als ob es mich interessiert, ob du das hören willst oder nicht.«

»Ist dir dein Atem nicht zu schade für jemanden, der dein sinnloses Gefasel nicht hören will?«

»Wenn ich dich damit zur Weißglut bringen kann? Hm, lass mich überlegen …« Er tippte sich mit einem Finger ans Kinn, als würde er ernsthaft darüber nachdenken. »Nein, tut mir leid.«

»Geh dich erhängen.«

»Nein«, sagte er daraufhin schlicht.

Wir verfielen wieder in Schweigen und wenn ich ehrlich war, war es mir recht. War es schon nach Mitternacht?

»Hast du keine Augen im Kopf? Der Frau da vorne kommt ihr Geld förmlich aus den Ohren gequollen!«, schnappte Ode leise. Er warf mir einen Blick zu, als wäre ich geistig zurückgeblieben, und verschwand in der Menge. Seufzend hielt ich inne. Sollte er doch machen, wenn er meinte, dass er es besser könnte.

Ich orientierte mich an den Gebäuden um mich herum, ehe ich flink durch eine Lücke zwischen den Menschen schlüpfte. Eine Gasse trug mich fort von dem Gewusel der Straßen, dann fand ich mich am Hafen wieder. Bemannte und unbemannte Gondeln reihten sich nebeneinander auf. Laternen leuchteten, obwohl die Monde noch nicht vollständig aufgegangen waren. Sie strahlten die Gondeln an, die hier eine nach der anderen aufgereiht worden waren, und das Wasser, das so schwarz und tief wie das Meer wirkte. Es war beruhigend, den frischen Geruch einzuatmen. Wäre es verkehrt, hier für die Zeit, die Ode brauchte, um mich zu finden, eine kurze Pause einzulegen? Ich glaubte nicht – so raffte ich mein Kleid und ging in die Hocke. Als ich mich gesetzt hatte, baumelten meine Füße nur wenige Zentimeter über der Wasseroberfläche. Meine Schuhe standen neben mir.

Wieso war mir nicht früher aufgefallen, dass Salys skrupellos war? Vielleicht weil ich von seinem Charme geblendet gewesen war … doch es war eine Fassade, musste es gewesen sein. Wie sonst sollte er einer der berüchtigtsten Diebe der Stadt geworden sein, wenn er nicht mit allen Wassern der Welt gewaschen war? War ich wirklich der Illusion erlegen, dass man mit Höflichkeit und einem zuvorkommenden Charakter Menschen zu allem bringen konnte, was man wollte?

Ich glaube, mein Fehler war gewesen, dass ich nie seinen ersten Eindruck auf mich in Frage gestellt hatte. Ich hatte nie das Bild von früher mit heute verglichen, und so waren mir nie die Unterschiede aufgefallen. Nicht, wie harsch er mit uns umging, ganz ohne Rücksicht. Ich hatte vergessen, wie er innerhalb eines Satzes von nett auf brutal wechseln konnte, wie er einmal Asyah die Nase brach, nur weil er seine Beute bei einer Hetzjagd verloren hatte.

Wasser plätscherte, als sich eine Gondel näherte. Mit einem leisen Klingeln kam sie unweit von mir zum Halten. Und derjenige, der vorne auf der Gondel stand, war … der Mann, der mir meine Schlüssel zugeworfen hatte.

Ich hatte meine eigene Theorie entwickelt und doch hatte ich keine Bezeichnung dafür gefunden, was geschehen war. Es passte nichts zusammen, weder die Hände um meinen Hals noch wie der Mann zwei Schritte von mir entfernt gestanden hatte. Wie hatte er mich so würgen können?

Ist alles in Ordnung bei dir? Ich wollte dich nicht aufregen.

Während man alleine durch die Straßen strich und niemanden zum Reden hatte – Ode konnte ich wirklich nicht als jemanden bezeichnen, mit dem ich ein gemütliches Pläuschchen führen wollte –, hatte ich begonnen, mir Gedanken darüber zu machen. Es musste etwas mit meinen Schlüsseln zu tun haben, denn außer ihm hatte sie noch niemand berührt. Ascher hatte es ein paar Mal versucht, doch nachdem ich ihn kräftig in die Rippen geboxt hatte, hatte er die Kordel schnell fallen lassen, bevor er die Chance hatte, sie vom Turm zu werfen. Diese winzig kleine Berührung musste etwas ausgelöst haben, entweder bei dem Fremden oder bei mir. Aber ich wusste noch nicht, was – und ich würde einen Teufel tun und jemandem davon erzählen. Das war ein wunder Punkt, den ich nicht gewillt war, preiszugeben.

Aber was war dann geschehen? Wieso diese Einbildung, diese Vision? Und wie viel von ihr war wahr – würde wahr werden? Dieser Gedanke ließ mich in Gegenwart des Fremden vorsichtig werden. Wenn es Vorhersehungen waren … Ich hatte von Menschen gehört, die angeblich in die Zukunft sehen konnten; doch wieso sollte ausgerechnet ich das tun können?

»Folgt Ihr mir?«

»Das würde Euch gefallen, nicht wahr?«, fragte er. Seine Stimme klang dumpf durch die Maske und über die Meter hinweg, die zwischen uns lagen. Er trug noch immer diese furchtbar hämische Maske, diesmal in Kombination mit einem azurblauen Anzug, der mit silbernem Garn geschmückt war. »Nein, ich arbeite hier.«

»Es scheint ja hervorragend zu laufen.«

»Nun, am Tag kann ich mich kaum retten vor Anfragen.«

»Das kann ich gerade nicht bestätigen.« Stille legte sich über uns. »Was war das eigentlich für ein jämmerlicher Versuch der Erpressung?«, fragte ich schließlich, als er keine Anstalten machte, noch etwas zu sagen.

»Jämmerlich?« Er seufzte. »Es war in der Tat nicht besonders elegant von mir, was?«

»Das ist noch milde formuliert. Was wolltet Ihr von mir?«, verlangte ich zu wissen. »Wie kommt Ihr auf die absurde Idee, mir nachzustellen? Wie habt Ihr mich überhaupt wiedergefunden?«

»Es ist kein Kunststück jemand so vor innerer Unruhe getriebenen wie Euch in einer Menge auszumachen, die beinahe zerfließt vor Glück.« Widerwillig musste ich mir eingestehen, dass es eine treffende Beschreibung für das Gefühl war, das in mir tobte, wenn ich mich zwischen den Menschen bewegte. Das Lachen und Feiern, die Farben … von all dem versuchte ich so viel wie möglich in mir aufzusaugen. Er stützte sich mit seinem Gewicht auf einen der Pfähle. »Aber sag, geht es dir wieder besser?« Mit einem Mal sprach er, als wären wir alte Freunde. Mir fiel die Parallele sofort auf: Das hatte er beim letzten Mal auch getan, als er versucht hatte, mich mittels meiner Schlüssel zu erpressen. Der Mistkerl.

»Ja, danke der Nachfrage.«

»Hast du öfter solche Anfälle?« *Nein, nur bei dir.* Aber ich hütete mich davor, das vor ihm zuzugeben, solange ich selbst nicht wusste, was es damit auf sich hatte.

Ich schüttelte den Kopf. »Was ist überhaupt passiert?«

Der Mann schwieg für einen Moment. »Du warst wie erstarrt, wie … « Hilflos zuckte er mit den Schultern. »Was war da mit dir?«

Ich war nicht bereit, ihm diese Antwort zu geben; so schwiegen wir, bis er sich erneut räusperte. »Ich glaube, wir sind uns nicht unähnlich«, sagte er langsam. »Wir sind beide auf der Suche; auch wenn ich nicht so genau weiß, wonach du suchst, so bin ich mir sicher, dass ich dir helfen könnte.«

»Du kannst mir helfen? Ich glaube, ich weiß ganz genau, wonach du suchst. Du hast gesehen, wozu ich fähig bin, und da keimte die fixe Idee in dir auf, du könntest davon profitieren!«

»Ich … ich glaube, du hast ein falsches Bild von mir. Ich brauche dich nicht wegen deiner Gabe. Du bist schnell, du kennst dich in Avize aus, du hast ein geschultes Auge … Das sind Eigenschaften, von denen ich nicht behaupten kann, damit gesegnet zu sein.«

»Aber wozu? Das klingt so, als würdest du etwas stehlen wollen. Und das soll ich dir glauben?«

Ein Moment verstrich. »Lass uns ein Spiel spielen. Ich nenne ein Wort und du sagst das Erste, was dir dazu in den Sinn kommt.«

»Das ist albern.«

»Das ist Magie«, sagte er leichthin. »Nun?«

»Es gibt keine Magie mehr in Unarmon. Das solltest du wissen, Geschichtenerzähler. Unterhältst du so deine Gäste? Mit Halbwahrheiten und verdrehten Legenden?«

»Wenn sie es hören wollen. Falls es so ist, erzähle ich ihnen von den Reichtümern Annorums. Wie die Götter Domyn und Yelenar das Land formten und Flussbetten in die Erde ritzten. Durch die Wucht ihrer Kämpfe Berge und Täler formten, mit ihren Tränen Meere füllten und das Leben säten. Ich erzähle von Mehala und Ekaris, die einst getrennt voneinander am Himmelszelt spazierten, bis sie in ihrer Sehnsucht vom Himmel fielen und gemeinsam wieder auferstanden, als seien sie eins. Ich erzähle von den Dynastien, bevor sie verloschen. Dem König, der alles gab, und der Königin, die alles nahm. Also, namenloses Mädchen, vielleicht waren es nur Geschichten, doch mit der Zeit wurden sie zu unserer Wahrheit. Das ist Magie. Was ist jetzt?«, fügte er dann sanfter hinzu. »Ein Wort?«

Etwas hatte seine Umschreibung in mir berührt, das ich nicht genau bezeichnen konnte. Ein wenig Melancholie bei dem Gedanken, dass Pam uns früher auch diese Geschichten erzählt hatte.

»Ich höre«, sagte ich ein wenig atemlos.

»Emery!«, ertönte es hinter mir, ehe Ode bellte: »Hör auf mit deinen kleinen Spielchen!« Beim Klang meines Namens zuckte ich zusammen. Ich hatte nicht damit gerechnet, dass er mich so schnell finden würde. Bevor ich auf die Beine kommen konnte, kamen Schritte direkt neben mir zum Stillstand. »Wir gehen, Emery«, stellte er fest. Er schlang seine Hand um meinen Oberarm und zerrte mich auf die Beine. »Man könnte meinen, du …« Als er bemerkte, dass ich nicht alleine war, vollendete er seinen Satz nicht. »Wer ist das?«

»Das hat dich nicht zu interessieren«, antwortete ich harsch. »Lässt du mich wohl los?« Mein Versuch, nicht meine Würde zu verlieren, scheiterte kläglich, als seine Finger sich noch fester um meinen Arm schlossen.

»Genug«, knurrte er. »Ich habe genug von deinen Spielchen! Wir gehen.«

»Dazu brauche ich deine Hilfe nicht.« Wütend versuchte ich mich aus seiner Umklammerung zu befreien, doch er war stark und fast zwei Köpfe größer als ich selbst. »Du tust mir weh, Ode!«

»Gut«, erwiderte er kalt. »Komm jetzt, du Nichtsnutz.«

Bei diesen Worten brannten meine Wangen. Beschämt griff ich nach meinen Schuhen und als ich für den Bruchteil einer Sekunde in die Richtung linste, in der der Mann auf seiner Gondel stand, sah ich, dass sein Blick direkt auf mir lag.

»Wenn du reden willst, findest du mich hier«, sagte er.

Daraufhin schnaubte Ode. »Sie hat Besseres zu tun!«

»Natürlich.« Der Mann wirkte von Odes herablassender Art kein bisschen eingeschüchtert, das musste ich ihm anrechnen. »Auf jeden Fall etwas Besseres, als sich von dir wie ein Stück Pferdedung behandeln zu lassen.«

Odes Blick schoss in seine Richtung. »Pass auf, was du sagst«, grollte er, ehe er herumwirbelte und mich mit sich zog. Mir blieb kein Wort des Abschieds.

Wir passierten die Feierlichkeiten von Avize, bis er mich auf eine von Salys' Gondeln manövrierte. An seiner angespannten Körperhaltung und ohne dass er etwas zu sagen brauchte, erkannte ich, dass er wütend war.

»Was war das für ein Spinner?«, fuhr er mich an, während das Boot über den Kanal trieb.

»Keine Ahnung«, erwiderte ich ruhig und versuchte, seine Wut an mir, an meiner Maske abprallen zu lassen. Ode fluchte nur.

Eine Weile fuhren wir schweigend den Kanal entlang. Doch meine Wut wurde nicht weniger. Ich fühlte mich verletzt und gedemütigt. »Fass mich nie wieder so an, hast du verstanden? Nicht vor anderen und auch sonst nicht.«

Ode wandte mir das Gesicht zu und sagte träge: »Und das interessiert mich jetzt, weil …?«

»Besser wäre es für dich, wenn du dein Gesicht magst, so wie es ist!«

Mit dem nächsten Satz überraschte er mich. »Du ziehst zu viel Aufmerksamkeit auf uns, Emery. Das könnte dich irgendwann umbringen.«

»Täusche ich mich oder klingst du tatsächlich besorgt, Ode?«

»Nur weil ich Tatsachen benenne, bedeutet das nicht, dass es mich sonderlich interessiert, was mit dir passiert«, erwiderte er und lenkte dabei mit einem Arm die Gondel in eine Abzweigung. »Es könnte mich wirklich nicht weniger interessieren.«

Halleluja.

Es war das domynsche Trickspiel. Was schiefgehen konnte, würde schiefgehen und natürlich hatte es mich nicht enttäuscht.

Meine Fingernägel kratzten durch die Handschuhe über Stein, als ich nach Halt in dem Mauervorsprung suchte. Mein Fuß fand eine Scharte, meine Hand einen abgebrochenen Stein, und ich zog mich hoch, bis ich auf der anderen Seite über die Mauer fiel. Ich landete in einem Verschlag aus aufgespannten Tüchern und Kleidern und während ich mir den Staub notdürftig vom Rock klopfte, verfluchte ich meine Unvorsichtigkeit. Verfluchter Salys.

Natürlich hatte Ode recht behalten müssen und der Mann, dem der Beutel in meiner Hand gehörte, konnte schneller rennen, als mir lieb war. Scharren ertönte hinter mir und ich konnte vor meinem inneren Auge sehen, wie er mir nachstieg. Gehetzt warf ich einen Blick über meine Schulter und als ein Haarschopf über der Mauer auftauchte, war es wie ein Weckruf.

Lauf!

Ich flog über das Pflaster, nur Sekunden später erklang ein dumpfer Aufschlag und das Echo von Schritten verdoppelte sich.

Das Gewicht meiner Schlüssel zupfte an meinem Hals, doch ich war dickköpfiger, als gut für mich war. Ich hatte mir in den Kopf gesetzt, meinen Verfall nicht unnötig zu beschleunigen und noch konnte ich es schaffen. Meine Sohlen schlitterten über das regennasse Pflaster, als ich um eine scharfe Ecke rannte und beinahe der Länge nach hingeschlagen wäre, wenn ich mich nicht im letzten Moment gefangen hätte.

Zu meiner linken und rechten Seite ragten die Häuser wie Felsen in den Himmel; dass es dumm gewesen war, in die Gassen zu flüchten, erkannte nun auch ich. Nach der ersten Ecke jedoch kam ich auf der Straße von Dawienes heraus. In der Ferne sah ich die Weite des Marktplatzes. Wenn ich es bis dorthin schaffte, könnte ich ungesehen untertauchen.

Ein Schrei hinter mir trieb mich vorwärts über eine Brücke mit kniehohem Geländer. In meinem Augenwinkel tauchte unter mir eine Gondel in den Schatten ein. Doch eine Hand riss überraschenderweise an meinem Rock und brachte mich ins Straucheln. Mit einem Kampfschrei schlug ich nach der Hand, die mich packen wollte, während meine Rechte Halt suchend hervorschoss. Doch ich griff daneben und die Wucht des Remplers katapultierte mich über den Steg.

Mit einem dumpfen Geräusch schlug ich auf hartem Grund auf. Ein Ächzen entwich mir und ließ mich nach Luft ringend zurück. Für einen Moment war ich mir nicht sicher, ob unter der Brücke tatsächlich Wasser gewesen war. Rufe hallten an den Mauern entlang. Wasser spritzte.

»So was«, hörte ich eine Stimme. »Das erlebt man auch nicht alle Tage. Daran könnte ich mich glatt gewöhnen.«

»Woran?« Mein Rücken schmerzte. Ich ächzte und brachte mich in eine sitzende Position, meine behandschuhten Finger glitten dabei über abgenutzte seidene Polster. Als ich mich nach der Stimme umdrehte, stand der Gondoliere auf dem Heckschnabel, den Riemen in der rechten Hand, mit dem er das Boot steuerte. Eine hämische Maske starrte mich an. Hinter ihm fuchtelte mein Verfolger wild mit den Armen, die Entfernung zwischen uns wuchs fortwährend, während die Gondel weiterglitt. Wütend zeigte er mir sehr explizite Gesten mit seinen Händen.

»Tja. Mädchen, die vom Himmel fallen. Wenn das immer so wäre, würde mir das einiges erleichtern. Wirst du das jetzt öfter machen, wenn ich fragen darf?«

»Du findest das witzig, oder? Ich kann nicht so recht glauben, dass das Zufall ist.«

»Ein wenig, vielleicht«, erwiderte er vergnügt. »Du solltest dich glücklich schätzen, dass ich eine Leerfahrt mache. Wenn du auf meine Gäste draufgefallen wärst, wärst du nicht so glimpflich davongekommen.«

»Wenn ich dich dran erinnern dürfte, es wäre dein Geld gewesen, nicht meins.«

»Und du denkst, ich hätte es mir nicht zurückgeholt?« Er klang amüsiert. »Geht es dir gut da unten? Du bist ziemlich hart aufgekommen.«

»Ich bin mir noch unsicher. Wenn ich ehrlich bin – mein Rücken bringt mich gerade um.«

»Das wundert mich nicht. Aber wenn es dich tröstet, es hätte wohl etwas mehr geschmerzt, wenn du auf dem Bugeisen aufgekommen wärst«, sagte der Mann und mein Blick sprang augenblicklich zu dem gezackten Eisen an der Spitze der Gondel. »Vor wem bist du auf der Flucht? Doch nicht vor dem Kerl vom letzten Mal, oder? Das war ja ein richtiges Herzblatt.«

»Schön wär's. Ich habe mich nur ein wenig verschätzt, als ich mir ein geeignetes Opfer ausgesucht habe.« Bei dem Gedanken lachte ich zittrig auf. Das war verdammt knapp gewesen. »Das nächste Mal sollte ich jemanden in meiner Gewichtsklasse nehmen.«

»Da ist wohl was Wahres dran«, sinnierte er. »Du solltest dir aber so etwas nicht bieten lassen. Das ist nicht richtig, wie er mit dir umspringt.«

»Du meinst Ode?« Ich lachte auf. »Sagt ausgerechnet der Mann, der versuchte, mich zu erpressen.«

Das Lachen, das darauf folgte, klang beklommen. »Wenn du es so formulierst, hört sich das irgendwie falsch an.« Dann wurde er wieder ernst. »Es fühlt sich aber nicht richtig an. Man kannst nicht jemand anderen seinen Willen aufzwingen. Und du solltest nicht alles tun, was von dir verlangt wird.«

Seine Worte versetzten mir einen Stich. »Sagst du das jetzt nur, um mich zu überzeugen?«

»Nein.« Er stockte kurz. »Das sage ich, weil es mein völliger Ernst ist. Meine Ansicht wird sich auch nicht ändern, wenn du dich dazu entschließt, dass du mir nicht helfen möchtest.«

»Ich tue mal so, als würde ich dir glauben. Wie soll es weitergehen? Was stellst du dir vor?«

»Wenn du mir glaubst, wirst du mir helfen?« Er klang amüsiert.

»Du kamst auf mich zu, oder?« Mir war schwindelig. Ich schloss die Augen und konzentrierte mich auf das Wasserrauschen. »Nenn mir einen guten Grund, wieso ich dir helfen sollte.«

»Nur einen? Du machst es mir ziemlich einfach.«

»Also, was hindert dich, die Frage zu beantworten? Ich warte.« Endlich drehte ich mich so herum, dass ich ihn ganz anblicken konnte. Kurz meinte ich, seinen Blick auf mir spüren zu können, ehe er die Maske abwandte und die Wasserstraße entlangblickte. Dabei verlagerte er den Riemen in den Mulden der Rudergabel und änderte so leicht den Kurs der Gondel.

»Ich glaube, du hast schon ziemlich gut erraten, wieso ich genau dich angesprochen habe, und … es ist nicht einfach. Mir wurde etwas gestohlen, noch bevor es mir gehören konnte, und ich will es wiederhaben.«

»Wenn es dir nie gehört hat, wie kannst du beweisen, dass du es mal besitzen solltest?«

»Kann ich nicht.«

»Ah«, machte ich. »Da kommen wir dem Ganzen schon näher. Also soll ich etwas für dich stehlen, während du dich zurücklehnst und nur zusiehst. Sehe ich das richtig?«

Er nickte leicht.

»Du weißt schon, dass sich dann für mich nichts ändert?«, erwiderte ich hart. »Nur der Name, für den ich arbeite, wäre dann ein anderer.«

» Aber vergiss nicht, dass es einen Unterschied gibt.«

»Der wäre?«

»Dir steht es frei, zu gehen. Und das ist nicht nur so dahingesagt. Ich werde dich nicht zwingen zu bleiben, wenn du fortgehen willst.«

»Leere Worte, Geschichtenerzähler«, tadelte ich ihn, ehe eine Treppe zu einer Seitengasse meinen Blick anzog. »Ich werde es in Erwägung ziehen. Vielen Dank für die Überfahrt, der Herr. Leider, leider habe ich kein Kleingeld dabei, also …«

»Du warst doch deshalb auf der Flucht, oder nicht?«

»Nun …« Ich lächelte unter der Maske, was ihm verborgen blieb, und machte mich bereit zum Sprung. »Aber davon wirst du nichts zu sehen bekommen.«

Dem König treu

Mein Hochgefühl der vergangenen Stunden verschwand, als ich Alarig zusammengekauert im Flur entdeckte. Seine Lippe war aufgeplatzt und blutete. Er warf mir einen finsteren Blick zu, als mein Schatten auf ihn fiel.

Fragend hob ich eine Augenbraue und trat näher an ihn heran. Sofort rutschte er weiter weg. »Was ist denn mit dir passiert?«

Auf die Frage hin verhärteten sich seine Gesichtszüge.

»Lass mich«, grummelte er und vermied den Augenkontakt. Stattdessen blickte er demonstrativ aus einem der dreckverschleierten Fenster und wischte sich mit dem Ärmel das Blut vom Kinn.

»Hast du dich wieder mit Ode geprügelt?« Er ignorierte mich. »Wieso, Alarig?«, fragte ich wieder. Mit einem Seufzer ließ ich mich neben ihm die Wand hinuntergleiten. Dann wartete ich.

Schließlich seufzte er. »Hast du nicht genug eigene Probleme, Emery?«

»Sollten die mich daran hindern zu fragen, was dir zugestoßen ist?« Diese Frage schaffte es tatsächlich, ihm die Andeutung eines Lächelns in Gesicht zu zaubern. Zwar ein grimmiges, aber es schaffte es, seine Mundwinkel ein wenig anzuheben.

»Ode ist eine schmierige Ratte«, murmelte er düster.

»Ist das was Neues?« Er schüttelte zur Antwort den Kopf. »Was ist passiert?«, hakte ich wieder nach.

»Das Übliche.«

»Hat er dir ein Bein gestellt, sodass du stolpernd ins Hafenbecken gefallen bist?«

Er schnaubte, als würde er ein Lachen unterdrücken wollen. »Danke, nein. Einmal hat mir gereicht. Wir haben uns darüber gestritten, wo wir das nächste Mal hingehen. Ich bin der Meinung, dass es noch zu früh ist, zurück auf die Straße von Lavis zu gehen.«

Alarig zögerte. »Und vielleicht habe ich ihn auch ein wenig provoziert.«

Überrascht hob ich meine Augenbrauen. »Ein wenig? Was hast du gemacht?«

»Ich habe ihm angeboten, ihn zum Gefängnis zu begleiten, wenn er so ein Risiko eingehen will. Dafür muss er nicht warten, bis er geschnappt wird.«

Ich lachte, doch ich wurde schnell wieder ernst. »Lässt du mich mal sehen?«

»Einen Teufel werde ich tun«, grunzte Alarig. »Is' schon nicht so wild. Es hat ja schon aufgehört zu bluten.«

»Wenn du das sagst. Aber ich könnte wirklich –«

Doch er unterbrach mich forsch: »Du solltest lieber hochgehen. Sie warten schon auf dich.« *Gönn mir doch diese wenigen Sekunden Aufschub.* Aber das war nicht das, was ich sagte.

»Vielleicht hast du recht.« Mit einem schweren Seufzen meinerseits stemmte ich mich hoch. Meine Hände wanderten unbewusst über meine Haare und mein Kleid, als müssten sie jede Falte herausstreichen, bevor ich Salys gegenübertrat. Aber ich wusste, dass ich nur versuchte, Zeit zu schinden, und mir war auch klar, dass es keinen Unterschied machen würde.

Alarigs Stimme ließ mich innehalten, als ich schon mit dem Fuß auf der ersten Stufe stand.

»Es tut mir leid«, sagte er vom Boden herauf, »dass ich dir in deiner Situation nicht helfen kann.«

»Es ... es ist schon in Ordnung. Aber danke«, sagte ich leise. Dann stieg ich die Stufen hinauf.

Salys empfing mich in seiner üblichen Aufmachung und einem beinahe unmerklichen Kopfnicken. Er trug einen dunklen Anzug, der mit seinen dunklen Haaren harmonierte und den kühlen Ausdruck seiner Augen noch mehr betonte.

»Zähle sie vor mir, Emery.« Ich presste die Lippen aufeinander und musste den Drang niederkämpfen, etwas Schnippisches darauf zu erwidern. *Er ist die Wut nicht wert,* versuchte ich mir einzureden. *Denk an Amra. Denk an die Zeit, als ihr Kinder wart und Pam noch lebte.* »Wird's bald?«

»Ja, verdammt!«

»Dann los.« Salys nickte in Richtung der Taler, die alle auf einem Haufen auf dem staubigen Boden lagen.

Meine Gedanken waren nicht hier, als ich seinen Anweisungen Folge leistete. Ich war wieder auf der Straße, zusammen mit meiner Schwester, und wir rannten dem Königlichen Umzug hinterher. Blumen und Bonbons waren uns entgegengeweht. Die Königin hatte ebenfalls eine Rede gehalten, darüber, wie wichtig das Volk sei und dass die Königsfamilie nichts ohne uns wäre. Mit ihrer feinen, lieblichen Stimme hatte es sich wie Gesang angehört. Und es hatte gutgetan, es zu hören. Dass wir wichtig waren. Dass wir gebraucht wurden. Amra war vor Glückseligkeit betrunken gewesen.

»Emery«, riss mich Salys' Stimme unwirsch aus meinen Gedanken. Ich war nicht mehr auf der Straße von Avize, sondern in einem heruntergekommen Haus, indem die Tapeten von den Wänden hingen, in einer einsamen Seitengasse. »Du hast aufgehört zu zählen. Wo bist du wieder mit den Gedanken?« Er klang streng, tadelnd. Sein kalter Blick lag auf mir.

»Nirgends. Tut mir leid.« Hinter mir hörte ich Ode leise lachen. Meine Ohren brannten so sehr vor Scham, dass ich mir sicher war, sie müssten so rot wie Tomaten sein. Mit zitternden Händen begann ich Münzen zu Türmen zu schichten, zu Gruppen zu sortieren. Zwei Taler blieben übrig.

Als ich Salys die Zahl nannte, breitete sich auf seinem Gesicht ein zufriedenes Grinsen aus. »Wirklich? Findest du das nicht auch merkwürdig, wie viele das mit einem Mal sind?«

Weil das auch Odes und meine zusammen sind.

»Ja«, erwiderte ich tonlos.

»Vielleicht solltest du sie öfter in Gesellschaft zählen, Emery. Vielleicht passieren dir dann weniger Fehler. Was meinst du?«

»Kann schon sein.«

»Wunderbar, wie einsichtig du bist«, lobte er mich. »Dann pack sie ein und gib sie Ode.« Salys schnalzte missbilligend mit der Zunge, als ich Ode unsere Ausbeute überreichte. Dann schlug hinter ihm die Tür zu.

»Es ist jedoch nicht genug. Ihr geht noch einmal los.«

»Wir waren die letzten drei Stunden unterwegs!«, begehrte ich auf. »Es gibt nicht mehr zu holen, ohne dass es auffallen würde! Ohne dass *wir* auffallen würden! Wir sind erschöpft und dadurch könnten uns Fehler passieren!«

»Dann solltest du dich geschickter anstellen!« Salys musterte mich, ohne einmal zu blinzeln. »Deine Schonfrist ist vorbei, Emery. Ich erwarte, dass du gehorchst, und ich habe eine neue Aufgabe für dich, bei der du das zeigen kannst.«

»Ist das so?« Meine Hand ballte sich unter dem Stoff meines Kleides zu einer Faust. Ich spürte, wie sich meine Nägel schmerzhaft in meinen Handballen bohrten, aber das war besser, als den Spruch loszulassen, der auf meiner Zunge lag. Später würde ich mich über die sichelförmigen Wunden ärgern, aber gerade hielten sie mich wie ein Anker fest.

»Ich glaube, es ist an der Zeit, dass du beweist, wie groß deine Loyalität zu mir ist. Nach den jüngsten Ereignissen bin ich ein wenig erschüttert und hoffe, dass du verstehen kannst, dass ich ein wenig mehr von dir brauche, bis ich dir wieder vertrauen kann. Du kennst doch sicher das Sprichwort, dass Vertrauen erarbeitet werden muss?«

»Ich bin hier«, presste ich hervor. »Ich bringe dir deine Abgabe. Ich tue, was du sagst. Reicht dir das nicht?«

»Nein.« Er wog beim Sprechen den Kopf hin und her. »Nein, das tut es nicht.«

»Salys –«

»Seitdem unser werter König Elyes sich bequemt hat, wieder in unsere Stadt zu kommen, meine liebe Emery, habe ich mir, wie du weißt, gedacht, dass wir ihm einen Besuch abstatten könnten.«

Fassungslosigkeit schwappte über mich hinweg. Das Verstehen war wie eine kalte Welle, die über meinem Kopf brach und ich trudelte mit ihr hinab. »Der König wird doppelt und dreifach bewacht. Wie hast du dir das vorgestellt –«

Er fuhr unbeeindruckt fort. »Und mit wir – meine ich dich.« Das ließ mich zurückzucken. Seine Worte hatten dieselbe Wirkung, als hätte er mir ins Gesicht geschlagen.

Doch, das Einzige, was ich japsen konnte, war: »Ich werde nicht einfach in die Königlichen Gemächer marschieren können!«

»Oh, da wird dir sicher etwas einfallen.«

»Und wie soll ich wieder rauskommen, falls ich es schaffen sollte, da überhaupt hineinzukommen? Du weißt schon, wie riskant dieses Vorhaben ist?«

»Du wirst deine Gabe für mich einsetzen. Wir hatten eine Abmachung, Emery. Und nun fordere ich von dir, dass du deinen Teil einhältst«, sagte er, als wäre es selbstverständlich.

»Nein. Das kannst du vergessen! Ich weigere mich, es zu tun!« Das war nichts, worüber ich diskutieren würde. Mit jeder Verwandlung verlor ich einen Teil von mir. Und ich war nicht bereit, auch noch den letzten von mir aufzugeben.

»Doch, das wirst du«, erwiderte er ruhig. Berechnend.

»Du weißt es, nicht wahr? Du weißt, was du mir angetan hast? Was jede weitere Verwandlung für mich bedeutet?«

»Es stand dir frei, danach zu fragen, welche Pflichten mit dem Geschenk, das ich dir anbot, einhergingen. Doch du hast es vorgezogen, sofort wie ein kleines Kind danach zu verlangen«, sagte er und stieß sich von der Wand ab, an der er eben noch gelehnt hatte. Dann stand er wieder direkt vor mir, ragte vor mir auf wie eine unbezwingbare Mauer. Ich konnte sein schweres Parfum riechen, das ihn wie eine Wolke umgab.

»Das macht es einfach für dich, nicht wahr? So zu tun, als wäre es meine eigene Schuld«, sagte ich und versuchte das Zittern zu unterdrücken, das meine ganze Autorität untergraben würde, die ich in dieses einzelne Wort zu legen versuchte.

»Es ist tatsächlich deine Schuld.«

»Nein!« Taumelnd stieß ich mit dem Rücken gegen die Wand. Es war nicht meine Schuld gewesen. »Du hast mich überlistet! Mich mit Versprechungen gelockt, ohne mir davon zu erzählen, was ich tatsächlich aufgeben muss! Ich lasse mir nicht von dir mein Leben nehmen – ich werde nicht –«

»Oh, doch. Du wirst. Weil du alles tun wirst, was ich dir sage.«

»Nein, das –«

»Hör zu, Mädchen.« Er war mir so nah, dass ich ihn neben mir atmen hörte. »Du wirst die goldene Krone der Königin stehlen, und wenn es tatsächlich das Letzte ist, was du tust. Ich werde sie dir mit Vergnügen aus deinen versteinerten Fingern brechen.«

Ich sah es vor meinem geistigen Auge. Mich, zur ewigen Statue erstarrt, grau und leblos, während er, Salys, so voller Leben war. Er würde mich in diesem Menschenleben überdauern.

»Ich werde nicht den König bestehlen.« Nicht den Mann, der uns Hoffnung schenkte. Amra. Mir. Dem Rest der Welt. Er war der Erste seiner Familie, der sich wirklich um uns kümmerte. Sein Großvater, König Xander IV. war ein zurückhaltender König gewesen, einen seiner Namensvetter, König Xander II., hatte es wenig interessiert, als die großen Krankheiten kamen; er hatte uns unsere eigenen Gräber schaufeln lassen.

»Emery.« Sein Tonfall war warnend. Vielleicht war es dumm, die subtile Drohung, die in meinem Namen mitschwang, zu ignorieren, doch mein Gerechtigkeitsgefühl überwog. Wahrscheinlich war es erstaunlich, dass jemand wie ich, der davon lebte, den Leuten das Geld aus den Taschen zu ziehen, so etwas besaß. Vielleicht war es das letzte Stückchen Ehrgefühl, das mir geblieben war.

»Nein.«

Das nächste, was ich spürte, war seine raue Hand, die mein Gesicht wie ein Schraubstock umklammert hielt. Er zwang mich, ihm in die Augen zu sehen. »Du wirst. Wenn du es nicht tust, werde ich nicht vor deiner Familie haltmachen, Emery.«

»Was?«

»Das ist eine berechtige Frage … Was könnte ich tun, um dich zu überzeugen?« Ich biss vor Anstrengung die Zähne zusammen, als ich versuchte, mein Gesicht aus seinem Griff zu winden. Doch vergeblich. »Ich könnte deine Familie –« Ich hörte ihn nicht zu Ende an. In dem Moment, in dem er die Andeutung machte, Mutter und Amra etwas anzutun, schnappte etwas in meinen Gedanken um und das Nächste, was ich wieder mitbekam, war Salys' unterdrücktes Fluchen, als er nach hinten stolperte.

»Du Miststück«, grunzte er und hielt sich eine Hand vors Gesicht. Fassungslos starrte ich ihn an, seine Hände und das Blut, das zwischen seinen Finger hervorquoll, bis sich das Gewicht in meiner Hand bemerkbar machte. Der Ausdruck in seinen Augen spiegelte in etwa das gleiche. Damit schien er nicht gerechnet zu haben.

Ich hielt den eingenähten Dolch fest umklammert. Die Klinge blitzte und das Blut leuchtete vorwurfsvoll auf ihr. Wann hatte ich es aus seiner Lasche befreit? Ich hatte keine Ahnung und auch keine Erinnerung daran, wo ich Salys mit dem Messer erwischt hatte.

Das war nicht gut.

Er machte mit seinen blutbesudelten Händen einen Schritt auf mich zu; und wenn ich ihn nicht von mir abhielt, würde er mich seinem Gesichtsausdruck zufolge erwürgen. Als er sie senkte, sah ich, was ich getan hatte. Ein tiefer Schnitt erstreckte sich über seine rechte Gesichtshälfte, hatte nur knapp sein Auge verfehlt, doch sein Augenlid war eingerissen. Wie eine entstellende Maske.

»Bleib weg von mir«, schaffte ich hervorzubringen. »Wenn du noch einen Schritt machst – ich werde jetzt dieses Haus verlassen und du wirst mich nicht daran hindern.«

Salys lachte. Er lachte wirklich, obwohl ihm das Blut in einem Bach aus der Wunde lief; über seine Lippen, seinen Hals und seine Brust und in dem Stoff seines Hemdes versickerte. Dann versiegte sein Lachen. »Glaube nicht, dass ich dich nicht aufspüren werde, Emery. Du solltest besser nicht nach Hause gehen, wenn du nicht willst, dass ich dich dort finde. Du weißt, dass du es bist, die ich will – aber wenn du mir keine andere Wahl lässt und ich deine Schwester zufällig bei dir antreffe – es wäre ein fabelhafter Zeitpunkt, um Amra kennenzulernen, meinst du nicht?«

»Du wirst mich – *uns* – in Ruhe lassen, Salys«, wisperte ich. Mit diesen Worten begann ich mich rückwärts in Richtung Tür zu bewegen. »Bleib weg von uns.« Salys hob eine Augenbraue – die auf der Gesichtshälfte, die nicht entzweit war – und beobachtete mein Tun kommentarlos. Er schwieg noch immer, als ich durch den Türrahmen auf den dunklen Flur gelangte.

Erst da wagte ich zu atmen – doch ich musste mich beeilen, ehe er auf die Idee kam, die anderen zu alarmieren. Ich rauschte die Treppen hinunter; im Flur war niemand zu sehen, weder Ode noch Alarig. Wer wusste schon, wo sich die beiden herumtrieben, doch ich war froh, keinem von beiden zu begegnen. Wie hätte ich ihnen das Blut auf dem Messer erklären sollen, das ich vor mir hertrug wie ein Opfer? Doch das war alles nur nebensächlich. Ich hatte mich von Salys losgesagt und somit mein eigenes Todesurteil unterschrieben. Irgendwie schien ich ein Händchen für so was zu haben.

Ich erinnerte mich kaum daran, wie ich aus der Tür stürzte. Zum Glück war die Straße leer, sodass niemand sah, wie aufgewühlt ich war. Denn dass ich vergessen hatte, meine Maske aufzusetzen, merkte ich erst, als mir der Wind die Haare ins Gesicht blies. Nachdem ich sie wieder aufgesetzt hatte, lief ich, ohne die Gondeln eines Blickes zu würdigen, in die Stadt hinein. Wohin sollte ich gehen? Mit dem Schreck, der in meinem Gesicht stand, durfte mich Amra nicht sehen. Das würde ihr kleines Herz brechen.

Es gab wenige Momente, in denen man sich schwerelos fühlte. Dies war einer. Ich befand mich taumelnd zwischen Raserei und Angst, als ich förmlich über das Pflaster flog.

Glaube nicht, dass ich dich nicht aufspüren werde, Emery, tönte Salys' Stimme in meinem Kopf. Ich wagte gar nicht, ihn in dieser Sache zu unterschätzen. Dafür wusste ich zu gut, wozu er fähig war.

Mir war schlecht. Bei der Vorstellung, in was ich mich da gerade hineinmanövriert hatte, krampfte sich mein Magen zusammen. Noch ehe ich mich fassen konnte, erbrach ich in den Kanal. *Ich werde dich suchen und finden, wenn du zu Hause in deinem Bett liegst. Du weißt, dass du es bist, die ich will …*

Amra. Ein Krampf schüttelte meinen Körper. Wenn ich mich zu Hause verstecken würde, würde Salys unweigerlich auch auf meine Schwester stoßen! Bei dieser Vorstellung spürte ich, wie es mir die Luft abschnürte. Das konnte ich nicht riskieren! Ich würde es mir niemals verzeihen, sollte er es schaffen, sie um seinen Finger zu wickeln.

Irgendwann wurden meine Schritte kleiner, weniger kraftvoll, und ich spürte, dass meine Flucht ihren Tribut forderte. Ich kam mit brennenden Lungen zum Stehen und stützte mich vornübergebeugt auf meinen Knien ab, um nach Luft zu schnappen.

Diese Pause ließ auch meine Gedanken für einen Moment ruhen; und mit jedem Atemzug fielen sie mehr zu einem geordneten Bild zusammen. Ich wusste, dass ich untertauchen musste. Zurück nach Hause zu kehren, zu Amra, wo Salys mich finden könnte und sie genauso, stand außer Frage.

Und doch, als ich das nächste Mal aufblickte, erkannte ich die Fassaden der Häuser in unserem Viertel wieder. Ein Mann trieb in einiger Entfernung eine Schar Hühner vor sich her; sie gackerten protestierend, als er sie mit seinem langen Stock über die Straße zur anderen Seite scheuchte. Ich stieg auf das Dach eines gegenüberliegenden Hauses und fand eine nicht leicht einsehbare Stelle bei einem Schornstein, von der ich die Straße gut im Blick hatte. Alle unsere Fenster waren dunkel. In der Ferne hörte ich das immer leiser werdende Gackern der Hühner, bis es so still wurde, dass nur noch das Rauschen des Windes übrig blieb.

Und dann wartete ich. Ich wartete einen Mondzyklus. Die Monde wuchsen am Himmel heran, bis sie wieder zerfielen. Ihr Licht, golden und strahlend, strömte in schmalen Flüssen hinab, bis sie vollkommen versiegten und der Tag aufging. In diesem Zeitraum verhallten auch die Geräusche der Feierlichkeiten und es kehrte für eine kurze Zeit Stille ein, bis die Menschen sich für den Tag bereit machten, um ihrer Arbeit nachzugehen.

Das Klappern von Schlüsseln hallte durch die Straße, ehe Amra schließlich das Haus verließ. Gekleidet in eine Halbmaske und ein rötlich glänzendes Kleid, blieb sie auf der Schwelle stehen. Ihre blonden Haare hatte sie zu zwei dünnen Zöpfen geflochten. Sie sah erst in eine Richtung die Straße hinab und dann in die andere, dann sprang sie die letzte Stufe herunter und machte sich mit einer kleinen Tasche unterm Arm auf den Weg zur Schule.

Ich folgte ihr in einigem Abstand, behielt sie immer in Sichtweite, während ich von Haus zu Haus kletterte, bis ich mich vergewissern konnte, dass sie auf dem Weg von niemanden angesprochen wurde. Erst dann konnte ich gehen.

Der Tag verging. Am Abend fand ich mich nur unweit des Stadttors wieder und mir dämmerte, wohin ich mich unbewusst bewegt hatte.

Vielleicht war es nicht verkehrt, dass ich ausgerechnet hier gelandet war. Die Monde gingen gerade über der Stadt auf, ich hätte viel Zeit, um mit Rhys über meinen … Fehler zu sprechen. Er wusste sicher, was zu tun war. Er hatte immer eine Lösung.

Doch wenn er erfuhr, in welche prekäre Lage ich mich gebracht hatte … Was würde er von mir denken? Wäre er entsetzt? Gar wütend? Ich könnte es nicht ertragen, die Enttäuschung in seinen Augen zu sehen und zu wissen, dass ich der Grund dafür war. Vielleicht sollte ich aber endlich meinen Stolz herunterschlucken und Rhys' Hilfe annehmen. Was machte ich mir vor? In meinem Inneren wusste ich ganz genau, dass er mich nicht abweisen würde. Das hatte er noch nie. Ich hatte nur Angst, ihm und mir einzugestehen, dass ich einen Fehler gemacht hatte.

Erleichtert, vorerst ein Ziel zu haben, machte ich mich auf den Weg hinaus aus der Stadt. Dabei dachte ich daran, dem König einen Brief zu schreiben, was er mir schuldig war, dafür, dass ich so tief in der Patsche saß. Aber ich hatte etwas vergessen – dazu war ich nicht in der Position. Weil ich das Privileg an meine Schwester weitergegeben hatte.

Solange ich mich noch auf den Straßen bewegte, konnte ich die Vorstellung, dass Ode mir wieder auflauern könnte, nicht abschütteln. Deshalb fiel es mir schwer, den Drang zu unterdrücken, alle paar Meter einen Blick über meine Schulter zu werfen und mich zu vergewissern, dass ich nicht verfolgt wurde. Doch als ich endlich durch die Tore hinaus in die Dunkelheit eingetaucht war, ließ ich vorerst diesen Gedanken zusammen mit den vergangenen Ereignissen hinter mir zurück.

Auf der freien Ebene pfiff der Wind lauter, begleitete mich zusammen mit dem Rauschen der Blätter auf dem ganzen Weg bis zur Kathedrale. Die Stufen den Turm hinauf kamen mir mal wieder unendlich viel vor und als ich endlich auf der Plattform angekommen war, gönnte ich mir einen Moment der Ruhe. Hier konnte mir weder Salys noch Ode etwas antun. Ich atmete die frische Luft ein, die zuvor über die Lavendelfelder gestrichen war.

Zögernd hielt ich auf der Schwelle inne, und erkannte die Silhouette von einem der drei. Mir graute es davor, Schwäche zu zeigen. Aber zeichneten wir uns nicht gerade durch Schwäche aus, machte sie uns nicht menschlich? Bevor ich mich entscheiden konnte, ob ich mich wirklich ihren prüfenden Blicken aussetzen wollte, fiel Caias Blick auf mich. Augenblicklich hellten sich ihre Gesichtszüge auf.

»Emery!«, rief sie aus. »Wie lange stehst du schon dort?«

Seufzend löste ich mich aus den Schatten und überwand die Entfernung zwischen uns. »Nicht lange«, antwortete ich und schenkte ihr ein Lächeln. »Was macht ihr?«

»Ach.« Sie machte zur Bekräftigung ihrer Aussage eine wegwerfende Handbewegung. »Du weißt schon, das Übliche. Viele Möglichkeiten haben wir nicht, also lassen wir die Nacht verstreichen. Ascher hat einen Händler beklaut und nun ist er der Meinung, ein neues Talent entdeckt zu haben.«

In diesem Moment setzte ein hohes Quietschen ein, das die Nacht durchbrach. Caia machte ein gequältes Gesicht.

»Das geht den ganzen Abend schon so«, sagte sie mit leidender Stimme. »Ist es gemein, wenn ich sage, dass ich froh bin, dass du hier bist? Jetzt quäle ich mich wenigstens nicht mehr alleine.«

Das ließ mich überrascht aufhorchen. »Ist Rhys gar nicht da?«

»Er hat sich aus dem Staub gemacht, als er sah, was Ascher angeschleppt hat. Und als ich es ihm gleichtun wollte, hielt mich Ascher am Ärmel zurück. Mein Hemd hat nun einen Riss!«, klagte sie und hielt wie zur Bestätigung ihren Arm hoch. Es war eines der Hemden, das ich für sie umgenäht hatte, in einem tiefen Blau mit roten Knöpfen. Wegen der Flügel, die mit ihren Armen verbunden waren, hatte ich sie in ihr Oberteil einnähen müssen.

»Ich bringe dir ein neues mit, wie gefällt dir das?« Ich ließ beim Sprechen meinen Blick wandern und erkannte Ascher an der Kante sitzend. Er bewegte seinen rechten Arm und zeitgleich setzte das Jammern wieder ein. Das Geräusch ließ mich erschaudern. Ich rief seinen Namen und augenblicklich erstarb das Geräusch. Er drehte sich und als er mich sah, winkte er mit einem Stab in seiner Hand.

»Emery! Schön, dass du hier bist! Du kommst gerade richtig!«

»Was hast du da?«, fragte ich und gesellte mich zu ihm. Er kam auf die Beine und lächelte dann zu mir herab. Als er vor mir stand, erkannte ich, was er in seiner Hand hielt. »Ist das eine Geige?«

»Wenn es so heißt, dann ja«, gab er vergnügt zurück. »Aber es ist ein scheußliches Teil, oder was sagst du?«

»Weil du es falsch herum hältst!«, fiel ihm seine Schwester ins Wort und streckte die Hände aus, um es ihm abzunehmen, doch Ascher drehte sich weg.

»Such dir eine eigene Geige!« Die Geschwister zankten, bis Rhys zurückkam. Er landete mit einem sanften Rauschen auf der Plattform und grüßte mich mit einem Lächeln.

»Du hast wohl mehr Geduld mit den zweien als ich«, sagte er ruhig. »Erinnerst du dich, als wir darüber sprachen, Ascher vom Turm zu stoßen? Heute wäre es fast so weit gewesen.«

»Das sagst ausgerechnet *du?*«

Er lachte. »Tja, ich bin nicht stolz drauf.« Dann wurde er wieder ernst. »Wie war es mit Salys?«

Nervös fuhr ich mit meiner Zunge über meine Unterlippe, ehe ich antwortete: »Schwierig.«

»Mehr als sonst?«

Jetzt – das war der Moment, in dem ich mich entscheiden konnte. Mich Rhys anvertrauen oder auch nicht. Aber dann müsste ich ihm auch sagen, dass sein Rat, *sein* Rat zu all dem geführt hatte und ich wollte weder mit seinen Schuldgefühlen noch mit meiner Wut umgehen müssen.

Rhys bedachte mich mit seinem Blick. »Du weißt, dass du uns alles erzählen kannst, oder, Emery?«

»Ja, ich weiß.« Ich zwang mich zu einem Lächeln. »Dafür bin ich euch wirklich dankbar.«

Der Fremde

Wenn der Funke übersprang, griff das Feuer zuerst nach meiner Hand, bevor es sich den Weg über meine Handschuhe auf mein Kleid und meine Haare bahnte. Eine lebende Fackel. Und dann dauerte es nur den Bruchteil einer Sekunde, ehe sich die Flammen selbst verschluckten, und mich mit ihnen. Rhys hatte mir davon erzählt, denn ich selbst sah und spürte nichts davon, bis auf ein sanftes Kribbeln auf meiner Haut. Das Nächste, woran ich mich erinnerte, war der Himmel über Unarmon, wenn ich bei der Kathedrale aufwachte.

Als damals die erste Euphorie über meine neue Gabe abgeflacht war, hatte sie blanker Angst Platz gemacht. Unstete Gedanken mischten sich dazu, genauso wie die Frage nach dem *Was dann?* Im gleichen Zug hatte ich Amra das Versprechen abgerungen, sollte ich eines Morgens nicht nach Hause kommen und würde sie die folgenden Stunden nichts von mir hören, sollte sie nicht nach mir suchen. Und die Nächte und kleinen Gassen von Avize meiden.

Obwohl vor meinen Augen die Welt, so wie ich sie kannte, zusammenbrach, sah ich erstaunlich klar. Genau so waren meine Gedanken. Auch wenn ich wusste, dass Salys' Worte ein zweischneidiges Schwert waren, die einen leiten, aber auch in die Irre führen konnten, spürte ich tief in mir, dass dies kein leeres Versprechen gewesen war. Ich wusste, wenn ich nach Hause zurückkehren und Salys mich dort aufgreifen würde, würde er unweigerlich auf Amra treffen und sein Versprechen einlösen. Mir blieb nur dorthin zu gehen, wo er mich nicht finden konnte. Brennend heiße Wut loderte in meinen Magen auf, bei dem Gedanken, dass ich meine Schwester im Stich lassen musste.

Ich fragte mich, ob es Zufall war, dass mir der fremde Mann vor wenigen Tagen begegnet war. *Einmal*, sagte ich mir, *einmal würde ich am Hafen vorbeilaufen.* Dann würde ich die Sache ruhen lassen.

Der Himmel begann über der Stadt zu dämmern. Die Häuser schälten sich langsam aus der Dunkelheit der Nacht, schoben die Schatten beiseite. Es war eine bedrückende Stille, die auf das Erwachen des Tages folgte. Es war der Zustand zwischen den Feierlichkeiten und dem normalen Alltag von Avize. Noch waren die Straßen leer, sodass ich mit meinen Gedanken alleine war. Doch es würde nicht lange dauern, bis die Menschen auf die Straßen strömen würden. Zu der Zeit, als ich am Hafen ankam, lag alles in dem gräulichen Schein des anbrechenden Tages.

Meine hektischen Schritte verebbten auf dem Pflaster, als ich am Wasser zum Stehen kam. Die Wellen stießen an das Becken und zogen sich mit einem Gurgeln wieder zurück. Das Meer lag hinter dem Siel beeindruckend schwarz und ruhig. Außer mir war niemand hier, die Gondeln lagen allesamt verlassen am Rande des Beckens.

Wenn du reden willst, hatte er gesagt, *findest du mich hier.*

Ich versuchte die Enttäuschung darüber, dass er nicht hier war, herunterzuschlucken. Hatte ich wirklich gedacht, dass er um diese Zeit hier anzutreffen wäre?

In der Ferne hörte ich das letzte ausgelassene Kreischen der Feiernden, bis sie durch einen protestierenden Schrei unterbrochen wurden. Wahrscheinlich jemand, der in seinem Tiefschlaf gestört worden war. Ich konnte es mir glatt vorstellen, wie der in ein Nachthemd gekleidete Mann die Fensterläden aufgeklappt und hinausgebrüllt hatte.

Unschlüssig drückte ich mich am Hafenbecken herum. Bis die Erkenntnis allzu deutlich wurde: Er würde nicht mehr kommen. Doch als ich mich umdrehte, kündigte sich eine Gondel mit dem Rauschen von Wasser an. Das Boot trieb gemächlich über den Kanal. Es war eines aus dunklem Holz, mit silbernen Beschlägen. Farbe blätterte vom Holz ab. Einst war der Rumpf wohl mit Mustern in gelben und orangenen Tönen überzogen, doch nun waren nur helle Flecken zu sehen. Die Andeutung einer vergangenen Zeit.

Auf der Gondel stand ein Mann, mit dem Rücken zu mir, und rieb sich müde über das Gesicht. Dann nahm er die Maske, die er zwischen beiden Knien eingeklemmt hatte, und setzte sie auf. Zu gern hätte ich sein Gesicht gesehen, mir eine Geschichte dazu überlegt. Doch als er sich endlich herumdrehte, nachdem er die Gondel an einem Pfosten befestigt hatte, lächelte mir seine Maske gehässig entgegen.

Meine Füße brachten mich wieder zum Rand des Beckens.

»Wieso habe ich das Gefühl, dass dich kein morgendlicher Spaziergang hergeführt hat?« Seine Frage durchbrach die Stille um uns herum, seine Stimme noch rau und belegt vom Schlaf.

»Weil es tatsächlich sein kann, dass ich schon die ganze Nacht unterwegs bin«, antwortete ich. »Du wohl nicht, oder?«

Er schüttelte den Kopf und lachte. »Ich bin doch nicht verrückt.«

Wieso hatte ich das Gefühl, mich verteidigen zu müssen? »Das bin ich auch nicht.«

»Sondern?«

»Ich würde es anpassungsfähig nennen. Ich tue das, was nötig ist.«

»Tragen die Menschen ihr Geld nur bei Nacht so locker bei sich?«

»Tja, während der Feierlichkeiten schon.«

Er pfiff anerkennend. »Und was treibt dich nun hierher? Hoffst du auf eine Überfahrt? Ich muss dich enttäuschen: noch habe ich kein Geld bei mir.«

»Ich kann auch später wiederkommen, wenn es recht ist.«

Wieder lachte er und mir wurde unbehaglich bei dem Gedanken, dass er mich so unterschätzte. *Soll er nur, dann ist der Überraschungseffekt auf meiner Seite.*

»Du sagtest, ich würde dich hier finden.«

»Ja, in der Tat«, erwiderte er nachdenklich. Er legte seinen Kopf schief, während er mich musterte. »Bist du nun auch zu dem Entschluss gekommen, dass der Kerl ein Idiot ist? Der war unausstehlich.«

»Kann man so sagen«, sagte ich ausweichend. Noch wusste ich nicht, was ich alles von mir preisgeben wollte. *Sollte.* War ihm überhaupt zu trauen? Ich erinnerte mich an Amra und ihre Frage, wie ich Menschen mit ihrer Maske einschätzte – doch die Antwort war: gar nicht. Es war ihnen nicht zu trauen, bis sie die Verschleierung abnahmen. »Ich glaube, ich brauchte nur einen Schubs in die richtige Richtung.«

»Dann bin ich froh, dass ich dazu beigetragen habe. Ich würde ja gerne, aber leider kann ich nicht länger mit dir plaudern. Ich muss nun meinen Lebensunterhalt verdienen.« Beim Sprechen rammte er mit seinem ganzen Körpergewicht den Riemen, den er zum Rudern brauchte, ins Wasser und lehnte sich dagegen, ehe er das Tau, das die Gondel am Hafen befestigt hielt, löste. Der Strudel der Kanäle erfasste das Boot und so beobachtete ich, wie dieses langsam Fahrt aufnahm. Ich erkannte schnell, dass er in Richtung des Zentrums von Avize steuerte, und ich ließ ihn beinahe davonschwimmen. Aber nur beinahe.

»Können wir reden?«, rief ich ihm hinterher.

Überraschenderweise drehte er sich in meine Richtung. »Gerade ist es leider schlecht.« Er seufzte. »Wir treffen uns heute Nacht. Am Wasserturm. Wenn die Monde am vollsten leuchten, in Ordnung?« Bei seinen Worten fiel die Anspannung von meinem Körper ab, von der ich nicht gemerkt hatte, dass sie mich befallen hatte.

»In Ordnung«, wiederholte ich erleichtert, doch er hörte mich nicht mehr, dafür war die Entfernung zwischen uns inzwischen zu groß geworden.

Der Wasserturm war ein ehrwürdiges Gebäude. Eigentlich war es ironisch, dass ausgerechnet in Avize einer zu finden war. Einer Stadt, die förmlich nur aus Wasser bestand. Doch der Großvater von unserem jetzigen König Elyes, König Xander IV., hatte ein System der Wasseraufbereitung entwickeln lassen, damit sich Krankheiten nicht so schnell verbreiteten. Das saubere Trinkwasser wurde vom Wasserturm über Rohrsysteme in der Stadt verteilt und sollte eine Pandemie wie vor wenigen Jahrhunderten verhindern.

Als die Abenddämmerung einsetzte, begannen sich die zuvor leeren Straßen wieder zu füllen. Während die Menschen an mir vorbeiströmten, versuche ich mich in einer Straßenecke möglichst unsichtbar zu machen. Das Einzige, was mir noch fehlte, war eine Begegnung mit Ode oder Asyah – oder gar Salys persönlich. Während ich den ganzen Tag gewartet hatte, war mir nur eine einzige Frage durch den Kopf gegeistert: War es richtig, ausgerechnet jetzt zu flüchten?

Und wieso ausgerechnet zu jemandem, den ich nicht einmal kannte?

Doch ich konnte die leise Stimme in meinem Kopf nicht ignorieren, die immer und immer wieder flüsterte: *Weil du seine Erwartungen nicht enttäuschen kannst.* Denn er war niemand, der mir etwas bedeutete. Das machte vieles einfacher.

Keine Schuld. Keine Verantwortung.

Zum Zeitpunkt, an dem die Monde am vollsten waren, standen sie in ihrem Zenit. Wenn der Himmel über uns am schwärzesten leuchtete, strahlten die Monde am hellsten.

So saß ich auf den Stufen am Eingang eines heruntergekommenen Hauses, das dem von Salys gar nicht so unähnlich war, und es dauerte nicht lange, bis ein Plätschern das Herannahen einer Gondel ankündigte. Es vergingen nur wenige Sekunden, bis sich die Gondel des Mannes in mein Sichtfeld schob. Das Bugeisen mit seinen sechs Zacken, die jeweils für eine der sechs Hauptstädte standen, blitzte silbern im Mondschein, während das Boot gemächlich übers Wasser trieb. Als der Mann mich erreichte, kam ich auf die Beine.

Er hob die Hand zum Gruß, ehe er die Gondel verlangsamte. Nach einem »Hüpf rein«, sprang ich in das Boot, bevor es wieder Fahrt aufnahm. Ein sanfter Ruck ging durch unsere Körper, als der Strudel nach dem Holz griff und es vorwärtsriss.

»Wohin geht's?«, fragte ich, als er die Gondel durch das Kanalsystem steuerte. Währenddessen ließ ich mich auf dem Sitzbrett nieder. Ich wusste nicht, wie viel Kraft diese Arbeit erforderte, doch bei ihm sah es mühelos aus.

»Dorthin, wo uns niemand belauschen kann.«

»Und wo soll das sein?«

Er warf mir einen Blick über seine Schulter zu. »Ich könnte es dir beschreiben, aber ich weiß nicht, ob du danach schlauer wärst als vorher. Die nächste Gabelung links, die Wasserstraße entlang bis zur vierten Kreuzung, dann rechts. Und?«

Ich lachte ein nervöses Lachen und schüttelte den Kopf. »Nein.«

»Also musst du mir wohl vertrauen. Aber wir sind bald da.« Tatsächlich dauerte es nicht lange, bis die Gondel langsamer wurde und schließlich zum Halten kam. Als ich mich umblickte, befanden wir uns mitten in einer schmalen Gasse. Zu beiden Seiten ragten Hauswände meterhoch in den Himmel. Es gab keine Treppen und keine Türen, die einen Ausweg bieten konnten.

»Was wollen wir hier? Das sieht nicht so aus, als ob …«

»Rutsch bitte ein Stück«, sagte er und wartete nicht, bis ich seinen Worten Folge leistete, sondern griff an meinem Kopf vorbei. Es folgte ein Quietschen und als er den Arm wieder zurücknahm, sah ich es.

Es war eine Klappe, die man nur von einer Gondel aus erreichen konnte. So unscheinbar, dass ich sie nicht wahrgenommen hatte, und so tief, dass sie nur knapp über der Wasseroberfläche begann, aber doch so groß, dass ein erwachsener Mann gebeugt hindurchpasste.

»Wenn das Hochwasser kommt, wird es wohl schwierig, das Haus zu betreten. Ganz zu schweigen davon, dass alles darin vom Wasser verschluckt wird.«

»Ist das so?«, sinnierte er süffisant. »Dann hoffe ich mal, dass es nicht so weit kommt.« Er lehnte sich vor, um die kleine Klappe besser oberhalb an der Wand festmachen zu können. »Ich präsentiere: mein trautes Heim. Bitte, geh vor.«

Ich nickte unsicher. Die Gondel schaukelte, als ich mein Gewicht verlagerte. »Ich hoffe für dich, dass ich nicht in den Kanal falle«, schnaufte ich, als das Boot wieder unter meinen Bewegungen erzitterte.

»Ich kann nichts dafür, wenn du dich ungeschickt anstellst«, sagte er. »Und du solltest es dir wirklich überlegen, denn das Wasser stinkt abartig.«

»Das ist nicht wirklich tröstlich!« Und trotzdem tastete ich mit meinen Fingern das Mauerwerk nach einem Stein ab, an dem ich mich festhalten konnte, und als ich ihn gefunden hatte, wagte ich auch, meinen Fuß auf die Kante zu stellen. Nun kniete ich zur Hälfte in dem Fenster, das gerade so groß war, dass ich mich nicht bücken musste. Angestrengt blinzelte ich in die Schwärze vor mir, doch es war zu dunkel, um etwas anderes als Umrisse zu erkennen.

»Rattenloch«, murmelte ich.

»Das ist mein Zuhause, von dem du da sprichst«, hörte ich hinter mir entrüstet. Ich rollte mit den Augen, ehe ich absprang. Der Zugang war nicht besonders hoch und als sich meine Augen an die Lichtverhältnisse gewöhnt hatten, erkannte ich, dass es ein Kellergewölbe war. Der Grund war sandig. Manche Steine waren aus den Wänden herausgeschlagen worden und lagen lose auf der Erde herum. Mit meiner Fußspitze stupste ich einen Stein an. Kleine Asseln flohen aufgeschreckt davon.

»Definitiv ein Rattenloch«, murmelte ich missmutig. Wo war ich nur gelandet?

Stoff raschelte, als mir der Mann hinein folgte. Mit einem geübten Griff verschloss er die Klappe hinter sich, ehe er eine Kerze anzündete. Die Flammen ließen seine weiße Maske glühen.

»Lass uns hochgehen«, sagte er. »Keine Sorge, es sieht nur hier unten so schlimm aus.«

»Wieso wage ich das zu bezweifeln?«, murmelte ich, gab mir jedoch keine Mühe, es leise zu tun. Er schnaubte abfällig, als er meine Worte vernahm und führte mich aus dem Kellergewölbe über einen schmalen Flur eine Treppe hinauf. Dielen knarzten unter mir, als ich meinen ersten Schritt auf der neuen Etage machte. Meine Augen hatten Schwierigkeiten, hier etwas in der Finsternis zu erkennen, und ich wunderte mich, wieso hier nicht einmal der Schein der Straßenlaternen hineindrang. Es war auch das erste Mal, dass mir ein wenig mulmig und so etwas wie Zweifel in meinem Kopf laut wurde.

»Das Haus wurde vor vielen Jahren aufgegeben.« Seine Stimme hallte von den Wänden. »Die Türen und Fenster sind verrammelt, deswegen mussten wir diesen etwas ungewöhnlichen Eingang nehmen.«

»Gelangst du immer so hinein?«

»Ja, man gewöhnt sich dran.«

»Ich muss nicht sagen, dass es seltsam ist, dass du in einem eigentlich verlassenen Haus lebst?«

»Meinst du, nicht weniger seltsam, als einem Fremden in ein eigentlich verlassenes Haus zu folgen?«

Ich ignorierte seine Stichelei. »Wie bist du dazu gekommen?«, fragte ich. Meine Finger strichen über vergilbte Tapeten, die mit Mustern durchzogen waren. Staub blieb an meinen Fingerspitzen zurück.

»Zufall«, warf er über seine Schulter. Mit einer Hand tastete er über die Wand. Licht flammte so überraschend auf, dass ich blinzeln musste.

»Du hast einen Anschluss zur Elektrizität?«

»Das hast du nicht erwartet, oder?« Er klang amüsiert. »Ich vermute, es war mal eines der alten Herrenhäuser, vielleicht sogar eines der ersten. Auf der anderen Seite kreuzt sich die Straße von Lavis mit der von Dawienes. Hier wurden damals alle Häuser an Strom angeschlossen.«

Mein Blick glitt zurück zu der Glühbirne, die von der Decke hing. *Elektrizität.* Das Privileg der Reichen. Für uns hatte es am Rande der Stadt nicht mehr gereicht und auch Salys musste auf Kerzen oder Öllampen zurückgreifen.

»Wie?«

»Als sie das Haus verließen, klemmten sie die Leitungen ab. Es brauchte kein Genie dazu, sie wieder freizulegen. Aber leider sind die Glühbirnen fast alle durchgebrannt, bis auf diese hier und eine in einem weiteren Zimmer. So viel also zu dem Luxus, in dem ich lebe!«

Verstehend nickte ich. Glühbirnen waren teure Ware; Hehler brachten sie in die Städte, doch wenn man sie unangemeldet verwendete, drohten Strafen.

Mir entfloh ein zittriges Lachen, während er eine Tür zu seiner Rechten aufstieß und unsere Wanderung in einem kleinen Zimmer endete. Das Licht des Flures erreichte nicht die Ecken des Zimmers und so zündete er weitere Kerzen an, bis der Raum orangerot erleuchtet war. Er war schlicht eingerichtet, mit einem Bett, einer Kommode und Büchern, so vielen, dass sie in mehreren Türmen auf dem Boden gestapelt lagen.

»Muss ich mich für die Unordnung entschuldigen?«, fragte er, als er unschlüssig in der Mitte des Raumes stand und sich einmal um seine eigene Achse gedreht hatte, als würde er es zum ersten Mal sehen.

»Nur wenn du es ernst meinst«, gab ich halbherzig zurück. Es sah … gemütlich aus. Seltsam bewohnt, dafür, dass das Haus verlassen sein sollte.

»Also nein.« Seine Stimme klang amüsiert und er begann, seinen Tascheninhalt auf eine kleine Kommode zu legen, ehe er die Manschetten seiner Jacke öffnete. »Also, wie komme ich zu der Ehre?«

Doch ich war viel zu abgelenkt von seinem Tun, als dass ich mich wirklich darauf konzentrieren könnte, seine Frage zu beantworten. Mit einer geschmeidigen Bewegung ließ er die Jacke von seinen Schultern gleiten und hängte sie über die Lehne eines Stuhls. Dann begann er, die Knöpfe seines Hemdes zu öffnen.

»Was tust du da?«

Augenblicklich hielt er in seinen Bewegungen inne. »Bitte?«

»Ich wusste nicht, dass ich undeutlich spreche.«

»Ich habe den ganzen Tag in der Kleidung gearbeitet. Ich habe geschwitzt. Ich ziehe mich um?« Bei Domyn, ich könnte wetten, er hatte mit den Augen gerollt.

»Meinst du nicht, das ist etwas unangebracht?« Um meine Worte zu unterstreichen, wedelte ich mit einer Hand durch die Luft.

»Wenn es für dich unangenehm ist, lasse ich es. Oder du gehst vor die Tür. Stört es dich denn?«

Ja, verdammt. Ich spürte, wie meine Ohren zu glühen begannen.

»Tu dir keinen Zwang an«, sagte ich dann, bemüht, meine Fassung zu bewahren. Ich verschwieg, dass er mich nervös machte. Dass es sich nicht ziemte, sich vor Fremden zu zeigen. Vater hätte das nicht gutgeheißen. Bei den Monden.

»Gut.« Sichtlich unbeeindruckt wandte er sich von mir ab und fuhr fort mit dem, was er tat. Mir kam ein Gedanke: Das machte er doch mit Absicht! »Was ist passiert, dass du mich aufsuchst?«

Überrascht hielt ich inne. Ich hatte mit vielem gerechnet, aber nicht, dass er zu diesem Schluss kam. Leugnen würde mich dastehen lassen wie eine Amateurin. An seiner Stimme hörte ich, dass er grinste. »Deine Reaktion zeigt mir, dass ich nicht so falsch liegen kann. Also? Geht es um diesen Idioten, der dich durch die halbe Stadt geschleift hat?«

Ich schüttelte den Kopf. »Ode ist zwar ein Idiot …« Dann gingen mir die Worte aus. Was war Salys eigentlich für mich? Ein Mentor? Auftraggeber? »Ich habe das Vertrauen von jemandem gebrochen, weil ich nichts tun wollte, was gegen das Gesetz verstößt.«

Dann passierte etwas Unerwartetes. Der Mann lachte.

Ich blinzelte.

»Du meinst wohl etwas, das noch mehr gegen das Gesetz verstößt als eure kleinen Taschendiebereien?«, fragte er erheitert.

»So kann man es sagen.«

»Hm.« Der Mann schien nachzudenken und anscheinend war er mit Ausziehen beschäftigt, denn er blieb mir eine Antwort schuldig. Als der weiße Stoff des Hemdes von seinen Armen rutschte, stockte mein Atem.

Seine Haut war weiß, beinahe durchscheinend, wie Porzellan. Doch waren es die schwarzen Linien auf dieser, die mich faszinierten. Sie schlangen sich über seinen gesamten Rücken, und es waren so viele verschiedene Texturen, dass ich das Gesamtbild erst erkannte, als er sich mit dem Rücken zu mir drehte.

Es waren Flügel, gleich schwarzer Tinte auf weißem Pergament. Sie erstreckten sich über seine Schulterblätter bis zu seinen Oberarmen. Wenn er die Arme ausbreiten würde, könnte er fliegen.

Konnte er damit fliegen?

Er begann die Fäden seiner Maske zu lösen und es überkam mich der Drang, wegzusehen. Ich hätte es tun sollen, doch ich tat es nicht. Ich war zu sehr von dem Anblick fasziniert, der sich mir bot. Bei seiner dunklen Stimme hätte ich ein grobschlächtiges Gesicht erwartet, alterslos, weil seine Stimme nichts hergab. Doch sein Gesicht war überraschend weich, mit hohen Wangenknochen und mandelförmigen Augen. Unsere Blicke trafen sich und trennten sich wieder, weil ich es nicht ertrug, in sein Gesicht zu sehen.

Peinlich berührt biss ich mir auf die Unterlippe.

»Bleibst du so, wie du bist?«

Am liebsten hätte ich gesagt: *Ja, verdammt. Weil es mir lieber ist, wenn nicht jeder mein Gesicht sieht.* So etwas wie Vernunft zupfte jedoch an meinem Bewusstsein. Er hatte mir seins gezeigt, wäre es dann nicht … gerecht?

Seufzend griff ich mit kalten Händen nach meiner Maske. Ein stummer Moment verstrich, ehe frische Luft meine Wangen berührte. Ich spürte seinen Blick sengend heiß auf meiner Haut, eine Berührung, die keine war. Der Mann betrachtete mich für einen Moment, ehe er lächelte. Falten gruben sich in die Haut um seine dunklen Augen.

»Wie heißt du?«

»Emery.«

»Nael.«

Und dann lächelte ich.

Nachdem er sich ein lockeres Leinenhemd über den Kopf gezogen hatte, gingen wir in den nächsten Raum. Nael ging mir voraus, mit dem Kerzenhalter in einer Hand. Die weichen Lichter waberten die Wände entlang und leckten über das dunkle Holz einer Tür, ehe er sie aufstieß und hindurchging. Es war eine Küche, spärlich eingerichtet mit einem Tisch, der an die eine Wand geschoben war, und zwei Stühlen, die auf gegenüberliegenden Seiten standen.

An der Decke erkannte ich den Schemen einer Glühbirne, doch als ich im Vorbeigehen über den Schalter strich, blieb es dunkel.

»Ich gebe zu, du bist gut darin, unangenehmen Fragen auszuweichen. Aber du musst wissen, ich bin genauso gut darin, Antworten zu bekommen. Also, erzählst du mir jetzt, was dich zu mir getrieben hat?«, fragte er, während er mit einem Schürhaken Kohlen in dem gusseisernen Herd zurechtschob. Ein Streichholz flammte auf, ehe er es zu der Kohle warf. Die Klappe fiel mit einem Knall zu. Dann benutzte Nael den Schürhaken, um die Eisenringe auf dem Herd zu verschieben. Nachdem er einen Kessel mit Wasser gefüllt hatte, setzte er diesen auf den Herd. Dann drehte er sich zu mir und lehnte sich gegen einen niedrigen Schrank. Mit verschränkten Armen sah er mich an.

Es wäre einfach gewesen, ihm alles zu erzählen. Doch ich musste vorsichtig sein. *Er hat zwar mein Gesicht gesehen, doch es bedeutet nicht, dass ich ihm vertraue,* dachte ich trotzig.

»Sollte ich nicht eher fragen, wieso du ausgerechnet mich angesprochen hast?«

Überrascht zog Nael die Augenbrauen hoch. »Nun … ich würde sagen, es war Zufall. Das wäre nicht einmal gelogen.«

»So einfach? Wieso überlässt du es nicht der Gendarmerie, so wie es jeder andere machen würde?«

»Was willst du hören? Mir wurde etwas gestohlen, ich will es zurück. Das Problem ist, dass ich nicht beweisen kann, dass es mir gehörte.«

»Nun«, erwiderte ich belustigt. »Da kommen wir der Sache doch schon näher. Jetzt verstehe ich auch! Das würde jeder behaupten können, der etwas nicht besitzt, aber haben will.«

»Wahrscheinlich schon«, erwiderte er langsam. »Und ich kann Hilfe gebrauchen. Also, ich bin dran! Wieso bist du hier?«

»Ich dachte, ich wäre klüger als der Mann, dem ich unterstehe.« Nervös leckte ich mir die Lippen. »Tja, dumm nur, dass es herausgekommen ist. Am Ende ist man immer schlauer, was? Meine einzige Möglichkeit war zu türmen, dorthin, wo er mich nicht findet, und ich wusste nicht wohin …« Plötzlich hielt ich den kleinen Dolch in der Hand, mit dem ich Salys zuvor verletzt hatte. War es eigentlich Notwehr gewesen?

Das Lächeln, das zuvor auf seinen Lippen gelegen hatte, gefror zu einer ausdruckslosen Maske. »Wie einsam musst du sein, dass du ausgerechnet zu mir kommst?« Er hätte mich auch genauso gut ohrfeigen können – die Wirkung wäre dieselbe gewesen. Ich erstickte an der erdrückenden Wahrheit.

Er hat unrecht, dachte ich trotzig, *ich hätte zu Rhys, Ascher und Caia gehen können.* Die drei waren die einzige Wahl, die mir geblieben war, aber ich war nicht bei ihnen geblieben. Dennoch schmerzte es. Sehr.

Die nächsten Worte sprach mein Stolz: »Alle anderen Möglichkeiten hätten das Risiko gehabt, dass ich gefunden werden kann. Denke nicht, nur weil ich zu dir komme, habe ich niemanden!«

Das Licht einer Kerze spiegelte sich in dem Metall der Klinge und dem Blut, das noch darauf war. Als ich aufsah, hatte er einen nachdenklichen Ausdruck in seinem Gesicht.

»Ich habe wohl zu schnell geurteilt.«

»Sehr richtig! Du solltest vorsichtiger mit deinen Schlüssen sein!«, gab ich bissig zurück.

Der Kessel pfiff in einem hohen Ton. Nael löste sich aus seiner stehenden Position und kramte geschäftig in einem seiner Schränke nach zwei Tassen, hebelte den Deckel einer Dose auf und ließ Blätter in die Gefäße rieseln, ehe er heißes Wasser darübergoss. »Kann ich dir Tee als Entschuldigung anbieten?«, fragte er, als er die Tasse vor mir auf dem Tisch abstellte.

»Sag das zu einer Verdurstenden und der Sieg ist dein! Nun habe ich wohl keine andere Wahl.«

Er lachte. Dabei verrutschte sein Hemd und die Haut an seinem Hals leuchtete in einer Mattheit, die ich sonst nur von Seidenpapier kannte. Am liebsten hätte ich sie berührt, auch wenn es sich nicht gehörte, und mich vergewissert, ob sie genauso glatt war. Als er sich über den Tisch beugte, war er mir so nah, dass ich den weichen Schwung seiner Wangenknochen sehen konnte. Bei jeder Bewegung arbeiteten die Muskeln unter seiner Haut. Womit ich jedoch nicht gerechnet hatte, war sein Arm, der hervorschoss und mich umklammerte. Die Tassen kippten vom Tisch und zerschellten klirrend auf dem Boden. Ich war ohnmächtig vor Schreck und so schaffte er es problemlos, mir das Messer aus der Hand zu ringen –

und versenkte es in meinem Bauch. Stoff zerriss unter dem Druck der Klinge und ich schnappte überrascht nach Luft. Seltsam entrückt starrte ich das Messer an, das aus mir herausragte, begriff es erst viel zu spät, als das Feuer durch meine Körpermitte rann und meine Eingeweide in Flammen setzte. Mit Entsetzen beobachtete ich, wie sich um den Schaft des Messers ein dunkler Fleck auf meinem Korsett ausbreitete, als hätte jemand ein rotes Tintenfass auf meinem Kleid verschüttet.

»*Wieso hast du das getan?*« Es lag mir auf der Zunge, doch das Einzige, was meinen Mund verließ, war ein Wimmern. Meine Hände wanderten Hilfe suchend über meinen Bauch und um den Schaft des Messers, der aus ihm herausragte. Vaters Worte hallten in meinem Kopf nach: *Zeige einem Fremden nie dein Gesicht! Du weißt nie, ob er sich gegen dich wendet!*

Und dann erloschen die Schmerzen, so jäh, als hätte jemand eine Kerze ausgeblasen. Zurück blieb ich, mit meinem Keuchen, das noch in meinen Ohren klingelte und einem einzigen Wort, das über meine Lippen gekommen sein musste: »Wieso?« Ich hatte ihm keinen Grund gegeben!

Als ich an mir heruntersah, waren meine Finger nicht mehr blutbeschmiert, mein Kleid nicht mehr zerrissen. Das Messer, das eben noch in meinem Körper gesteckt hatte, lag unschuldig vor meinen Füßen. Wo war das ganze Blut hin? Die Schmerzen, die Hände, die mich gepackt hatten … und doch glitten meine Finger nur über weichen, ebenen Stoff.

»Geht … geht es dir gut?«, drang Naels Stimme in meinen Verstand. »Du sagtest, dir passiert das nicht oft?«

So wie ich ihn anstarrte, musste ich aussehen wie eine Wahnsinnige. Fragen lagen auf meiner Zunge und weil ich sie nicht aussprach, schienen sie mich zu ersticken.

Hast du es getan?

»Nein«, atmete ich. »Eigentlich nicht. Es war nur ein Krampf. Nur ein Krampf.«

Er nickte langsam, zweifelnd. »Vielleicht war alles zu viel für dich.«

»Vielleicht.« Ich rang mir ein Lächeln ab und strich mir mit einer Hand durch die Haare. Als ich das Messer vom Boden aufhob, spürte ich, wie meine Finger zitterten. »Es tut mir leid. Das muss merkwürdig ausgesehen haben.«

Nael schüttelte den Kopf. »Mach dir darüber keine Sorgen. Bist du müde? Wir können morgen weiterreden, wenn du möchtest?«

Dankbar für die Möglichkeit, vor ihm zu flüchten, nickte ich.

»Du kannst in meinem Bett schlafen. Ich nehme den Boden.« Er rieb sich bei diesen Worten die Augen. Mit einem Mal sah er erschöpft aus.

»Nein … das kann ich nicht annehmen«, antwortete ich, peinlich berührt, und starrte auf meine Füße, als wären sie mit einem Mal das Spannendste auf der Welt. »Der Boden ist in Ordnung für mich. Wäre nicht das erste Mal.« Ich hatte oft genug bei Salys auf dem Boden geschlafen, ehe ich mich bei Morgengrauen zurück nach Hause geschlichen hatte; vor allem, wenn die Energie für den sofortigen Heimweg nicht mehr gereicht hatte. Es war also nichts Neues für mich.

»Willst du mich entmannen?«, fragte er. In seinem Zimmer zog er aus einem Stapel ein weißes Hemd hervor und warf es mir zu, ehe er sich wieder durch die Tür schob. Bevor sie ins Schloss fiel, warf er über seine Schulter: »Mach es dir gemütlich!«

Dann war ich allein.

Wie lange ich ihm hinterherstarrte, wusste ich nicht. Bei den Monden, was war mit mir in der Küche geschehen? Vor meinem inneren Auge sah ich das Blut, fühlte den Stahl der Klinge meinen Bauch zerteilen, spürte die Panik in meiner Brust. Wie konnte es nicht wirklich passiert sein? Doch viel wichtiger war, wie kamen dann diese Bilder in meinen Kopf? War das der Preis dafür, dass ich mich von Salys abgewandt hatte? Seine eigene verdrehte Art von Rache, wenn ich meine Schlüssel jemandem überließ?

Und als ich dann im Bett des Fremden lag, mit nichts weiter bekleidet als seinem Hemd, das erschreckend intensiv nach Mann roch, fragte ich mich, ob es tatsächlich die richtige Entscheidung gewesen war. Denn ich vermisste Amra so sehr, dass es wehtat – und mit dieser Sorge im Herzen und den Bildern der Vision schlief ich ein und bekam nicht mehr mit, dass Nael zurück in das Zimmer schlich, um sich ebenfalls zur Ruhe zu legen.

Realität oder Vision

Das Licht des Tages drückte gegen die zugenagelten Fenster. Staub tanzte in den gefächerten Strahlen und als ich eine Hand nach den Partikeln ausstreckte, schwebten sie hinfort.

Ich hatte erwartet, ein sanftes Atmen zu hören. Ein Rascheln, eine Bewegung. Ein Zeichen, dass jemand mit mir zusammen im Raum war, doch es war still. Nur das gedämpfte Ticken einer Uhr war zu hören. Vorsichtig setzte ich mich auf und lugte über das Fußende des Bettes, wo der Zipfel einer Decke hervorragte. Der Platz jedoch war leer – und ich allein.

Das Aufwachen hatte sich wie ein Traum angefühlt. Unwirklich wie ein fremdes Leben. Als hätte ich mit dem Abnehmen der Maske mein altes Ich von mir abgestreift und wäre in eine neue Rolle geschlüpft.

Es wäre einfach, so zu tun, als wäre ich nicht die Emery, die vor ihren Problemen davongelaufen war. Doch was würde dann von mir übrig bleiben? Wenn die ganzen Fehler und Entscheidungen, die mich zu diesem Punkt geführt hatten, fehlten würden – wer war ich dann?

Doch auch nun erkannte ich mich selbst kaum wieder. In jeder Faser meines Seins spürte ich ein tiefes Bereuen aufwallen. Wieso hatte ich einem Fremden die Erlaubnis gegeben, mich zu sehen? Meine Augen, mein Gesicht, meinen Körper? Das war alles ungewohnt für mich. Ohne meine Maske und mein Kostüm, das meinem Körper so viel Ausstrahlung verlieh, fühlte ich mich nackt und verwundbar. In den Kleidern war ich nicht nur Emery, ich war ein Mysterium.

Also schlug ich die Decke zurück und als meine nackten Füße den kalten Boden berührten, schien es, als würde mein Verstand ebenfalls auf den Boden der Tatsachen zurückkehren. *Wieder einmal zu spät darüber nachgedacht, was es für mich bedeutet*, dachte ich bitter.

Bücher stapelten sich zu Türmen neben dem Bett; ein Kleiderhaufen mit halbherzig zusammengelegten Kleidungsstücken lag neben der

Tür, eine Kommode mit auffällig gemasertem Holz stand daneben, ein Kerzenständer mit halb heruntergebrannten Kerzen darauf. In der Dunkelheit der Nacht hatte ich nicht gesehen, dass ein Spiegel in einer Ecke stand. Aber als ich mich davor aufbaute, sah ich schmal aus, hohlwangig. Unter dem Saum von Naels Hemd, das mir viel zu groß war, schauten meine knubbeligen Knie heraus; es ließ mich noch kleiner wirken.

Ich würde mir jedoch nicht die Blöße geben und fast nackt vor ihn treten. Deshalb entschied ich mich dazu, mir eine Hose von ihm zu borgen, die ich auf einem der Stapel fand. Er hatte bestimmt nichts dagegen. *Aber,* dachte ich mit dem Blick auf die Kleiderberge in der Ecke des Raumes, *hat er keinen Kleiderschrank?*

Ich ging nicht ohne meine Handschuhe und nahm auch einen kleinen Beutel aus meiner Tasche mit. Noch war ich nicht bereit, alles von mir aufzugeben.

So folgte ich dem Geräusch von klapperndem Geschirr und bevor ich durch die Tür ging, hielt ich einen Moment inne. Zugegebenermaßen war ich nervös; am liebsten wäre ich zurück zu meinen Sachen geflohen und hätte mir meine Maske angelegt. Um alle Emotionen verbergen zu können, die über mein Gesicht huschen und mich verraten könnten.

Als ich in die Küche kam, hob Nael eine Augenbraue. Er hatte ein weißes Hemd an, das meinem ähnelte. Die Kordeln an seinen Armen und an seinem Hals hingen lose herunter, er schien sich nicht die Mühe gemacht zu haben, sie zuzubinden.

»Gehe ich recht in der Annahme, dass das nicht deine Hose ist?«

»Das kann gut sein, ja.«

»Das ist ja interessant«, murmelte Nael. Er stellte zwei Tassen auf den Tisch und bedeutete mir, mich ihm gegenüber zu setzen. »Wie geht's dir heute?«

Gut? Besser? Ich entschied mich für das Erste, er lächelte daraufhin. »Das freut mich. Du warst gestern tatsächlich etwas blass, sodass ich mir Sorgen machte, du würdest krank werden.«

»Ich war nur durcheinander, sonst nichts.« Ich fühlte mich peinlich berührt von den offen interessierten Blicken, die er mir zuwarf, und versuchte ihnen auszuweichen, indem ich mich auf mein Essen konzentrierte. Nael hatte frisches Brot hingestellt und grob geschnittene Wurst, die ich auf meinen Brotscheiben balancieren musste, damit sie nicht hinuntersegelten. Wir aßen in Ruhe und ich versuchte mir nicht anmerken zu lassen, dass mir sehr wohl bewusst war, dass er mich dabei beobachtete.

»Das reicht«, sagte ich, nachdem ich den letzten Bissen hinuntergeschluckt hatte. Ich warf den Beutel auf den Tisch, den ich aus dem Schlafzimmer mitgenommen hatte. »Übrigens: Du kannst Leute nicht einfach mit Geld bestechen. So funktioniert das nicht. Ich bin zwar ein Dieb, aber ich bin nicht käuflich!«

Nael hatte die Augenbrauen nachdenklich zusammengezogen, als er erst den Geldbeutel und dann mich musterte. Seine Wimpern warfen im trüben Morgenlicht lange Schatten auf seine Wangen und mit einem Mal durchzuckte mich das Verlangen, meine Hand nach seinem Gesicht auszustrecken.

»So war das nicht gemeint. Aber ich verstehe, wieso du ihn nicht möchtest.«

»Danke«, gab ich besänftigt zurück. »Erzähl mir etwas von dir! Wohnst du hier allein?«

Nael lächelte müde. »Die Frage kommt ziemlich unerwartet, wenn ich ehrlich bin. Aber ja, ich wohne allein.«

»Aber wieso?«

»Wieso kommst du zu mir, statt zu einem Freund zu gehen?«

Meine Antwort kam nur einen Herzschlag später. »Weil ich nicht gefunden werden will.«

»Ah, richtig. Das war die Sache mit dem Fehler, den du machtest. Hättest du ihn lieber unterlassen?«

»Und mir so viel Kummer erspart? Was denkst du?«, gab ich streitlustig zurück.

»Wen musstest du zurücklassen?«

»Du meinst, neben Salys?« Ich lachte bitter auf. »Meine Mutter und meine Schwester. Ich hatte nicht einmal die Möglichkeit, mich von ihnen zu verabschieden.«

Nael blieb für einen Moment stumm. Er rührte mit einem angelaufenen Löffel in seiner Tasse, ehe er sagte: »Das tut mir leid zu hören. Ich kann dir noch nicht viel dazu sagen, was ich vorhabe. Aber ich kann dir versprechen, dass du danach … Du könntest mit deiner Familie aus Avize fortgehen. Ein neues Leben irgendwo anders anfangen, dort, wo du sicher vor Salys bist. Wie klingt das für dich?«

Obwohl es wohl nicht sein Ziel gewesen war, schmeckte die Vorstellung bitter. »Du bist ungerecht. Du spielst mit dem letzten Funken Hoffnung, der mir bleibt.«

»Ich kann dir mein Wort darauf geben, dass es keine leeren Versprechungen sind.«

»Und deshalb soll ich dir vertrauen? Ein Versprechen ist so flüchtig wie sein Echo. Es ist nicht greifbar und längst verhallt, bevor dein Verstand es begriffen hat.«

»Es ist das Einzige, was ich dir geben kann. Du kannst darauf vertrauen oder nicht, die Entscheidung liegt bei dir. Was ist jetzt mit dir?«, fragte er weiter.

»Ich kann nicht mehr zurück«, antwortete ich leise.

»Wieso?«

»Weil er mich sonst umbringt.«

Die Stille, die darauf folgte, war erdrückend. Von draußen hörten wir das gedämpfte Rumpeln von Karren, die über die Straße rollten.

»Nun, das wäre nicht so gut, nicht wahr?«, sagte er schließlich, stellte seine Tasse mit einem Ruck ab und erhob sich. Der Tisch wackelte, ich spürte die Vibration durch den Boden unter meinen Füßen wandern. Wenn ich es nicht besser wüsste, hätte ich gesagt, dass ihn meine Äußerung aufgebracht hatte. Doch wieso sollte ihm das Schicksal einer Fremden so nahe gehen?

»Ich muss heute arbeiten«, sagte er nach einer Weile. Kam es mir nur so vor oder mied er meinen Blick? »Von einer Dämmerung zur nächsten. Bis dahin musst du dich hier alleine beschäftigen.«

»Fährst du nur Gondeln herum? Verdienst du so dein Geld?«

Ein Nicken. »Wenn ich heute Nacht wiederkomme, können wir weiterreden. Bis dahin … fühle dich wie zu Hause. Wenn ich es schaffe, bringe ich dir etwas Passendes zum Anziehen mit.«

»Woher?«

Nael stockte, dann zuckte er mit den Schultern. »Mal sehen, was sich so ergibt.«

»Ich kann dir nichts dafür geben«, erklärte ich, wieder peinlich berührt und angenehm überrascht zugleich. »Ich kümmere mich selbst darum.«

»Du kannst es nicht riskieren, in der Stadt gesehen zu werden, oder?« Seine Schlussfolgerung war richtig und als keine Antwort von mir kam, nickte er zufrieden. »Gut, dann wäre das geklärt. Wir sehen uns heute Abend.«

»Aber –«

»Ich habe auch ein paar Bücher, falls du in der Zeit lesen möchtest«, sagte er, wartete meine Antwort nicht ab, sondern war schon die Treppen zum Keller hinabgesprungen. Und ich war wirklich froh darum, denn dieser einzige Satz machte ungefähr das deutlich, was ich aufgeben hatte.

Ich kam mir vor, als hätte ich eine Schlacht verloren.

Nur eine Stunde, nachdem er fort war, begann ich die Räume zu erkunden. Viele hatte er unbewohnt gelassen. Den Spuren im Staub zufolge nutzte er nur sein Schlafzimmer, die Küche und einen weiteren Raum, in dem ein Klavier stand. Eine weitere Treppe führte in das Obergeschoss, von dessen Flur drei weitere Türen abgingen. Als ich die Stufen hochschlich, knackten und ächzten die Dachgiebel, als würden sie mich tadeln wollen, dass ich herumschnüffelte.

Ich vertrieb mir die Zeit, indem ich versuchte, mir auf dem Kohleofen Wasser für einen Tee zu kochen. Doch als aufgestobene Funken mein geliehenes Hemd ansengten, ließ ich es bleiben. So trieb es mich zurück ins Klavierzimmer. Neben dem Klavier standen Regale an den Wänden aufgereiht, vollgestopft mit verstaubten Gegenständen, Gläsern und Kartons. Ein Tisch war in die Ecke geschoben worden und als ich das verwaschene Tuch lüftete, das etwas vor dem Verstauben schützen sollte, befand sich ein seltsam anmutender Kasten darunter. Etwas technisches, das ich vorher noch nie gesehen hatte. Licht spiegelte sich in metallenen Scharnieren und dem Rohr, das daraus hervorragte.

Ich ließ das Tuch wieder fallen und schritt daran weiter, setzte mich auf den Schemel vor das Klavier. Dielen knackten so laut über meinem Kopf, dass ich mir einbildete, Schritte zu hören. Meine Nackenhärchen stellten sich auf und ich schauderte.

Schnell ließ ich meinen Blick wandern. Eine Taste war zerbrochen, doch das Klavier klang wundervoll, als ich mit meinen Fingern über die verbliebenen Tasten strich. Der Ton war so hell und klar, dass ich mir einbilden konnte, dass ich die Musik durch den Raum fliegen sähe.

»Was hat es eigentlich mit deinen Handschuhen auf sich?« Ich zuckte zusammen und als mich herumdrehte, lehnte Nael im Türrahmen. Seine braunen Haare waren feucht wie nach einem leichten Regen und kringelten sich leicht an seinen Schläfen. Über seinem Arm hingen Kleider, so verschieden in ihren Farben und Mustern, dass ich kaum den Blick von ihnen nehmen konnte. Er lächelte träge bei der Überraschung in meinem Gesicht. »Entschuldige, ich wollte dich nicht erschrecken.«

»Was hat es mit dir und diesem Haus auf sich?«, gab ich zurück. Schließlich arbeitete er. Es war nicht so, dass er sich kein richtiges Zuhause leisten konnte.

»Ich verstehe, du willst nicht darüber reden, aber …«

»Richtig erkannt«, unterbrach ich ihn und schielte zum Tisch hinüber. »Aber sag, was ist das da in der Ecke? Auf dem Tisch?«

Ein Moment verstrich, ehe sich Nael auf den Themenwechsel einließ. »Das? Es ist leider kaputt, ich hatte noch nicht die Zeit, es zu reparieren. Aber – du hast noch nichts dazu gesagt, dass ich dir was mitgebracht habe. Dank meiner Großzügigkeit!« Worte, die auch von Salys hätten stammen könnten. Mit einem Mal fühlte ich mich dahin zurückversetzt, wo Dankbarkeit bis zur schmerzlichen Belastung gefordert war.

»Vielleicht ein anderes Mal«, brachte ich hervor. »Wer weiß, ob sie überhaupt passen!«

»Es war die kleinste Größe.« Er rieb sich die Stirn. »Ich kann mir nicht vorstellen, dass es noch kleinere Kleider gibt. Oder trägst du Kindersachen?«

»Willst du mich beleidigen?« Ich glitt von dem Hocker. »Sehe ich so klein aus?« Mit einer Abwärtsbewegung deutete ich an mir herunter. Amra war schließlich noch kleiner als ich!

»Nun …« Dass die Frage ein Fehler gewesen war, erkannte ich jetzt. Seine Lippen kräuselten sich zu einem Grinsen. Er sah mich wieder an und ich spürte, wie die Wärme meinen Nacken hochkroch.

»Vergiss es!«, fuhr ich ihn an. Als ich an ihm vorbeistürmte, nahm ich ihm die Kleider ab. »Wehe, sie passen nicht!« Sein Lachen begleitete mich den Flur entlang, bis ich die Tür hinter mir zuschlug. Wie im Fieber wühlte ich durch den Stapel an Kleidern und mir entfuhr ein erleichtertes Seufzen, als ich die harte Oberfläche von Masken erfühlte. Masken und Hüte. Unter ihnen begraben fand ich Handschuhe, wie ich sie trug. Nun fühlte ich mich vollständig. Das war ich. Versteckt und gut behütet hinter einer glitzernden, seidenen Fassade.

Natürlich passten sie. Er musste ein Auge dafür haben. Nachdem ich in das erste Kleid geschlüpft war, dessen Stoff wie Fischschuppen glänzte, drehte ich mich fasziniert vor dem Spiegel hin und her. Der Rock des Kleides folgte meiner Bewegung in einer trägen Eleganz.

Beim Aufsetzen der Maske jedoch hatte ich die Rechnung ohne meine Hände gemacht. Mir entglitt das Stoffband und die Maske fiel mit einem dumpfen Geräusch zu Boden. Ich stieß einen Fluch aus. Fassungslos starrte ich auf meine Hände; meine Finger krampften, zuckten. Konnte man sich von seinem eigenen Körper betrogen fühlen?

»Alles in Ordnung bei dir?« Ich hatte nicht gehört, dass Nael ins Zimmer getreten war.

»Wieso klopfst du nicht an?«, wies ich ihn brüsk zurecht. In einer unscheinbaren Bewegung versteckte ich meine Hände hinter meinem Rücken. »Wir sind noch immer Fremde – und ich hätte nackt sein können!«

»Keine Sorge, das hätte ich schon mitbekommen.« Sein besorgter Blick wanderte zwischen meinen Armen und der Maske hin und her. Doch sein zuckender Mundwinkel verriet ihn. »Was ist passiert?«

»Nichts ist passiert!« Ich biss die Zähne zusammen, als das Feuer in meinen Fingern zunahm. »Ich habe mich nur ungeschickt angestellt, weil du mich erschreckt hast! Du findest das wohl witzig!«

»Schon«, gab er zu. »Interessant, wie dein ›nichts‹ aussieht.«

»Du musst mir nicht glauben!«, schnappte ich. Langsam ließ ich meine Hände sinken, doch ich hielt sie zu Fäusten geballt, damit sie mich nicht verraten konnten. »Du hast mich erschreckt, das ist alles.«

»Erschreckt, bevor ich überhaupt durch die Tür kommen konnte?«

»Ja! Ob du es glauben magst oder nicht, so was gibt es tatsächlich!« Er war klug genug, es dabei zu belassen. Ich sprach das Erste aus, was mir durch den Kopf ging, um ihn an weiteren unangenehmen Fragen zu hindern. »Woher wusstest du meine Größe?«

Nael zuckte mit den Schultern. »Du hast deine Geheimnisse, ich habe meine.«

Es war wie ein Tanz, das erkannte ich nun. Keiner von uns beiden war gewillt, auf der Suche nach Antworten zu viel von sich preiszugeben und so dem anderen die Möglichkeit eines Wissensvorsprungs zu gewähren.

»Wieso lebst du hier so zurückgezogen?«

Naels Miene gefror für einen Sekundenbruchteil, sodass ich es beinahe übersehen hätte, ehe er etwas darauf erwiderte.

»Komm«, sagte er leise. »Ich kann dir helfen, die Maske zuzubinden.« Entgegen meines Protestes hatte er sie schon in einer fließenden Bewegung vom Boden aufgehoben. In seinen Händen wirkte sie winzig.

»Ich brauche deine Hilfe nicht.«

»Das habe ich dir auch nicht unterstellt«, erklärte er sanft. »Aber keine Sorge, ich raube dir nicht deinen Stolz, wenn ich dir helfe. Dreh dich bitte um«, kommandierte er leise. Mit sanften Händen drehte er mich an den Schultern herum. Obwohl ich trotzig schnaubte, ließ ich mich von ihm führen.

»Denk nicht, dass ich nicht mitbekomme habe, dass du meiner Frage ausgewichen bist.«

»Für so dumm würde ich dich nicht halten«, gab er leise zurück.

Für einen Moment sah ich nichts als Schwärze, bis die Maske richtig auf meiner Nase saß. Seine Finger glitten über meine Schläfen und Wangen, den Kiefer entlang, als er das Band in meinem Nacken zuknotete. Etwas kitzelte an meinem Hals. Bis ich mit Schrecken erkannte, dass es das Samtband war. So trug man Masken garantiert nicht!

Bevor ich den Mund zu einem empörten Schrei öffnen konnte, ging ein Ruck durch das Band hindurch und schnitt mir jegliche Luft ab. Augenblicklich hob ich meine Hände hoch, doch meine Finger waren zu dick, um das Band von meinem Hals zu lösen. Daran zu zerren war vergeudete Liebesmüh, das merkte ich schon nach wenigen Sekunden.

Atmen, Emery. War das die Realität oder erneut eine Vision? Doch das war nicht so einfach zu unterscheiden. Der Raum um mich herum begann zu verschwimmen. *Atmen.* Ich wollte atmen! Ich ließ meine Hände fallen und holte mit meinem Arm aus. Mit aller Kraft, die ich aufbringen konnte, stieß ich ihm meinen Ellenbogen in die Seite.

Er zischte auf und gab meinen Hals frei.

»Was ist denn falsch bei dir?«, spuckte er aus. Mit erhobenen Händen, bereit, mich zu verteidigen, wirbelte ich herum. Naels Gesicht war verzerrt vor Wut und Schmerz, während er sich mit einer Hand die Seite hielt.

»Ich … du …«

»Was ich? Was du? Ich habe dir nur deine Maske zugebunden«, schnappte er. »Ich wollte dir helfen! Und das ist dein Dank?«

»Hast du nicht …?« Meine Frage hing wie eine dunkle Wolke zwischen uns und mir dämmerte, während ich jede Regung seines Gesichts studierte, das fehlende Verstehen, seine Irritation … er hatte es nicht. Er hatte nicht versucht, mich mit meiner Maske zu erwürgen. Das war ein Trugbild gewesen. Abermals.

Ein Trugbild. Als gäbe es zwei Realitäten, die parallel zueinander verliefen und sich in diesem Moment überlagert hatten. Doch was war echt, was nicht?

»Was habe ich nicht?«, rief Nael. »Was habe ich nicht, Emery? Du redest wirres Zeug. Sprich mit mir!«

Versucht, mich umzubringen. Es lag mir bereits auf der Zunge, doch ich kam nicht dazu, mich zu überwinden. Es klang schon in meinen Gedanken lächerlich, wie würde es erst klingen, wenn ich es wirklich aussprach?

Wenn ich ehrlich war, wusste ich nicht, wie ich mich in seiner Anwesenheit verhalten sollte. Vor allem die Ungewissheit, wann die nächste Vision eintreten würde, ließ mich vorsichtig werden. Es fühlte sich jedes Mal so echt an. Die Schmerzen, meine Angst. Dass ich mich fragte, wie so etwas Reales nicht echt sein konnte. Was auch immer passiert war, als er meine Schlüssel berührt hatte – es brachte mich an den Rand des Wahnsinns. Waren es Halluzinationen? Waren es Visionen? Zum Henker, wie viel konnte davon echt sein? Durfte davon echt sein?

Ich würde wahrscheinlich nicht einmal bemerken, wenn er mich irgendwann wirklich umbringen würde. Ich würde in der Vorstellung gefangen sein, dass es wieder eine von diesen Visionen wäre.

So blieb ich ihm die Antwort schuldig, als wir uns schwer atmend gegenüberstanden, bis ich die Nähe nicht mehr ertrug.

»Wohin gehst du?«, rief er mir hinterher, als ich schon auf den Flur getreten war.

»Raus«, antwortete ich leise. Doch er hörte mich dennoch.

»Bist du sicher, dass es eine gute Idee ist?« Mir fehlte das Umherstreifen in der Nacht. Mir fehlte Amra. Also ging ich zu ihr.

Ein Blatt Pergament

Licht brannte in unserem Zimmer. Das erkannte ich schon von der Straße aus. Doch damit gab ich mich nicht zufrieden. Ich suchte nach einer Leiter und stieg auf die Dächer der Häuser, die unserem gegenüberstanden. Die Lichtkegel der Laternen reichte nicht so weit, dass sie mich verraten würden, und die Sterne leuchteten heute Nacht nur schwach. So war ich für neugierige Augen praktisch unsichtbar. Mir wurde wieder klar, dass die Nacht die Tageszeit war, in der ich mich am wohlsten fühlte. Am freiesten.

Meine Schwester lag in meinem Bett, zugedeckt bis zur Nasenspitze. Ihre blonden Haare rahmten ihren Kopf wie einen Heiligenschein. Durch die Entfernung, die zwischen uns lag, konnte ich nicht sagen, ob sie schlief oder nicht.

Sie so zu sehen, wie sie da zusammengerollt lag, wo ich bis vor ein paar Tagen gelegen hatte, erfüllte mich mit tiefer Traurigkeit. Ohnmacht und Sehnsucht gaben sich die Hand und der verzehrende Wunsch, zu ihr zu gehen, ließ mich lichterloh brennen. Nun konnte ich mir nicht mehr vorlügen, dass sie mich nicht vermissen würde. Denn das tat sie.

Meine kleine Schwester. Verstand sie, weshalb ich nicht nach Hause kam? Oder dachte sie, dass ich sie nun endgültig verlassen hatte? Bei dem Gedanken schüttelte mich ein Schluchzer, der sich in meiner Brust aufgebaut hatte. *Es geht hier aber nicht um mich*, versuchte ich mir zwischen zwei tiefen Atemzügen einzureden, *ich sollte froh sein, dass sie sicher ist.* Das war das Einzige, was zählte. Auch wenn das Wissen, dass ich nicht einfach zu ihr ins Bett krabbeln konnte, mich beinahe entzweiriss. Ich ertappte mich bei dem trotzigen Gedanken: *Soll Salys doch kommen!* Aber das war selbstsüchtig.

Kalter Wind kam auf und erinnerte mich daran, dass ich noch etwas zu tun hatte, ehe die Nacht vorüberging. So stieg ich vom Dach und fand mich vor unserer Haustür wieder. In meiner Hand spürte ich das

Gewicht von Gold, das ich zuvor auf der Straße aufgelesen hatte. Es hatten tatsächlich betrunkene Passanten in einer Rauferei fallen und unbeachtet liegen lassen. Es war nicht viel, doch es würde für ein paar Tage reichen. Nur wo sollte ich es verstecken, damit es Amra fand und nicht Mutter?

Meine Hand fand die Klinke auch in der nächtlichen Schwärze und drückte sie herunter. Tatsächlich schwang die Tür zurück. Fassungslos starrte ich in die Dunkelheit, die unsere Küche darstellen sollte. In meinem Kopf spielten sich Bilder ab, wie Männer einfach in das Haus eindrangen, dass nicht das ihre war, sich Amra unter den Arm klemmten und mit ihr lautlos in die Nacht verschwanden. Bei dieser Vorstellung prickelte meine Haut vor unterdrückter Wut und ich musste mich beherrschen, dass ich nicht meine Mutter aus dem Bett zerrte und ihr darüber einen Vortrag hielt, wie gefährlich das war.

Aber ich sollte wiederum nicht hier sein.

Machtlos. Genau das war ich. Erschlagen von dieser Erkenntnis, huschte ich lautlos hinein. In der Küche stand alles an seinem Platz. Es war, als wäre ich nie weg gewesen. Amra hatte wie immer ihre morgendliche Tasse Tee vorbereitet, die Mutter nicht anrühren würde. *Die Tasse.*

Nachdem ich mich versichert hatte, dass Amra entgegen ihrer Gewohnheit die Kräutermischung nicht schon eingefüllt hatte, stopfte ich den Beutel hinein. Oh, was das morgen früh für eine Überraschung sein würde – und ich war zu weit weg, um diese mitzuverfolgen.

Ich war zu sehr mit Grämen beschäftigt, als dass ich darauf achtete, wohin ich trat. Die Dielen knarrten, so laut, dass selbst ich zusammenzuckte.

Oh nein. Ich konnte nur hoffen, dass Amra –

Ein Schatten huschte durch die Nacht. Ich stolperte zurück, die Hände gegen meinen unsichtbaren Gegner abwehrend erhoben. Etwas streifte meine Beine und als ich meine Finger danach ausstreckte, ertasteten sie Fell. Ein Knurren erklang. Einem Knurren, das zu einem heiseren Bellen anschwoll.

»Sei still!«, zischte ich dem Hund zu. »Amra soll nicht wissen, dass ich hier bin! Ich bin es nur, du dummes Tier! Erkennst du mich nicht?«

Hundeatem strich über meine Hand, dann wieder ein Kläffen.

»Pscht! Du Verräter!« Ich fluchte unterdrückt. Eine kalte Schnauze stupste gegen meinen Handrücken, wütend stieß ich sie fort. »Was soll das? Kannst du dich nicht leise freuen, mich zu sehen?« Bei den Worten hechelte Willa zufrieden.

Angestrengt lauschte ich, ob sich etwas in der Stille des Hauses regte. Vielleicht hatte meine Schwester den Hund nicht gehört, vielleicht schlief sie schon längst tief und fest, vielleicht …

»Emery?« Ich spürte Amras Präsenz oben an der Treppe. So viel Hoffnung in einem einzigen Wort. Es klang so verloren, dass ich unsicher schwankte. Hierbleiben oder fortgehen? Meine Schwester umarmen und den Abschied noch schwerer machen? Und wenn sie mich nicht mehr gehen lassen würde?

Noch nie bereute ich es so sehr, dass ich ihr keine Nachricht hinterlassen konnte, als in dem Moment, in dem ich zur Tür hinausrannte. *Selbst jetzt hat Salys Einfluss auf mich,* dachte ich bitter. Und am liebsten hätte ich meiner Schwester zugerufen: *Es ist nur für kurze Zeit, Amra. Bis ich einen Weg gefunden habe, ihn loszuwerden!*

Ich wollte nicht sehen, wie meine Schwester den Kopf aus der Tür streckte, in der Hoffnung, noch einen Blick auf mich erhaschen zu können, und so floh ich wie ein Dieb durch die Nacht. Meiner Schwester so nah und doch so fern gewesen zu sein, war für mich etwas, was ich nicht begreifen konnte. Wie hatte es sich so schnell wandeln können?

Mein Hals schmerzte von den Tränen, die ich mir verbot zu weinen, als ich zu Nael zurückkehrte. Ich kletterte den üblichen Weg ins Haus, nachdem ich die Gondel ordentlich vertäut hatte. Nael war schon wach und blickte nicht auf, als ich eintrat. Diesmal trug er kein Hemd, das seine gezeichnete Haut verdecken würde. Mit einem Haken verschob er Ringe auf dem Herd, ehe er einen Wasserkessel darauf abstellte. Kohlen knallten.

»Guten Morgen«, sagte ich in die Stille des Raumes hinein und setzte mich an den Tisch. Ich beobachtete, wie er seufzte, ehe er sich langsam zu mir umdrehte.

»Morgen«, brummte er. »Wobei – für dich wohl eher gute Nacht, was?«

»Wie man's nimmt. Wobei ich nicht glaube, dass ich in den nächsten Stunden schlafen kann.«

»Wieso nicht?«

»Weil …« Ich hielt ertappt inne. Das war schon mehr gewesen, als ich ihn eigentlich hatte wissen lassen wollen. Denn ich hatte Amra gesehen und war nur knapp davor gewesen, sie wieder in meine Arme schließen zu können. Doch das war nicht das, was ich ihm erzählte. Stattdessen zuckte ich mit den Schultern.

Am Tisch schob Nael einen Teller in meine Richtung. In Zucker gebackenes Brot. »Ich wusste nicht, ob du hungrig sein wirst. Das habe ich dir übrig gelassen.«

»Reiche Knappen?«

»Nimm ruhig. Ich habe schon gegessen.«

»Danke«, sagte ich ehrlich und … gerührt. »Das hättest du nicht machen müssen.«

»Habe ich aber. Also, nur zu. Aber ich glaube, mit der Maske wird das nichts.« Er deutete ein Nicken an und lächelte müde, als meine Finger über die Oberfläche meiner Maske fuhren. Ich hatte sie tatsächlich beinahe vergessen.

Die nächste Zeit schwiegen wir. Bis der Wasserkessel zu pfeifen begann und Nael aufstand, um für uns beide Tee aufzugießen. Ich wischte meine klebrigen Finger an einem Tuch ab und nahm ihm das Behältnis ab, das er mir entgegenhielt. Eine dampfend heiße Wolke wehte mir entgegen.

»Pfefferminze?«, entfuhr es mir überrascht. »Aus Myllain?«

»Ich habe Freunde, die dort gelebt haben«, erklärte er unbewegt. »Sie haben mir vor Jahren ein großes Paket mitgebracht. Ich habe es noch immer nicht aufgebraucht.«

»Das ist großartig. Ich habe mir immer gewünscht, dass ich Leute aus ganz Unarmon kenne. Warst du schon einmal in Myllain?«

Er schüttelte den Kopf.

»Warst du schon einmal außerhalb von Avize?«, hakte ich nach.

»Nein. Es hat sich nie ergeben, wenn ich ehrlich bin. Es gab immer zu viel zu tun, um darüber nachzudenken.« Er begann mit einem angelaufenen Löffel in seiner Tasse herumzurühren. »Und du? Eine der großen Städte besucht?«

Ich schüttelte den Kopf. »Leider nein. Aber es ist ein großer Traum von mir.«

»Warst du nicht? Das kann ich mir kaum vorstellen.«

Misstrauisch runzelte ich die Stirn. »Wieso das?«

»So unruhig wie du bist, hast du bisher die Stadtgrenze von Avize nicht verlassen?« Er schüttelte den Kopf. »Nein, du hast bestimmt schon versucht, dich bis nach Dawienes oder Gavenye durchzuschlagen. Wenn nötig, auch zu Fuß. Habe ich recht?«

Es war kein neues Bild, das vor meinem inneren Auge entstand. Es war eines, mit dem ich mich immer zu trösten versucht hatte, wenn der Kummer und die Sorge zu groß wurden. Einfach fortzugehen klang leicht, doch dafür hätte ich alle Bande zwischen mir und Amra zerschneiden müssen.

»Manchmal ist das keine Sache von wollen, sondern von können.«

Bei den Worten erlosch das Lächeln auf Naels Gesicht. »Ja, da hast du recht. Manchmal lassen es die äußeren Umstände nicht zu. Aber wenn du es könntest … wo würdest du als Allererstes hingehen?«

Ein alter Kinderreim, den Vater uns immer vorgesagt hatte, kam mir in den Sinn. *Elfenhaar und Rosenkranz, schenke mir nur diesen Tanz. Unsere Gäste steh'n Spalier, zier dich nicht, komm tanz mit mir!*

Amras Stimme, die nachts murmelte: »*Emery, versprich es mir! Einen Tanz im Rosengarten!*«

»Wenn ich ehrlich bin … wenn ich mir eine der großen Städte von Unarmon aussuchen würde, dann wäre es wohl Gavenye.« Ich würde meiner Schwester Rosen mitbringen. Und Caia. Ob ich ihre und Aschers Familie finden würde? Aber ich wusste weder ihren Familiennamen noch wie lange es her war, dass sie dort gelebt hatten. Ein paar Jahre? Ein Jahrzehnt? Bei der Vorstellung, dass es ein Jahrhundert sein könnte, schauderte es mich. So viel Zeit …

»Wieso ausgerechnet dorthin?«

»Es ist … für meine Schwester. Wir haben, seitdem wir kleine Kinder waren, davon geträumt, durch Rosengärten zu wandern. Am liebsten würde ich mit ihr dorthin. Vielleicht, wenn sich alles beruhigt …« Ein flammend rotes Meer blitzte vor meinem inneren Auge auf. Rot, blau, gelb.

»Das hört sich nett an«, merkte er an. Sein Blick war auf seine Finger geheftet, die in einem ruhigen Rhythmus auf der Tischplatte trommelten. »Vielleicht wirst du es eines Tages dorthin können, ich würde es dir wünschen. Wenn ich irgendwann gehe, komme ich nicht mehr zurück.«

Diese Aussage ließ mich verwirrt innehalten. »Wohin willst du denn gehen?«

Er zuckte daraufhin mit den Schultern. »Ich habe noch kein festes Ziel. Mal schauen. Wohin der Wind mich treibt.«

»Und wieso willst du nicht zurückkommen?«

»Was hält mich hier?«, gab er leise zurück. Das ließ mich schweigen. Denn das wusste ich auch nicht.

Der Einbruch bei Amra blieb mir im Kopf. Schlimmer jedoch waren die Tage, an denen ich von ihr träumte. Ob sie wusste, dass ich es in der Nacht gewesen war und ihr Geld dagelassen hatte? Der sehnsüchtige Teil in mir hoffte es sehr. Doch die Besorgnis dachte nur, hoffentlich hatte sie so einen Schreck bekommen, dass sie von nun an des Nachts die Türe abschloss und nicht so dumm war, sie als Einladung für mich weiterhin offen zu lassen.

Wenn Nael nicht da war, ertappte ich mich dabei, wie ich durch seine Bücher blätterte und versuchte, Wörter zu finden, die ich kannte. Doch es waren zu viele bedeutungslose Kringel. Ich versuchte mich daran zu erinnern, welches das letzte Wort gewesen war, das Amra mir gezeigt hatte. Es war ›Rose‹ gewesen. Doch in seinen Büchern fand ich das Wort nicht. Was waren das für Bücher? Worum ging es in ihnen?

Eines Abends überraschte Nael mich, als er unerwartet in der Tür stand. Ich hatte ihn nicht kommen hören und während er sich seiner Tageskleidung entledigte, versuchte ich das Buch unauffällig auf meinem Schoß abzulegen. Wie sah man aus, wenn man eine Lesepause einlegte? Tat man das? Amra hatte öfter beim Lernen ihre Bücher auf ihren Oberschenkeln abgelegt, während sie aus dem Fenster gestarrt hatte, also versuchte ich, es ihr gleichzutun.

Doch es schien Nael aufgefallen zu sein, dass ich mir die Bücher nur ansah, aber nicht darin las.

»Wenn du es richtig herum drehen würdest, wäre es einfacher«, sagte er im Vorbeigehen und verließ wieder das Zimmer. Peinlich berührt starrte ich die Tür an, durch die er verschwunden war. Ich spürte die Hitze langsam meinen Nacken hochkriechen und ich wusste nicht, worüber ich mich mehr ärgerte – dass ich nicht wusste, wie man ein Buch richtig hielt oder er mich durchschaut hatte.

Nur wenig später kehrte Nael ins Zimmer zurück. Er setzte sich auf das Bett. Die Matratze federte unter seinem Gewicht, während er mich aufmerksam musterte.

»Was ist?«

»Weißt du, wie du deinen Namen schreibst?«

Mein Kopf flog hoch. »Meinen Namen?«, wiederholte ich langsam. Mein Name bestand auch aus Kringeln, die eine Bedeutung hatten?

»Natürlich.«

»Ich … ehrlich gesagt, nein.« Ich schüttelte beschämt den Kopf. Es war schon Tage her, doch umso schöner anzusehen, dass Nael wieder lächelte.

»Dann komm. Wir setzen uns an den Tisch in der Küche.« Er griff nach einer Kerze und bedeutete mir, ihm zu folgen. Doch die nächsten Worte kamen nur mühsam über meine Lippen. »Nael? Worum geht es … in dem Buch?«

Ein Ausdruck huschte über sein Gesicht, den ich nicht deuten konnte. Dann schüttelte er den Kopf, als würde er einen unangenehmen Gedanken vertreiben wollen. »Es handelt vom Körper und vom Geist. Kommst du in die Küche?«

Auf den Tisch legte er ein vergilbtes Blatt Papier. Aus einer Schublade zog er eine Feder und ein Tintenfass und stellte es daneben.

»Emery?«, fragte er, als wir uns schließlich gegenübersaßen.

»Ja?« Unsere Blicke begegneten sich.

»Wirst du mit ie oder mit y geschrieben?«

»Ich … was? Was ist ein Üpsilon?«

Nael seufzte. »Ein Buchstabe. Das ist weiter nicht schlimm.« Er griff nach der Feder und tunkte sie in die Tinte. Lautlos glitt der Federkiel über das Papier und hinterließ glänzende Schleifen darauf.

Einmal *Emery*.

Dann *Emerie*.

»Welches gefällt dir besser?«, fragte Nael, nachdem er die Feder abgelegt hatte.

Ratlos verglich ich die beiden Kringelhaufen miteinander. Das zweite sah harmonischer aus, weil sich Abschnitte wiederholten.

Emerie. Ich tippte mit meinem Finger darauf. »Das.«

Er nickte wieder mit seiner ernsten Miene. »Willst du ihn selbst einmal schreiben?«

»Ich weiß nicht einmal, wie ich diese Feder halten soll.«

»Ich zeig's dir, wenn du möchtest.« Nael hob seine Hand und machte Anstalten, nach meiner zu greifen. Schnell zog ich sie zurück. Er müsste mich dafür anfassen, richtig? Doch als er mich das letzte Mal berührt hatte …

»Nein, nein«, beeilte ich mich zu sagen und zog meine Hand zurück. »Nicht heute. Es ist schon spät und du musst morgen sicherlich arbeiten, richtig? Ich wollte noch – meine Schwester –«

»Du hast sie lange nicht mehr gesehen, oder?«, unterbrach er mich. »Kannst du sie überhaupt treffen, solange du so dringend gesucht wirst?«

Er hatte wieder ins Schwarze getroffen. *Er ist genauso aufmerksam wie Amra, auch wenn er es sich nicht anmerken lässt.* Diese Erkenntnis erfüllte mich mit schmerzhafter Sehnsucht, die mir das Atmen erschwerte.

»Möchtest du ihr einen Brief schreiben?«

Ja. *Ja,* verdammt. Aber die Vorstellung, dass ich ihm alles anvertraute, was ich meiner Schwester eigentlich im Vertrauen beichten wollte, schreckte mich ab.

»Ich möchte deine Hilfe nicht«, sagte ich stattdessen. Leise. »Wirklich nicht. Das ist alles schon zu viel, das Zimmer, alles.«

»Du kannst es dir gerne überlegen«, murmelte er. »Und bitte geh von dir nicht als Belastung aus, denn das bist du nicht.«

Ich nickte. »In Ordnung. Aber ich halte dich auf, oder? Du müsstest schon längst schlafen!«

»Gleich«, antwortete er. »Ich habe erst etwas für dich.«

Das ließ mich aufhorchen. »Was meinst du damit – *für mich?*«

»Es ist nichts Großes.« Er zuckte mit den Schultern. Wieder stand er auf und zog etwas aus der Schublade. »Ich weiß nicht, ob du dich jetzt darüber freuen kannst.«

Mit diesen Worten schob er mir das Blatt Papier zu. Mein Blick verweilte einige Sekunden darauf, ich konnte es nicht einordnen. Ein

Teil von mir fühlte sich vorgeführt – aber ich glaubte nicht, dass ihm das bewusst war. So beugte ich mich über das Papier und klappte es auf. Es war von derselben Qualität wie das, auf dem er meinen Namen geschrieben hatte. Gelb und fleckig an den Rändern. Blaue Tintenstreifen zierten die Oberfläche.

»Was ist das, Nael?«

»Ein Blatt.«

»Das habe ich auch erkannt. Aber ich glaube, du weißt inzwischen auch, dass ich nicht lesen kann. Oder? Was steht da?«

Naels Mundwinkel zuckten verräterisch – was ich gelernt hatte, als eine Andeutung eines Lächelns zu verstehen. Aber gerade fand ich dieses kleine Detail überhaupt nicht liebenswürdig.

»Nael, was steht da?«, wiederholte ich. Wieder nur schwarze Kringel. »Du weißt – ich kann das nicht –« *Lesen. Ich kann das nicht lesen.* Versuchte er sich über mich lustig zu machen? »Was auch immer es ist, es ist bestimmt ganz toll. Also, falls du mich entschuldigen würdest, ich …«

»Emery«, seufzte Nael. Er rieb sich mit der flachen Hand die Stirn. »Ich dachte, es wäre eine kleine Motivation für dich, um dich mit Buchstaben und Federn vertraut zu machen. Es ist wirklich nicht so schlimm, wie es scheinen mag.«

»Liest du es mir vor?«

Nael schüttelte daraufhin den Kopf, stand auf und streckte sich. »Ich hoffe, dass du es irgendwann einmal selbst tun kannst. Ich wünsche dir eine gute Nacht, Emery.«

Könnte ich das irgendwann einmal? Lesen wie Amra, ihr gar schreiben? Seine Schritte verklangen und ich ließ das Blatt Papier los. Es segelte sachte auf den Tisch und landete mit der beschriebenen Seite nach oben.

»Nael!«, rief ich, als er schon zur Tür hinaus war, und sprang auf. Im Flur lief ich beinahe in ihn hinein. Unangenehm berührt wichen wir beide einen Schritt zurück. »Welchen Tag haben wir heute? Wenn ich mich nicht irre, dann …«

»Es beginnen morgen die Feierlichkeiten der Schwarzen Woche«, sagte er ruhig. »Ja, da hast du recht.«

»Amra und ich … wir haben uns immer den Auftakt angesehen. Es war unsere kleine Tradition … wir stiegen dafür auf die höchsten

Dächer der Stadt. Es war jedes Mal aufs Neue beeindruckend, die Massen zu sehen. Wir konnten uns nie vorstellen, dass wirklich so viele Menschen in Avize leben sollen.« Ich war mir nicht sicher, wieso ich ihm das erzählte. Vielleicht, weil es mir auf meiner Seele brannte.

»Freunde haben mich eingeladen, den Feierlichkeiten der Schwarzen Woche beizuwohnen«, begann Nael zögerlich. »Wenn du Lust hast, bist du herzlich eingeladen.«

»Bist du sicher, dass es eine gute Idee ist?«, fragte ich vorsichtig. *Nach allem?,* setzte ich in Gedanken hinzu.

Er nickte. »Ist das ein Ja? Ich hole dich heute Abend ab. Sei bereit, bevor der Himmel lavendelfarben ist!«

Das Feuer unter Wasser

Unarmon wurde vor Hunderten von Jahren auf den Überresten von Annorum gegründet. Durch die Krankheiten, die das Land befallen hatten, hatten sich die sieben Königsstädte von Annorum zerspalten: Illonar, Gavenye, Dawienes, Avize, Lavis, Relaeih und Myllain. Niemand wusste, woher das vergiftete Wasser kam, das durch die Flüsse des Landes floss und die Felder und somit die Ernten verdarb. Jeder König gab dem anderen die Schuld, bis die Königlichen Armeen die Ländereien und Wälder überfluteten und Kriege das Land verwüsteten.

Als die Könige merkten, dass ihr Wüten sie nicht vor den Krankheiten schützen konnte, riefen sie die verbliebenen Männer zurück. Doch es waren nicht mehr viele, die nach dem Krieg zu ihren Familien zurückkehren konnten. Auch die Königsfamilien beklagten ihre Verluste, sodass sie in den kommenden Jahren untereinander heiraten mussten, um das silberne Blut zu wahren. Und nach all den Jahren verschmolzen die sieben Königsfamilien von Annorum zu einer.

Nach dem Ende des Krieges war Myllain gefallen. Die Stadt, die die Pfefferminze anbaute, die ich das erste Mal seit Langem bei Nael getrunken hatte, erholte sich nur langsam von der Zerstörung. Selbst heute noch litt sie unter den Folgen.

Annorum zerfiel. Unarmon erwachte.

Mit den Tausend Gräbern und der ganzjährigen Trauer.

Heute Nacht begann die Schwarze Woche in Avize, der Auftakt zum Jahrestag der Trauer. König Elyes und Königin Brytaz würden zu dem Volk sprechen, in Silber und Schwarz gehüllt. Heute in Avize, nächste Woche in Lavis, immer in einer anderen Hauptstadt, bis sie in Myllain die Gräber besuchen und mit ausgewählten Familien über Trauer und Verlust sprechen würden.

Ich konnte mich noch daran erinnern, als eine Familie eine Straße weiter von unserem Haus ausgewählt worden war, um mit dem König zu sprechen. Schon Tage vorher war das Viertel gefegt und die Häuser neu gestrichen worden. Häuser, die leer standen, waren mit Gardinen bestückt und Kerzen in den Fenstern entzündet worden, damit sie bewohnt aussahen. Doch die Stille täuschte nicht darüber hinweg, dass hier nur noch wenige Menschen wohnten. Am Tage des Besuchs säumten Männer der Gendarmerie die Straßen. Männer mit ausdruckslosen Gesichtern, die uns Kindern hinterhersahen, als wir die Straße entlangtollten.

Ich seufzte bei dieser Erinnerung, während ich meine Haare zu einem Dutt hochsteckte und unter einem kunstvollen Hut versteckte. Nun dürfte man mich nicht erkennen. Während ich schon längst fertig angezogen war, trödelte Nael herum. In diesem Moment ließ er seinen Geldbeutel in seiner Hosentasche verschwinden.

»Ich glaube kaum, dass das eine gute Idee ist.«

Irritiert hielt Nael inne und sah auf.

»Dein Geld dort aufzubewahren.« Ich deutete auf seine Hose. »Hast du schon vergessen, was ich eigentlich mache? Das ist wie eine unausgesprochene Einladung.«

»Und was sagst du als erfahrene Taschendiebin, wie ich mein Geld behalten kann?«

»Verstecke es nah am Körper, unter deiner Robe, im Schuh, um den Hals. Dort, wo man nur schwer hinkommt. Wie hast du nur die letzten Jahre überlebt?«

»Sehr witzig«, murmelte Nael unzufrieden und ließ den Beutel in eine Innentasche seines Jacketts gleiten. »Du solltest nicht vergessen, dass es mir gelang, auch dich zu bestehlen. Bist du bereit?«

Nur wenige Gondeln begegneten uns auf dem Weg in die Stadt. Gelächter hallte durch die Gassen, in der Ferne hörten wir das Feuerwerk losgehen, die Luft roch nach Schwarzpulver. Doch zu einem Zeitpunkt, an den ich mich nicht mehr erinnern konnte, hatte ich die Orientierung verloren.

»Wo befinden wir uns?«

»In Avize«, antwortete Nael trocken.

»Ach?«

»Nein, wirklich. Du hättest es bemerkt, wenn wir die Stadt verlassen hätten.«

»Komm, nimm mich nicht auf den Arm«, rief ich und horchte. Wir hatten die Geräusche der Feierlichkeiten hinter uns gelassen. »Wir bewegen uns vom Zentrum weg. Wohin fahren wir?«

»Ich dachte, wir machen vorher einen kleinen Abstecher. Ich muss noch ein paar Sachen besorgen.« Stille trat ein. »Das ist doch kein Problem für dich, oder?«

Ich warf die Hände in die Luft. »Jetzt sind wir doch bestimmt gleich da! Für gewöhnlich fragt man das, bevor man sich auf den Weg macht. Wo bist du denn aufgewachsen, unter einem Stein?«

»Nicht direkt«, sagte Nael steif.

Meine Empörung schlug in Neugierde um. »Wo dann? Kommst du überhaupt aus Avize? Hast du Geschwister?«

»Wird das jetzt ein Verhör?«

»Nicht, wenn du Antworten gibst.«

»Ah«, machte Nael. »Ich verstehe. Sehr klug von dir, dass dann zu machen, wenn ich nirgendwohin flüchten kann.«

»Du könntest, würdest aber wohl nicht trocken am Ufer ankommen.«

Nael seufzte. »Also Antworten, hm? Ich komme genauso wie du aus dieser Stadt, ich glaube sogar, meine Familie hat diese Stadt noch nie verlassen. Geboren, aufgewachsen, und wenn ich nichts daran ändere, werde ich hier auch sterben.«

Wir tauchten in einen Lichtkegel ein und ich erschrak, wie nah wir beieinander auf dem Heckschnabel standen. Mit seiner rechten Hand hielt er den Riemen fest und steuerte uns so durch die verlassenen Kanäle. Sein Knie berührte fast das meine, sodass ich beinahe seine Wärme durch den Stoff meines Kleides spüren konnte. Fiel ihm das nicht auf? Oder ignorierte er, dass uns nur noch eine Handbreit voneinander trennte? Suchend tastete mein Blick über seine Maske, doch es war wie immer das hämische Grinsen, das alles verbarg, was er denken und fühlen mochte. Und als hätte er meine Unruhe bemerkt, legte er seinen Arm um meiner Schulter

»Das klang deprimierend, oder? Entschuldige bitte.«

»Wieso trägst du diese Maske? Wozu dieser wertende Ausdruck?«, fragte ich, um nicht auf seine Frage eingehen zu müssen. Wir trieben aus dem Lichtkegel und in der Dunkelheit der Nacht war ich mutig genug, die Maske mit der Spitze meines Zeigefingers zu berühren. Mich erfasste eine unerklärliche Enttäuschung, als ich die kalte und unnachgiebige Oberfläche ertastete. Das Gewicht auf meiner Schulter verschwand, ehe sich Naels Finger um meine schlossen. Zu meiner Verwunderung ließ er sie jedoch nicht sofort wieder los.

»Es macht doch keinen Unterschied, wie die Maske aussieht«, flüsterte Nael leise. »Ganz egal, wie … sie verschleiert, wer wir sind. Sie macht etwas anderes aus uns. Etwas, das wir nicht sind. Und wenn ich mir mein Gesicht aussuchen kann, wieso dann nicht das? Nicht alles muss einen Sinn haben … aber egal, wie du es drehst und wendest, es bleibt nur ein Zerrbild von uns.«

Ich dachte kurz über seine Worte nach. »Du bist wirklich deprimierend.«

Zu meiner Überraschung lachte er leise auf. »Ich hoffe, nicht immer.«

Wir hielten am Ende der Kanalabzweigung. Ein Gatter hinderte uns daran, ins offene Meer zu treiben. Hier roch die Luft merklich nach See. Möwen stritten sich um Fischreste, die in Eimern auf einem Steg abgestellt worden waren. In der Nacht weiß aufblitzende Schemen. Das Erste, was mir auffiel, war, dass keine der Straßenlaternen entzündet worden und so die Straßen ein einziger Fleck Düsternis war.

Nael reichte mir die Hand, wobei ich darauf achtete, dass er nicht meinen Unterarm berühren konnte, um mir aus der Gondel zu helfen, dann machten wir uns auf den Weg. Bis zum Tor, das den Eingang zum Hafen markierte, knarrte Holz unter unseren Füßen. Eine kleine Laterne schaukelte im Torbogen, wies uns mit ihrer kleinen Flamme, die im Wind loderte, den Weg. Symbole waren in den Steinbogen gemeißelt, doch die Flamme war viel zu klein, um sie in ihrer Gänze zu erkennen, und als Nael meinem Blick folgte, sagte er leise: »*Unarmon quondam annorum.* Unarmon ehemals Annorum. Ein Andenken an die Zeit vor dem Umbruch. Die Städte wandelten sich, aber der Hafen ist noch aus Gründertagen. Hinter der Absperrung beginnt das Flussdelta, dort gabelt sich der Kanal in drei Mündungsarmen ins Meer.«

»Davon habe ich noch nie gehört«, sagte ich und ließ den Blick wandern. Hinter dem Bogen leuchteten in der Ferne kleine quadratische Lichter. Wohl die Häuser des Hafenviertels.

»Sie sind mit der Zeit aus dem kollektiven Bewusstsein der Menschen verschwunden, wie vieles anderes. Du hast sicher von ihnen gehört, wenn auch unter anderem Namen.« Doch mir blieb keine

Zeit zu fragen, worauf er noch anspielte, denn er schlug einen scharfen Haken und zog mich mit sich, bis vor eine Wand, unter der Licht hindurchschimmerte. »Folge mir!«

Dann sah ich nur noch seine Silhouette, die sich bückte und unter der Wand hindurchtauchte, und ich tat es ihm gleich.

Im ersten Moment war ich geblendet von dem Licht, das uns empfing, und als sich meine Augen daran gewöhnten, erkannte ich, dass wir uns in einer Art Verkaufsraum befanden – und das, was ich als Wand erkannt hatte, waren schwer bestickte Tuchbahnen. Wir waren in keinem Haus, wir waren in einem Zelt. Regale waren an die Seiten geschoben worden und mit vielfarbigem Zeug vollgestopft. Murmeln, glänzende Steine, mechanisch anmutende Gegenstände, Spiralen, Zahnräder in allen erdenklichen Größen – das größte davon war hüfthoch – und Tücher, die es unmöglich machten, alles auf einen Blick zu erfassen.

»Kenne ich dich?«, riss mich eine Stimme aus meinem Erstaunen. Augenblicklich flog mein Kopf herum und ich sah Nael auf der anderen Seite des Raumes stehen, die Hände in die Hosentaschen geschoben, und eine Frau, deren Haut das Licht der Kerzen zu verschlucken schien. Goldene Linien rankten sich auf der entblößten Haut und schimmerten bei jeder ihrer Bewegungen.

»Entschuldige, Zohara«, begann Nael, doch sie wedelte mit ihrer Hand in der Luft herum, als würde sie eine lästige Fliege verscheuchen wollen.

»Denn ich glaube nicht, dass ich mich an dich erinnern kann. Wenn es so wäre, wüsste ich, dass es beinahe ein halbes Jahr her ist, dass du hier warst. Bist dir wohl zu fein geworden?« Dann landete ihr Blick auf mir, beinahe zuckte ich unter der Intensität, mit der sie mich musterte, zusammen. Nun erkannte ich auch, womit sie ihre Augenpartie verhüllte. Eine Maske aus dunklem Damast, mit der Andeutung eines Katzengesichts. »Wer ist sie? Ich kenne sie nicht.«

»Emery«, kam es mir über die Lippen. »Mein Name ist Emery.«

»Emery und weiter?«, fragte sie ungeduldig. »Oder hast du keinen Nachnamen, Mädchen?«

»Zohara, sei freundlich«, wies Nael sie überraschend zurecht. »Ich bin hier, weil ich etwas besorgen muss. Kannst du mir aushelfen?«

»Das kommt ganz darauf an, was du willst und wie viel du zu zahlen bereit bist!« Brüsk wandte sich die Frau um und griff nach einem Tuch, das sie sich um die Schultern warf, als würde sie frieren. »*Was* willst du denn?«

»Hast du Kupferfedern?«

»Da muss ich nachschauen. In welchen Größen? Bonbon?« Die alte Frau hielt erst Nael, dann mir ein Glas unter die Nase, gefüllt mit buntem Konfekt. Ein Etikett klebte unter der Öffnung, beschriftet mit blauer Tinte. Weil ich Zohara nicht warten lassen wollte, nahm ich schnell eins heraus und hielt das blaugraue Bonbon unschlüssig in der Hand. Nael kam mir zu Hilfe: »Perlenlakritz. Er heißt so wegen der hellen Farbe.«

»Traust wohl einer alten Frau wie mir nicht, was? Kann ich verstehen. Alt und knittrig wie ich bin, wer weiß, ob sie nicht schon ein halbes Jahr hier rumliegen«, sagte Zohara trocken. Wenn sie mit mir sprach, verschwand der sanfte Klang in ihrer Stimme. »Was brauchst du noch, Nael?«

Sie unterhielten sich über das Material und wofür Nael es haben wollte, doch ich bewegte mich von ihnen weg, hinüber zu einem der Regale. Es war gefüllt mit den gleichen Vorratsgläsern, in dem sie uns die Süßigkeit angeboten hatte, und für einen Moment dachte ich, sie wären mit Konfekt gefüllt, bis ich noch einen Schritt näher herantrat. Und erkannte, dass es bunte Steine waren, mit glatten Flächen, spitzen Kanten, marmoriert, gepunktet … Als ich gegen das Glas tippte, schwappte zu meiner Überraschung eine durchsichtige Flüssigkeit darin. *Eingelegte Steine?*

Wieder waren beschriebene Etiketten auf das Glas geklebt worden. Es war wie eine Welt, die ich nicht betreten konnte, weil mir die richtigen Schlüssel fehlten; und diese Erkenntnis verärgerte mich mehr, als mir lieb war.

»Was sind das für Steine?«, fragte ich, mein Blick erst auf Nael, dann auf Zohara gerichtet. »Die Etiketten, ich …«

»Mach dir nichts draus, dass du nicht weißt, was draufsteht«, unterbrach mich die Alte forsch. »Du wärst auch blind, wenn du lesen könntest!«

Empört schnappte ich nach Luft. »Darf ich fragen, was ich getan habe, dass du so unfreundlich sein musst?«

»Du?«, stieß Zohara aus. »*Noch* nichts! Aber Mädchen wie dich kenne ich! Keinen Schimmer von der Welt, kein Gefühl für Ehre und Treue, aber alles davon haben wollen! Sag mir, wie viele Herzen hast du schon gebrochen? Bestimmt eins, wenn nicht mehr. Und du kannst mir nicht sagen, dass es dabei bleiben wird! Du bist so voller Schuld, dass du die Luft verpestet!«

»Zohara …«, sagte Nael nach einem Moment, leise und beherrscht. »Du bist nicht die Einzige, bei der ich meine Sachen kaufen kann. Also bitte ich dich, wenn ich nicht noch einmal für ein halbes Jahr – wenn nicht länger – verschwinden soll, heb dir deine schlechte Laune für jemanden auf, der es verdient hat.«

Zohara gab ein unwilliges Geräusch von sich. »Du hast keine Ahnung, wovon du sprichst! Aber gut, wie du willst, ich werde mich nicht einmischen.«

Meine Ohren glühten.

»Ich warte draußen«, sagte ich, wartete ihre Antworten nicht ab und verschwand unter der Tuchbahn hindurch nach draußen.

Ich saß mit pochendem Herzen in der Gondel. Eine Mischung aus Wut und Scham hatte sich in meinem Brustkorb festgesetzt und erschwerte mir das Atmen. Ich verstand nicht, wie sie sich innerhalb von Sekunden so ein Bild von mir hatte aufbauen können.

Es dauerte nicht lange, bis ich seine Schritte unter dem Tor knirschen hörte und dann betrat Nael mit einem Knarzen die Planken des Stegs.

»Es tut mir leid«, sagte er. »Ich würde gerne sagen, dass sie es nicht so gemeint hat, aber dann müsste ich lügen. Zohara ist … *speziell.* Es ist mit ihr wie bei einem Spiel mit dem Feuer, ein ungünstiger Moment und man verbrennt sich.«

Ich lachte bitter auf. »Gut zu wissen.«

»Du hast gut reagiert. Hättest du einen Moment der Schwäche gezeigt, hätte sie dich daran gepackt und blutend wieder ausgespuckt.«

»Ich bin vor ihr *geflohen!* Was ist daran gut?«

»Damit hast du das Gespräch beendet. Du warst die Klügere.« Seine Hand berührte mich tröstlich an der Schulter. Die Gondel erzitterte unter seinem Gewicht, dann saß er neben mir und steuerte uns zurück in Richtung Stadt.

»In den Gläsern … das waren eingelegte Eier. Aus den unterschiedlichsten Ecken des Landes«, sagte Nael irgendwann leise. »Raritäten. Ich will gar nicht wissen, wie viel Zohara dafür bezahlt haben muss.«

»Sie hatte dennoch kein Recht dazu!« Ich biss bei dem Gedanken an ihre Worte die Zähne zusammen. »Wo sind eigentlich deine Einkäufe? Oder hast du dich doch umentschieden?«

Er lachte leise. »So nah dran ich auch war, ich hole es die Tage ab. Ich wollte ungern heute damit im Arm herumlaufen.«

Noch in einem der äußeren Bezirke der Stadt hielten wir erneut. Während Nael damit beschäftigt war, die Gondel an einem Dock festzumachen, hüpfte ich aus dem Boot und blickte die Straße hinab.

»Wo treffen wir deine Freunde?«, fragte ich.

»Hier.«

»Aber hier ist niemand«, stellte ich fest. Langsam wurde ich nervös und fragte mich, was das für Menschen waren, mit denen Nael zu tun hatte. Waren es genauso merkwürdige Gestalten wie die, mit denen ich verkehrte? Wieso hatte ich mir nicht vorher darüber Gedanken gemacht – wieso machte ich mir tendenziell immer erst Sorgen, wenn es bereits zu spät war, um umzukehren?

»Weil sie anscheinend noch nicht da sind. Wäre eine Möglichkeit, oder?«

»Du hast mir schweigsam besser gefallen.« Mein Blick flackerte zwischen den Laternen, ihren Lichtkegeln und den Schatten dazwischen hin und her. Es regte sich nichts.

»Ist das so?«, murmelte er zur Antwort. Ich linste in seine Richtung, doch ich konnte – oh Wunder – nicht erkennen, was in seinem Kopf vorging. »Sie kommen.«

Schwarze Schatten wuchsen aus den Ecken.

»Nael«, flötete eine Frauenstimme. Sie war rauchig, lockend. »Wie schön, dich endlich wiederzusehen.«

Ich blinzelte und versuchte, mehr im schwachen Schein der Monde zu erkennen. Doch es war vergeblich, bis sie direkt vor uns standen. Zwei Gestalten, groß gewachsen und in schwarze Umhänge gehüllt. Die Erste von ihnen trat in den Lichtkegel einer Laterne. Es war eine Frau, mit einem großen Hut auf ihren Kopf. Sie trug eine Maske mit schwarzen Schraffuren und einem Mund, der zu einem stummen Schrei aufgerissen war. Sie zog Nael in eine freundschaftliche Umarmung, ehe sie sich mir zuwandte.

»Du hast jemanden mitgebracht, Nael. Ich muss gestehen, das ist etwas Neues. Ein Findelkind?«, fragte sie und ich spürte ihren Blick auf mir, wie er mich von oben bis unten beäugte.

»Wenn du es so nennen möchtest. Aber ich glaube nicht, dass der Begriff angemessen ist, Idalyn.«

Wenn Idalyn den versteckten Tadel bemerkte, so zeigte sie es nicht. »Hast du deine Stimme verloren? Wie heißt du, Kind?«

»Wenn ich ehrlich bin, sehe ich hier kein Kind. Aber ich bin Emery, falls es dich interessiert«, antwortete ich spitz.

»Oh, sie hat Mumm! Emery also. Ist das nicht ein Name für einen Jungen? Was tust du bei Nael? Ich muss sagen, dass ich überrascht bin, dass du dich noch nicht zu Tode gelangweilt hast.« Sie lachte hell und tätschelte mir die Schulter. Ich musste den Drang, ihre Hand wegzuschlagen, unterdrücken. Hilfe suchend wandte ich mich zu Nael um und hoffte, er verstand meinen anklagenden Blick.

Das ist deine Schuld!, wollte ich ihm am liebsten sagen. *Regle das!*

»Lass es gut sein, Idalyn«, sagte er schließlich.

»Was seid ihr alle so ernst? Das war doch nur Spaß! Ich muss sagen, du gefällst mir, Mädchen.« Sie tänzelte an Naels Seite und hakte sich bei ihm unter. »Ganz unter uns, was …«

Ich schnaubte.

»Erfrischend, dass du dich nicht von ihr einschüchtern lässt«, sagte der Schatten hinter Idalyn. »Ich bin Zephar. Freut mich, dich kennenzulernen, Emery.« Der Mann reichte mir die Hand und zögerlich schüttelte ich sie. Der Griff war sanft und warm.

»Wollen wir los oder was?«, warf Idalyn ein und klatschte in ihre Hände. »Männer und Emery, wir haben eine Feier vor uns!«

Wir wanderten der Musik und den ausgelassenen Stimmen entgegen und als wir die Menschenmassen erreichten, schwammen wir in den Emotionen. Es war eine bittersüße Mischung aus Glückseligkeit und Verlust, etwas, das einen gleichermaßen betrübte und ekstatisch werden ließ. Die Farben der vergangenen Wochen waren wie weggewischt, als wäre ich farbenblind geworden. Die Kleider waren einer Palette aus Grautönen und Schwarz entsprungen.

Idalyn hatte sich bei Nael eingehakt. Sie spazierten vor mir und ich konnte die glockenhelle Stimme der Frau hören, als würde sie zu mir sprechen. Zephar ging stumm neben mir, und als er bemerkte, dass ich den Kopf in den Nacken gelegt hatte und nach den Monden suchte, hörte ich ihn leise lachen.

»Ich stelle mir vor, sie sind aus Gold. Was würdest du dazu sagen, wenn du ein bisschen von ihrem Licht abschöpfen könntest? Du hättest für den Rest deines Lebens ausgesorgt. Klingt das nicht fantastisch?«

Bei dem Gedanken beschleunigte sich mein Herzschlag. »Wenn das so wäre, dann würde niemand mehr Hunger leiden müssen.«

»Wahrlich«, pflichtete er mir bei. »Du kennst doch das, was man über sie sagt? ›Für jeden, der Hilfe braucht‹, sagte einst der Spielmann und warf zwei Goldmünzen in den Himmel. Bist du jemand, der gerne auf Risiko spielt? Du musst sie nur vom Firmament pflücken.«

»Zephar, pflanze ihr nicht eine deiner verrückten Ideen ein«, sagte Nael warnend und wandte sich zu uns um. »Ich glaube, in ihrem Kopf sind genug eigene. Ich habe mich noch nicht getraut, zu fragen.«

Zephar lachte erheitert. »Das gefällt mir!«

»Ich kann euch hören«, sagte ich. Ich fühlte mich unwohl, wenn sie so über mich sprachen, als würden sie mich kennen. Denn das taten sie nicht.

»Natürlich kannst du das«, erwiderte Zephar liebenswürdig. Idalyn hinter ihm lachte schallend auf. Das Glas, das sie in der Hand gehalten hatte, lag zerborsten auf dem Pflaster. »Ich glaube, sie hat wieder genug für heute. Ich kümmere mich darum, entschuldige bitte.« Er machte sich seufzend zu der Frau auf, die sich mit letzter Kraft an Naels Arm klammerte.

Als Zephar sie erreichte, löste sich Idalyn von Nael. Er stellte sich daraufhin zu mir. Wir beobachteten, wie Zephar nach ihrem in der Luft rudernden Arm griff und sie aufrichtete. Zephar redete auf ihn ein, woraufhin er mit den Schultern zuckte.

»Kommt ihr zurück?«, rief er den anderen zu. Zephar drehte sich mit Idalyn im Arm zu uns um.

»Wie spät ist es?«

»Wir sind im zweiten Viertel!«

»Dann sehen wir uns zum Vollmond!«, rief Zephar über seine Schulter. »Gib uns eine halbe Stunde. Wir treffen uns auf dem Platz?« Doch er wartete Naels Antwort nicht ab, zusammen mit Idalyn stampfte er die Straße entlang, bis sie von der Menge verschluckt wurden. Nael schüttelte daraufhin den Kopf, als würde er einen unangenehmen Gedanken loswerden wollen.

»Möchtest du auf eines der Dächer? Was auch immer dich da raufgetrieben hat, wieso solltest du es dieses Jahr anders machen?«

Weil Amra fehlte. Doch ich nickte. »Das klingt nach einer guten Idee.«

»Komm«, sagte er nur. Es dauerte nicht lange, bis wir ein offen gelassenes Gatter fanden. Er ließ mir auf der Leiter den Vortritt und als wir oben angekommen waren, seufzte er schwer. »Es sollte mich eigentlich nicht überraschen. Es tut mir leid. Wenn sie nicht gerade Wein trinkt, ist sie erstaunlicherweise ziemlich erträglich. Es ist nur dieser verdammte Alkohol.«

»Wieso fühlt sie sich dazu so hingezogen? Eigentlich schien sie nicht den Eindruck zu machen …« Hilflos zuckte ich mit den Schultern.

»Es ist eine lange Geschichte und ich glaube, die sollte sie dir selbst erzählen. Aber an manchen Abenden, da achtet sie einfach nicht darauf, wie viel sie trinkt.«

Ich rechnete ihm hoch an, dass er ihr Geheimnis für sich behielt. Ode, Salys … keiner von beiden hatte auf so etwas Wert gelegt. »Das würde ich auch wollen, wäre ich in ihrer Position.«

»Ja?«, fragte er, mit einem Mal erheitert. »Und wenn ich dich nun frage, Emery, wirst du mir deine Geschichte erzählen?«

»Ich habe sie dir schon erzählt.« Das, was er wissen musste.

»Aber nicht alles. Wer ist Emery, wenn sie nicht auf der Flucht ist? Wie kommt ein junges, schönes Mädchen dazu, keinen anständigen Beruf zu lernen, sondern lieber durch die Gosse zu streifen? Emery. Verstehst du, wieso ich mich das frage?«

»Ehrlich gesagt, nein«, antwortete ich. »Wenn du die Antworten doch schon hast.«

»Ich glaube nicht, dass es alles war«, setzte er sanfter hinterher. »Aber ich muss wohl warten, bis du bereit bist, es mir zu erzählen, habe ich recht? Es bringt nichts, dich unter Druck zu setzen. Das hier ist auch kein Ort für so ein Gespräch, verzeih mir!«

Wir verfielen in Schweigen. Unter uns strömten die Menschen in Massen vorbei und ich fragte mich, ob Alarig wohl unter ihnen war und nach geeigneter Beute Ausschau hielt. Würden hier Menschen nach Hause gehen und dann erst feststellen, dass ihnen der gesamte Inhalt ihrer Geldbeutel fehlte?

»Wieso schaust du lieber von oben zu, statt mittendrin zu sein?«, fragte Nael, nachdem er sich gegen die Brüstung gelehnt hatte.

»Es ist viel inspirierender, nicht Teil der Hektik zu sein.«

»Ist das so?«

Ich nickte. »Und vor allem – hier kann uns niemand in die Taschen greifen.«

»Da hast du recht«, gab er zurück, den Anflug eines Lächelns in der Stimme. Unter uns johlte die Menge. Ein Feuerwerkskörper wurde entzündet und er sauste mit einem Pfeifen davon, eher er am Himmel mit einem Knall in Funkenregen zerstob.

»Wie viele Geschichten über die Monde kennst du, Geschichtenerzähler?«, wandte ich mich wieder zu ihm um. »Denn ich weiß von vier.«

Nael dachte einen Moment drüber nach, ehe er antwortete: »Dreizehn. Aber ich glaube kaum, dass es alle sind, die durch Unarmon geistern.«

»Und welche ist deine liebste?«

»Die von Mehala und Ekaris. Aber selbst von ihnen gibt es mehrere Versionen, Geschichten, wie es sich zugetragen haben soll. Aber die mir liebste ist wohl die, in der sie sich in der Mitte treffen.« Er unterbrach sich. »Ich glaube, ich habe sie unten gesehen. Es sieht so aus, als hätte sich Idalyn wieder gefangen. Wollen wir uns wieder zu ihnen gesellen?«

Ich spürte seinen Blick tastend auf mir, doch ich versuchte die sengende Hitze zu ignorieren. »Willst du sie etwa warten lassen?«, gab ich zurück und machte mich zur Leiter auf. Das hatte ich zumindest vor. Nael hielt mich zurück. Seine Hand berührte mich am Arm und ich zuckte zusammen, als hätte mich seine Berührung verbrannt. Augenblicklich zog er sie zurück.

»Wieso siehst du mir nicht in die Augen, wenn du mit mir sprichst?«, fragte er sanft.

»Ich kenne dich nicht«, sagte ich zögerlich und machte unwillkürlich einen Schritt nach hinten.

»Nein, das stimmt nicht!«, erwiderte er, diesmal drängender, ehe er einmal tief durchatmete. »Das versuchst du dir einzureden, aber wir kennen uns. Ich kenne dich besser, als du dir eingestehen magst! Du versuchst mich zwar jedes Mal von dir wegzustoßen, wenn du denkst, dass wir uns im Gespräch zu nahe kommen könnten, aber wir sind keine Fremden mehr.«

Im Schatten war ich mutiger. Ich glaubte, seine Augen aus den Höhlen der hämischen Maske heraus leuchten zu sehen, als ich nach der Leiter hinter mir tastete.

»Nael«, flüsterte ich und ließ seinen Namen sanft über meine Zunge rollen, »aber Freunde sind wir auch nicht.« Mit diesen Worten stieg ich die Stufen wieder hinab.

Als wir auf die zwei anderen trafen, war Idalyn genauso laut wie vorher. »Da seid ihr ja! Wir haben euch schon gesucht«, strahlte sie, als sie uns in der Masse ausmachte. Dieses Mal hakte sie sich bei mir unter und zog mich mit sich, ohne dass ich den Hauch einer Möglichkeit hatte, dagegen zu protestieren.

Nael lief an uns vorbei und verlor sich bei Zephar.

»Ist er nicht ein Goldstück?« Sie faltete ihre Hände wie zum Gebet, ehe sie seufzte. »Ein Wunder, dass du es bei ihm aushältst.«

Ich kniff argwöhnisch die Augen zusammen. »Was meinst du?«

»Oh, du weißt, wovon ich rede«, gab sie schnippisch zurück. »Es ist ja nicht so, als wäre er harmlos.« *Harmlos?* »Was auch immer. Ich brauche jetzt auf jeden Fall Alkohol, da Nael wieder da ist. Willst du auch was?«, fragte Idalyn schließlich, bevor ich eine vernünftige Antwort darauf finden konnte.

Ich schüttelte vehement den Kopf.

»Wie du meinst. Aber beschwere dich später nicht, ich hätte es dir nicht gesagt.« Ich meinte mir einzubilden, wie sie mir einen vernichtenden Blick zuwarf, ehe sie sich in der Menge davonmachte. Ich sah ihre hohe Gestalt verschwinden und konnte über ihr Verhalten nur den Kopf schütteln. Konnte diese Frau noch kryptischer werden? Ich konnte mir keinen Reim darauf machen, wieso sie so etwas über Nael sagen sollte, wenn er ihr Freund war. Wenn er *nicht* harmlos war, was war er dann?

Ein Flackern von Gold erregte meine Aufmerksamkeit. Ich reckte meinen Hals, um einen Blick darauf zu erhaschen, und es war wie in der Nacht, in der Nael mir meine Schlüssel zugeworfen hatte. Doch dieses Mal war es nicht Alarig, der für einen Bruchteil einer Sekunde unaufmerksam gewesen war. Es war Ode. Und er hatte meine ungewollte Beachtung bemerkt, bevor ich die Möglichkeit gehabt hatte, mich zurückzuziehen. Er erstarrte; dann hob er den Arm und fuhr mit einer kräftigen Bewegung quer über seinen Hals entlang.

Du bist tot, wollte er mir damit sagen.

Zephar erschien neben mir. Ich spürte, dass er etwas sagen wollte, um ein Gespräch mit mir zu beginnen. Doch ich würgte ihn ab.

»Entschuldige mich«, presste ich hervor. Nur unbewusst nahm ich Zephars verwunderte Antwort wahr und schob mich durch die Menge in die Richtung, wo ich Ode das letzte Mal gesehen hatte. Ich machte mir nicht die Mühe, gegen sie anzukämpfen, sondern ließ mich treiben. Von der überfüllten Straße in eine schmale Seitengasse, in die nicht einmal der Lichtkegel der Laternen reichte.

Mit dem Schritt in die Gasse war es, als hätte ich eine andere Welt betreten. Hier drangen die Straßenmusik und Stimmengewirr nur gedämpft zu uns.

Er stand an eine Hauswand gelehnt, die Arme verschränkt, und musterte mich eingehend. Seine Halbmaske konnte den arroganten Zug um seine Lippen nicht verstecken.

»Emery, ich hätte nicht gedacht, dass ich dich noch einmal wiedersehe«, sagte Ode, als ich in Hörweite gekommen war.

»Ich kann nicht das Gegenteil behaupten, obwohl ich es gerne tun würde«, erwiderte ich. »Hast du kein schlechtes Gewissen, trauernde Menschen zu bestehlen?«

»Das tun sie doch die ganze Zeit, so lautet die königliche Anordnung. Aber sag, wie fühlt es sich an, in fremden Gebieten zu wildern?«

»Ich habe keinen Namen gesehen, der die Straßen jemandem zuordnen würde.« Doch mein Herz stolperte bei seinen Worten.

»Emery.« Er klang drohend. »Du weißt ganz genau, was Salys davon hält.«

»Aber ich stehe nicht mehr unter seiner Obhut, Ode! Ich habe mich dagegen entschieden, als ich gegangen bin. Als mein Fuß über die Schwelle schritt, habe ich seinen Einfluss von mir abgeschüttelt!«

»Du solltest zu ihm zurückkommen.«

Ich schüttelte den Kopf. »Niemals! Was kümmert es dich eigentlich? Hat es dich gekümmert, als du mich ihm ausliefertest? Ich will nichts mehr mit diesem Leben zu tun haben. Das ist etwas, das auch du dringend in Betracht ziehen solltest! Salys –«

»Du kannst nicht einfach gehen und keinen Blick zurückwerfen!«

»Du siehst doch, dass ich es kann!«

»Aber zu welchem Preis? Ist es dir das wirklich wert? Du hast uns alle im Stich gelassen, als du dich entschlossen hast, zu gehen.«

»Ode –«

»Komm zurück und es wird nicht so schlimm werden«, sagte er sanft. »Solange du freiwillig zurückkommst. Es würde uns alle freuen. Alarig macht sich große Vorwürfe.«

»Ich will aber nicht zurück!«, stieß ich aus und holte Luft, um weiterzusprechen. Doch Ode ließ mich nicht ausreden. Mit einem Satz war er bei mir, seine großen Hände gruben sich fest in meine Schultern. Ich sah ihm an, dass er am liebsten ein wenig Verstand in mich geschüttelt hätte.

»Sieh mich an, Emery«, zischte er. »Und hör mir ganz genau zu. Salys will dich wieder zurückhaben. Du hast noch immer nicht deine Schuld beglichen und er wird alles daransetzen, dich zu finden. Auch wenn du zugegebenermaßen gute Arbeit geleistet hast, dich versteckt zu halten. Bis jetzt zumindest.«

»Das ist mir egal«, japste ich. Ich schlug seine Arme weg und wir rangen miteinander. Er zischte auf, als ich es schaffte, ihm besonders schmerzhaft auf den Fuß zu treten.

»Miststück«, grunzte er überrascht. Mit einer Hand bedeckte er meinen Mund, als er den Griff um mich verstärkte und begann, mich vorwärtszuschieben. »Salys wird angenehm überrascht sein, wenn ich noch heute Nacht mit dir zurückkehre, er hat nicht so bald mit deiner Rückkehr gerechnet. Meinst du nicht, er würde dann glimpflicher mit dir verfahren?«

Nein, nein, nein.

Aus Verzweiflung biss ich zu. Er fluchte und versuchte mich mit Schütteln loszuwerden. Und so torkelten wir beide durch die Gasse, nicht beachtend, dass wir einem Kanal erschreckend nah kamen. Bis wir ins Leere traten … und fielen.

Wasserbläschen explodierten um uns herum. Das Licht einer Laterne erleuchtete seine Silhouette über mir und ich spürte seine Hände an meinem Hals. Ich versuchte ihn von mir herunterzuschieben, doch er war zu stark und zu schwer. Seine Faust traf mich unsanft in die Seite. Vor Überraschung öffnete ich meinen Mund, doch ich bereute es sofort. Große Luftblasen stiegen vor meinem Gesicht auf und ich fühlte das Wasser in meinen Lungen brennen.

Ich will atmen! Aber ich konnte nicht. Dieses Mal war es keine Vision, es war real. Ich würde nicht ohne Weiteres aus dieser Situation herauskommen – und ich würde sterben, wenn ich nichts unternahm. Ich spürte meine Fingernägel über Fleisch kratzen, als ich meine Hand zurückzog und versuchte, die Kordel an meinem Hals zu ertasten.

Atmen!

Konnte Feuer unter Wasser brennen?

Das Licht über uns verdunkelte sich. Dann berührten meine Fingerspitzen das Metall und der Funke unter Wasser leuchtete so sehr, dass ich die Angst in Odes Augen lesen konnte.

Es war schon Tag, als ich meine Augen aufschlug. Ich blinzelte gegen das grelle Licht an und stöhnte, als ein stechender Schmerz durch meinen Kopf schoss. Bei den Monden – dieses Mal war zu viel gewesen. Selbst Atmen strengte mich an und am liebsten wäre ich im hohen Gras liegen geblieben. *Ich muss zurück. Wie lange bin ich schon hier? Amra wird sich Sorgen machen, sie weiß gar nicht, wo ich –* Mein Kopf und meine Gedanken fühlten sich schwer an; ich blinzelte träge in den Himmel, bis ich sie selbst verstand. *Ich muss zurück.* Die Vorstellung, dass mich niemand suchen – geschweige denn finden – würde, ließ mich handeln. Langsam wälzte ich mich auf meinen Bauch, ehe ich auf alle viere krabbelte.

Doch die Welt kippte, bevor ich mich gänzlich aufrichten konnte. Ein Krampf schüttelte meinen Körper. Mein Magen zog sich zu einem schmerzhaften Knoten zusammen und ich würgte.

Wasser und Blut.

Blut und Wasser zwischen dem Grün der Gräser.

Mein Keuchen klang viel zu laut in meinen Ohren, als ich versuchte, zwischen den Wellen der Übelkeit und den Schmerzen Luft zu holen. Ich schmeckte den metallischen Geschmack noch auf der Zunge, als ich auf die Beine kam und versuchte, nicht wieder unter dem Gewicht meines Kleides einzuknicken; der Stoff war noch immer vollgesogen und schwer von dem Tauchbad im Kanal.

Bei den Monden. Die Erinnerung an die vergangenen Ereignisse kam in Wellen zurück; Ode und ich in der Gasse, unser Gespräch, wie wir taumelnd in den Kanal gestürzt waren. In einer schmerzhaften Endgültigkeit fiel mir wieder ein, dass ich nicht zu meiner Schwester zurückkehren konnte. Salys. Ode. *Nael.* Ob er mich gesucht hatte? Doch wer würde auf den Gedanken kommen, zwischen den Ruinen außerhalb der Stadt zu suchen?

Hatten Rhys und die anderen mich gesehen? Wussten sie, was passiert war?

Er hatte recht. Bei dem Gedanken baute sich ein schmerzhafter Schluchzer in meiner Kehle auf. Ich brauchte tatsächlich immer länger, bis ich aufwachte. Doch an einen Traum konnte ich mich nicht erinnern. Ein traumloser Schlaf, ein Nichts, als würde ich gar nicht mehr existieren. Ich zitterte, dann wurde mir klar, dass ich fror.

Ich brauche etwas Trockenes zum Anziehen, dachte ich. Doch bei der Treppe hatte ich kein Glück. Mein Vorrat an Kleidern war aufgebraucht. Wieso hatte ich nicht daran gedacht? Ich war wütend auf mich selbst und meine eigene Dummheit. Wieso hatte ich keine neuen Kleider zur Kathedrale gebracht? Wieso musste ich unbedingt meine Schlüssel benutzen?

Aber meine Wut auf mich selbst verlieh mir die Kraft, mich bis zum Stadttor zu schleppen, obwohl ich mich am liebsten wieder zusammengerollt hätte.

Doch vor dem Torbogen angekommen, dessen steinerne Fassade von den Wurzeln des Efeus gesprengt worden war, zögerte ich. Ich hatte keinen Spiegel zur Hand, doch als ich mit meinen Händen über meinen Kopf fuhr, spürte ich die wirren Strähnen auf meinem Haupt, und mit dem schmutzverkrusteten Kleid sah ich bestimmt aus, als wäre ich überfallen worden. Würde ich so am Tage durch Avize gehen – man würde mir Fragen stellen, wissen wollen, woher ich kam, wer ich war, und mich zum Spital begleiten.

Doch viel schlimmer wäre, wenn ich Ode begegnen würde. Und das durfte ich nicht riskieren! Das trieb mich vom Durchgang fort, an der Mauer entlang, an der ich halb lief, mich halb entlangzog, bis ich einen Mauervorsprung fand, unter dem ich mich zusammenkauerte. Auch wenn ich mich beschwor, wach zu bleiben, aus Angst, nicht wieder aufzuwachen, driftete mein Verstand fort.

Briefe an Amra

Ich schlug die Augen auf und es war Nacht. Wolken trieben in einer schlafwandlerischen Langsamkeit über den Himmel hinweg. Der Wind strich an der Mauer entlang – ein Rauschen, das an das Meer am Hafen erinnerte – und wirbelte meine Haare auf. Auf meiner Haut fühlte er sich wie ein kalter Kuss an. Eine Mahnung.

Steh auf. Steh auf!, raunte es.

Steh auf. Das Kleid um meinen Körper war steif getrocknet und machte es mir schwer, mich zu bewegen. Es half nicht, dass sich meine Glieder so unendlich fremd anfühlten. Bis zum Tor wankte ich an der Mauer entlang und wie erwartet, waren die Straßen, die zum Zentrum Avizes führten, leer. Die Hauptstraße, die aus der Stadt führte, verließ ich an der ersten Seitengasse, die nach Norden führte.

Meine Hoffnung wurde nicht enttäuscht, als ich nur wenige Meter weiter auf herrenlose Gondeln stieß, die vertäut im Wasser trieben. Mein Glück, eines anderen Pech; aber ich nahm das schlechte Gewissen in Kauf. Ich sprang über den kurzen Spalt und die Strudel der Kanäle taten ihr Übriges. Es dauerte nicht lange, bis sich die Silhouette des Wasserturms am Himmel abzeichnete. An einer Stelle, an der die Gondel dem Rand nahe kam, sprang ich heraus und ließ sie unbemannt weitertreiben. Ich war mir sicher, dass sie jemand finden und dem richtigen Besitzer wieder zurückbringen würde. Es geschah nicht zum ersten Mal, dass sich Taue von selbst gelöst hatten und Geistergondeln durch die Stadt getrieben waren.

Ich hoffte inständig, dass ich nicht zu spät war. Zu meinem Glück war nur wenig los auf der Straße entlang des Wasserspeichers; vor den wenigen Passanten versteckte ich mich im Schatten einer Treppe, die an der Außenseite entlangführte.

Drei Gondeln trieben an mir vorbei, ehe eine mir bekannte angeschwommen kam. Bis dahin hatten meine Zähne wieder zu klappern begonnen. Der Mann, der auf ihr stand, sagte kein Wort, als ich mit kleinem Anlauf auf sie draufsprang und mich ächzend niederließ.

»Du bist schmutzig.«

»Wenigstens ist mein Kleid noch ganz«, gab ich zurück.

Seufzend lehnte sich Nael zurück und wir schwiegen. Ich musste wohl eingenickt sein, denn das Nächste, woran ich mich erinnerte, waren Naels Worte: »Emery, wach auf!« und ein leichtes Rütteln an meiner Schulter. Wie bei unserem ersten Treffen, griff er an meinem Kopf vorbei und öffnete die kleine Klappe, die in der Hauswand eingelassen war. »Geh bitte vor.«

Ohne Antwort schlüpfte ich mit den steifen Gliedern einer alten Frau hinein. Ich ließ die Kellergemäuer hinter mir und hielt erst inne, als ich im Schlafzimmer stand. Auf magische Weise fing sich der Spiegel in meinem Blick und was ich sah, erschrak mich so sehr, dass für einen Moment mein Herz stehen blieb. Wenn ich mir selbst begegnet wäre, wäre mein erster Gedanke gewesen, jemand hätte mich einmal rücklings durch den Kanal gezogen. Das Kleid war an einigen Stellen zerrissen, das Schwarz durchzogen von braunen Stellen und Gräsern, die sich im gewebten Stoff verfangen hatten. Meine Maske hing schief auf meiner Nase und erst jetzt fiel mir auf, dass ich meinen Hut verloren hatte.

Mit einem Mal wich alle Kraft aus meinen Gliedern. Mein Spiegelbild fiel wie eine Marionette, der die Fäden abgeschnitten wurden, in sich zusammen. In der Stille des Zimmers war das Brennen in meinen Händen noch unerträglicher geworden. Der rationale Teil in mir wusste, dass es aufgrund der Kälte war und dennoch … fühlte es sich so an, zu versteinern?

Eine kleine Ewigkeit nestelte ich an dem Band, bis ich die Schleife meiner Maske lösen konnte. Aber ich scheiterte daran, den Gedanken abzuschütteln. Das Abenteuer der letzten Nacht forderte seinen Tribut; und die Gewissheit darüber, noch weniger Zeit zu haben, erschwerte mir das Atmen.

Bei den Monden. Es war wie der Traum mit Amra und auch wieder nicht; aber die Angst, die meinen Brustkorb hochkroch, fühlte sich erschreckend ähnlich an.

Ich bin hier. Lebendig, mahnte ich mich und als ich hinter mir Nael ins Zimmer treten hörte, bemühte ich mich um gleichmäßige Atemzüge. *Ich muss mich beruhigen!*

»Geht es dir gut?«, fragte er zögerlich. Nael umrundete mich und blieb schließlich vor mir stehen, die Augenbrauen zusammengezogen. Seine Augen so grün wie Amras – und in dem Moment überlagerten sich zwei Bilder: Nael, wie er vor mir stand, und Amra, die mich prüfend, gar vorwurfsvoll musterte. Ich spürte, dass er mich von oben bis unten studierte, um eine Antwort auf seine Fragen zu erhalten, aber ich wollte nicht sehen, zu welchem Schluss er kam – denn das würde nur bestätigen, dass ich wieder einen Fehler gemacht hatte.

»Natürlich.« Ich rang mir ein Lächeln ab. »Ich bin nur müde.« Das war noch nicht einmal gelogen, ich wollte nur noch schlafen.

»Du hast Blut im Gesicht.«

Fabelhaft. »Weiß ich.«

»Deine Lippen sind blau.«

»Noch was?«, fragte ich verärgert. »Ich würde mich gerne umziehen. Du siehst ja, mein Kleid … kannst du gehen?« Weil ich mir unhöflich vorkam, ihn aus seinem eigenen Schlafzimmer zu werfen, fügte ich noch hinzu: »Bitte?«

Nael nickte, langsam und zögerlich. Dabei sah er aus, als würde er noch etwas sagen wollen, dennoch schob er sich zur Tür. Obwohl ich mich nicht umdrehte, spürte ich, dass er an der Schwelle für einen kurzen Moment verharrte.

»Was ist mit dir passiert, Emery?«

Ich schloss die Augen. *Sprichst du von heute? Gestern? Dem Moment, in dem ich Salys begegnete?* Dir *begegnete?*

Doch ich drehte mich nicht um. Wie sollte ich eine Antwort formulieren, wenn ich sie selbst nicht kannte?

Nur wenige Sekunden vergingen, bis die Tür hinter Nael ins Schloss fiel und das Geräusch mich aus meiner Starre befreite. Ich zwang mich, nicht darüber nachzudenken, was er über mich denken musste, öffnete mit starren Fingern mein Kleid und schlüpfte in ein Hemd und eine Hose, die ich mir von Nael borgte.

Ohne auf irgendetwas anderes zu achten, ließ ich mich auf das Bett fallen und rollte mich zu einer Kugel zusammen.

Ich blinzelte. Es war dunkel im Zimmer, nur eine Kerze spendete warmes Licht, das an der Decke flackerte.

»Du bist wach«, stellte Nael fest. Er saß auf der Bettkante zu meiner Linken. Bestimmt hatte mich das Schaukeln der Matratze geweckt, als er sich daraufgesetzt hatte. Ein unscheinbares Lächeln huschte über sein Gesicht. »Das ist gut. Du hast Fieber.«

»Ich habe kein Fieber«, murmelte ich unwirsch und versuchte mich aufzusetzen. »Du hast bestimmt nur kalte Finger.«

»Sicherlich. Ich habe dir trotzdem Tee gemacht, falls du Durst hast. Hast du Schmerzen?«

Die üblichen oder neue? Zählten stärkere Schmerzen zu Erstem oder Letzterem? Dennoch schüttelte ich den Kopf.

»Ich hoffe, ihr habt euch keine Sorgen gemacht, nachdem ich … verschwunden bin. Ich … ich hatte etwas zu klären.«

Nael schnaubte daraufhin. »Etwas klären? Wenn du damit an die Gurgel gehen meinst, dann ja. Das habe ich gesehen. Ich wollte euch gerade aus dem Wasser ziehen, als du in Flammen aufgegangen bist. Unter Wasser. Du hast mich ganz schön in Erklärungsnot gebracht, als Idalyn und die anderen wissen wollten, was mit dir passiert ist.«

»Ich kann es mir vorstellen.« Ich lächelte, doch ein anderer Gedanke nahm mich gefangen. Nael war der Schatten gewesen, den ich nur Bruchteile vorher gesehen hatte, ehe ich … hätte ich nur zwei Sekunden länger gewartet, hätte ich mir alles erspart, was, nachdem ich die Schlüssel berührt hatte, geschehen war. Ich hätte Ode die Augen auskratzen sollen, ihn kastrieren oder selbst ertränken. Aber ich hätte verdammt noch mal nicht die Schlüssel benutzen sollen!

»Was ist mit Ode geschehen?«, fragte ich in derselben Sekunde, in der er fragte: »Wohin bist du verschwunden?«

Ich blinzelte. Auf diese Frage war ich nicht vorbereitet gewesen.

»Das war er wieder?« Nael wirkte verstimmt. »Den habe ich wie eine nasse Katze aus dem Kanal gefischt. Dann wagte er es noch, mich zu beschimpfen, anstatt mir dankbar zu sein, dass ich ihn vorm Ersaufen gerettet habe.«

Ich lachte zittrig.

»Aber für dich kam ich zu spät«, fügte er nachdenklich hinzu. Mein Lachen erstarb. »Wohin bist du verschwunden?«

Betroffen blickte ich auf meine Hände, die auf meinem Schoss gefaltet waren. »Jedes Mal, wenn ich meine Schlüssel benutze, finde ich mich außerhalb der Stadt wieder. Bei den Ruinen«, setzte ich bei Naels verwirrtem Blick hinterher.

»Aber wieso ausgerechnet dort?«

»Wenn ich jedes Mal einen Goldtaler dafür bekommen würde, wenn ich mir diese Frage stelle, wäre ich reich. Aber es geht nicht nur mir so«, murmelte ich den letzten Satz eher zu mir, als zu ihm. Er hörte es dennoch.

»Nicht nur dir? Es gibt noch mehr mit deinem Fluch?«

»Nur drei, von denen ich weiß«, berichtigte ich ihn. »Rhys und Ascher und Caia. Sie leben dort.« Daraufhin erwiderte er eine Weile nichts und ich fragte mich, ob ich etwas Falsches gesagt hatte.

»Wir sollten reden«, murmelte er schließlich. »Über das, wieso du hier bist, und wobei du mir vielleicht helfen könntest.«

»Dann fang an.«

»Nein«, sagte er entschieden. »Das machen wir, wenn du wieder gesund bist. Du musst dich schonen.«

»Papperlapapp.« Ich machte beim Sprechen eine abwertende Bewegung mit meiner rechten Hand. »Mir geht es gut!«

»Bist du dir da sicher? Du hast einen ganzen Tag geschlafen.«

»Was?«, entfuhr es mir entsetzt. »Du musst dich irren! Das kann niemals so lange gewesen sein!«

»Tut mir leid. Ich wünschte, es wäre anders. Aber anscheinend brauchtest du den Schlaf. Obwohl ich sagen muss, dass ich mir wirklich Sorgen gemacht habe. Hättest du länger geschlafen, hätte ich dich in meine Gondel geworfen und zum Heilkundler gebracht.«

»Wie reizend von dir«, sagte ich bei der Vorstellung pikiert. »Du weißt, was du sagen musst, damit Frauen geschmeichelt sind. Aber mir geht es gut. Siehst du?« Um meine Worte zu bekräftigten, schwang ich meine Füße aus dem Bett und stellte mich auf. Aber das Zimmer war anderer Meinung, da es sich plötzlich zu drehen begann. Ich ließ mich zurück aufs Bett plumpsen. Das war nicht das gewesen, was ich erwartet hatte. »Ich finde das Bett doch gemütlicher«, japste ich.

»Das sehe ich«, sagte Nael ironisch. »Leg dich hin, es eilt nicht. Trink deinen Tee – bitte.« Er verließ mit einem letzten Blick auf mich das Zimmer.

Stunden verstrichen, in denen ich zwischen Träumen und Wachsein hin und her driftete. Die Kerze brannte immer kürzer und begann schon gefährlich zu flackern, bis ich irgendwann wach im Bett lag. Auf der Suche nach einer Beschäftigung ließ ich meinen Blick durch das Zimmer gleiten, als er auf dem Bücherstapel neben dem Bett hängen blieb – und dem Zettel, der obendrauf lag. Mit einem Ächzen streckte ich mich danach und fiel, sobald ich ihn zwischen meinen behandschuhten Fingern spürte, mit einem Stoßseufzer zurück ins Bett.

In meinen Fingern drehte und wendete ich das Papier, das Nael mir gegeben hatte. Noch immer gefiel mir die Geste, von der ich nicht wusste, wie ich sie einzuschätzen hatte, nicht. Was war, wenn der Zettel nur ein Köder war, damit ich blieb? Der Gedanke ließ mich beklommen zurück, auch als Nael das nächste Mal ins Zimmer kam. Er balancierte in einer Hand einen Teller mit Reichen Knappen, in der anderen ein Glas Milch. Mit einem leisen Klirren stellte er alles neben mir ab und wandte sich wieder zum Gehen.

»Nael?«

»Was gibt's?«

»Ich … ich würde gerne …« Meine Stimme verlor sich in der Stille des Zimmers, als mir die Worte ausgingen.

»Du würdest gerne …?«, half er mir und hob eine Augenbraue. Ich war mir nicht sicher, ob er mir den inneren Kampf ansehen konnte, der zwischen Herz und Verstand tobte.

Ich pustete geräuschvoll die Luft aus meinen Lungen, ehe ich antwortete. »*Hilfst du mir lesen zu lernen, für Amra?*«

Auch wenn ich nicht gedacht hätte, dass es möglich war, so wanderten seine Brauen noch weiter nach oben. »Gut. Jetzt?«

»Musst du nicht bald schlafen?«

»Morgen mache ich frei«, sagte Nael kurz angebunden. Er trat an eine Kommode heran und wühlte in einer Schublade. »Lass mir dir beim ersten Brief helfen. In Ordnung?«

»Unter einer Bedingung: Ich bringe ihn selbst bei meiner Schwester vorbei.«

»Da hat auch niemand etwas Gegenteiliges behauptet«, erwiderte er sanft. Mit konzentrierter Miene setzte er sich neben mich, die Matratze sank unter seinem Gewicht ein, während die Wärme seines Körpers durch meine Decke drang.

»Weißt du«, begann er, während er eine Feder in Tinte tunkte, sie abstreifte und wieder Kringel aufs Papier brachte. »Unsere Sprache besteht aus sechsundzwanzig Buchstaben, die wir beliebig anordnen können. So konnte auch aus Annorum Unarmon werden; indem einfach die Buchstaben vertauscht wurden. So könnte Nael auch Anel sein. Manche hören sich sehr ähnlich an und manchmal bilden mehrere Buchstaben einen Laut.«

Er legte das Papier auf meinen Schoß. Es waren viele einzelne Kringel. »Das ist das Alphabet. Und hier«, fuhr er fort und deutete mit seinem Finger auf den unteren Teil, wo ein langer Kringelhaufen stand, »steht dein Name. Erkennst du die einzelnen Buchstaben von oben wieder?«

Meine Augen sprangen zwischen den beiden Abschnitten hin und her.

Emerie.

»Der.« Meine Fingerspitzen wanderten dabei auf dem Papier hin und her, deuteten auf die Symbole. »Drei Mal der gleiche Buchstabe? In einem Namen?«, hakte ich verunsichert nach.

»Das dritte *e* hört man nicht so gut«, erklärte Nael. »Das ist ein *m* und das ein *r*. Das *i* ist am Ende.«

»Emerie«, wiederholte ich und las dabei mit, was auf dem Papier stand. *Emerie.* »Welche Wörter gibt es noch mit diesen Buchstaben?«

Nael nahm mir das Papier aus der Hand und kritzelte. Als er es mir zurückreichte, war ich noch verunsicherter als vorher. Das Wort sah überhaupt nicht aus wie mein Name. Wo war da die Logik?

Mein Kopf drehte die Buchstaben um; ich versuchte den Klang meines Namens in eine andere Reihenfolge zu bringen.

»Re-im«, sagte ich schließlich. »Re-im. Was ist das?«

»Erinnerst du dich, dass ich sagte, dass manche Buchstaben erst in einer Gruppe einen neuen Laut bilden? Das hier ist so etwas. *E* und *i* ergeben *ei*.«

»Das ist merkwürdig.« Ich seufzte. »Also Ra – Ra-im. Reim?«

Er zeigte mir weitere Worte, Möglichkeiten, die Buchstaben umzutauschen, sodass neue Bedeutungen entstanden und ich verstand, dass

Worte mächtig sein konnten. Falsch eingesetzt oder nur falsch verstanden und die Nachricht konnte eine ganz andere sein.

Er schrieb mir seinen Namen auf, den von Amra, Idalyn, Zephar. Erklärte mir, was besonders bei ihnen war und irgendwann, da drückte er mir die Feder in die Hand und bedeutete mir, meinen Namen aufzuschreiben. Aber es fiel mir schwer, sie gerade zu halten. Das Fieber machte meine Hände schwach. Ich konnte keine gerade Linie damit ziehen und so gab ich es nach wenigen Versuchen auf.

»Vielleicht beim nächsten Mal«, versuchte mich Nael zu trösten. »Du hast schon einiges verstanden, das ist Gold wert.«

»Ich weiß nicht so recht«, murmelte ich beklommen und beobachtete ihn dabei, wie er alles wieder zurückräumte. Dann warf er mir ein ermutigendes Lächeln zu.

»Morgen früh können wir den Brief schreiben, wenn du möchtest?«

Ich nickte, daraufhin wandte sich Nael wieder zum Gehen.

»Bleib«, brach es aus mir hervor, bevor ich drüber nachdenken konnte, und überrascht von mir selbst, hielt ich inne. »Ich … wenn ich dir schon meine dunkelsten Geheimnisse anvertraue, will ich wenigstens etwas von dir erfahren.«

»Mir schwant Übles – was willst du deiner Schwester denn alles beichten? Du hast doch nicht jemanden umgebracht, oder?«

»Nein, natürlich nicht!«

Nael überraschte mich, indem er sich in einer nervösen Geste durch das braune Haar fuhr. »Bei nächster Gelegenheit, in Ordnung? Du siehst nämlich aus, als würdest du im Sitzen einschlafen, und ich will nicht verantworten, dass du vom Bett kippst.«

Er machte Anstalten aufzustehen, doch ich erwischte einen Zipfel seines Hemdes. Ich ignorierte das Stück Haut, das an seiner Schulter blass hervorblitzte.

»Hiergeblieben«, sagte ich bestimmt. »Wenn ich dir schon mein Herz ausschütten muss, um Amra zu erreichen, bestimme ich den Zeitpunkt noch immer selbst.«

Das Fieber hatte mich geschwächt. Nael päppelte mich mit Kräutersuden auf, bis ich nicht mehr durch die paar Meter zwischen dem Schlafzimmer und dem Nachttopf außer Atem geriet. Nun, wo ich die ganze Zeit bei ihm zu Hause war, fiel mir auf, wie oft er in der Stadt unterwegs war, ohne mir zu sagen, wohin er ging.

Eines Abends saß ich in der Küche und stierte in die dampfende Tasse vor mir. Ich fühlte mich eingesperrt und komplett aus meinem Rhythmus gerissen. Obwohl ich sonst erst bei Morgengrauen müde geworden war, konnte ich nun kaum noch die Augen offen halten.

Es polterte. Augenblicklich stand ich auf meinen Füßen und lauschte in die Stille des Hauses. Eigentlich war es für Nael zu früh, um schon zurückzukehren. Trotzdem rief ich seinen Namen.

Stille.

Vielleicht ist nur etwas umgekippt, versuchte ich mir einzureden. Hier würde doch niemand einbrechen. Oder?

»Nael?«, probierte ich wieder. Zur Antwort polterte es wieder. Wer brach bitte in ein leer stehendes Haus ein?

Salys. Ode. Es gibt da mehrere Möglichkeiten, wer alles momentan nach mir sucht, oder nicht? Bei dieser Vorstellung rutschte mir das Herz in die Hose und unfähig, einen klaren Gedanken zu fassen, schnappte ich mir ein Messer aus einer Schublade und hielt es abwehrend vor meinen Körper, ehe ich den Flur in Richtung Kellertreppe entlangschlich.

»Wer ist da?«, fragte ich in dem Moment, in dem jemand um die Ecke bog. Ohne einen weiteren Gedanken zu verschwenden, schwang ich meine Waffe.

Und erstarrte mitten in der Bewegung.

»Willst du mich umbringen?«, heischte mich eine Stimme an. »Nimm dieses verfluchte Messer runter, Mädchen!«

»Idalyn«, entfuhr es mir. Ich ließ meine Hand sinken und versuchte das Messer unauffällig hinter meinem Rücken zu verstecken. »Was machst du hier?«

»Beinahe erstochen werden, anscheinend!«, schnauzte Idalyn. Sie richtete ihren vor Schreck verrutschten Hut und schob sich an mir in Richtung Küche vorbei. Ich konnte nicht anders, als ihr verdattert hinterherzublicken. »Was machst du hier? Bist du etwa allein?«, fragte sie und blickte auf ihrem Weg interessiert in jedes der einzelnen Zimmer. Als sie sich vergewissert hatte, dass sie mit ihrer Vermutung richtig lag, schob sie hinterher: »Wieso ist Nael nicht da?«

»Ich versuche gesund zu werden. Schwierig, wenn man Angst um sein Leben haben muss«, gab ich zurück. »Und nein, ich glaube, ich muss dich enttäuschen. Nael ist nicht da. Ich weiß nicht wieso.«

»Fürchten muss sich nur derjenige, der etwas zu verbergen hat«, sagte Idalyn leichthin und entschied sich dafür, sich am Herd anzulehnen. Mit vor der Brust verschränkten Armen blickte sie mich aus ihrer Maske heraus an. »Du siehst krank aus.«

»Sagt diejenige, die sich hinter einer Maske versteckt«, gab ich trocken zurück und setzte mich wieder auf meinen Platz. Ich nippte an meinem Tee und beobachtete, wie sie ihren Blick schweifen ließ, ehe er wieder auf mir landete.

»Du hast wohl die Weisheit mit Löffeln gefressen, was?«, merkte sie an. »Wobei ich zugeben muss – ich hätte nicht gedacht, dass du auch so frech bist, wenn dich keine Maske vor der Welt beschützt.«

»Es gibt da so einen Spruch, er handelt von dem Verhängnis eines schnellen Urteils. Kommt dir das bekannt vor?«

»Gehst du immer unvoreingenommen durch die Welt, Emery?«, fragte Idalyn. »Weißt du, wann er wiederkommt?«

»Nein, tut mir leid.« Tat es nicht.

»Wo bleibt Nael?« Idalyn wirkte von Sekunde zu Sekunde ungeduldiger. »Ich bin wirklich nicht hier, um meine Zeit mit dir zu verschwenden.«

Miststück.

»Tut mir leid, dir das sagen zu müssen, aber wenn du hier bleiben willst, wirst du dich wohl mit mir abgeben müssen, denn ich gehe nirgendwohin.«

Idalyn schnaubte. »Ich schau mich um«, schnappte sie, »kein Bedarf, dass du mir folgst!« Und verließ den Raum. Ich blickte ihr nach, den Kopf voller unausgesprochener Fragen und mit einer Wut im Bauch, in der ich am liebsten meine Tasse durch die Küche geworfen hätte, um eine Art der Befriedigung zu erhalten. Bis ich sah, dass sie im Begriff war, ins Schlafzimmer zu gehen. Ich sprang auf und hastete ihr nach. Ich wollte nicht, dass sie durch meine Habseligkeiten kramte, meine Schlüssel fand, die Briefe durchsah, die nur für Amras Augen bestimmt waren.

Was sie mit Naels Sachen machte, war nicht mein Problem.

»Er lässt dich in seinem Bett schlafen?«, fragte sie abschätzig, nachdem ich den Raum betreten hatte. »Da erklärt sich mir so einiges.« Und in diesem Moment wünschte ich mir, dass Blicke töten könnten. »Ich komme hier gut allein zurecht. Wolltest du irgendetwas holen oder was machst du hier?«

»Nein, wollte ich nicht.« Ich verschränkte die Arme vor meiner Brust und sah zu, wie Idalyn vor dem Regal stand, ihre Finger über die Bücher glitten. Sie hinterließen Spuren im Staub.

»Du traust mir wohl nicht, was? Aber wenn es dich beruhigt: Wirklich spannend ist es hier nicht – oh, was ist das denn?« Ich erfasste viel zu spät, was ihre Aufmerksamkeit erregt hatte – meine *Schlüssel.*

Bloß nicht, ich konnte nicht noch eine Person ertragen, die mich mit diesen Visionen quälte! Ich stürzte nach vorne und schlug ihre Hand weg, bevor ich mir selbst meine Schlüssel schnappte und in meine Tasche stopfte. Gleichzeitig raffte ich meine Briefe zusammen und drückte sie besitzergreifend an meine Brust.

»Du bist neugieriger, als es gut für dich ist! Ist dir das klar?«

»Und du kleiner Wurm kannst das beurteilen? Ich habe nichts getan, weswegen du dich aufführen müssest wie eine Irre.« Idalyn wandte sich mir zu, als würde sie ernsthaft überlegen, mich wie ein lästiges Insekt unter ihrem Schuh zu zerquetschen. Das Licht schien mir einen Streich zu spielen, denn ich konnte ihre Augen nicht in den Schlitzen ihrer Maske erkennen. Doch dazu kam es nicht. Nael trat ein und erstarrte noch in der Tür. Eine Sekunde verstrich, dann runzelte er argwöhnisch die Stirn.

»Was ist hier los?«, fragte er vorsichtig.

»Deine Freundin kennt das Wort Privatsphäre nicht«, fauchte ich und machte auf den Fersen kehrt. Sollte er mit ihr fertig werden! Warum auch immer sie auf mich sauer war, wenn sie es doch war, die die Grenzen weder kannte noch respektierte.

Ich fluchte, musste hier wieder raus, war schon viel zu lange in diesen engen vier Wänden gewesen. Ich brauchte frische Luft. Ich brauchte Amra – und ich würde die nächste Gelegenheit nutzen, um diesem Wunsch nachzukommen.

Meine Füße baumelten über den Abgrund, unter mir die Straße. Ein Mann rumpelte mit dem Karren am Haus meiner Familie entlang. Der Wind zerrte an meiner Maske, genauso wie an dem Stück Papier, das ich in den Händen hielt. Mit zögerlicher Aufgeregtheit hatte ich Nael die ersten Worte diktiert. Und er hatte im Gegenzug mit stoischer Gelassenheit Zeile um Zeile gefüllt, ohne ein einziges Wort darüber zu verlieren, wann ich endlich fertig werden würde. Dafür war ich ihm unendlich dankbar.

Und wenn er genau das aufgeschrieben hatte, was ich ihm diktiert hatte, so konnte ich noch immer jedes Wort auswendig.

Amra, es gibt Dinge, von denen ich dir nie erzählt habe (aber so gerne erzählt hätte).

Du warst schon immer so aufmerksam. Selbst als kleines Mädchen – und ich hatte wirklich Mühe, vor dir geheim zu halten, wie ich unser monatliches Geld auftrieb (du warst so nah dran, es herauszufinden). Selbst jetzt ist es erst einmal egal, wichtig ist, Amra, und das meine ich dieses Mal wirklich ernst, dass ich mir einen groben Fehler erlaubt habe, den ich erst wieder geradebiegen muss, bevor ich nach Hause kommen kann (es ist zu deiner eigenen Sicherheit, liebe Schwester). Du kannst dir nicht vorstellen, wie sehr du mir fehlst. Manchmal stehe ich vor unserem Haus und würde so gerne durch die Tür hineingehen (du weißt, dass ich es die eine Nacht gewesen bin – es hätte aber jeder sein können! Ich hoffe für dich, ihr schließt jetzt immer die Tür ab!). Es tut mir leid, dass ich nicht ehrlich zu dir war und selbst nun nicht alles erzählen kann (aber bald). Aber bitte verzeihe mir.

Deine dich liebende Schwester,
(ich meine das wirklich ernst mit der Tür!)
Emerie

Als ich am Haus angelangt war, hatte ich sofort gesehen, dass ihr Fenster offen stand, die Wände flackerten im Schein einer Kerze. Ich kam auf die Beine und bückte mich nach dem Stein, den ich auf dem flachen Dach gefunden hatte. Ich steckte ihn in den Umschlag, schätzte die Entfernung zwischen den Häusern ab, holte aus und warf – und ehe Amra den Kopf aus dem Fenster strecken konnte, warf ich mich herum und verschwand eine abgeschrägte Wand auf der anderen Seite hinunter.

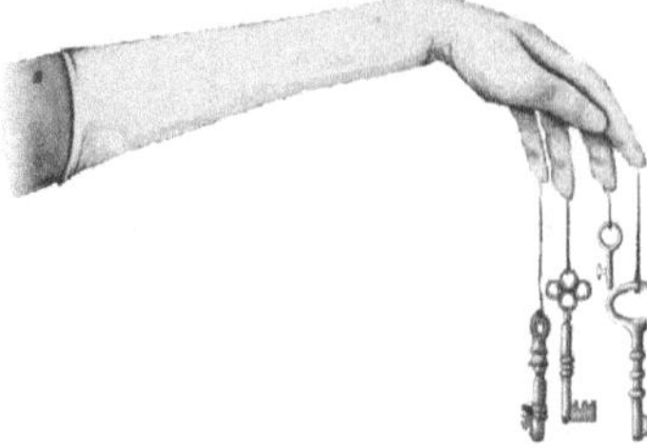

Bekenntnisse

Die Nacht war noch jung und die Luft hier oben immer so frisch wie in meiner Erinnerung. Die Monde waren wolkenumhangen, trieben wie goldene Taler in einem unruhigen, silbernen See. Wie ich erwartet hatte, saß Rhys wieder am Rande der Plattform. Die Flügel, die ihm aus dem Rücken wuchsen, bewegten sich sanft im Wind.

»Wartest du schon die ganze Zeit auf mich?«, fragte ich scherzhaft und legte eine Hand auf seiner Schulter ab, als ich hinter ihm stehen blieb. Seine Schwingen strichen an meinen Armen entlang.

Rhys wirkte gedankenverloren, als er zu mir hochblickte. »Du warst lange nicht mehr hier, Emery.«

»Es ist viel passiert in letzter Zeit.«

»Ist das gut oder schlecht?«

»Ich bin mir noch nicht sicher«, gab ich ehrlich zu und verschwieg, dass es momentan mehr schlecht als gut aussah. »Das wird sich noch herausstellen.«

Er nickte. »So ist es meistens … aber sag, wie geht es dir?«

»Gut … denke ich. Ich … es gab wenig Zeit, um darüber nachdenken, wenn ich ehrlich bin. Aber ich bin froh, wieder hier zu sein.«

Er nickte gedankenverloren. »Du hast die beiden gerade verpasst. Caia hat dich schmerzlich vermisst, sie würde sich sicher freuen, wenn du länger bleibst.«

»Ich muss nur vor Morgengrauen wieder weg. Ich habe euch auch vermisst.«

Als ich schließlich neben ihm saß, baumelten meine nackten Füße im Nichts. »Rhys, was weißt du über die Beziehung von unserem Körper zu unserem Geist?«

»Das ist eine ungewöhnliche Frage.«

»Ich habe es irgendwo aufgeschnappt, aber nicht verstanden.« Lügen, überall Lügen. Irgendwann würde ich in ihnen ertrinken.

»Bei jedem normalen Menschen würde ich sagen, dass diese Elemente eins sind. Körper, Geist, eine Einheit. Ohne unseren Körper könnte unser Geist, unsere Seele, nicht existieren. Doch wir … wir sind keine Menschen, Emery. Zumindest keine normalen. Welcher Mensch könnte schon einfach so in Rauch aufgehen und es überleben?« Er lächelte. »Irgendwas ist mit uns passiert in dem Moment, in dem wir das Angebot angenommen haben … und wir haben etwas von der Verbindung verloren, die diese Einheit zusammenhält. Wenn wir unsere Schlüssel in der Hand halten und dieser winzige Funke überspringt – dann löst sich der Geist vollständig ab. Er fliegt. Und weil der Körper nicht ohne ihn existieren kann, zerstört er sich. Das ist unsere Geschichte. Wir brennen so lange, bis wir Asche sind.«

»Wo geht sie hin?« Er zuckte mit den Schultern. »Und wieso finden wir uns hier wieder?«

»Muss alles einen Grund haben?«, gab er zurück. »Wenn es so ist, dann weiß ich ihn leider nicht. Vielleicht hat es etwas mit der Geschichte von Unarmon zu tun.«

»Vielleicht?«, fragte ich.

»Nur ein Gedanke.«

»Rhys, du kannst nicht einfach etwas in den Raum werfen und so tun, als wäre es nichts. Was hat es mit der Geschichte von Unarmon auf sich?«

Er zuckte mit den Schultern, ein wissendes Lächeln umspielte seine Lippen. Wieso hatte ich das Gefühl, dass ich von dem Mann mit den Flügeln nichts mehr erfahren würde?

Ich seufzte. »Du bist unmöglich. Tja, wer weiß, wie lange es noch dauert, bis ich dich höchstpersönlich vom Turm werfe.«

»Das will ich sehen.«

Ein Schwarm Krähen flog über uns hinweg. Sie schrien und klagten über das, was sie zwischen den Lavendelfeldern aufgeschreckt hatte. Als ich Aschers Jauchzen und Caias helles Lachen hörte, das ihr Wehklagen begleitete, wusste ich auch, was es gewesen war.

»Du solltest eher überlegen, ob du nicht lieber Ascher vom Turm werfen willst, meinst du nicht auch?«, fragte Rhys, während er die beiden anderen beim Landen beobachtete. Caia streckte ihre Flügel ein letztes Mal, ehe sie diese unter ihren Armen faltete. Dann rieb sie sich die Hände und strahlte.

»Emery!« Sie stürzte auf mich zu und zog mich in eine herzliche Umarmung. »Du warst so lange fort!«, nuschelte sie an meiner Schulter. »Ascher erzählte mir schon, du hättest die Stadt verlassen, weil ich dich so gekränkt hätte! Aber du hast die Stadt nicht verlassen, nicht wahr?«

»Niemals! Wie könnte ich nur?« Bei diesen Worten erstrahlte sie. In einer ruhigen Minute, als Ascher mit Rhys darüber debattierte, ob der König sich dieses Jahr noch vermählen würde, zog sie mich beiseite und fragte: »Dir liegt noch etwas auf dem Herzen, nicht wahr? Was bedrückt dich, Emery?«

Caia bewies wie so häufig mehr Einfühlungsvermögen als die Männer. Sekunden verstrichen, in denen ich ihr ernstes Gesicht musterte.

»Wieso ist es eigentlich so schwer, Hilfe anzunehmen, Caia?«, fragte ich schließlich leise.

Sie schüttelte den Kopf. »Du machst es dir schwer«, antwortete sie. »Manchmal muss man sie einfach nur annehmen.«

»Das kann doch nicht so einfach sein!«

»Doch.« Sie lächelte und zwinkerte mir zu. »Probiere es einfach aus!«

»Worüber redet ihr? Caia, erzählst du wieder Unsinn?« Ascher tauchte auf und wuschelte seiner Schwester durchs Haar. Sie schlug seine Hand weg und sprang auf, den Zeigefinger drohend erhoben.

»Ich erzähle keinen Unsinn!«, sagte sie gekränkt und warf ihm einen letzten strengen Blick zu, ehe sie zu Rhys ging. Ascher lachte nur über die Reaktion seiner Schwester und ließ sich auf ihrem Platz nieder.

»Wer von euch ist eigentlich älter?«

»Caia ist die Erstgeborene«, antwortete Ascher schlicht. »Das hättest du nicht gedacht, was?«

Mein Blick huschte kurz zu dem zierlichen Mädchen, das wie immer mit leicht nach vorne gebeugten Schultern neben Rhys stand. »Nein«, sagte ich leise. »Hätte ich nicht.«

»Ich bin ein wenig gekränkt, dass dich das die letzten Jahre nicht interessiert hat.« Ascher verzog dermaßen wehmütig das Gesicht, das ich nicht anders konnte, als laut aufzulachen.

»Wenn du der jüngere von euch beiden bist, gab es sicher Momente, in denen Caia Entscheidungen für euch beide treffen musste, oder?«

»Ja, davon gab es einige.«

»Und hast du manche von ihnen bereut?«

Ascher schwieg für einen Moment. »Ich glaube, ich weiß, worauf du hinauswillst. Wie geht es deiner Schwester?«

»Na ja.« Ich schluckte nervös. »Wie soll es ihr gehen? Ich weiß es nicht.«

Er nickte. »Um auf deine Frage zurückzukommen: Es gab Momente, in denen ich gezweifelt habe. Ich habe ihr aber nie einen Vorwurf gemacht. Hast du Angst, dass Amra dir Vorwürfe machen wird?«

Sprachlosigkeit raubte mir den Atem, doch er verstand auch so. »Es ist gut, dass du dir darüber Gedanken machst, Emery. Ich würde mir Sorgen machen, wenn es dir egal wäre. Aber manchmal sind wir gezwungen Entscheidungen zu treffen, die uns im ersten Augenblick schmerzen. Wir müssen jedoch die Weitsicht besitzen, um das große Ganze betrachten zu können. Wenn du dann sagen kannst, es war gut so, hast du alles richtig gemacht. Wir dürfen nicht aus den Augen verlieren, wozu wir diese Bürde auf uns genommen haben. Das Risiko ist, dass sich unsere Liebsten von uns abwenden, beim Versuch, alles richtig zu machen.«

Betroffen starrte ich auf meine Hände und fragte mich, ob Amra wirklich so denken würde.

»Ihr habt nie gesagt … wie wurdet ihr zu dem, was ihr seid?«

Zu meiner Überraschung klang Ascher ausweichend. »Manchmal kommt es zu unerwarteten Wendungen, Emery. Dinge, die du nicht beeinflussen kannst, und sie passieren dennoch. Aber dann bringt es wenig, später darüber zu klagen. Es ist, wie es ist.«

»War es Caias Schuld?«

»Es war niemandes Schuld«, wiederholte Ascher mit Nachdruck. »Manches kannst du nicht beeinflussen, Emery. Du musst dir vorstellen, dass, während wir hier sitzen, Millionen von Schicksalen parallel ablaufen, ohne dass du etwas davon weißt. Und manchmal laufen sie zusammen, am selben Ort, zur selben Zeit, und dann können wundervolle Dinge passieren – oder auch furchtbare. Für dich war wohl der Moment, in dem du Salys begegnetest, deine Verdammnis. Für uns warst du ein Geschenk nach so langer Zeit des Wartens. Vergiss das nicht. Es hat alles eine gute und eine schlechte Seite. Es kommt nur darauf an, wie du es sehen willst.«

Ich kehrte ohne Umschweife zurück zu Nael. Er wartete schon in der Küche auf mich, mit Ringen unter den Augen. Ich setzte mich ihm gegenüber, getrennt durch den Tisch und die Tassen zwischen uns, bis Nael es war, der die Stille durchbrach.

»Wir sollten reden«, sagte er schließlich, strich sich durch sein Haar, als wäre ihm etwas unangenehm, auch wenn ich noch nicht wusste, was genau es war. Aber es hatte etwas mit dieser Unterhaltung zu tun.

»Ich höre.«

»Wie du weißt, wollte ich, dass du mir hilfst. Nachdem ich gesehen habe, wozu du fähig bist, habe ich begriffen, dass du und deine Fähigkeit mir helfen können, etwas zurückzuholen, was ursprünglich mir gehört hat. Es ist sehr wichtig für mich.« Er lehnte sich zurück und musterte mich eindringlich mit seinen grünen Augen. Die Stimmung kippte schlagartig. Doch Nael – er verstand mein Zögern falsch. »Wärst du bereit, mir zu helfen?«

»Darüber hatten wir doch schon gesprochen!«, erwiderte ich erhitzt. »Ich kann dir helfen, aber nicht unter Verwendung meiner Gabe!«

»Wieso nicht? Es wäre nur ein einziges Mal, mehr verlange ich nicht von dir!« Es waren dieselben Worte, die Salys benutzt hatte. Alles drehte sich nur um das, was ich konnte. Nicht um mich. Nur meine Fähigkeit war das, was die Menschen sahen. Nicht das Mädchen dahinter, das Angst davor hatte, was mit ihm passieren würde.

»Weil du nicht alles weißt, deshalb! Siehst du das?« Ich hob meine behandschuhten Hände aus meinem Schoß und streckte sie ihm anklagend entgegen. Sie zitterten so sehr, dass ihre hellen Umrisse im fahlen Licht beinahe verschwammen. »Das ist das, was mit mir passiert. Ich zerfalle. Stück für Stück. Jedes Mal ein wenig mehr. Und du verlangst von mir, dass ich dir helfe? Dass ich vielleicht den letzten Rest von mir aufgebe, den ich besitze, der meinen Körper und Geist zusammenhält? Nein«, fauchte ich und stand ruckartig auf. »Nein. Das habe ich Salys schon deutlich gemacht und wenn es sein muss, werde ich es dir auch in deinen Schädel hämmern. Ich werde dir nicht helfen und mich selbst bei dem Versuch verlieren! Das vor ein paar Tagen war ein Fehler und noch ein Mal schaffe ich nicht!«

»Woher willst du das wissen?«

»Weil ich es fühle! Mit jeder Faser meines Körpers!«, stieß ich aus und wirbelte herum. Ich war schon halb zur Tür heraus, als mich Naels Stimme zurückhielt.

»Ich bitte dich, noch einmal darüber nachzudenken. Denn das, wonach ich suche … es wird auch dir helfen.« Wirksamer hätte er mich nicht an meiner Flucht hindern können. Naels Gesicht wirkte ruhig, gelassen. Nichts deutete darauf hin, dass er eben solch schwerwiegende Wahrheit enthüllt hatte.

»Was sagst du da?« Selbst in meinen Ohren klang ich ruhig, gefährlich ruhig. Denn ich war *gefährlich* nah dran, ihm an die Gurgel zu gehen. »Wobei soll es mir helfen? Dass ich wieder nach Hause kann? Hast du einen geheimen Tunnel bis zu meinem Haus gegraben?«

»Nein. Ich spreche von deinem Fluch.«

Der Groschen fiel sehr, sehr langsam. Und während er fiel, fiel ich mit ihm. Mir kam es vor, als hätte Nael mir den Boden unter den Füßen weggezogen.

»Du meinst nicht etwa … ein Heilmittel?«, stotterte ich, ehe ich Luft holte. »Ein Gegenmittel? Und das sagst du erst jetzt? Komm mir nicht damit, dass ich nicht danach gefragt habe«, brüllte ich, als er Luft holte, um etwas zu erwidern. »Du wusstest die ganze Zeit davon und hast nicht einmal daran gedacht, mir davon zu erzählen!«

»Emery …« Nael stand langsam auf und hob abwehrend die Hände. Als wäre die Geste eine Klippe, an der meine Wut zerschellen könnte.

»Komm mir nicht so«, schnappte ich. »Komm mir nicht mit *Emery,* du Mistkerl!«

Die Kerze auf dem Tisch begann wie durch einen Luftzug zu flimmern. *Wie eine Warnung.* Ich riss meinen Blick widerwillig von der Flamme, und es kamen Erinnerungen an den Abend der Feierlichkeiten hoch.

»Ist es der Grund, wieso Idalyn sich so merkwürdig verhalten hat am Auftakt der Schwarzen Woche? Vielleicht kann sie dich nicht ertragen, weil sie weiß, wie hinterhältig du bist? Kein Wunder, dass sie sich betrinken musste!«

»Du hast keine Ahnung, wovon du sprichst«, erwiderte Nael ruhig, aber mir entging nicht, dass sein Kiefermuskel zuckte. »Also hör auf, es zu versuchen. Das, was zwischen mir und Idalyn ist, geht dich nichts an und hat damit nichts zu tun.«

»Nein, das tut es nicht! Aber meinst du nicht, dass diese Information erwähnenswert gewesen wäre? Nein, stattdessen … es hat dir in die Hände gespielt, dass *ich* zu *dir* gekommen bin, nicht wahr? So musstest du nicht mehr um mich werben. Und hätte ich den Grund gewusst, dann hätte ich vielleicht verstanden, wieso du so überraschend hilfsbereit warst!«

Sein Schweigen war Antwort genug.

»Sag mir eins: Für mich sollte es garantiert nicht sein. Also, wieso willst ausgerechnet *du* das Heilmittel haben?« Bei jedem Wort schraubte sich meine Stimme weiter in die Höhe, bis ich am Ende beinahe schrie. Eine Vase zersplitterte auf dem Boden; beide zuckten wir zusammen. Die Scherben ergossen sich wie weiße Kristalle auf dem dunklen Holz, eine weiße Welle, die sich durch den gesamten Raum zog. Mit meiner Schuhspitze wischte ich ein paar zur Seite.

»Ich habe sie wohl zu nah an die Kante gestellt«, murmelte Nael unzufrieden, dann sprang sein Blick wieder zu mir. Er trat einen Schritt näher an mich heran. In dem Moment, in dem seine Fingerspitzen meine Haut berührten, stieß ich ihn mit meinem kompletten Körpergewicht gegen die Wand, die uns am nächsten war. Das Geschirr im Schrank neben uns klapperte protestierend. Schock spiegelte sich in Naels Augen und für einen winzigen Moment badete ich in der Genugtuung, ihn überrascht zu haben. Ich war nicht hilflos. Wie sonst hätte ich vier Jahre lang auf den Straßen von Avize überleben können?

»Hör mir ganz genau zu«, hauchte ich in sein Gesicht. »Ich weiß nicht, wie das Ganze passieren konnte, aber das, was hier vor sich geht, hört sofort auf. Ich gehe und du wirst keine Forderungen mehr stellen. Ich werde dir niemals, hörst du, *niemals* helfen. Ich werde leben und dazu brauche ich dich nicht!«

Schwer atmend trat ich von ihm weg, während mein Herz aufgeregt in meiner Brust flatterte. Ich wusste nicht, ob ich zu weit gegangen war, aber tief in mir spürte ich, dass diese Worte gesagt werden mussten. Ich musste deutlich machen, dass ich kein Spielball war, niemals sein würde.

»Ich gehe. Noch heute. Ich hätte wissen sollen, dass es ein Fehler sein würde, hierherzukommen.« Ich versuchte den Kloß hinunterzuschlucken, der sich in meinem Hals gebildet hatte. In meinem Kopf formte sich der Plan, aus einer Gasse eine Gondel zu nehmen und davonzutreiben. Doch ein Satz von ihm ließ mich innehalten.

»Du könntest danach ein normales Leben führen«, wisperte er, während er auf mich hinabsah, sein Atem warm und weich auf meinen Lippen. »Ein normales Mädchen sein wie deine Schwester, deren größte Sorge es sein würde, ob der Junge von nebenan es wirklich angeschaut oder nur durch sie hindurchgesehen hat. Dich verlieben, *leben.* Keine Schmerzen mehr. Keine Angst. Emery.«

Und ohne dass ich es wollte, hatte er mich. Mit diesem ersten verdammten Satz hatte er mich bereits. Eigentlich sollte ich beeindruckt sein, wie gut er mich in der kurzen Zeit kennengelernt hatte. Er hatte mich ausgetrickst, indem er meine Wünsche spiegelte. Natürlich wusste er, was ich am meisten wollte, er hatte den Brief für Amra geschrieben. Er hatte gesehen, wie sehr meine … Krankheit fortgeschritten war. Er war aufmerksam, was ich von mir nicht behaupten konnte, natürlich hatte er dies alles in sich aufgesogen, um es im richtigen Moment als Schlinge um meinen Hals zu legen.

»Denkst du, das beeindruckt mich? Wie stellst du dir das vor, dass ich wirklich wieder die alte Emery werde? Die gibt es nämlich nicht, schon lange nicht mehr.« Mit diesen Worten wich ich von ihm zurück, stürmte davon und zog wahllos eine Tür auf, um sie hinter mir wieder zuzuschlagen. Das Gebälk knarrte. Schwer atmend stand ich in dem Raum mit dem Klavier. Alles sah aus wie immer: die vollgestopften Regale, der Tisch mit dem seltsam anmutenden Kasten. Doch wieso fühlte ich mich so anders?

Das, wonach ich suche.

Das, wonach ich suche … es wird auch dir helfen können.

Es wird auch dir helfen können.

Dir helfen.

Können.

In meinem Herzen tobten so viele Gefühle. Das größte und schmerzhafteste, das ich fühlte, war wohl … Sinnlosigkeit. Mein Leben, meine Angst, die vergangenen vier Jahre waren für nichts, wenn die Lösung so einfach gewesen wäre. Ein Mittel, das den Fluch wieder umkehren würde. Das klang viel zu schön, um wahr zu sein.

Salys hatte nie davon … aber er hätte wohl nicht seinen besten Streich sabotiert.

Ein Scharren erklang, als die Tür aufging.

»Emery.«

»Das ist wohl mein Name, oder?«, antwortete ich bitter.

»Ich habe irgendwann den richtigen Zeitpunkt verpasst, um es anzusprechen«, sagte er leise.

»Und du meinst, es gäbe einen falschen Zeitpunkt für dieses Gespräch? Nael? Verdammt, du hättest mir eine Menge Ängste nehmen können! Doch das Einzige, was ich gerade fühle, ist Wut darüber, dass du es für dich behalten hast. Schön, dass wenigstens einer in diesem Haus ruhig schlafen konnte!«

Nael blickte betreten zu Boden und ich spürte eine unheimliche Genugtuung dabei; *bei den Monden,* das war wohl das Mindeste.

»Was ist das eigentlich, das uns helfen soll? Dieses ominöse Gegenmittel?«

Im ersten Moment wirkte er überrascht, doch er fing sich schnell. »Ominös … Manchmal könnte man denken, du hast die Ausbildung einer Adligen genossen.«

Mir schoss augenblicklich die Röte ins Gesicht. »Was willst du damit sagen?«, brachte ich schließlich hervor.

»Du kannst nicht lesen – nimm mir das bitte nicht übel –, aber wieso wirfst du dann immer mit so hochgestochenen Begriffen um dich? Woher hast du die?«

»Ich habe die letzten Jahre mit drei Klugscheißern verbracht. Wo denkst du, habe ich diese Wörter aufgeschnappt, wenn nicht bei Salys?«

»Na ja, wenigstens ein Gutes hatte es dann, was?« Er lachte humorlos auf. »Aber um auf deine Frage zurückzukommen … Es ist ein Stein, ein Kristall um genau zu sein. Es heißt, vor Tausenden von Jahren soll sich Mondlicht im Herzen von Unarmon gesammelt und durch das Gewicht der Erde zu einem Kristall verformt haben.«

»Das klingt wie eine Gutenachtgeschichte.«

Er nickte. »Vielleicht ist es das. Aber es ist besser als nichts.«

Sekunden verstrichen, in denen ich meine Gedanken sortierte. Wir jagten nicht mehr als einem Mythos hinterher, so schien es mir. Was würde mit uns geschehen, wenn wir ihn nicht finden würden?

»Wo ist es?«

»Was?«

»Wo ist es?«, wiederholte ich energisch. »Das Heilmittel, wo soll es sein?«

Ein Atemzug, ein Blinzeln, ein Seufzen. »Ich weiß es nicht genau … aber ich halte es für keine schlechte Idee, dort mit der Suche zu beginnen, wo das Ganze angefangen hat.«

Mein Körper wurde ganz taub, als ich versuchte, die Information zu verarbeiten. Sofort fühlte ich mich zurückversetzt in mein vierzehnjähriges Ich, das auf der Suche nach einer Beschäftigung durch die Straßen gestrichen war. Ich wusste noch, wie hungrig ich gewesen war, weil Mam kein Geld für den Markt gehabt hatte, und verstört, weil mir das Streitgespräch zwischen Amra und Mam noch in den Ohren nachgehallt hatte. Mit einem Mal fühlte ich mich hilflos, denn das war nicht das, was ich erwartet hatte.

»Aber wieso er?«, entfuhr es mir. »Woher kennst du Salys?«

»Manchmal muss man nur vor der eigenen Nase suchen, Emery. Wie gesagt … es ist nur eine Vermutung …«

»Ich hoffe für dich, dass es wahr ist, Nael. Denn ich schwöre dir bei den Monden von Unarmon, dass ich dir sonst jeden einzelnen Knochen brechen werde.« Trotz meiner Drohung lächelte Nael unerwartet. War dieser Mann lebensmüde?

»Gut. Das klingt, als hätten wir eine Übereinkunft.«

Ich atmete zittrig ein und aus. »Komme mir heute nicht mehr unter die Augen«, sagte ich leise und wandte mich ab, um mich zu beruhigen. Ich hörte keine Schritte, doch als ich mich herumdrehte, war ich allein. Doch die Vorstellung, dass er sich im selben Haus wie ich aufhielt, war mir so zuwider, dass ich nach wenigen Minuten keinen anderen Weg sah, als die größtmögliche Distanz zwischen uns zu bringen.

Also ging ich und die Vorstellung, ich könnte wieder normal werden, folgte mir wie ein Schatten. Die Verwandlung aufhalten, zurück zu Amra gehen. Es gab einen Weg, wieder ein Mensch zu werden. Damit wäre ich für Salys wieder uninteressant. Aber tief in mir regten sich Zweifel – Ängste. Ich würde nie wieder das unbedarfte Mädchen sein.

Denn mit dem Gegenmittel würden nicht meine Erinnerungen verschwinden.

Der Wind pfiff unerbittlich über den Steg, als ich am alten Hafen aus der Gondel kletterte. Noch waren die Monde nicht gänzlich am Himmel verblasst und im ergrauenden Morgen wirkten die Gebäude und Lagerhallen noch heruntergekommener, als es in der Nacht, in der Nael und ich hier gewesen waren, der Fall gewesen war. Die Nacht hatte ihr Bestes getan, dies zu verschleiern, und es hatte gut funktioniert.

So war mir entgangen, dass ein Riss den Torbogen in seiner Mitte spaltete und die Reste des Gemäuers wie Brotkrumen auf dem Weg lagen. Die zerworfenen Fenster der Hallen. Das blutverfärbte Holz der Stege. Ketten, an Holzpfeilern befestigt, die im Wind rasselten.

Und doch war der Hafen zu den frühen Morgenstunden gut besucht. Der Geruch von Meer lag in der Luft, als ich unter dem Torbogen hindurch auf die Stände zusteuerte, die an der Nordseite, dem Meer abgewandt, aufgebaut waren. Wie zuvor Nael, schlüpfte ich auch hier unter einem Vorhang hindurch und war sogleich in dicken, bläulichen Rauch gehüllt, der Geruch nach Weihrauch brannte in meiner Nase.

Beim Aufrichten stieß ich meinen Kopf gleich an mehreren Windspielen. Klingelnd stoben sie auseinander.

»Man merkt, dass du nicht von hier kommst, Kind«, sagte eine Stimme. »Aber du solltest froh sein, dass es nicht die Schrumpfköpfe einen halben Meter weiter waren. Wobei … ich habe schon lange nichts mehr zu lachen gehabt. Willst du nicht noch einmal eintreten?«

Mit einem Blick auf die Schrumpfköpfe schüttelte ich den Kopf.

Zohara lachte rau auf, stellte eine reich verzierte Tasse ab und machte es sich auf einem tuchbehangenen Stuhl bequem. »Schade drum. Sag, was willst du hier? Wo hast du den Jungen gelassen?«

»Ich bin heute alleine hier.«

»Das sehe ich. Das war aber nicht meine Frage.«

»Und darauf wirst du auch keine Antwort erhalten, Zohara. Ich bin da und ich schätze, dass du dich damit begnügen musst.«

»Hm«, machte die alte Frau unzufrieden. Sie schüttelte den Kopf und die dicken Goldkreolen an ihren Ohren wippten dabei auf und ab. »Ich weiß, dass Nael nicht will, dass ich ehrlich mit dir bin, aber reize es nicht aus. Mein Geduldsfaden ist kurz vorm Zerreißen, da kann ich keinen Blödsinn gebrauchen. Und wenn du hierherkommst, solltest du vielleicht nicht immer dasselbe Gesicht tragen. Also Mädchen, womit kann ich dir helfen, wenn du schon ganz alleine herkommst und keine Fragen beantworten willst?«

Und das … ließ mich innehalten. Denn ich war so kopflos getürmt, mit einer Idee, die noch nicht gänzlich ausgereift war. Zohara erkannte mein Zögern und hob beide Augenbrauen.

»Sag mir, wie soll ich dir helfen, wenn du selbst nicht weiß, was du willst?« Die Ungeduld war deutlich aus ihrer Stimme herauszuhören; mir fiel wieder der Unterschied ein, mit welcher Kleinmädchenstimme sie mit Nael gesprochen hatte.

»Ich brauche etwas zur Verteidigung, was besser ist als ein fingerlanges Messer.«

»Kommst du her, damit ich dir einen Ratschlag gebe? Oder ist das eine Bestellung?«

Naels Worte schossen mir durch den Kopf. *Hättest du einen Moment der Schwäche gezeigt, hätte sie dich daran gepackt und blutend wieder ausgespuckt.* »Ich dachte, du hast Ahnung von dem, was du tust«, erwiderte ich kühl. »Also, was kannst du mir empfehlen?«

Zohara starrte mich unter ihrer Katzenmaske heraus an, völlig unbewegt wie vor einem Angriff. »Ich verkaufe keine Waffen. Da musst du zum Schmied, die Straße runter.«

»Du hast Nael auch … etwas verkauft.«

Unerwartet fuhr Zohara aus ihrem Stuhl hoch. Die Tücher wirbelten ein Stück hoch, ehe sie an genau dieselben Stellen zurückfielen. »Also weißt du doch, was du haben willst! Du kannst nicht erwarten, dass andere deine Gedanken lesen, also mach es mir ein wenig einfacher und mach den Mund auf! Verstehen wir uns?«

Ich spürte, dass mein Stolz sich gegen diese Beleidigung aufbäumen wollte wie ein verletztes Tier. Aber – das würde mich meinem Ziel nicht näher bringen. Die nächsten Worte sprach ich nur unter größter Anstrengung: »Ja, ich verstehe … entschuldige bitte!«

Zohara bedachte mich wieder mit einem ihrer stummen Blicke, ehe sie zu einem Tisch ging und, wie schon bei Nael, verschiedene Schubladen öffnete und wieder zuklappte. Ein Revolver knallte auf den Tisch.

»So was?«

Mein Blick glitt über das Metall, zerkratzt und angeschlagen. Mir gefiel der Gedanke nicht, dass damit vielleicht schon jemand erschossen worden war, und ich schüttelte den Kopf, Zohara verzog daraufhin verstimmt die Mundwinkel.

»Wählerisch, ja?« Der Revolver verschwand, ausgetauscht gegen eine kleine Phiole mit klarem Inhalt. »Erfordert Planung und das gewisse Maß an Geschick, sich nicht selbst damit zu vergiften.« Ich spürte, wie ich unter der Maske erblasste.

»Es ist tödlich?«

»Ist es nicht das, was du wolltest?«

Wollte ich das? Da war ich mir nicht mehr so sicher. Ich schüttelte den Kopf.

»Du hast recht, das erfordert viel zu viel Vorlaufzeit. Also etwas Spontaneres?« Zohara kramte lautstark herum, bis sie ein »Ah!«, hervorstieß und triumphierend grinsend ein drittes Mal etwas auf die Platte krachen ließ. Ein kleines Kästchen aus dunklem, glänzendem Holz.

»Eines der neuesten Modelle«, sagte sie und ließ den Riegel aufschnappen. »Klein, handlich, perfekt für eine schmale Frauenhand. Na?«

Bevor ich mich entscheiden konnte, erklang ein Klingeln aus dem hinteren Teil des Zeltes. Zohara räusperte sich. »Warte hier. Ich habe Kundschaft.« Und verschwand.

Kundschaft? Im Hinterzimmer? Nur gedämpfte Stimmen drangen zu mir, doch überraschenderweise dauerte es nicht lange, bis Zohara zurückkehrte, mit einem Gesichtsausdruck, den ich am ehesten mit *unzufrieden* beschrieben hätte.

»Ich schließe jetzt«, sagte sie unwirsch und begann, die Sachen auf dem Tisch in die Schubladen zu wischen. »Würde es dir etwas ausmachen, morgen wiederzukommen? Ich lass mir bis dahin etwas einfallen, was zu dir passen könnte.«

Vor Überraschung öffnete sich mein Mund. Zohara griff nach dem Kästchen, doch meine Hand war schneller; sie griff ins Leere.

»Was soll das heißen? Ich war zuerst da!«, schnappte ich. »Du kannst das Gespräch nicht einfach beenden.«

»Du siehst doch, dass ich es kann. Mein Laden. Meine Öffnungszeiten. Und ich sage, dass ich jetzt *schließe*. Ich habe jetzt anderes zu tun.«

»Nicht bevor ich hier mit etwas rausgehe.«

»Du willst etwas haben?«, fragte Zohara, das Gesicht vor unterdrücktem Zorn verzerrt. »Gerne. Du kannst hier mit einem Abdruck auf deinem Gesicht rausgehen, wenn du es wünscht. Kostet nur deinen Stolz.«

»Ich bin bereit zu zahlen«, sagte ich nachdrücklich. »Morgen könnte es schon zu spät sein, Zohara.«

»In was habt ihr euch da verwickelt?«, knurrte die Alte unwirsch, doch ich spürte, dass ihr Widerstand bröckelte. »Weiß nicht, was ich davon halten soll. Hätte den Jungen anders eingeschätzt. Wofür brauchst du eine Waffe?«

»Selbst wenn ich es wüsste, würde ich es dir nicht sagen.«

Sekunden verstrichen.

»Gibst du Nael auch solche kryptischen Antworten? Himmel, das ist ja wie Tarotkarten legen mit dir. Jedes Wort ein Bild mit facettenreicher Symbolik!«

»Hilfst du mir jetzt oder nicht?«

Zohara machte ein unwilliges Geräusch. »Hat dir etwas davon zugesagt?«

Ich nickte zu dem hölzernen Kästchen. »Wie funktioniert das?«

»Hast du überhaupt schon mal geschossen?«, fragte Zohara amüsiert und ließ die Schnallen erneut aufschnappen. Sie holte den kleinen Revolver hervor und wiegte ihn in der Hand. »Eine Drehpistole der alten Art. Siehst du die Gravuren auf dem Metall? Es ist besser, du schaust sie dir genau an, bevor du sie benutzt. Sonst könntest du eine Überraschung erleben.«

»Was soll das hießen?«

»Das soll heißen, du unwissendes Vögelchen, dass dieser Revolver mehr tut als nur Kugeln abzufeuern.« Zohara drehte die Trommel, klickend rastete sie ein. Sie hob den Arm und zielte auf die Zeltwand.

Als ich begriff, was sie vorhatte, zischte ich: »Bist du des Wahnsinns –« Doch Zohara verdrehte nur die Augen und betätigte den Abzug. Es klickte, dann explodierte mit einem Knall eine Staubwolke. Bevor ich begreifen konnte, bauschte sich der Staub zu einer dichten Nebelwand auf und hüllte uns ein.

»Siehst du? Kein Grund zur Panik, solange du weißt, was du tust. Das hier ist zum Beispiel ausgesprochen praktisch, wenn es darum geht, ein wenig Verwirrung zu stiften, wenn du weißt, was ich meine«, drang Zoharas Stimme durch den weißen Nebel. »Ich hab nur keinen Schimmer, wie lange das jetzt anhalten wird.«

Ich holte Luft, um etwas zu erwidern, doch ich verschluckte mich an dem Nebel. »Sicher, dass es uns nicht vergiftet?«, krächzte ich.

»Ich will es doch hoffen. Bei den Monden, wie lange dauert es denn, bis sich das wieder legt?« Sie hustete, dann schälte sich ihre Silhouette langsam aus dem weißen Nebel. Sie wedelte mit ihrer Hand, als würde es dabei helfen, ihn zu vertreiben. Sie wartete noch einen Moment, bis wir uns wieder sehen konnten. »Meine Güte, so hatte ich es aber nicht in Erinnerung. Also halten wir fest: In kleinen Räumen ist es am wirkungsvollsten! Zu dem kleinen Ding merk dir eins: Der Pfeil zeigt immer auf dich, bevor du abfeuerst. Sonst hast du, bevor du *Bei den Monden* sagen kannst, eine Kugel im Bauch.«

Sie hielt mir den Revolver hin. Ich sperrte mich, ihn anzunehmen. Mein Blick lag auf den verschiedenen Zeichen, die über jeder Kammer ins Metall eingraviert worden waren, und mich beschlich die Ahnung, dass jede Kammer eine andere Wirkung hatte. Zohara sprach weiter, bevor ich einen klaren Gedanken formulieren konnte: »Die anderen Zeichen kannst du dir selbst ausdenken. Es ist eine Drehtrommel mit nachrückenden Kammern, bis auf die erste. Das heißt, du hast erst sechs, dann fünf Schuss.«

»Wieso nur fünf?«

»Sieh es als Überraschungsmoment«, sagte Zohara trocken. »Ich rate dir wirklich, dir die Reihenfolge einzuprägen. Ist das soweit klar?« Dann nannte sie mir einen Preis, an dem ich mich beinahe verschluckte.

»Ich habe nur die Hälfte. *Höchstens.*«

»Willst du das Ding oder nicht? Ich könnte schwören, du hast gesagt, du könntest zahlen?«

»Aber nicht *so* viel!«

Zohara kniff die Augen zusammen und massierte sich den Nasenrücken, als würde ich ihr Kopfschmerzen bereiten. »In Ordnung«, sagte sie nach einem Moment des Überlegens. »Ich schulde Nael noch einen Gefallen, daher machen wir es so: Du gibst mir das, was du hast, den Rest schuldest du Nael. Ihr klärt, wie er sein Geld bekommt. Das ist dann nicht mehr meine Sache. Kommen wir ins Geschäft?«

Sie reichte mir ihre schwielige Hand. Goldene Muster rankten sich wie Ringe um ihre Finger und Gelenke. Ich fragte mich, wie sie sich bei Nael verschuldet hatte. Es hielt mich aber nicht davon ab, einzuschlagen.

»Natürlich.«

Zohara lachte wissend.

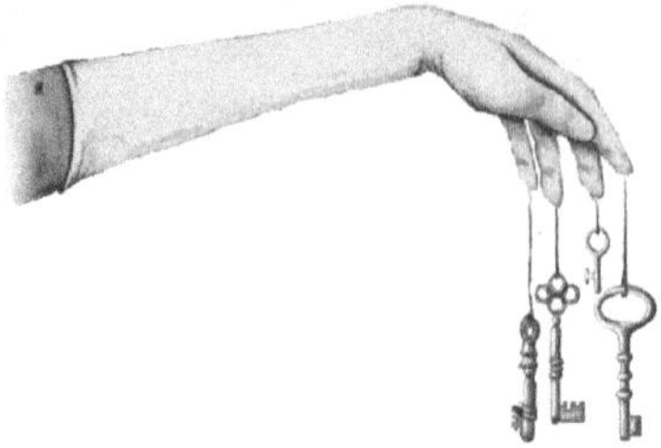

Zwei Tode

Ich horchte in die Stille des Hauses, und als ich mir sicher war, dass Nael sich in der Küche aufhielt, übersprang ich die knarzende Stufe und huschte ins Klavierzimmer. Unter größter Anstrengung schloss ich die Tür hinter mir, dabei hoffend, dass sie kein Geräusch machte – erst als mir das gelungen war, wagte ich aufzuatmen und das Kästchen, eingewickelt in ein dünnes Tuch, hervorzuholen. Ich öffnete es nicht noch einmal, um seinen Inhalt zu begutachten, sondern suchte die Regale nach einem Platz ab, an dem ich es zwischen seltsam anmutenden Metallgegenständen und Dosen unbemerkt verstecken konnte.

Die Türklinke knarrte und ich sprang erschrocken von dem Schrank weg, keine Sekunde zu früh. Nael kam herein und entdeckte mich, seine Stirn dabei gerunzelt.

»Alles in Ordnung?«, fragte er behutsam. Ich brauchte einen Moment, bis ich begriff, dass er auf unser letztes Gespräch anspielte.

»Natürlich. Soweit eben alles in Ordnung sein kann, wenn man über so etwas Wichtiges belogen wird.«

Daraufhin kniff Nael die Lippen zu einem dünnen Strich zusammen, doch ich war noch nicht bereit, dieses Thema fallen zu lassen.

»Woher kennst du ihn?«

Er neigte den Kopf zur Seite, ehe er antwortete. »Weißt du, wir sind nicht so verschieden, wie du vielleicht denkst. Wir beide haben ein Päckchen zu tragen, das es uns nicht einfach macht, ein normales Leben zu führen.«

Das Geständnis überraschte mich so sehr, dass ich für einen Moment sprachlos war.

»Und das sagst du erst jetzt? Spitze«, murmelte ich. Er hatte also auch Geheimnisse, von denen niemand etwas erfahren durfte. »Lass mich raten … das ist der Grund, wieso du abgelegen wohnst. Denn ich glaube nicht, dass du hier bist, weil es hier so gemütlich ist. Wissen es deine Freunde? Idalyn?« Er bejahte es. »Und war es Salys, der dich …?«

»Nein«, lachte er humorlos auf. »Ich denke nicht, dass ich darauf hereingefallen wäre.« Diese Worte versetzten mir einen Stich. Denn das, was er damit sagte, war: *›Denn ich bin ja nicht so dumm wie du.‹*

»Ah, was für ein Glück«, sagte ich ironisch. »Und welches Päckchen trägst du mit dir herum?«

»Ich habe keinen Namen dafür gefunden. Wobei ich es am ehesten als Seelenfresser bezeichnen würde.«

Seelenfresser. Sofort musste ich an den Begriff denken, den Amra und ich uns für die Krankheit unseres Vaters ausgedacht hatten, und mir fiel das Atmen mit einem Mal schwer. Es war nur ein dummer Zufall, er konnte doch nicht …

»Du wirst doch nicht etwa sterben, oder?«

Das ließ Nael überrascht zurückzucken. »Nein.«

Und zu der Erleichterung, die mich mit einem Mal durchströmte, mischte sich etwas Dunkles, Schweres hinzu. *Eifersucht.* Für diesen Gedanken hätte ich mich am liebsten selbst geohrfeigt, aber ich konnte nicht verhindern, dass sich eine gewisse Schärfe in meine Stimme schlich.

»Wie schön für dich«, würgte ich hervor.

Naels Gesichtszüge wurden mit einem Mal ernst. »Ich wollte dich damit nicht kränken. Du hast die Frage gestellt, hätte ich dich anlügen sollen?«

»Nein … ich …«, druckste ich herum, ehe ich murmelte: »Es ist nur ein wenig schwierig für mich, damit umzugehen. Das ist alles.«

Nael fuhr sich mit der Zunge über die Unterlippe, als er darüber nachdachte. »Wenn es dich tröstet, es fühlt sich an, als würde es mich von innen heraus auffressen. Ich kann es nicht besser beschreiben. Als würde ich das verlieren, was mir überhaupt geblieben ist. Als würde mich mein eigener Körper betrügen und ich habe nicht die Macht, es zu verhindern.«

Betretene Stille trat nach diesen Worten ein. Sie waren mir nicht fremd, ganz im Gegenteil. Es war, als hätte er meine Gedanken ausgesprochen.

»Möchtest du heute Abend wieder üben?«

So nickte ich, obwohl mir die Frage auf meiner Zunge brannte, was genau er meinte. Ich spürte, dass es seine Art von Friedensangebot war, nachdem wir im Streit auseinandergegangen waren.

Nael bewies dabei eine größere Ausdauer als ich. Er wurde nicht müde, mir neue Wörter und Sätze zu zeigen. *Ich bin Emerie. Meine Schwester ist Amra. Du bist Nael.*

»Hilfst du mir, die Namen meiner Eltern aufzuschreiben?«

Ohne zu zögern nickte er. »Hast du bei ihnen gelebt?« Er tippte aufs Papier. »Und deiner Schwester?«

Emerie und Amra und Zima und Dravyn.

»Ich kann mich noch gut daran erinnern, dass wir unsere Eltern manchmal bei ihren Vornamen genannt haben, wenn wir sie ärgern wollten. Zima statt Mam, und Dravyn statt Pam. Mein Vater … er starb vor einigen Jahren. Seitdem sind wir zu dritt.«

»Das war dein Wendepunkt, oder?« Es war mehr eine Feststellung als eine Frage. Ich musste nicht mehr sagen, als das er schon wusste. Nael lächelte träge. »Den hatten wir wohl alle.«

Unsere Blicke begegneten sich und dieses Mal sah keiner von uns beiden weg. »Was war dein Wendepunkt?«

»Er war wohl genauso tragisch wie deiner.« Nael zuckte unbestimmt mit den Schultern und verließ die Küche. Ich blieb zurück, saß vor einem Blatt und malte selber Kreise aufs Papier. Zu filigraneren Dingen war ich nicht mehr in der Lage, dazu taten mir zu sehr die Finger weh.

»Erzähl mir, wann wir deinem grandiosen Plan zufolge Salys einen Besuch abstatten werden«, sagte ich, als er nach einiger Zeit wieder die Küche betrat.

»Heute Nacht.« Die Feder machte einen entsetzten Schlenker auf dem Papier.

»Bitte was?«

»Nur zum Gucken. Du musst bedenken, ich war noch nie da und ich würde gerne wissen, auf was wir uns einlassen.«

Der Gedanke, Salys diese Nacht schon so nah zu sein, ließ mich unruhig werden.

Ich blinzelte – und wünschte mir im selben Moment, ich hätte es nicht getan. Der Raum veränderte sich. Es geschahen mehrere Sachen gleichzeitig. Nael riss mir meine Feder aus der Hand und brüllte etwas, das ich nicht verstand. Ich hob schützend meine Arme, doch er schaffte es dennoch, diese Abwehr zu überwinden. Und stieß mir den Kiel in den Hals. Mir entfloh ein unterdrücktes Geräusch. Wie ein Fisch, der am Ufer und weit entfernt vom rettenden Wasser lag. Ich blickte an mir herunter und sah das Blut, das mein Hemd tränkte. Die Feder strich an meiner Wange vorbei, als ich mich bewegte.

Das ist nicht echt, dachte ich und schloss die Augen. *Nicht echt. Ich werde nicht sterben.*

Als ich sie wieder öffnete und meine Atmung sich beruhigt hatte, blinzelte ich verstohlen zu Nael, doch er hatte den Kopf in den Nacken gelegt und blickte starr Richtung Decke. Nach einem gemurmelten »Ich gehe nun ins Bett« zog ich mich unangenehm berührt und mit klopfendem Herzen ins Schlafzimmer zurück.

Das nächste Mal weckten mich Stimmen.

»Wie lange war sie weg?«

»Einen ganzen Tag.«

»Und das Fieber ist komplett verschwunden?«

»Ich bin mir unsicher, ich glaube schon.«

Stille.

»Gib ihr Zeit. Wissen die Monde, was mit ihr passiert ist.« Schritte entfernten sich. Als ich zur Tür gehastet war, fand ich den Flur verlassen vor. Nael war in der Küche und schürte Kohlen auf dem Herd. Er blickte überrascht auf, als ich zur Tür hereinkam.

»Wer war hier?«

»Ach, Idalyn. Ich glaube, ihren Segen haben wir«, sagte Nael trocken.

»Sie war nicht begeistert?«

»Kann man so sagen.«

»Hindert uns das daran?«

Naels Mundwinkel zuckten, als er sich mir wieder mit funkelnden Augen zuwandte. »Was glaubst du denn?«

Wir warteten die Dämmerung ab und als Nael die Klappe zum Kanal öffnete, spiegelten sich die Monde auf der Wasseroberfläche, goldene

Scheiben, die sogleich in Ringe zerfielen, als Nael die Gondel näher heranholte.

Dass ich nervös war, war eine Untertreibung; und mir wurde wieder bewusst, wie viel *Eindruck* Salys' Drohung bei mir hinterlassen hatte. Die Geschehnisse des verhängnisvollen Abends liefen in meinem Verstand wie eine Abfolge von Bildern ab, die mal kürzer, mal länger vor meinem inneren Auge aufleuchteten, und hielten mich in einer Art Starre gefangen, bis Nael die Gondel schaukelnd verließ.

»Wir sind da«, murmelte er. »Los, steh auf!« Wenig später liefen wir auf den Dächern der Stadt, bis wir vor einem ganz bestimmten Haus hielten. Denn das war meine Bedingung gewesen. Die Fenster waren dunkel und überraschenderweise war Amras wieder geöffnet.

»Schön habt ihr es hier.« Nael hatte die Hände in den Taschen vergraben. Er schien sich sichtlich unwohl zu fühlen, und ich musste gestehen, dass es mir genauso schwer wie ihm fiel, ihn hierzuhaben, ohne dass er sich anfühlte wie ein Dieb, der mir das Kostbarste stehlen würde. Seine Anwesenheit verhinderte jedoch nicht, dass mein Herz bei dem Gedanken an meine Schwester schwer wurde. Was war ich für ein Feigling, dass ich nicht durch diese Tür gehen konnte?

»Ich glaube, es war ein Fehler, hierherzukommen.«

»Aus welchem Grund?«

»Aus vielen Gründen!«, gab ich heftiger zurück, als ich wollte. »Aus so vielen … und jeder einzelne von ihnen ist selbstsüchtig und feige! So eine Schwester hat Amra nicht verdient. Sie –«

»Psch«, machte Nael leise. Erst jetzt merkte ich, dass ich weinte und mir mitten im Satz die Stimme weggebrochen war. Die Tränen, die nicht in meiner Maske versickerten, hinterließen kalte Streifen auf meinen Wangen. Er musste sie ebenfalls bemerkt haben, denn mit einer zaghaften Bewegung wischte er sie fort. »Du tust es, um sie zu beschützen. Denn wärst du zu Hause und Salys würde dich finden – du weißt, was dann passieren würde, oder?«

»Meine Fehler begannen nicht mit der Sekunde, in der ich türmte, Nael«, widersprach ich mit belegter Stimme. »Es fing alles damit an, dass ich mich von Möglichkeiten blenden ließ, die so nie zur Wahl standen.«

»Du trägt viel Selbsthass mit dir herum«, sagte Nael nach einer Weile, die er über meine Worte nachgedacht hatte, die Hände wieder in den Taschen seines Mantels vergraben. Mein Blick schnellte zu ihm, doch wie immer verbarg die hämisch grinsende Maske alles, was verraten könnte, was er dachte. »Denkst du nicht, dass du dich zu sehr bestrafst für etwas, worauf du keinen Einfluss hattest?«

»Was weißt du schon?«

»Bist du wirklich so ignorant, zu denken, du bist die Einzige, die jemanden zurücklassen musste?« Nael klang überraschend bitter dabei. »Du bist nicht die Erste und du wirst nicht die Letzte sein. Es passiert überall, zu jeder Zeit.«

»Gedenkst du mich damit zu trösten? Denn ich muss dir sagen, dass es nicht hilft.«

Er schüttelte den Kopf und sagte: »Das maße ich mir nicht an.«

»Dann sag mir: Wen hast du zurückgelassen? Anscheinend weißt du mehr darüber, als du zugeben magst!«

Aber ich hatte die falsche Frage gestellt. Ich spürte noch im selben Augenblick, in dem die Frage über meine Lippen kam, dass die Nähe zwischen uns wie ein Kartenhaus in sich zusammenfiel und er sich mir entzog.

»Ich sagte dir schon, dass wir nicht so verschieden sind, wie du glauben magst«, sagte Nael ausweichend.

Schließlich huschten wir weiter. Die Monde hingen in ihrer vollsten und goldensten Pracht über unseren Köpfen, während wir uns auf unseren Weg über Passagen und Schluchten machten. Ich führte Nael zu dem Haus, das unfreiwilligerweise ein Teil meiner selbst geworden war, und ein merkwürdiges Gefühl beschlich mich, als ich es von außen betrachtete. In keinem Fenster brannte Licht. Anscheinend waren alle ausgeflogen. In einem dieser Zimmer hatte Salys mir gewaltsam einen Kuss aufgedrückt und dieser Gedanke ließ mich erschaudern.

»Das ist es? Das sieht ja beinahe schlimmer aus als meins«, gab Nael abschätzig von sich.

»Salys war nie der Mann für so was.«

»Hat dieses Haus nur einen Eingang?«

»*Und* nur einen Ausgang. Aber du kannst auch die Fenster benutzen. Im Erdgeschoss liegen sie tief genug, um zu springen.«

»Und das weißt du woher?«

»Einmal habe ich mit Ode gestritten und er hat mir die Tür versperrt, um mich im Haus zu halten. Ich bin dann durchs Fenster raus.«

Nael schnalzte missbilligend mit der Zunge. »Ich werde irgendwie das Gefühl nicht los, dass er ein ziemlicher Idiot ist.«

»Da könntest du nicht ganz falsch liegen.« Eine Erinnerung bahnte sich den Weg zurück in mein Bewusstsein. »Aber was hast du mit ihm gemacht, nachdem du ihn aus dem Wasser gezogen hast?«

»Och«, antwortete er. »Ich dachte, ein wenig seiner eigenen Medizin könnte ihm nicht schaden, also habe ich seinen Kopf ein paar Mal in den Kanal getunkt.«

Ich spürte, dass das nicht die ganze Geschichte war, doch diese winzige Information brachte mich zum Lächeln. Die Vorstellung war großartig.

»Ich will heute noch nicht reingehen. Nicht unvorbereitet. Traust du dir zu, einen Grundriss zu zeichnen?«

Ich runzelte unter meiner Maske die Stirn. »Ich habe so etwas noch nie gemacht, aber das Haus könnte ich im Schlaf abgehen.«

»Das reicht mir. Lass uns zurückgehen, du bist noch immer krank.« Er legte seinen Arm um mich, um mich sanft in die Richtung, aus der wir gekommen waren, zu dirigieren.

Zu nah, dachte ich benommen, fand jedoch keine Kraft, um ihn abzuschütteln. Drei Schritte waren wir gegangen, als sich seine Finger fest in meine Schulter gruben und er mich herumwirbelte. In die Richtung, in der das Dach endete und wo nicht mehr als Luft begann. Überrascht torkelte ich über den leicht abschüssigen Grund und als ich mir fast sicher war, die Balance wiedergefunden zu haben, trat mein Fuß ins Leere. In Erwartung des drohenden Aufpralls schloss ich die Augen.

Bei Domyn, ich kann nicht fliegen. Ich spürte Steine unter meinen Schuhen bröckeln, und Ascher, der mich lachend zurückzog und belehrte: ›*Emery, du hast noch keine Flügel!*‹. Bei dem Gedanken machte mein Magen einen nervösen Hüpfer.

Und dann stand ich doch wieder auf dem Dach. Schwer atmend und so stark zitternd, dass die Welt um mich herum verschwamm. Tränen brannten auf meinen Wangen.

»Ich – ich –«, würgte ich hervor, doch fand keine Worte, die beschrieben, wie ich mich fühlte. »Das muss aufhören. Ich – ich kann das nicht mehr.«

»Was? Was muss aufhören, Emery?« Die Welt wirbelte um meine Achse, als Nael mich am Arm ergriff und weiterzog, bis wir außer Sichtweite von Salys' Haus waren.

»Wir müssen das finden, was Salys hat. So schnell wie möglich«, würgte ich zwischen zwei Schluchzern hervor.

»Was ist los mit dir?«, wiederholte er seine Frage und hielt mich an den Schultern fest, damit ich ihn ansehen musste. Sein Blick, umschattet von der Maske, bohrte sich in meine Augen, ehe er sich die Maske vom Gesicht riss. »Antworte mir bitte, Emery!«

»Ich glaube, es gibt Dinge, die Rhys mir nie gesagt hat«, brachte ich hervor.

»Was?«

Ich holte zittrig Luft. »Es wird schlimmer. Alles. Die Schmerzen. Die Symptome meines Fluches. Er hat mich nie davor gewarnt, dass es so viel werden würde, so unerträglich.«

»Das tun die wenigsten, Emery«, sagte Nael langsam. »Wenn du es gewusst hättest, dann …«

»Ich spreche nicht von Salys!«, erwiderte ich heftig. »Hast du ein Buch zu Hause, das die Welt erklärt? Was würde dort unter ›Wahnsinn‹ stehen, kannst du mir das sagen?« Und als er nicht antwortete, setzte ich nach: »Denn Bücher sagen nicht alles! Aber ich *spüre* es, mit jeder Faser meines Körpers. Kannst du dir vorstellen, wie verraten ich mich fühle?«

Nael zögerte sichtlich. »Ich kann es nur erahnen, Emery.« Mit diesen Worten zog er mich über die Dächer zurück, weiter bis auf die Gondel, dann durch den Kellereingang in sein Zuhause. In seinem Zimmer angekommen, zog er mich in eine Umarmung. »Du bist so tief in dieses Loch gefallen, dass du von alleine nicht mehr hinausfindest. Lass mich dir helfen.«

»Wenn du das sagst, hört sich das einfacher an, als es ist.«

»Hast du Schmerzen?« Ich schüttelte den Kopf. *Zumindest keine neuen,* aber etwas hielt mich zurück, ihm dies zu offenbaren. »Was ist mit deinen Händen?«, fragte er schließlich leise. »Du trägst immer diese Handschuhe.«

Automatisch versteckte ich sie in den Falten meines Kleides. »Sie sehen recht adrett aus, findest du nicht?«

Nael schnaubte, doch er beließ es dabei. Vielleicht spürte er die Ablehnung, mit der ich auf diese Frage reagierte. Er war mir noch immer fremd, das hatte ich zuletzt gemerkt, als er mir von dem Gegenmittel erzählt hatte. Er war niemand, dem ich mein Geheimnis einfach anvertrauen würde.

Denkst du das wirklich?, verspottete mich eine leise Stimme. Ich trat einen Schritt von ihm weg und wollte meine Arme vor meiner Brust verschränken, doch Nael fing meine Handgelenke auf. Nur Sekunden später dämmerte es mir, was er unter den Handschuhen spüren musste.

»Lass mich bitte los«, sagte ich schließlich.

»Wieso trägst du die Handschuhe?«, gab er sanft zurück.

»Schon einmal davon gehört, dass jede Frau ein Geheimnis haben sollte? Das ist meins.«

»Ich kann mir vorstellen, dass du bessere Geheimnisse hast als das.«

»Du willst es wissen?«, fragte ich herausfordernd, doch dann fiel meine Abwehr mit einem Seufzen in sich zusammen. »Schön, dann zeige ich es dir. Aber wenn du nur ein Wort darüber verlierst, verlierst du ein paar Zähne.« Innerlich verfluchte ich meine Impulsivität. Ich hätte diese verdammte Frage einfach ignorieren können. Aber nein, nicht Emery.

Meine Bewegungen waren zögerlich, als ich die Handschuhe von meinen Unterarmen pellte. Ich wusste, was er sehen würde. Federn wie Maden auf meiner Haut. Schwarz. Rot, grün und blau reflektierend. Dabei behielt ich sein Gesicht im Blick, um seine Reaktion zu sehen. Erstaunlicherweise veränderte sich sein gelassener Gesichtsausdruck nicht.

»Bist du jetzt zufrieden?«, fragte ich angriffslustig und zog mir die Handschuhe wieder über. Erst dann schien der Zauber gebrochen, und Nael nahm den Blick von meinen Händen. Ich hatte vieles erwartet, doch nicht, dass er meinen Worten Folge leistete.

»Ich würde gerne wieder Amra schreiben«, gab ich nach einer Weile zu.

»Wann möchtest du das machen?«

»Morgen?«, fragte ich nach einigen Sekunden des Überlegens. »Arbeitest du?«

Er schüttelte den Kopf. Dann wäre es also wirklich bald so weit. Dann würde ich, wenn es schlecht lief, Salys wieder gegenüberstehen. Ich war mir nicht sicher, ob ich das könnte. Aber ich musste. Wenn ich ehrlich war, konnte ich es mir nicht ausmalen. Ich wollte es gar nicht – denn falls etwas schieflaufen würde, wäre die Enttäuschung umso größer.

»Na gut«, sagte er schließlich und stand auf. »Schlaf. Ich muss noch etwas erledigen.«

»Und was?«

»Dinge«, erwiderte er ausweichend und ich runzelte meine Stirn.

»So? Was für Dinge, Nael?«

»Gute Nacht, Emery.«

»Nacht.« Dann war er weg. Was auch immer er für Pläne hatte, versuchte ich mir einzureden, es sollte nicht meine Sorge sein. Aber kam ich nicht umhin, mir Gedanken darüber zu machen, aus welchen Gründen er mir nicht sagen konnte, was er vorhatte.

Die Zeit verging quälend langsam. In der Küche fand ich Sesamkekse, die ich im Bett verzehrte, während ich wahllos in Naels Aufzeichnungen blätterte, meine Finger glitten über das raue Papier. An den Stellen, an denen die blaue Tinte sich in das Papier gesogen hatte, spürte ich die leichte Vertiefung unter meinen Fingerkuppen. Dass er es für mich angefertigt hatte, um mich mit dem Alphabet bekannt zu machen, löste ein seltsames Gefühl in mir aus. Eine Art Dankbarkeit, die ich nicht zuordnen konnte. Gleichzeitig wollte ich wütend auf ihn sein, dafür, dass er so viele Informationen von mir ferngehalten hatte. *Es wäre schön gewesen zu wissen, dass es eine Möglichkeit gibt.* Und ich wagte mir kaum auszumalen, was ich alles anders gemacht hätte, wenn ich das schon die letzten Jahre gewusst hätte.

Ein schleifendes Geräusch ließ mich hochblicken. Im ersten Moment dachte ich, dass Nael wieder zurück war – doch ich hatte ihn nicht auf der Treppe gehört.

»Nael? Bist du wieder da?« Aber mir antwortete nur Stille. Das Scharren erklang erneut und dieses Mal war ich mir sicher … es kam nicht vom Flur, sondern aus diesem Zimmer! Bevor ich den Gedanken verarbeiten konnte, erregte eine Bewegung in meinem Augenwinkel meine Aufmerksamkeit. Aus der Richtung, wo der Schrank an die Wand geschoben war. Eine seiner Schubladen stand einen Spalt offen. Das Erschreckende jedoch war nicht, dass mir aus dem Schatten ein Augenpaar entgegenleuchtete oder dass wir uns anstarrten, als könnten wir beide nicht so recht fassen, was wir sahen. Sondern dass kleine pelzige Klauen auftauchten, die Kante der Schublade erfassten und nach einem kurzen Zögern … zuzogen. Das Klappern verhallte im Raum.

Zurück blieb ich, wie ich regungslos die Kommode anstarrte, in der *es* sich verschanzt hatte.

Das habe ich geträumt, oder? Da ist kein …

Ich blieb auf dem Bett sitzen, die Füße angezogen, aus Furcht, es könnte unter dem Bett hervorgekrabbelt kommen, bis ich Naels Schritte auf der Treppe hörte und dann, wie er sich die Schuhe umständlich von den Füßen zog. Ein Klacken, als die Maske auf einem niedrigen Tisch landete. Es dauerte nur wenige Sekunden, bis die Tür aufging und er in der Schwelle stand, die Haare unordentlich vom Wind, und mit einer Hand die Manschetten an seinem Ärmel löste. Als er mich erblickte, wurde sein Blick augenblicklich wachsam.

»Was schaust du mich so an? Ist was passiert?«

»Du hast –« Ich deutete mit einem Finger auf die Kommode. »Da ist was – es hat die –«

»Was habe ich?«, fragte er verdutzt. »Wovon sprichst du?« Wieder deutete ich auf die Kommode. Nael ging zum Schrank und während ich mir vor Nervosität auf die Unterlippe biss, zog er die Schublade auf. In einer Bewegung hakte er sie aus und spähte in den offenen Teil des Schrankes hinein.

»Da ist nichts«, stellte er nach wenigen Sekunden fest.

»Da *muss* etwas sein! Ich habe es gesehen!«

»Möchtest du selber nachschauen?« Nael warf mir einen herausfordernden Blick zu, doch ich schüttelte den Kopf.

»Es hat von innen heraus die Schublade zugezogen! Mit seinen *Krallen*«, erwiderte ich heftig. »Da kann nicht *nichts* sein!«

Nael seufzte schwer und tief. »Ja, das … das passiert leider nicht zum ersten Mal. Aber ich dachte, es wäre weitergezogen.«

»Du dachtest, es wäre weitergezogen?«

»Es war sehr lange ruhig – bestimmt ein paar Monate.« Er zuckte mit den Schultern, bevor er die Schublade wieder in die Kommode schob. »Ich dachte, es lebt vielleicht nicht mehr.«

»Aber was ist *es?*« Meine Stimme schraubte sich in die Höhe, ohne dass ich etwas dagegen tun konnte.

»Das weiß ich auch nicht!«, sagte er nachdrücklich und fuhr sich in einer hilflosen Geste durch das Haar. »Manchmal fehlt Essen im Schrank und es kann sein, dass es das Vieh nimmt … Aber ich glaube, es war schon vor mir da. Vielleicht hat es der Vorbesitzer hier vergessen.«

»Und das soll mich jetzt beruhigen oder was?«

»Nein, natürlich nicht! Aber falls es dich tröstet, ich glaube, es ist schüchtern. Es zeigt sich nicht so gern, hinterlässt zum Gruß nur Krümel und lässt die Töpfe klappern, wenn es sich durch die Schränke wühlt.«

Mit einem Stöhnen ließ ich mich nach hinten in die Kissen fallen. »Großartig!«, rief ich und zu meinem tiefsten Missfallen lächelte Nael.

»Es ist harmlos, versprochen. Bisher hat es sich nicht gezeigt; du hast es bestimmt nur überrascht.« Mit diesen Worten, die mich so gar nicht aufmunterten, verließ er das Zimmer. Es brauchte nur wenige Sekunden, bis ich leise fluchend aufsprang, um ihm hinterherzugehen. Aber nicht, bevor ich zögerlich an die Kommode herantrat und sie vorsichtig von der Wand schob, um meine Vermutung zu bestätigen.

Ein faustgroßes Loch prangte auf der Rückseite.

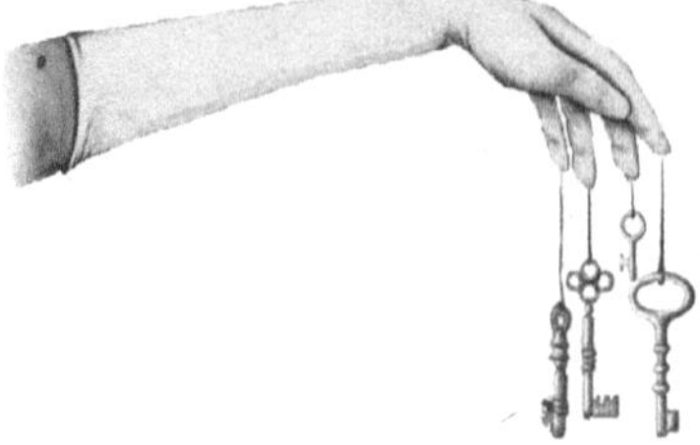

Idalyns Angebot

Das Haus lag genauso verlassen da, wie wir es beim letzten Mal vorgefunden hatten. Alle Fenster waren dunkel. Vor nicht allzu langer Zeit war Alarig mit Ode aus dem Haus gegangen, nicht bevor sie alle Lichter hinter sich gelöscht hatten.

Nervös strich ich mein Kleid glatt und ließ meinen Blick wandern. Die Tür war zu, doch ich wusste, dass sie nur angelehnt sein würde. Wir würden keine Probleme haben, um reinzukommen.

»Sie kommen wohl nicht wieder«, murmelte Nael neben mir.

»Sie sind in der Stadt unterwegs. Wie jede Nacht.«

Er kramte im Inneren der Gondel und dann leuchtete eine Flamme auf. »Dann ist wohl jetzt der beste Zeitpunkt, um reinzugehen.« Vor wenigen Stunden hatte er sich den Grundriss, den ich ihm aufgezeichnet hatte, eingeprägt. Wie in Trance hatte er davorgesessen und auf das Stück Papier gestarrt, als würde sein Leben davon abhängen. Und so bewegte er sich sicher auf die Haustür zu, sodass man denken könnte, er wäre schon einmal hier gewesen.

»Das Haus sieht von innen noch schlimmer aus als von außen. Ich hätte nicht gedacht, dass das möglich ist«, entfuhr es ihm überrascht, als wir den Flur betraten.

»Tja. Er ist immer für Überraschungen gut«, murmelte ich.

»Sag das bloß nicht.« Naels Stimme klang angespannt, selbst durch die Maske hindurch. »Wir prüfen zuerst, ob wir wirklich alleine sind.« Ich nickte und huschte zur ersten Tür. Der Raum war leer, ebenso wie der nächste. Nur Möbel, die nicht zusammenpassten, leere Wände, Tapeten, die von den Wänden hingen. Die Dielen knarzten, als ich mich darin im Kreis drehte. Nichts. Es sah alles unverändert aus, doch wieso erleichterte mich das nicht?

»Wie lange bist du hier ein und aus gegangen?«, murmelte Nael, als wir uns wieder im Flur begegneten. Er warf mir einen kurzen Blick zu, dann fuhr er damit fort, die Schränke im Flur zu durchforsten. Wahllos zog er eine Schublade auf, kramte lautstark darin herum, ehe er sie zuschlug und sich eine andere vornahm.

»Ein paar Jahre.«

»Und dabei bist du so jung«, sagte er leise.

»Wusstest du eigentlich sofort, dass ich für Salys arbeite?«

Das ließ ihn kurz innehalten. Er überlegte für einen Moment, dann zuckte er mit den Schultern. »Nein. Erst als du ihn erwähnt hast. Aber es machte Sinn.«

»Warum?«

»Du hattest Erfahrung in der Taschendieberei … ich habe gesehen, dass du es nicht zum ersten Mal machst. Und die Art und Weise erinnerte mich an jemanden, doch ich konnte zuerst nicht genau sagen, an wen. Es kam erst nach und nach.«

»Salys hat Spuren hinterlassen«, murmelte ich bitter. Es würde schwer werden, jemals diese Verhaltensweisen abzulegen. »Kannst du mir endlich sagen, wie du den Stein finden willst?«

»Ich habe keine Ahnung.« Mit diesen Worten ließ er von seiner Mission, die Schränke zu durchforsten, ab und wandte sich der Treppe zu. Oben traten wir in den großen Raum. Den Raum, in dem Salys mich geküsst, ich ihm sein Gesicht zerschnitten hatte. Die Erinnerung flammte so unerwartet und intensiv auf, dass ich strauchelte.

Ein Lufthauch zerrte an meinen Haaren und ich fröstelte.

In keinem der Zimmer stehen die Fenster offen, schoss es mir noch durch den Kopf.

»Oh, was für eine Überraschung.«

Ich erstarrte und fühlte, dass Nael es mir gleich tat. Verdammt, wir waren anscheinend nicht vorsichtig genug gewesen. Wir hatten nicht alle Zimmer überprüft, ob sie leer waren.

»Emery, meine Liebe, schön, dich wiederzusehen.«

»Salys.« Ich knirschte mit den Zähnen, während meine Finger nach dem kleinen Messer suchten, dass ich in einer Schlaufe in meinem Kleid versteckt hatte. Man konnte nie wissen. Doch sie war leer.

»Suchst du das hier?« Metall blitzte auf, als Salys etwas in die Luft warf, ehe er es gekonnt wieder auffing. Mein Messer. Die Waffe, von der er wusste, dass ich sie am Körper trug. Und ich war so sicher gewesen, dass wir Salys nicht begegnen würden, dass ich nicht daran gedacht hatte, meinen neuesten Besitz mitzubringen.

»Zufällig ja.«

Seine Lippen verzogen sich zu einem breiten, gehässigen Grinsen. »Gut.«

»Wie man es nimmt.« Meine Gedanken liefen auf Hochtouren. Was sollte mein nächster Schritt sein? Unser nächster Schritt? Was würde Nael –

»Wir haben uns auch lange nicht mehr gesehen, Nael«, fuhr Salys ungerührt fort. Noch immer spielte er mit der Klinge, ließ sie zwischen seinen Fingern rotieren. Es war dieselbe, die ihn im Gesicht verletzt hatte. Und erst jetzt fiel mir auf, dass er eine Maske trug. Eine Maske, die die Hälfte seines Gesichts verdeckte.

»Sind wir plötzlich eitel geworden?«, entfuhr es mir. Ich konnte die Gehässigkeit in meiner Stimme nicht unterdrücken.

Salys legte den Kopf schief. »Ich könnte etwas machen, dass dich meine Situation besser verstehen ließe, Mädchen.« Ich runzelte über diese subtile Drohung die Stirn.

»Ach wirklich?«

»Wenn es nicht Dinge gäbe, die mich im Moment mehr interessieren, ja. Mit größtem Vergnügen. Aber Nael, sag, was treibt dich zu mir?«

Der Mann neben mir schwieg und ich fragte mich, ob es Angst war, die ihn verstummen ließ, oder ob er andere Gründe hatte. Wenn dem so war, waren sie mir verborgen geblieben und das sprach nicht für mich.

»Das geht dich nichts an«, antwortete ich für ihn, mit einer Stimme, die sicherer klang, als ich mich fühlte. Was für ein Feigling.

Salys' Blick huschte zwischen mir und Nael hin und her. Ich konnte ihm deutlich ansehen, dass er überlegte, was uns verbinden könnte, und nach wenigen Sekunden schien ihm der Mond aufgegangen zu sein.

»Ihr seid wegen des Mondsteins hier, nicht wahr? Das ist ja entzückend!« Salys klatschte die Hände zusammen. »Nael, hast du ihr auch erzählt, wofür du ihn wirklich brauchst? Was hast du dem armen, kleinen Mädchen erzählt, damit sie dir hilft? Unserer kleinen Amateurdiebin?«

Es waren Lügen, nicht wahr? Salys log, sobald er den Mund aufmachte. Doch eine kleine Stimme in meinem Kopf protestierte bei diesem Gedanken. Nael hatte Geheimnisse vor mir gehabt.

»Nael.« Meine Stimme klang tonlos. »Wovon redet er?«

»Du hast es ihr nicht erzählt, nicht wahr?« Salys gackerte nun. »Oh, Emery. Du armes, verwirrtes Mädchen. Seit dem Tod deines Vaters irrst du von Mann zu Mann und suchst jemanden, der dir eine Vertrauensperson sein kann, wie er es für dich war. Nicht wahr? Ich bin so gnädig und erzähle dir etwas. Dein lieber Freund war in seiner Vergangenheit jemand mit einem allzu großen Herz. Er kam zu einem guten Freund von mir, den du bisher leider nie kennenlernen konntest, und er bettelte mit Tränen in den Augen darum, dass er seine furchtbar kranke Mutter heilen möge. Oh, und Rievah war so gerissen, als er den kleinen Jungen, der er damals war, fragte, ob er alles dafür tun würde. Natürlich, wie sollte es anders sein, die Antwort war Ja. Nael, wie konntest du damals nur Ja sagen?« Salys schüttelte den Kopf, als wäre es das Unverständlichste auf der Welt. »Oh, Emery. Wusstest du, was der Preis sein würde?«

Ich schüttelte benommen den Kopf. Das alles war nicht das, was Nael mir erzählt hatte. Oder eher *nicht* erzählt hatte.

»Für das Leben seiner Mutter würde er immer wieder in seinen Träumen sehen, wie sie starb. Durch seine Hand. Sie und alle um ihn herum. Während alle anderen, wenn sie mit ihm zusammen sein würden, ebenfalls von diesen Bildern heimgesucht werden würden. Ist das nicht großartig?«

Sekunden verstrichen so zäh wie Honig. In der Stille, die über uns gezogen war, hörte ich das Blut in meinen Ohren pulsieren. *Ist das nicht großartig?*, hallten seine Worte wider und wider. *Ist das nicht großartig?*

Jetzt wusste ich den Grund für sein Schweigen. Er hatte sich nicht verraten wollen. Meine Visionen – es waren nicht die Schlüssel gewesen. Er war es gewesen. *Nael.* Es waren keine Einbildungen gewesen, es war Magie.

»Ich bringe dich um«, zischte Nael. Salys lachte nur.

»Ich glaube, das habe ich schon einmal gehört. Das wäre zu schade, ich will doch sehen, wie ihr an den Stein kommt.« Er zuckte mit den Schultern. »Mir wird das langweilig. Ich wünsche euch noch viel Spaß, ich habe heute Nacht noch zu tun. Das, was ihr sucht, werdet ihr hier nicht finden. Zu schade aber auch, was?«

»Wo ist er dann?«

»Hm … lass mich einmal kurz überlegen … wieso sollte ich es ausgerechnet dir sagen?«

»Weil ich dich sonst umbringe«, knurrte Nael.

»Wieso, Salys?«, unterbrach ich ihn. »Was bringt dir das alles?

»Oh, Emery«, gab er süß zurück. »Hättest du mein Gesicht nicht entstellt, würde ich dir eventuell wirklich eine ernsthafte Antwort geben. Aber so? Vielleicht könntest du dort anfangen zu suchen, wo du dein Glück gesucht hast?«

»Was?«

»Denk nach! Ich muss weg. Aber, Emery?« Er grinste.

Ich kannte Salys schon so lange, dass mir augenblicklich klar wurde, welche Strategie er verfolgte. Erst den Gegner aus dem Konzept bringen, dann die Falle zuschnappen lassen. Bevor Salys weitersprechen konnte – oder schlimmer: handeln konnte –, stürzte ich vor, um Nael zu packen. Aber in der Sekunde lernte ich eine weitere Lektion: So gut ich Salys und seine Denkmuster kannte, so konnte ich sie immer noch nicht vorhersagen.

Ehe meine Finger sich um Naels Handgelenk schließen konnten, holte Salys mit dem Messer aus. Im Sprung flammten ungeheuerliche Schmerzen in meinem linken Oberschenkel auf. Ich zischte auf, strauchelte und fing mich im letzten Moment, bevor ich fallen konnte.

Das fahle Licht der Laternen musste mir einen Streich spielen, denn seine Umrisse begannen zu verblassen. Immer weiter, bis mehr von der Wand hinter ihm zu sehen war als von ihm selbst.

»Nein!« Ich stürzte vor, doch meine Hände glitten ins Leere. Der Rauch verwehte mit dem nicht existenten Wind im Raum.

Wir waren gescheitert.

»Emery …« Ich wagte es nicht, mich zu Nael umzudrehen. Er hatte es die ganze Zeit gewusst. Und mich dennoch so getröstet, als wäre er mit diesen Halluzinationen genauso überfordert gewesen wie ich. Er war ein Heuchler, ein Lügner, jemand, der gut darin war, Emotionen vorzutäuschen. Jemand, der ich nie sein konnte. Nicht sein wollte.

»Emery.«

»Was?«, bellte ich, während ich mit meinen Händen mein Bein umklammerte. Rotes Blut fraß sich durch den hellen Stoff. »Was, Nael? Hast du mir irgendetwas zu sagen?«

»Ich –«

»Du wusstest es die ganze Zeit über!«, explodierte ich schließlich. »Du wusstest es! Du wusstest, was du mit mir machst. Von wegen, dass du ein *Seelenfresser* bist!« Das Wort spuckte ich beinahe aus. »Du hast mich benutzt. War das der Grund, wieso du mich bei dir behalten hast? Hat dich das amüsiert, zu sehen, wie ich leide? Fandest du das witzig?«

»Du hast keine Ahnung, wovon du da sprichst«, erwiderte er. Finstere Entschlossenheit spiegelte sich in seinem Blick.

»Dann klär mich auf, Nael!« Ratlos hob ich die Hände in die Luft. »Nein, vergiss es. Nicht in diesem Leben!«

»Du hast dich wacker geschlagen«, flüsterte er schließlich schwach. »Du hast dir von den Visionen nichts anmerken lassen.« Das war der Moment, in der meine geballte Faust mit seinem Gesicht kollidierte. Glück für mich, dass er nach Salys' Verschwinden die Maske abgenommen hatte. Bei Domyn, das war längst überfällig gewesen – das merkte ich an der Zufriedenheit, die mich sogleich erfüllte. Das Blut schoss aus seiner Nase, dass es eine Wonne war, dem beizuwohnen.

»Ich hoffe, das tut weh.«

Er machte ein unterdrücktes Geräusch, eine Mischung aus Lachen und Schnauben. Durch das Blut, das aus seiner Nase strömte und über seine Lippen lief, konnte er nur schlecht sprechen.

»Sag mir, Nael – wie viel von dir war echt? Wie viel davon Taktik, um mich bei Laune zu halten?« Meine Maske hatte ich heruntergerissen. »Wie viel von dir war echt?«, wiederholte ich energisch. Seine Hilfe. Seine Fürsorge. Dass er schwieg, enttäuschte mich mehr, als ich mir eingestehen wollte. »Ich glaube, das genügt mir.«

Nael wischte sich mit dem Ärmel über das Gesicht, ehe er ausspuckte. »Das, was du vielleicht für eine Sekunde siehst, träume ich jede Nacht. Dass ich jeden umbringe, der in meiner Nähe ist. Dass ich der Mörder meiner Lieben bin«, gab er schließlich von sich.

»Denkst du, mich interessiert das wirklich?«, schnaufte ich ungerührt. Ich war zu sehr von dem Messer abgelenkt, das in meinem Bein steckte. Es musste raus. Als ich meine Hand um den Griff legte, hielt Nael mich zurück.

»Das darfst du nicht machen. Es steckt zu tief drin.« Seine Finger tasteten die Haut drumherum ab.

»Bist du neuerdings auch noch Arzt? – *Au!*«

»Tut mir leid«, sagte er bedauernd. »Wir müssen hier schnell weg.«

Idalyn wartete schon auf uns. Sie saß am Tisch in der Küche und blätterte durch eines der Bücher, das auf dem Boden in Naels Zimmer gelegen hatte.

»Und?«, rief sie, ohne von ihrem Text auszusehen, als wir die Küche betraten.

»Es gibt kein *und*«, schnappte ich. Nael setzte mich auf dem Boden ab. Die Erschütterung ließ mich die Augen zusammenkneifen, so sehr durchzuckte mich der Schmerz.

»Idalyn«, unterbrach er unser sich anbahnendes Streitgespräch. »Ich brauche deine Hilfe.«

»Wofür?«, fragte sie, doch als sie endlich aufsah, entglitten ihr die Gesichtszüge. Sie stand auf. »Bei den Monden!«

»Ich muss den Rock anheben und schauen, wie tief es drin steckt«, erklärte Nael, während Idalyn geräuschvoll begann, in der Küche verschiedene Schubladen zu durchforsten.

»Hör auf zu erzählen und mach schnell«, presste ich zwischen meinen zusammengebissenen Zähnen hervor. »Es ist ja nicht so, dass es wehtut.«

Er schlug den Stoff vorsichtig zurück und atmete erleichtert aus, als er einen Blick unter die ganzen Lagen werfen konnte. »Es ist nicht tief. Die vielen Schichten deines Kleids waren wie ein Puffer.«

»Sag, wie lange hast du auf den Moment gewartet, um mir unter den Rock zu gucken?«

Anstelle einer Antwort zog er die Klinge aus dem Fleisch. Ich kämpfte gegen den Schrei, der sich in meiner Kehle aufbaute, während mir Tränen in die Augen schossen.

»Geht das noch grober?«, zischte ich, aber er ignorierte mich.

»Idalyn, hast du was zum Desinfizieren gefunden?«

Sofort war sie neben ihm, doch statt ihm die Flasche aus dunklem Glas zu reichen, schob sie Nael beiseite. Ich konnte kein Etikett darauf erkennen, trotzdem ließ Nael zu, dass Idalyn die Flasche entkorkte und etwas von dem Inhalt erst in ihre Handfläche und dann auf die besagte Stelle goss. Die durchsichtige Flüssigkeit verband sich sofort mit meinem Blut und rann rosafarben mein Bein hinab. Um nicht laut loszuschreien, biss ich mir in die Hand.

»Wieso lässt du sie es machen?«, ächzte ich dann, mit Tränen in den Augen. »Wie kannst du sicher sein, dass sie mich nicht verbluten lässt?«

»Weil es meine Berufung ist, du kleine Kröte! Und ich lasse niemanden wegen eines kleinen Stiches verbluten!«, schnappte Idalyn. Sie ließ mir keine Zeit zum antworten und stellte die Flasche klirrend weg. Mit ihren Händen presste sie fest auf die Wunde, wartete kurz und holte dann ein kleines Päckchen aus einem Beutel, den sie in der Küche gefunden hatte, heraus. Ein dunkles Pulver, das sie zwischen ihren Fingerspitzen zerrieb und auf die Wunde bröselte. Dann fischte sie nach einem hellen Verband und bedeutete Nael, die Wunde zusammenzudrücken, während sie mein Bein verband.

»Es ist wohl nicht so gut gelaufen, was?«, fragte sie, nachdem sie fertig war.

»Kann man so sagen«, murmelte Nael müde.

»*Nicht gut gelaufen?* Das ist wohl die Untertreibung des Jahrhunderts«, warf ich dazwischen, die Zähne zusammengebissen, um nicht wegen des pochenden Schmerzes zu fluchen, der sich in meinem linken Bein ausbreitete.

Idalyn musterte erst ihn, dann mich skeptisch. »Was ist passiert?«, fragte sie lauernd und deutete auf mein Bein. »Außer dem Offensichtlichen?«

»Du solltest lieber fragen, was mit ihm passiert ist. Denn irgendetwas ist bei Nael gewaltig schiefgelaufen.«

»Oh, Nael, hast du dich verplappert?«

»Schön wär's.«

»Was soll das heißen?«

»Salys.«

»Ach. Nicht verwunderlich, dass ihr ihn angetroffen habt, wo es doch sein Haus ist. Nicht wahr?«

»Sehr aufmunternd.« Nael fuhr sich müde mit den Händen über das Gesicht. Als er sie wieder runternahm, sah ich, wie dunkel die Schatten unter seinen Augen waren.

Ich spürte Enttäuschung, die so groß war, dass sie für das gesamte Volk Unarmons gereicht hätte. Ohne dass ich es gewollt hatte, hatte ich Vertrauen zu ihm gefasst. Wenn auch nur ein winziges bisschen, doch es war mehr, als ich eigentlich hatte zulassen wollen. Mit jeder Übung, jedem Gespräch, jeder Tasse Tee. Und er hatte es einfach so missbraucht. Dabei hatte ich von Anfang an gespürt, dass er es nicht wert sein würde.

Mit diesem Gedanken rappelte ich mich auf und humpelte in das Zimmer, in dem ich die letzten Wochen geschlafen hatte. Es war nicht viel von meinen persönlichen Dingen, die ich aufsammeln musste. Die Briefe, meine Handschuhe.

»Ich werde jetzt gehen«, sagte ich.

»Wohin?« Nael musterte mich mit einem ausdruckslosen Gesichtsausdruck. Ich konnte bei Weitem nicht erkennen, was ihm durch den Kopf ging.

Aber es interessierte mich sowieso nicht.

»Weg.«

»Ja, aber wohin? Denkst du, dass du nach Hause kannst nach diesem Abend? Dass Salys nicht noch intensiver nach dir suchen wird?«

»Das geht dich absolut nichts an.« Ich versuchte, meine Stimme ruhig zu halten.

»Du bringst dich um, wenn du denkst, du kannst einfach in der Stadt herumirren –«

»Hörst du mir nicht zu? Ich sagte –«

»Du kannst mit zu mir.«

Mein Kopf flog herum. »Was?«

Idalyn wirkte, als würde sie ihr Angebot bereuen. »Du kannst bei mir wohnen«, wiederholte sie genervt. »Bevor du auf der Straße endest. Aber wehe, du machst Dreck.«

Gekränkt über diese Aussage schürzte ich die Lippen. »Wie sehe ich aus? Wie ein Haustier?«

»Hm«, machte sie nachdenklich. »Warst du keines für Nael?« Wie gern hätte ich sie in diesem Moment dafür geohrfeigt.

»Nein«, antwortete ich förmlich.

»Dann ist doch alles in Ordnung.« Idalyn grinste. Ich zeigte ihr die Zähne.

»Du musst nicht gehen«, warf Nael ein, als wir uns in Richtung Keller aufmachten. Zuvor hatte er sich aus der Kabbelei komplett herausgehalten.

Bevor ich eine bissige Bemerkung dazu machen konnte, antwortete Idalyn. »Ich an ihrer Stelle hätte genauso gehandelt, Nael. Du machst einem Angst.« Sie blieb an dem Treppenabsatz stehen und wandte sich noch einmal zu ihm um. »Sehen wir uns übermorgen? Ich hätte es beinahe vergessen, aber ich soll dich von Zephar fragen.«

»Selbstverständlich.«

Sie nickte, ehe sie ihre Maske anlegte und die Hand zum Abschied hob. »Dann sehen wir uns spätestens dann wieder.«

Zu meiner Überraschung lebte sie in einer der wohlhabenderen Gegenden von Avize. Ich war begeistert, wie sauber die Straßen waren, auf denen wir wandelten, und wie gepflegt die Häuser waren, an denen wir vorbeikamen. Blumenkästen vor den Fenstern, bunt gestrichene Türen, der Geruch von frisch gebackenem Brot am Morgen.

»Wohnst du hier wirklich?«, entfuhr es mir, als Idalyn vor einem Haus mit grüner Tür hielt.

»Nein, ich tu nur so«, erwiderte sie und ich hätte schwören können, dass sie dabei mit den Augen gerollt hatte. Aus ihrer Tasche kramte sie einen kleinen, glänzenden Schlüssel und sperrte die Tür auf. Mit einer ausladenden Bewegung lud sie mich ein.

Florale Muster in einem satten Grün zierten die Wände. Meine Finger strichen über die Tapete. Sie war samtweich. Am Ende des langen Korridors war die Küche und Licht fiel durch das Fenster. Staub tanzte in den Strahlen.

»Ich glaube, ich muss dir nun Tee anbieten«, gab Idalyn seufzend von sich, nachdem sie beobachtet hatte, wie ich mich verblüfft um die eigene Achse gedreht hatte, um alles in diesem Raum in mich aufzusaugen. Blau gestrichene Möbel und Blumen, wohin man blickte. Nicht nur Lavendel, sondern auch Herbstastern und … Rosen. Rosen. Rote, blaue, gelbe. Sogar welche mit zwei Farben. Ich hatte gar nicht gewusst, dass das möglich war.

»Tu dir keinen Zwang an.«

Sie ignorierte meinen Konter. »Welchen möchtest du? Ich habe Holunderblüten, Pfefferminze, Kamille …« Sie zählte weitere Sorten auf, während sie ihren Schrank durchforstete. Namen, von denen ich nie etwas gehört hatte.

»Kamille?«

Daraufhin zog sie ein kleines Paket hervor und fischte aus einer der Schubladen einen Löffel heraus. »Kommt sofort.«

Nachdem der Wasserkessel auf dem Herd stand, trat sie ans Fenster und sah hinaus. Das weiße Licht des Tages schuf merkwürdige Schatten auf ihrer Maske.

»Deswegen bin ich zu Beginn der Schwarzen Woche so abgestürzt«, sagte sie nach einer Weile.

Ich stutzte über die fehlende Abneigung in ihrer Stimme. »Weswegen?«

Idalyn wandte sich vom Fenster ab und studierte mich für einen Moment. »Wegen dieser Halluzinationen. Ich kann das kaum ertragen.«

Ich runzelte die Stirn. »Aber wieso triffst du dich dann mit ihm?« Es wäre einfacher, ihn aus ihrem Leben zu verbannen, wenn er so große Wirkung auf sie hatte.

»Weil er mein Freund ist, Emery.«

Ich schnaubte. Konnte das wirklich diese Visionen entschuldigen? »Wenn es nach mir ginge, bin ich schon viel zu oft gestorben. Einmal würde mir reichen. Und dann auch bitte erst, wenn ich mein Leben schon gelebt habe.«

»Du bist ganz schön bequem, meinst du nicht? Dabei hast du doch selbst kein leichtes Leben gehabt. Nael erzählte mir, dass du eine Schwester hast, nicht wahr? Sie hat dich doch auch ertragen.«

»Aber sie wusste nichts von meinem Geheimnis«, schoss ich zurück. »Sie musste nicht darunter leiden.«

»Sicher? Und wieso bist du dann voller Schuld?«

Das konnte doch nicht wahr sein.

»Ich weiß nicht, wovon du redest«, gab ich kalt zurück.

Sie grinste süß. »Oh, ich glaube schon.«

Nachdem der Kessel zu pfeifen begann und Idalyn der Tee aufgegossen hatte, ließ ich das Thema fallen und schlürfte meinen Tee. Idalyn eilte aus dem Raum und ließ mich mit meinen Gedanken allein.

Von draußen drangen die Geräusche des Tages in die Küche herein und aus dem Fenster sah ich, wie viele Menschen auf der Straße an ihrem Haus vorbeiströmten. Nach den Geschehnissen der Nacht und der Stille, die mich nun umgab, hatte ich das Gefühl, als wäre die Zeit in mir stehen geblieben.

Idalyn betrat die Küche. »Wenn du möchtest, kannst du dich jetzt hinlegen. Ich habe dir ein Bett gemacht. Aber sieh zu, dass du meine Laken nicht vollblutest.«

»Ich gebe mein Bestes«, gab ich zähneknirschend zurück, als ich an ihr vorbeihumpelte. »Wo?«

»Die Treppe hoch. Du schaffst es doch, oder?«

»Natürlich.« Ich hatte ja nicht vor wenigen Stunden noch ein verdammtes Messer in meinem Bein stecken. »Nichts leichter als das.«

»Dann wünsche ich dir einen geruhsamen Schlaf, Emery.« Ich zog es vor, nicht darauf zu antworten. Stattdessen humpelte ich fluchend hinauf, verwünschte Salys, verwünschte mein Bein, das ich beim Treppensteigen kaum anwinkeln konnte und dadurch mehr staksend als gehend die Stufen erklomm. Bei jedem Schritt spürte ich die Wunde schmerzhaft pulsieren.

Wenig später lag ich in dem Bett, das Idalyn mir zurechtgemacht hatte. Mich überraschte die Weichheit der Kissen, als ich mich in sie hineinlegte. Ehrlich gesagt hatte ich erwartet, dass sie mir die furchtbarsten Kissen gab, die sie in ihrem Haus finden konnte.

Trotzdem war sie ein Miststück.

In der Stille der Nacht rotierten meine Gedanken, ohne dass ich es verhindern konnte. *Das, was du vielleicht für eine Sekunde siehst, träume ich jede Nacht. Dass ich jeden umbringe, der in meiner Nähe ist. Dass ich der Mörder meiner Lieben bin.*

Jede Nacht.

In meiner Wut hatte ich das aufkeimende Mitleid ignorieren können. Doch mit der Zeit schlichen sich andere Gedanken an die Oberfläche und ließen mich nicht in Ruhe. Gedanken, die nicht mehr voller blinder Wut waren. Dabei hatte ich die Scheuklappen, die sie mir verliehen hatten, mehr als genossen.

Er hat dich auch nicht verurteilt, wisperte es.

Aber ich habe ihn auch nicht angelogen, schoss ich zurück. Ich war zu ihm aufrichtiger gewesen, als mir lieb war.

Im Erdgeschoss knallte es und ich fuhr schlaftrunken aus dem Bett hoch. Ein Albtraum, an den ich mich nicht mehr erinnern konnte, hing mir nach. Ich konnte den Schweiß kalt auf meiner Stirn spüren.

Es war dunkel im Zimmer und der Himmel hinter den Scheiben violett. Ob es Abend oder Morgen war, konnte ich nicht sagen.

Ich fand Idalyn in der Küche, zusammen mit einem Mann, den ich nicht kannte.

»Hallo«, sagte ich, als ich durch die Tür humpelte. Während sie sich nicht die Mühe machte aufzusehen, erhob sich der Mann und kam auf mich zu. Er hatte ein weiches Gesicht mit einer etwas zu breiten Nase. Und Augen, oh, Augen von so merkwürdiger Farbe. Eine Art Ocker.

»Emery«, sagte er und schüttelte meine Hand. Ich erkannte ihn an seiner Stimme.

»Zephar. Was machst du hier?«

»Wohnen vielleicht?« Er lächelte warm.

»Du und Idalyn?«, entfuhr es mir überrascht und am liebsten hätte ich die Worte sofort wieder zurückgenommen, schließlich ging es mich nichts an.

»Ja. Hast du Hunger? Wir wollten gerade Abendbrot machen. Wärst du nicht gekommen, hätten wir dich geholt.« Mein Magen knurrte zur Antwort.

»Danke.« Mein Bein brannte, als ich zum Tisch humpelte und mich gegenüber von Idalyn setzte. Sie hob eine Augenbraue, sah aber immer noch nicht auf.

»Idalyn.«

»Emery.« Gut, anscheinend wollte sie nicht reden.

Zephar trat mit gefüllten Tellern an uns heran. Frische Brötchen, Aufschnitt und Saft. Ich bedankte mich und begann zu essen.

Vielleicht könntest du dort anfangen zu suchen, wo du dein Glück gesucht hast?

Was hatte Salys mit diesem Satz gemeint? Was sollte mein Glück sein? Wovon dachte *er*, dass es mein Glück sein würde? Ich sinnierte so sehr über diese Fragen nach, dass mein Kopf zu pochen begann. Denn ich konnte mir keinen Reim darauf machen, worauf alles hinauslaufen sollte. Und die wichtigste Frage überhaupt war doch, ob dieser Mondstein wirklich helfen würde?

Lügen. Überall Lügen. Ich hatte gewusst, dass ich irgendwann in ihnen ertrinken würde.

»Hast du keinen Hunger mehr?« Ich brauchte einen Moment, um zu begreifen, dass Idalyn mit mir sprach. Überrascht hob ich den Kopf und begegnete ihrem Blick.

»Doch … ich habe nur vergessen zu essen.«

»So?«, fragte sie, als würde sie an meiner geistigen Gesundheit zweifeln.

Ich rollte mit den Augen. »Was willst du, Idalyn?«

Sie seufzte daraufhin. »Vielleicht solltest du mit ihm reden.«

»Mit wem? Nael?«, schnaubte ich. »Sicher nicht. Ich tue das, was ich auch dir raten würde. Sich von ihm fernhalten. Das, was er macht, ist nicht normal.«

»Tatsächlich? Und du bist normal, ja? Mit deiner Fähigkeit?«

»Das ist nicht dasselbe«, erwiderte ich und kniff die Augen zusammen. »Ich tue niemandem weh.«

»Nael auch nicht.«

»Sicherlich.«

»Was auch immer.« Dann murmelte sie etwas, das ich nicht verstand.

»Was ist eigentlich dein Problem?«, brauste ich auf. »Wieso kannst du nicht aufhören, auf mir rumzuhacken? Das ist einfach, wenn du dich hinter deiner Maske verstecken kannst, nicht wahr?«

»Weil du es nicht einsehen willst!«, entgegnete Idalyn erhitzt und seufzte, als würde sie kapitulieren. Mit flinken Fingern öffnete sie ihre Maske und ließ sie heruntergleiten. Das Gesicht, das sie offenbarte, erinnerte an das einer Puppe. Sie hatte sehr blasse Haut, umrahmt von dunklen Locken. Ein blaues Auge blickte mir entgegen – und ihr anderes Augenlid hing herunter. Sie blinzelte, doch nur ein Auge machte diese Bewegung, ehe sie das andere zusammenkniff, als würde sie meine Reaktion abschätzen. Bei Domyn. Bei Domyn, das war so taktlos von mir gewesen. Aber es hatte mich niemand vorgewarnt. Woher hätte ich das verdammt noch einmal wissen sollen?

»Bist du jetzt zufrieden, Emery?«, fauchte sie, als ich noch immer um Worte rang.

»Ich – ich hab das nicht gewusst«, stammelte ich und spürte prompt, wie ich rot wurde. Aber nicht nur meine Ohren – mein Gesicht brannte!

»Woher auch? Es ist ja nicht so, dass ich es jedem erzähle.« Ihre Stimme klang hart und unnachgiebig, jedes ihrer Worte war ein Vorwurf für sich, der mir um die Ohren flog. Idalyns eines Auge blitzte hart auf.

»Es –«

»Entschuldige dich nicht, wenn du keine Ahnung hast«, fuhr sie mich an. Sekunden vergingen, in denen wir mit Blicken rangen, bevor Idalyn ein missbilligendes Geräusch von sich gab. Gekränkt kam ich auf die Beine. Ich hatte schon lange keinen nächtlichen Ausflug mehr unternommen. Ohne auf ihren Protest zu achten, verließ ich das Haus und hörte sie noch hinter mir Verwünschungen aussprechen.

Ich gab mich nicht der Illusion hin, ich könnte es mit meinem Bein bis zur Kathedrale schaffen; und wieder verfluchte ich Salys dafür, dass er mir die Möglichkeit genommen hatte, meine Freunde aufzusuchen, wenn ich sie am dringendsten brauchte. Trotz der Schmerzen in meinem Bein borgte ich mir keine fremde Gondel, sondern entschied mich dafür, zu Fuß in Richtung Zentrum zu laufen.

Die Monde flimmerten zwischen den Häusern, auf meinem Spaziergang wuchsen die Sicheln langsam zu Vollmonden heran. Bald würden sie ihren Zenit erreichen. Ich hielt mich fernab der großen Straßen, auf denen ich Ode oder Alarig begegnen könnte. Mit meiner Verletzung würde es ein Leichtes für sie sein, mich zu Salys zu bringen.

Ein Schatten wuchs über mich und ehe ich mich versah, wirbelte eine Feder so langsam durch die Luft, dass ich sie im Flug aus der Luft fischen konnte. Sie lag schimmernd in meiner Hand, blau und rot reflektierend und mit einem spitz zulaufenden Ende.

Ich legte den Kopf in den Nacken. »Ascher?«

Hinter mir erklang ein Rumpeln, dann ein wüster Fluch, der mich meine Augenbrauen hochziehen ließ. Ich entdeckte Ascher in einem Berg aus Holzkisten. Er rieb sich mit einem langen Gesicht den Ellenbogen. Obst rollte über das Pflaster.

»Ich wusste gar nicht, dass du solche Wörter kennst, Ascher! Wie hast du mich gefunden?«

»Hallo, Emery!«, rief er, auf dem Stapel balancierend. »Finden würde voraussetzen, dass ich dich gesucht hätte«, sagte er liebenswürdig, als er festen Boden unter den Füßen hatte. Er ging in die Knie, um die rollenden Äpfel aufzusammeln. Ascher zauberte aus seiner Hosentasche einen Stoffbeutel und ließ sie darin verschwinden. »Aber da muss ich dich leider enttäuschen. Ich war nur auf der Suche nach etwas Essbarem und dann sah ich dich! Welch Überraschung! Du vermisst uns wohl nicht, oder? Die Nächte vergehen, ohne dass du uns besuchen kommst! Stattdessen streichst du durch die dunkelsten Gassen der Stadt!«

»Ich … es ist viel passiert in letzter Zeit.«

»Rhys sagte, dass dich etwas beschäftigt«, erwiderte Ascher ruhig. »Und dass du es uns schon sagen wirst, wenn du so weit bist. Wann bist du so weit, um es uns zu erzählen? Wir sind gute Zuhörer, das solltest du wissen.«

Diese Worte ließen mich betreten zu Boden gucken. »Es … es ist nur, ich habe endlich das getan, wozu Rhys mir geraten hat. Ich habe mich von Salys losgesagt, Ascher. Das macht vieles schwierig momentan.«

»Ja, das glaube ich! Wenn ich diesen Namen schon höre!«, stöhnte er. »Ich kann immer noch nicht verstehen, wie du es so lange bei ihm ausgehalten hast. Aber ich bewunderte dich für deine Stärke und Geduld. Nicht jeder hätte es so gut verkraftet.«

»Gut verkraftet?« Ich lächelte matt bei dieser Wortwahl. »Schön wär's.« Ich erzählte ihm alles; die Geschehnisse der letzten Tage, alles, was Salys uns bei dem Einbruch offenbart hatte.

Ascher trat näher und tätschelte meine Schulter. »Du magst es kaum glauben, aber wir sind schon ein wenig länger auf dieser Welt. Wir sahen, wie Menschen an die Macht kamen und wieder gestürzt wurden. Menschen, die ihren Träumen nachjagten, die sie zu Gejagten ihrer eigenen Vision machten, bis sie bei der bitteren Verzweiflung ankamen. Daran gibt es nichts zu beschönigen, Emery. Und du hast es geschafft, dich von deinem größten Unglück loszusagen.«

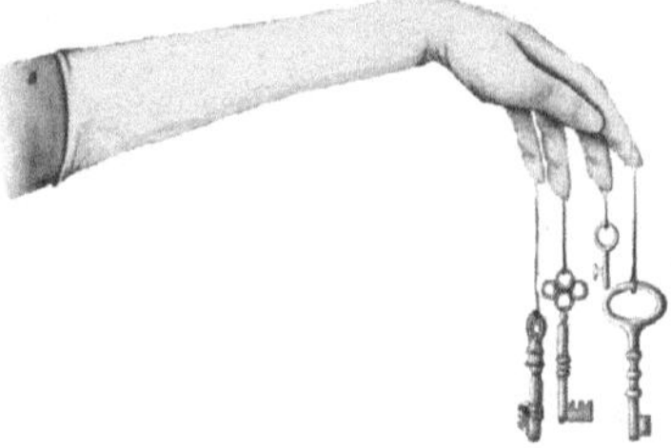

Laterna Magica

Es fing damit an, dass Idalyn nach meiner Schwester fragte. »Du schreibst ihr Briefe, nicht wahr?«

»Na ja … bisher hat es Nael getan. Also, zwei Mal.« Ich nestelte nervös an meinen Handschuhen.

»Kannst du es noch nicht alleine?«

»Nein.«

»Das können wir ändern«, sagte sie auf ihre spezielle Art. Irgendwie beschlich mich das Gefühl, dass ich es bereuen würde, ihre Hilfe anzunehmen. Verzweifelt, wie ich war, nickte ich.

Sie warf mich ins kalte Wasser und verlangte, dass ich die Buchstaben auswendig lernte, um nach Gehör zu lesen. Aber es war schwer. Ich verstand nicht, nach welchen Regeln die Buchstaben aufeinanderfolgten, welchen Rhythmus sie innehatten. Ihre aufbrausende Art machte es nicht besser.

»Ich versteh das nicht«, entfuhr es mir gereizt. »Ich werde das nicht können.«

»Wenn du deine Einstellung nicht änderst, wird das auch nichts«, feuerte sie zurück. »Reißt du dich endlich zusammen?«

Ich presste die Zähne aufeinander, um nicht irgendwelchen Worten die Möglichkeit zu geben, aus meinem Mund zu schlüpfen.

»Schreib ›Ich bin doof‹«, kommandierte sie schließlich.

»Das werde ich nicht schreiben«, schnappte ich.

»Doch, das wirst du«, erwiderte sie arrogant. »Los.«

Ich fantasierte für eine winzige Sekunde, ihr den Federkiel in den Hals zu rammen, wie es Nael bei mir getan hatte … in einer Vision. Seiner Vision.

Nur widerwillig tunkte ich die Feder in die Tinte, streifte die überschüssige Farbe ab und setzte ich sie an. Ich zeichnete das Alphabet aus meinem Gedächtnis heraus aufs Papier, überlegte, welche Buchstaben sich wohl am besten für die Laute eigneten und begann sie über das Papier zu ziehen:

Ih bin doph

»Dein Ernst?« Idalyn verschluckte sich an einem Lachen und versuchte ihre strenge Miene zu wahren.

»Sehr witzig.«

Und so ging es weiter. Sie zwang mich dazu, absurde Sätze aufzuschreiben, ehe sie jeden Fehler umkringelte und erklärte, wieso es so *nicht* richtig war.

Ih bin ein Shweinhen

Idalyn hat mehr Sharm als ih

Meine Augen haben eine komishe Varbe

»Wirklich?«, fragte ich abschätzig, als ich den letzten Satz niedergeschrieben habe. »Hast du ein Problem mit deinem Selbstbewusstsein?«

»Nein.« Sie grinste. »Aber anscheinend du, wenn dich diese Sätze stören.«

Miststück. Doch ich gab ihr nicht die Genugtuung, wie sehr mich ihre Äußerungen auch aufbrachten.

»Nein wirklich: du machst hier immer denselben Fehler«, sagte sie und tippte auf *Ih,* gefolgt von *Sharm* und *Shweinhen.* »Bei diesen …«

Eine Tür fiel mit einem Knallen ins Schloss und unterbrach sie. Alarmiert hob ich den Kopf und sah Idalyn an, doch sie zuckte nur mit den Schultern. Sekunden später jedoch wurde deutlich, dass es nicht der Wind gewesen war, als Nael im Türrahmen erschien. Seine Maske trug er vor sich in den Händen. Schlaflose Nächte hatten dunkle Schatten unter seine Augen gezeichnet.

»Hallo«, sagte er schlicht. Sein Blick lag abwechselnd auf Idalyn, dann auf mir. Als wäre er sich unsicher, wen er anschauen sollte. *Ob* er mich anschauen sollte.

Idalyn stellte sich als Verräterin heraus, als sie aufstand und ihm beim Vorbeigehen auf die Schulter klopfte. Dann verließ sie die Küche und Nael glitt auf ihren Platz, mir gegenüber.

»Emery«, seufzte er. »Es tut mir leid.«

»Gut zu wissen«, murmelte ich und wandte meine Aufmerksamkeit wieder dem Blatt Papier vor mir zu. Mit meinen Fingern zeichnete ich die Kringel darauf nach und versuchte so, meinen Herzschlag zu beruhigen. Wieso wühlte mich seine Anwesenheit so auf? Ich war aufgebracht, weil er mich belogen hatte. Enttäuscht, weil ich tatsächlich geglaubt hatte, ihm vertrauen zu können. Es war ein Fehler gewesen, deshalb war ich aber am meisten auf mich selbst wütend. Auf mich und meine Naivität.

»Ich hätte es dir früher sagen sollen.«

Meine Augenbrauen schoben sich ärgerlich zusammen. Seine Entschuldigung war ein schwacher Trost. Ich war noch nicht bereit, ihm zu vergeben, dafür waren die Enttäuschung und die Demütigung zu groß. Wie eine Idiotin hatte ich vor Salys gestanden. Blind und naiv, weil ich Naels Geheimnis nicht gekannt hatte.

»Emery!« Die Dringlichkeit in seiner Stimme überraschte mich und bevor ich realisierte, was ich eigentlich tat, sah ich auf, direkt in seine grünen Augen.

»Was willst du von mir?« Meine Frage kam schärfer als beabsichtigt, aber ich war stolz darauf, wie gut mein Tonfall zu meiner Gefühlslage passte.

»Ich möchte mich bei dir entschuldigen«, erwiderte er steif, »und kann nur hoffen, dass du es annehmen wirst.«

Klar, dachte ich. *Es ist ja nur so, dass Salys sich jetzt nur noch mehr darin bestätigt fühlt, dass ich naiv bin.* Ich presste meine Lippen zusammen, um die trotzige Antwort daran zu hindern, zwischen meinen Lippen hindurchzuschlüpfen.

Nael lehnte sich zurück und atmete lautstark aus. Dabei schien er in sich zusammenzufallen, so wie seine Schultern absackten. Dann fuhr er sich mit der Hand über das Gesicht. »Bitte«, sagte er leise. »Ich wollte dich nicht bloßstellen.«

»Das hättest du dir vielleicht überlegen sollen, bevor sich die Möglichkeit auftat, dass wir Salys begegnen könnten!«, rief ich, obwohl ich ihn eigentlich nicht so leicht davonkommen lassen wollte. »Was dachtest du, wird geschehen? Dass er uns zum Tee einlädt? Jedes verdammte Geheimnis war ein Risiko. Und deines aufrechtzuerhalten, war dir wichtiger, als dass wir es unbeschadet wieder aus seinem Haus schaffen würden. Weißt du, was das über dich aussagt, Nael?«

Bei meinen anklagenden Worten zuckte er zusammen. In meinem Inneren wusste ich, dass ich mich ungerecht verhielt, aber meine Wut über das Desaster war größer. In meinem Kopf spielten sich Szenarien ab, was noch hätte passieren können, als wir schreckerstarrt vor Salys standen.

»Weißt du«, begann er dann leise. »Ich habe nie gelogen, als ich sagte, dass ich dir helfen kann.«

»Aber du hast auch nie erwähnt, dass *du* der Grund für diese Visionen bist!«, widersprach ich ihm. »Jedes Mal zweifelte ich an meinem Verstand und dachte – ich dachte, dass diese Visionen eine unbekannte Nebenwirkung meines Fluches wären. Dass ich wahnsinnig werden würde.« Hier brach meine Stimme und ich schämte mich, dass mein Körper verriet, wie sehr mich das alles aufwühlte. Ich räusperte mich und fuhr dann fort: »Dabei warst es von Anfang an du! Weißt du, wie wütend mich das macht? Du hättest dieser quälenden Unsicherheit so viel eher ein Ende setzen können!« Erschöpft hielt ich inne. Nael wartete, als wüsste er, dass ich noch nicht fertig war. »Ich glaube nicht, dass ich das kann. Nicht nach allem, was herausgekommen ist.«

»Es tut mir leid«, wiederholte er, doch ich schüttelte bestimmt den Kopf.

»Ich weiß nicht, ob es dieses Mal reicht.«

»Was kann ich tun, damit du mir wieder vertrauen kannst?«

Diese Frage entlockte mir ein verächtliches Schnauben. »Nael, du kannst nicht erwarten, dass ich das einfach vergesse. Vertrauen ist ein fragiles Konstrukt …« Dann hielt ich für einen Moment inne. »Aber sag mir eines: Wieso hast du wegen deiner Gabe gelogen? Wieso *Seelenfresser?*«

»Es sind nicht nur die Bilder –« Er unterbrach sich. »Das, was du gesehen hast, durchlebte ich nur Stunden später in meinen Träumen. Ich hielt tatsächlich das Messer in meiner Hand, das ich in deinen Bauch trieb, und ich konnte nichts dagegen tun. Diese Ohnmacht, die mich befällt, verfolgt mich dann den ganzen Tag. Die Schuldgefühle. Die Leere in deinen Augen, nachdem … Es fühlt sich an, als würde es mich von innen heraus auffressen.« Er mied meinen Blick. »Es lag jedes Mal auf meiner Zunge, nach jeder Vision. Aber ich konnte es nicht über mich bringen, es auszusprechen.« Seine Worte wurden hastiger, als fürchtete er, dass ich ihn unterbrechen, seine Erklärung abwürgen könnte, bevor er fertig war. Und diese Erkenntnis ließ mich weich werden. »Ich könnte dir nie Schmerzen zufügen! Ich –«

»Ich weiß.« Er ballte seine Hände angestrengt zu Fäusten und ich streckte meinen Arm aus, bis meine Finger über seine Knöchel strichen. Unter meiner Berührung lockerte sich sein Griff, ehe er seine Finger mit meinen verschränkte. Ich konnte meinen Blick nicht davon losreißen, wie klein meine Hand im Vergleich zu seiner wirkte. »Ich glaube dir.«

Er atmete erleichtert auf. »Danke. Aber …« Er entzog mir seine Hand.

»Wieso klingt das so, als hättest du noch mehr schlechte Nachrichten für mich?«

»Es geht um den Grund, wieso ich dich um Hilfe bat.«

»Es kann nicht schlimmer sein als die Tatsache, dass du mir deinen Fluch verschwiegen hast, oder?«, erwiderte ich schwach. Doch die Art, wie er den Mund zusammenkniff, sagte etwas anderes.

»Es sollte für mich sein«, begann er, völlig aus dem Zusammenhang gerissen, und legte dann eine kurze Pause ein. »Ganz ursprünglich suchte ich nach einem Heilmittel für mich und du solltest mir dabei helfen.«

Natürlich hatte er nach Rettung für sich gesucht. *Es sollte von Anfang an nicht für mich bestimmt sein.* Dieser Gedanke kam überraschend verbittert. Wieso hätte er auch nach einer Rettung für mich suchen sollen?

»Hättest du das nicht einfach für dich behalten können? Ich hatte gerade angefangen, dir zu verzeihen. Jetzt muss ich es mir noch einmal überlegen«, sagte ich, doch ich hasste, wie dünn meine Stimme dabei klang.

Er lächelte schmal, doch es wirkte mehr wie eine Grimasse. »Die Frage ist jedoch: Was ist dein Glück, Emery?«, fragte er gedankenverloren und legte dabei den Kopf schief. Seine grünen Augen blitzten neugierig.

»Das wüsste ich auch gerne, denn anscheinend habe ich keines.«

»Du kannst später in Selbstmitleid baden. Wovon könnte er denken, dass es dein Glück wäre, Emery? Was war deine größte Motivation?«

»Wofür?« Ich starrte ihn verständnislos an.

»Für alles? Salys, die Taschendieberei, dein Leben, wie du es bisher geführt hast?« Er machte eine ausholende Bewegung. »Dass du von ihm weg bist und zu mir kamst?«

Sekunden verstrichen, in denen ich Nael anstarrte, als hätte er es selbst geschafft, in Flammen aufzugehen, und er beantwortete die Frage, bevor ich es tun konnte. »Amra.«

»Meine Schwester? Aber ich kann mir nicht vorstellen, dass es bei ihr –«

»Nein«, unterbrach er mich mit einem müden Lächeln. »Da nicht. Aber was hast du dir nicht sehnlicher für deine Schwester gewünscht?«

»Ein besseres Leben.«

»Und wodurch?«

Bildung. Dann kam endlich alles zusammen. »Der König.«

»Es ist derselbe Grund, wieso du dich von Salys losgesagt hast. Die Frage hätte auch heißen können, wieso du ihn verlassen hast.«

Um mein Glück in des Königs Versprechen zu finden.

Der König. »Kann das die Lösung sein?«, fragte ich leise, konnte nicht verhindern, dass sich so etwas wie Hoffnung in meine Worte schlich. »Das ist zu einfach.«

Doch Nael schüttelte den Kopf. Sein Blick war entschuldigend, als er mich ansah. Wieder überlagerten sich zwei Bilder. Amras sanft blickende grüne Augen, die mich musterten. »Erst jetzt wird es kompliziert. Wenn wir tatsächlich in den Palast einbrechen sollten, stellt uns das gleich vor mehrere Probleme.«

Ich brauchte einen Moment, bis ich seine Worte verdaut hatte. Bevor ich etwas darauf erwidern konnte, stolzierte Idalyn wieder in die Küche. Sie hielt direkt neben Nael, die Arme vor der Brust verschränkt, als würde es sie große Überwindung kosten, hier zu sein.

»Habt ihr euch wieder vertragen?«, fragte sie, ohne eine Antwort abzuwarten, mit so spürbarer Verachtung in der Stimme, dass ich die Zähne zusammenbeißen musste, um nicht das Nächstbeste auszusprechen, das mir durch den Kopf schoss. Ich spürte, wie es wieder in meinem Inneren zu brodeln begann. Wenn sie meinen gequälten Ausdruck bemerkte, zeigte sie es nicht. »Schön. Wurde auch Zeit. Nachdem es das letzte Mal so hervorragend geklappt hat, wie wollt ihr weitermachen?«

Als hätte Nael meine Unruhe bemerkt, tauschten wir Blicke aus.

»Wenn wir dem glauben können, was Salys sagte, dann bleibt uns nur eine Möglichkeit: Wir müssen in den Palast eindringen.«

»Du sagtest es selbst. *Wenn* ihr dem glauben könnt. Seid ihr wirklich so naiv, dass ihr denkt, er würde euch einfach so verraten, wo ihr es findet? Dass ihr einfach in den Palast marschieren und mit dem Heilmittel wieder hinaus spazieren könnt?«

»Wir werden es nie herausfinden, wenn wir es nicht probieren!« Nael überraschte mich. Er fuhr von seinem Stuhl hoch und verschränkte die Arme vor seiner Brust. »Du weißt, ich schätze deine Meinung sehr. Doch bei diesem Thema hast du einfach keine Ahnung, worum es für uns geht!«

»Aber für welchen Preis?«

»Schlimmer kann es nicht mehr werden. Für mich zumindest.« Beide wandten sich mir überrascht zu, als hätten sie nicht damit gerechnet, dass ich mich einmischen würde. Dabei kamen mir Rhys' Worte wieder in den Sinn. *Doch ich hätte jede Nacht wach gelegen und mich gefragt, ob ich nicht die einzige Möglichkeit, sie zu retten, aus egoistischen Gründen abgelehnt hätte. Ich hätte mich mit dieser Frage gequält, ob es vielleicht nicht die Lösung für uns beide gewesen wäre.* »Entweder ich probiere es oder ich werde, solange ich lebe, mit dem Gedanken leben müssen, was hätte passieren können. *Ob* wir es geschafft hätten.«

Idalyn schnaubte nur minder beeindruckt und warf ihre Arme in die Luft. »Natürlich. *Natürlich.* Das heißt wohl, wir gehen heute Abend nirgendwohin. Ich verstehe, ihr wollt alles auf eine Karte setzen. Und lasst mich raten: Ihr lasst euch von niemandem abbringen? Leben oder sterben. Könnt ihr gerne – nur ohne mich! *Raus* aus meinem Haus!« Sie stürmte wieder hinaus und ließ uns beide verblüfft zurück. Meine Hand zuckte, wie um sie aufzuhalten, doch Nael hielt sie auf.

»Lass gut sein«, sagte er gedämpft. »Sie macht sich nur Sorgen.«

»Seltsame Art, das zu zeigen.«

Idalyns Ausbruch ließ uns nachdenklich zurück. Wir packten meine wenigen Sachen zusammen und verließen das Haus. In der Tür zögerte Nael, als würde er erwarten, dass Idalyn uns wenigstens verabschieden würde, doch es blieb still im Haus. Nael zuckte mit den Schultern und zog die Tür hinter uns zu.

Wir stiegen in einer beklommenen Stimmung die Stufen zu seiner bewohnten Etage hinauf. Als ich Nael nur wenig später in das Klavierzimmer folgte, nachdem ich mich umgezogen hatte, lernte ich zwei weitere Dinge über ihn: Erstens, er hatte die letzten Tage nicht mit Grübeln verbracht. Er schien die Regale umgeräumt zu haben. Dünnes Einpackpapier lag auf dem Boden verstreut, zusammen mit Werkzeug und Schauben. Und zweitens war er aufmerksamer, als mir lieb war. Ich wusste nicht, was er dort gesucht haben könnte, doch als ich zur Tür hineinkam, hielt er ein hölzernes Kästchen in der Hand, die Augenbrauen überrascht zusammengezogen, und ich mir wurde augenblicklich klar, was er soeben in dem Regal gefunden hatte.

»Was ist das, Emery?«, fragte er, ohne aufzusehen. »Denn ich kann mich nicht erinnern, so etwas dort hingestellt zu haben.« Ohne meine Antwort abzuwarten, ließ er die Riegel aufschnappen und sog scharf die Luft ein, als er erblickte, was ich ihn am wenigsten hatte sehen lassen wollen.

»Das geht dich nichts an!«, war die einzige Antwort, die mir einfiel. Mit einem Mal schämte ich mich für den Revolver, den ich Zohara abgekauft hatte.

»So?«, fragte er komplett unbeeindruckt. Mit seinen Fingern tastete er über das gravierte Metall. »Und woher hast du dieses Schmuckstück? Lass mich raten – nicht zufällig von der alten Frau, die sich dir gegenüber total unmöglich verhalten hat?«

»Vielleicht. Kann schon sein, dass er daher kommt«, räumte ich unwillig ein.

»Was willst du mit so einem? Und vor allem, wie konntest du ihn dir leisten?«, fragte Nael völlig entgeistert. »Woher hattest du das ganze Geld?«

»Ehrlich gesagt … hatte ich es nicht«, nuschelte ich in meine Hand. »Ich … ähm …«

Ein Moment verstrich in Stille, bevor Nael scharf die Luft einsog, und sich mit einer Hand über das Gesicht fuhr. »Ich bring Zohara um.«

»Wie kann sich eine Frau wie sie bei dir verschulden, Nael?«

»Nun, sie hatte etwas zu reparieren und ich kann mit einem Schraubenschlüssel umgehen«, erwiderte er kurz angebunden. »Nun denn … erinnerst du dich, als wir das letzte Mal hier standen und du nach der Funktion dieses Kastens gefragt hast? Weißt du, was ein Skioptikon ist?« Nael durchschritt den Raum und blieb vor einem niedrigen Tisch stehen. Auf ihm thronte der Kasten aus dunklem Holz, umrahmt von metallenen

Scharnieren. Auf seiner Vorderseite ragte eine Art Rohr mit gläserner Linse heraus. Ich erinnerte mich, wie fasziniert ich davon gewesen war.

Als er den fragenden Ausdruck in meinem Gesicht bemerkte, lächelte er flüchtig. »Ich kannte es selbst nicht. Aber ich zeige dir gerne, was es kann. Setz dich bitte.« Mit diesen Worten wies er auf den Tisch, der zuvor von ihm an die Wand gerückt worden war. »Ich weiß, dass es eine etwas unübliche Sitzgelegenheit ist, aber ich hoffe, dass du mir verzeihen kannst.«

Dann schob er das eigentümliche Ding zurecht. Mit Streichhölzern, die er aus seiner Tasche zog, entzündete er eine Kerze. Bevor ich einen Blick auf diese erhaschen konnte, verschwand sie hinter einer Klappe im Inneren des Kastens.

Die Wand vor uns erleuchtete so jäh, dass ich zusammenzuckte.

»Sag bitte, dass es Magie ist«, entfuhr es mir ehrfürchtig. Fasziniert glitt ich von meinem Platz und gesellte mich neben Nael und sein kleines Geheimnis. Es leuchtete von innen heraus. Probeweise fuhr ich mit meinen Fingern durch das Licht, doch es entglitt mir. Staubpartikel, angeleuchtet von dem Ding, dessen Namen ich nicht aussprechen konnte, wirbelten darin umher. Silhouetten meiner Finger tanzten über die zerklüfteten Tapeten.

»Es wird noch besser.« Nael griff nach meiner Hand, die eben die Erscheinung noch erkundet hatte, und deutete eine Verbeugung an. »Wenn ich bitten darf, Madame. Ich führe Euch zu Eurem Platz.«

Ein nervöses Kichern entwich mir, als er seinen Worten Folge leistete und mich zurück zu dem Tisch führte. Er hob mich an der Taille hoch und setzte mich darauf ab.

»Du warst noch nie außerhalb von Avize, oder?«

»Habe ich das nicht gesagt? Aber ich verstehe nicht –«

»Hast du Geduld mit mir?«

»Du machst es wirklich spannend, weißt du das?«

Daraufhin lächelte Nael. »Ich bin gespannt, wie du es finden wirst.« Er wühlte einen Moment in dem Schrank in der Ecke, dann zog er einen kleinen Fächer heraus. Ich beobachtete, wie er ihn aufklappte und kritisch betrachtete, die Augenbrauen nachdenklich zusammengezogen, sodass seine Stirn in Falten lag, die ihn älter und ernster wirken ließen. Schließlich glättete sich seine Stirn, als hätte er gefunden, wonach er gesucht hatte – und zu meiner Überraschung löste er aus dem Fächer ein transparentes Blättchen, das er am Kasten anbrachte.

Augenblicklich entflammte der Raum in warmen Tönen.

»Nael!« Meine Augen gewöhnten sich an das neue Licht und als ich erkannte, was passiert war … verschlug es mir schlichtweg die Sprache. Dort, wo eben nur Licht auf die Wand gefallen war, zeichnete sich eine weite Landschaft ab. Der mir allzu vertraute Himmel, unter dem ich schon so lange gewandert war, geliebt und gleichzeitig gefürchtet. Ich kannte diesen Himmel nur in Kombination mit weiten Lavendelfeldern, so weit, wie das Auge reichte. Aber dieser Anblick war mir fremd. »Was ist … Ist das Gavenye?«

Nael nickte. Sein Gesicht wurde so angeschienen, dass er aussah, als würde er von innen heraus leuchten. »Die Stadt der Rosen«, bestätigte er. Und das sah ich auch: Sie rankten sich höher als die Gebäude, die von ihnen umschlossen wurden. Ein einziges rotes Meer. So, wie es Amra gefallen würde. In meinen Ohren klangen noch ihre Worte nach, wie sehr sie sich nach Abwechslung von dem Lavendel, der Avize umringte, sehnte.

Mein Blick glitt über das Bild an der Wand. Noch konnte ich gar nicht begreifen, wie es möglich war, dass wir wie durch ein Fenster Landschaften betrachten konnten, die Tagesreisen von uns entfernt waren.

»Das!« Ich hob meinen Finger. »Was ist das in der Ecke?«

Nael folgte meinen Blick, ehe er nachdenklich die Stirn runzelte. »Ich bin mir nicht sicher. Aber ich habe noch mehr Bilder, vielleicht ist es dort auch zu sehen?« Er wartete meine Antwort nicht ab, als er das Bild auswechselte. Nur für einen winzigen Augenblick erstrahlte die Wand wieder weiß, dann wurde auch schon ein anderes Bild an die Wand geworfen.

Es war eine Mühle, aus dunklem Holz erbaut, die sich wie ein Schatten gegen den Taghimmel erhob. Die Flügel ragten wie Klauen nach oben. Im Hintergrund sprossen weiße Gebäude wie Pilze aus der Erde. Und auf dem Feld dazwischen …

»Es ist ein Meer«, schlussfolgerte ich schließlich. »Aber ich habe noch nie von einem Meer gehört, das rot ist.«

Nael schüttelte den Kopf. »Es ist auch nicht immer rot«, erklärte er und lächelte. »Sie haben dort ein Fest … im Übergang zwischen

Sommer und Herbst verarbeiten sie die Rosen zu Ölen. Einen Teil der Blüten trocknen sie und mahlen sie zu Pulver. Dann kippen sie es in das Wasser. Dadurch wird es blutrot.«

»Ist es nicht ein wenig makaber? Ein See, der aussieht wie Blut?«

»Nun … wenn du es so formulierst, hast du natürlich recht«, sagte er nachdenklich. »Aber rot steht auch für Liebe und Leidenschaft. Rosen sind schön anzusehen und duften wunderbar, aber sie haben auch Dornen, an denen du dich schneiden kannst. Es zeigt hervorragend, dass alles zwei Seiten hat, meinst du nicht?«

Das Bild wechselte wieder.

Und ich zögerte. »Ist das … Lavis?«

Nael lachte verschmitzt. »Wie kommst du darauf?«

»Es war geraten. Viel sieht man ja nicht, bis auf … Ist das Sand?«

»Die Wüste vor Lavis. Die Menschen dort nutzen die Masken aus ganz pragmatischen Gründen, wie du dir denken kannst. Das Vergissmeinnicht wurde zum Stadtsymbol, ehe die Wüste vor Jahrhunderten die Stadt eroberte und seitdem nicht mehr losließ.« *Lavis war nicht immer eine Wüstenstadt gewesen?* Verwundert studierte ich das Bild genauer, der Sand im Vordergrund nahm den meisten Platz ein. In seinem Hintergrund ragten zwei Säulen in den Himmel und hinter ihnen, zu verschwommen, um es richtig zu erkennen, ein dunkler Schatten … ein Gebirge?

Bevor ich meinen Mund öffnen konnte, kündigten sich Schritte an, so unerwartet, dass wir beide zusammenzuckten. Mit einem Knarren wurde die Tür aufgestoßen und Idalyn erschien. Das Bild an der Wand verblasste durch das hell einfallende Licht.

»Ach. Hier seid ihr, ich habe euch schon gesucht«, sagte sie ohne ein Wort der Begrüßung, als sie uns erblickte. Ihr eines Auge blickte uns kristallblau und klar an. Und bevor wir etwas erwidern konnten, fuhr sie fort: »Wenn ihr geht, will ich mitkommen. Das macht ihr nicht noch einmal alleine, man hat ja gesehen, wohin es geführt hat.«

Im Palast

Die große Frage war, ob der König noch in der Stadt oder schon zu einem anderen Palast im Land gereist war. Und ja, er war noch in der Stadt, der großen Anzahl der Wachen nach zu urteilen, die mit Schwertern und Schilden mit den Insignien des Königs vor dem Palast von Avize patrouillierten. Wir kauerten in einer Seitengasse, geschützt vor neugierigen Blicken. Unter meiner Maske fühlte ich mich fiebrig und hätte sie am liebsten von meinem Gesicht gerissen. Es machte es nicht besser, dass Rhys von diesem Plan nichts hielt, als ich ihm es letzte Nacht erzählte. *Waghalsig* hatte er es genannt; als ob ich das nicht wüsste.

»Könnten sie nicht alle zufällig Pause machen? Zum Beispiel in diesem Augenblick?«, fragte ich und rieb nervös meine Hände aneinander.

»Schlag es ihnen doch vor«, murmelte Idalyn zur Antwort. Mein Blick glitt suchend zu Nael, doch ich wusste, dass seine Aufmerksamkeit woanders lag, als unseren Sticheleien zu lauschen. Er studierte den Gebäudeplan des Palastes, den er auf seinen Knien ausgebreitet hatte, und ich hatte keine Ahnung, wo Idalyn diesen aufgetrieben hatte. Auf meine Frage hatte sie ausweichend reagiert und nur gemurmelt: »Ich kenne jemanden, der jemanden kennt, der jemanden kennt. Sei einfach glücklich, dass wir ihn haben!«.

Stattdessen sagte Nael: »Hast du ein Muster erkannt?«

Ich nickte, obwohl er es nicht sehen konnte. »Jeder Soldat hat einen bestimmten Bereich, den er abgeht. Jede halbe Stunde wechseln sie ihren Quadranten.«

»Und wie viel Zeit bleibt uns?«

»Fünf Minuten … höchstens zehn, da sind sie schnell.« *Leider,* setzte ich in Gedanken hinzu, ehe ich fröstelte. Wir hatten verdammt wenig Zeit.

»Wann war der letzte Wechsel?«

»Vor zwanzig Minuten«, sagte Idalyn wie aus der Pistole geschossen. »Jetzt wäre der perfekte Zeitpunkt.« Sie richtete sich aus ihrer sitzenden Position auf und klopfte sich Staub von ihrem Kleid. Wir taten es ihr gleich.

Auf unseren Rücken hatten wir Taschen geschultert mit Gläsern, gefüllt mit Kräutern, Verbänden und Rezeptbüchern. Idalyn ging uns voraus und wie abgesprochen, hielten wir uns in ihrem Schatten, als sie an die Wachen am Tor herantrat.

»Ich habe einen Termin«, verkündete sie im herrischen Ton. »Idalyn Lianaskar mein Name. Ich werde vom Medicus erwartet, da ich Möglichkeiten zum Stillen von Blutungen erforscht und entwickelt habe.«

Zu meinem Erstaunen klappte die Wache ihr Visier hoch. »Lianaskar?« Er suchte auf einem Blatt Papier ihren Namen. »Seid Ihr alleine gekommen?«, fragte er nach einem Blick in unsere Richtung.

»Meine Assistenten«, erklärte Idalyn mit einem Fingerzeig in unsere Richtung, gefolgt von einem theatralischen Seufzer. »Es war zu schwer, das alles alleine in den Palast zu tragen. Nachher wäre mir noch etwas heruntergefallen oder verloren gegangen, das wäre zu ärgerlich gewesen.«

Der Mann schob seine buschigen Augenbrauen zu einem Stirnrunzeln zusammen. »Begleitungen müssen angemeldet werden. Das habt Ihr nicht getan.«

»Darüber wurde ich nicht belehrt. Wollt Ihr mich nun nicht reinlassen? Ich kann auch alleine gehen, aber ohne meine Aufzeichnungen wird es *nicht* viel helfen«, sagte Idalyn mit so schneidender Stimme, dass selbst ich den Kopf einzog. »Ich werde das nächste Mal meine Begleitung anmelden, aber heute werde ich *mit* ihnen zum Medicus gehen.«

Ein qualvoller Moment verstrich, dann klappte der Mann sein Visier wieder herunter.

»Dann belehre ich Euch hiermit. Meldet Ihr sie das nächste Mal nicht an, müsst Ihr ohne Eure Aufzeichnungen vor den Medicus treten und Euch rechtfertigen.«

Er trat in den Schatten des Tores zurück. Einen Wink später, zu einer Wache, die uns verborgen geblieben war, begann sich das eiserne Palasttor knarrend nach oben zu bewegen, bevor wir den Tunnel ins Innere des Palastes passieren konnten.

Noch bevor wir die Eingangshalle betraten, steuerte Idalyn einen Seitengang an und zog uns in den Schatten einer Statue.

»Dieser Idiot hat uns wertvolle Minuten gekostet!«, fluchte sie. »Ihr müsst euch beeilen! Nael weiß, wohin es zur Mauer geht. Macht schnell und *bei den Monden* lasst euch nicht erwischen! Ich gehe weiter zum Medicus und werde so schnell wie möglich wieder verschwinden, aber *ihr* müsst schneller sein. Bis ich wieder gehe, wird die Wache am Tor gewechselt haben, niemand wird wissen, ob ich alleine oder mit euch wieder herausgegangen bin.« Sie nahm uns die Taschen ab, stieß uns in den Gang und bedeutete uns, dass wir uns beeilen sollten. »Denkt an die Ablösung, ihr habt nicht mehr viel Zeit!« Mit diesen Worten machte Idalyn kehrt und verschwand in Richtung der Eingangshalle.

Ein dumpfer Gong vibrierte durch die Mauern.

»Keine Sekunde zu früh«, sagte Nael ruhig.

Aus einer dunklen Ecke heraus beobachteten wir, wie eine Wache aus einer Tür herauskam. Tageslicht flutete den Gang, dann schnappte die Tür zu und die Wache verschwand in die Richtung, aus der wir gekommen waren. Als wir sicher waren, dass uns niemand sehen konnte, gingen wir genau durch diese Tür.

»Wie kommen wir da jetzt hoch, Nael?«

Er fuhr sich durchs Haar. »Wir könnten das Spalier hochklettern.«

»Ist das nicht ein wenig vorhersehbar?«

»Wir haben keine Zeit, um uns eine außergewöhnliche Einbruchsmethode auszudenken. Wie viel bleibt uns noch? Die Hälfte ist bestimmt schon rum.«

»Gut«, murrte ich. »Ich geh zuerst.« Mit den Worten krallte ich mich an die gusseiserne Konstruktion. Probehalber hängte ich mich mit meinem ganzen Gewicht daran – es schien mich zu halten – und dann begann ich zu klettern.

Als ich die vorletzte Sprosse erreichte, hörte ich Nael unter mir fluchen. »Ich glaube, da kommt jemand!« Mein Herz setzte bei diesen Worten einen Schlag aus. Meine Hände wurden in den Handschuhen so feucht, dass ich Schwierigkeiten hatte, mich richtig festzuhalten. Ich spürte, dass mein linkes Bein unter der Belastung wegzuknicken drohte. Mit einem Stöhnen fiel ich auf den Balkon und hörte Nael mir folgen.

»Bleib ruhig«, flüsterte er. Er zog die Maske über seine Stirn und sein Blick bohrte sich eindringlich in meine Augen. »Ich glaube nicht, dass sie uns gesehen haben.«

Ich nickte nur. Es half nicht, dass sich mein Magen zu einem schmerzhaften Knoten geballt hatte; und als hätte Nael meine Gedanken gehört, legte er eine Hand an meine Wange.

»Alles gut bei dir?«

»Ich denke schon«, wisperte ich.

Daraufhin lächelte er. »Ausgerechnet du hast Angst? Das Mädchen, das mehr Leute in Unarmon bestohlen hat als Salys vermutlich. Wieso?«

»Wenn's hart auf hart kommt, kommen wir hier nicht weg«, sagte ich und musste bei dem Gedanken schlucken. Wir waren eingekesselt. Verstehen bahnte sich einen Weg in seine Augen und Nael wurde ernst.

»Einer von uns beiden schon.«

Bei diesen Worten spürte ich das Gewicht meiner Schlüssel um meinen Hals hängen. »Nein. Entweder wir beide oder keiner.«

»Das ehrt dich. Aber kein falscher Heldenmut. Wenn du eine Chance siehst …«

»Ich kann es mir nicht mehr erlauben. Ich versteinere sonst, schon vergessen?« Ausgesprochen schmeckten die Worte bitter.

»Aber vielleicht noch nicht dieses Mal, hm?« Er seufzte, lugte dann über den Balkon. »Wir gehen rein, hier draußen ist keiner mehr.«

Doch bevor er sich aufrichten konnte, hielt ich ihn an seinem Handgelenk zurück. »Egal, was passiert«, flüsterte ich eindringlich. »*Egal,* was, wir beide oder keiner. Versprich mir das!«

Nael sah mich eindringlich an, dann nickte er langsam. »In Ordnung. Wir beide – oder keiner.« Er hielt mir seine Hand hin und zog mich hoch.

Das Zimmer, zu dem der Balkon gehörte, war leer. Genauso wie der Flur, auf den wir traten.

»Wir müssen zu den Königlichen Gemächern gelangen.« Ich knirschte bei diesem Wortlaut mit den Zähnen. Er erinnerte mich zu sehr an den Schwur, den ich mir gegeben hatte, in dem Moment, in dem Salys von mir verlangt hatte, den König zu bestehlen. Und nun würde ich ihn doch brechen, aus unglaublich egoistischen Gründen. »Ich glaube, wir sind sogar im richtigen Flügel.«

»Du glaubst?«

»Ich bin mir ziemlich sicher«, verbesserte sich Nael. »Und zu dieser Zeit müssten der König und die Königin zu Abendbrot speisen. Wir haben also ein paar Minuten, auch wenn es nicht viel ist.«

»Ich will es für dich hoffen!«

Wir eilten den Korridor entlang, bis Nael mich plötzlich herumwirbelte. Schatten fiel über uns und im ersten Moment dachte ich, dass mich wieder eine Vision erfasst hätte, doch es geschah nichts weiter. Wir standen in einer Abzweigung, versteckt vor neugierigen Blicken. Meine Finger glitten über kaltes Metall, als ich mich versuchte zu orientieren. Reich verzierte Bilderrahmen, wie ich im nächsten Moment erkannte. Doch es war zu dunkel, um ihren Inhalt zu erkennen. Ich drehte mich herum, bis ich mit dem Rücken zur Wand stand, Nael schützend vor mir.

»Was ist los?«, flüsterte ich.

»*Sch*«, machte er leise. Sein warmer Atem strich über mein Gesicht, so nah war er mir. Und dann hörte ich es auch. Schritte. Schritte, die auf dem marmornen Boden wie Schüsse widerhallten.

»Hast du schon gehört, dass der König sich vermählen möchte?« Die Worte gehörten zu einem jungen Mädchen mit roten Haaren unter einer Haube gebändigt, das an uns vorbeieilte, ohne uns zu bemerken. Neben ihr lief ein blondes Mädchen, das fast einen ganzen Kopf kleiner war als sie. Bedienstete.

»Bitte? Woher weißt du das denn schon wieder, Roza?«

»Ella!«, tadelte Roza ihre Freundin. »Palis ist doch Knappe, die Ritter, sie erzählen …« Sie bogen ab und die Stimmen der beiden Zofen verloren sich in den Weiten der Korridore.

»Es steht wohl bald tatsächlich eine Hochzeit an«, merkte Nael amüsiert an. »Wie lange ist die letzte schon her? Dreißig Jahre? Das erste große Ereignis nach so langer Zeit.«

»Haben wir nicht gerade wichtigere Dinge zu tun?«

»Ja, das kann schon sein«, räumte er ein. Nach einigen Minuten stoppte er vor einer gewaltigen Flügeltür aus dunklem Holz. »Wenn ich mich nicht irre … und Idalyns Skizze recht behält …« Er blickte zurück und dann nach vorne. »Die dritte Tür von links im vierten Korridor.«

»Wenn dir das deine Karten gesagt haben, gehen wir da jetzt rein.« Noch bevor ich zu Ende gesprochen hatte, tippten meine Finger das Holz an und übten sanften Druck aus. Die Türen öffneten sich überraschenderweise geräuschlos. Der Raum, der sich uns eröffnete, bestand aus zwei Ebenen, die durch drei Stufen voneinander getrennt waren. Die Tapeten waren aus goldenem und karmesinrotem Stoff, die Möbel aus dem gleichen dunklen Holz wie die Tür gefertigt, durch die wir eben getreten waren.

Wir liefen über weichen Teppich, der Geruch von Zedern lag in der Luft. Wo wir standen, waren Truhen an die Wände geschoben worden, prunkvolle Kerzenständer und Berge aus samtweichen Kissen. Auf der höheren Ebene ragte ein Himmelbett wie ein lebendiges Wesen heraus; sein Baldachin wie eine schützend ausgestreckte Hand.

Mir behagte es nicht, in die Königlichen Gemächer einzudringen. Er war unser König. Der Mann, der Unarmon in bessere Zeiten führte.

»Kommst du oder bleibst du da stehen, Emery?« Nael schien mich anzustarren, seine Augen lagen durch die Maske im Schatten, ehe er sich abwandte und wahllos Schubladen öffnete und wieder schloss.

»Er soll so hell leuchten wie die Monde. Das ist das, was die Überlieferungen sagen«, erklärte Nael leise.

»Doch was … was ist, wenn wir den Stein hier nicht finden?«

»Dann probieren wir es in den Gemächern der Königin.«

Und doch, obwohl er so hoffnungsvoll klang, verließ mich der Mut. *Und wenn wir ihn auch dort nicht finden? Und in keinem anderem Raum des Palastes? Es gibt sechs Paläste im Land, willst du dann jeden einzelnen von ihnen absuchen, jeden Raum, jede Schublade?* Die Fragen lagen mir auf der Zunge, doch ich brachte es nicht über mich, sie auszusprechen.

»Ich glaube nicht, dass du ihn da finden wirst«, sagte ich nach einer Weile. »Er ist selten, oder nicht? Er wird bestimmt einen angestammten Platz haben. Einen besonderen Ort, ein Kästchen, eine Schatulle. Dort, wo man ihn am wenigsten erwartet …«

Ich spürte, wie meine Sinne erwachten. Ich spürte das elektrisierende Kribbeln in meinem Nacken, die kurzzeitige Nervosität, die mich durchfuhr, bevor ich meine Hand nach goldenen Talern ausstreckte.

So öffnete ich die Tür, die mir am nächsten war. Der Raum dahinter war hell gefliest, ein Badezuber stand in dessen Mitte. Hinter einer anderen Tür befand sich so etwas wie ein Wohnzimmer. Nur viel luxuriöser als alles, was ich jemals gesehen hatte. Der Sessel, der in einer Ecke in seiner vollsten Pracht stand, musste allein mehr wert sein als das Haus, in dem Mutter und Amra wohnten.

Dann schließlich ein Ankleidezimmer. Nur dass es ungefähr so groß wie das Schlafzimmer selbst war. Voller Verwunderung trat ich in das monströse Wunder und drehte mich um meine eigene Achse. Kleider um Kleider, wohin ich auch blickte. So kostbare, edle Stoffe, dass ich es nicht einmal wagte, sie mit meinen Händen zu berühren. Das musste etwas sein, das man nur einmal im Leben zu sehen bekam und dann seinen Enkel erzählen konnte.

Blöd nur, dass ich nie welche haben würde.

Nachdem ich mich sattgesehen hatte, begann ich die Schubladen einer Anrichte zu durchforsten. Schmuck aus Gold und Silber leuchtete mir entgegen und eine Krone, deren Anblick mir den Atem stocken ließ. Sie war so … prächtig. Es war Ehrfurcht, die sie auf dem samtenen Kissen liegen ließ.

Es dauerte nicht lange, dann stieß ich auf eine Schublade voller Edelsteine. Rubine, Smaragde, Lapislazuli. Wahrscheinlich wären alle unsere Geldsorgen wie weggeblasen, wenn ich auch nur einen mit mir nehmen würde. Meine Finger schwebten über den verschiedenfarbigen Steinen und glitten über deren kühlen Oberflächen. Einzelne von ihnen rollten in der Schatulle hin und her.

Ich blinzelte. Unter ihnen leuchtete etwas und ich begann, sie alle sanft, aber bestimmt zur Seite zu schieben, bis ich einen beinahe faustgroßen bronzefarbenen Stein in der Hand hielt. Doch das, was mich stutzen ließ, war der Riss, der sich über seine Oberfläche zog – und ich brauchte einen Moment, bis ich erkannte, dass es kein Riss war, sondern ein haarfeiner Spalt – *wie bei einem Medaillon.* Als ich ihn in meinen Händen wendete, bestätigte sich meine Vermutung. Ein Scharnier, das die zwei Hälften zusammenhielt. Einen Handschuh zog ich mir mit den Zähnen von den Fingern, dann schob ich meinen Daumennagel in den Spalt und drückte die Kugel auseinander. Sie fiel mir beinahe aus der Hand, als ich erkannte, was sich in ihrem Inneren verbarg.

Der Edelstein, den die Kugel beherbergte, leuchtete so hell wie die Monde. Auf der Oberfläche bewegten sich Schatten, als wären sie lebendig. Ich spürte meinen Herzschlag bei diesem Gedanken beschleunigen. Hastig kam ich auf die Beine.

»Nael«, rief ich leise. »Hast du schon was gefunden?«

»Noch nicht.« Seine Stimme klang gedämpft, ich verstand ihn dennoch glasklar.

»Wie flüssiges Gold«, blubberte ich glücklich und wollte es Nael entgegenhalten. Doch ich erstarrte in der Bewegung, als ich den Mann sah, der Nael mit einem Speer am Boden hielt. Und erst jetzt fiel mir auf, dass das Geräusch von auf- und zugehenden Schubladen schon vor einiger Zeit verstummt war. Ein goldener Schein spiegelte sich in den Masken der beiden Männer. Nael selbst wirkte wie erstarrt.

»Emery«, entfuhr es ihm. Der Rest ging in einem Ächzen unter, als der Mann zutrat.

Verdammt. Im hintersten Eckchen meiner Erinnerung blitzte etwas auf. Auf den Diebstahl von Königlichen Besitztümern stand die Todesstrafe. Etwas, das ich vollkommen vergessen hatte. Bis jetzt.

»Wenn du weißt, was gut für dich ist, dann bleibst du dort stehen, Dieb!«, knurrte der Wachmann. Ein Zittern fuhr durch den Speer, dessen Spitze über Naels Schulterblättern schwebte. *Er gibt sich mutiger als er ist*, schoss es mir durch den Kopf. »Der Rest der Königlichen Wache wird jeden Moment hier sein!«

Aber darauf würden wir nicht warten.

Ein mir gänzlich unbekannter Teil von mir setzte sich in Bewegung. Der Mann war allein; an seiner Hüfte hing kein Waffengurt – und damit hatte ich einen Vorteil ihm gegenüber. Ich ließ mich fallen, griff zum Strumpfband an meiner Wade und riss den Arm hoch, bevor die Wache begreifen konnte, was ich vorhatte.

Der Schuss löste sich mit einem lauten Knall.

Als ich die Augen wieder aufriss, war der Raum erfüllt mit dichtem weißen Nebel. *Die Tür ist im abnehmenden Viertel.* Mit dem Gedanken sprang ich nach vorn, als ein heiserer Männerschrei ertönte; dann fanden Naels Hände die meinen und ich zog ihn mit mir. Als wir aus der Tür stürzten, ließen wir den Nebel zurück. Nicht mehr von dem Pulver geblendet, rasten wir die Gänge entlang, schlitterten um

Ecken und eine Treppe rauf, ehe wir in einer Nische um Atem ringend anhielten.

»Wir müssen weiter, je länger wir hier herumirren, desto schwieriger wird es, wieder rauszukommen!«, stieß Nael aus. Trotz seiner Worte griff er nach der Hand, die die metallene Fassung umklammert hielt. »Wo hast du es gefunden?«

»Beim Schmuck«, erklärte ich stolz. Ich fühlte mich berauscht. Ich hatte ihn, den Stein. Ich könnte wieder normal werden, ich –

»Wenn wir beide nicht diese Masken aufhätten, würde ich dich jetzt küssen«, sagte Nael. Er klang noch immer atemlos, seinem Tonfall nach zu urteilen war er genauso überwältigt wie ich. Diesmal fühlte es sich wirklich an, echt, und dieses Gefühl machte mich ebenfalls für einen Moment sprachlos, aus einem ganz anderen Grund.

»Zu deinem Glück«, schnappte ich nach einigen Sekunden, als ich mich wieder gefangen hatte. Das konnte doch nicht sein Ernst sein!

»Zu schade.«

»Du wirst übermütig! Spar dir das für später auf, wenn wir nicht jeden Moment entdeckt werden können!«, sagte ich erhitzt und wedelte mir kühle Luft zu. Doch es hatte nur mäßigen Erfolg, es kam nicht viel unter der Maske an. Unerwarteterweise lachte Nael leise, dann glitt er zu einem Fenster.

»Unter uns sind Mauern mit Passagen. Wenn wir hier raus –« Doch weiter kam er nicht, als sich hastiges Fußgetrappel hinter uns ankündigte. Eine Schar an weiteren Wachen ergoss sich in den Gang.

»Wie haben sie uns gefunden –« Die Frage blieb mir im Hals stecken, als ein Speer auf mich gerichtet wurde. *Viel* zu nah an meinem pochenden Herzen. Ich handelte zwar unüberlegt, aber ich war nicht *dumm;* ich wusste, wann Widerstand zwecklos war.

Dann ging alles ganz schnell. »Hände dorthin, wo ich sie sehen kann!«, bellte eine Stimme. Hände rissen schmerzhaft an meinen Armen, von einer Sekunde auf die andere waren meine beiden Hände leer. Der Mondstein war fort und bevor ich protestieren konnte, stieß mich jemand grob vorwärts. Nael fluchte hinter mir, doch als ich meinen Kopf nach ihm drehte, konnte ich ihn nicht entdeckten.

Ein Mann löste sich aus der Gruppe und trat mit hinter dem Rücken verschränkten Händen vor uns. Anders als die einfachen Soldaten trug er keine Maske; seine dunklen Augen wurden von dichten Brauen in einem gealterten Gesicht umrahmt, die nun verärgert zusammengezogen waren. Er musterte uns nacheinander von unten bis oben.

»Ich muss zugeben«, waren die ersten Worte, die er an uns richtete. »Dass ihr euch ziemlich geschickt in den Palast geschlichen habt. Aber ich denke, eure Reise ist nun zu Ende.«

Die Soldaten umringten uns wie eine tödliche Flut und ehe wir begriffen, was mit uns geschah, trieben wir wie Treibholz davon.

Die nächsten Minuten waren wie eine Abfolge einzelner Bilder.

»Ein letztes Wehklagen? Hier ist eure Gelegenheit«, sagte er und gab den Blick auf eine Brücke frei. Weißer Stein präsentierte sich vor uns, links und rechts zu Bögen geformt, und stellte einen der Wege dar, mithilfe derer man das Gefängnis von Avize betreten konnte.

Bei diesem Gedanken musste ich schlucken.

»Wir brauchen eine Anhörung«, kam es mir gehetzt über die Lippen. »Wir haben ein Recht darauf.«

»Der König ist mit Wichtigerem beschäftigt, als sich mit euch kleinen Dieben auseinanderzusetzen!«, erwiderte der Mann gereizt. »Bis er eine freie Minute für Pack wie euch findet, werdet ihr euch gedulden müssen.«

Nael fing meinen Blick auf, als ich mich nach ihm umsah. Doch er wirkte nicht so, als hätte er eine Idee, wie wir uns dieser Situation entziehen konnten.

Ohne ein weiteres Wort wurden wir vorwärts gestoßen, raus aus dem Palast und auf die Brücke. Der Wind peitschte mir ins Gesicht und raubte mir für einen Moment den Atem. Noch war es Tag; die Monde formten sich aber schon als kleine, erkennbare blassgoldene Sicheln am Firmament. Es würde noch wenige Stunden dauern, bis die Nacht hereinbrach. Und selbst wenn, wer wusste schon, dass wir *hier* waren? Wann würde Idalyn bemerken, dass wir nicht bei ihr zu Hause ankommen würden? Was sollten wir tun?

Die Länge der Brücke maß wenige Meter, doch es kam mir wie eine Ewigkeit vor, bis wir ein zweites Portal erreichten, das ein anderer Soldat in glänzender Rüstung für uns öffnete. Dunkelheit empfing uns, als wir hineingeschoben wurden. Die Luft war hier feucht und roch nach einer Kombination aus Blut und Schweiß. Wir folgten einem dunklen Gang, begleitet von dem Echo schmatzender Schritte. Bis auf das Geräusch war es erschreckend ruhig. Die Stille um uns herum war bedrückend, als wären alle hier ausgeflogen … oder tot. Dieser Gedanke ließ mich erschauern.

»Legt eure Kleider ab! Alle Habseligkeiten. Alles, was ihr entwendet habt. Jetzt!«, bellte er, als sich keiner von uns rührte. Ich warf einen Hilfe suchenden Blick zu Nael, doch er wirkte selber wie versteinert. Dann ging ein Ruck durch seinen Körper. Meine Wangen brannten, als ich aus meinem Kleid stieg und mit nichts als mit einem Unterhemd und Strumpfhosen bekleidet vor dem Fremden stand. Nael war nicht besser dran.

Tränen brannten in meinen Augen, als der Mann zum Schluss die Fassung mit dem Mondstein auf einen Tisch legte.

Alles umsonst. So nah und doch unerreichbar.

»Was ist das da um deinen Hals?«

»Nichts.« Die Worte purzelten nur so aus meinem Mund. Bei dem Gedanken, dass er sie mir wegnehmen würde, machte sich Panik in mir breit. Das durfte er nicht!

»Das sieht mir nicht nach *Nichts* aus«, erwiderte er ruhig. »Zeig her. Es interessiert mich brennend, was du da vor mir versteckt halten willst.«

»Ich –« Nael warf mir einen bedeutungsvollen Blick zu. Ergeben hob ich das Band von meinem Hals und ließ diese zusammen mit meinen Schlüsseln in die ausgestreckte Hand des Oberhauptmanns gleiten. Sein Blick haftete an meinen Bewegungen, doch als ich meine Arme wieder zurücknahm, verstand ich, was seine Aufmerksamkeit ursprünglich auf sich gezogen hatte.

»Die Handschuhe?«, fragte er. »Wieso hast du sie noch immer an?«

Die Handschuhe! Wenn er sieht, was sich darunter befindet, bringt er mich ganz sicher um! Doch ich versuchte die aufkeimende Panik zu unterdrücken und sagte: »Erbstücke.«

Er lachte tonlos auf. »Sehr rührend. Nimm sie ab.« Sein Blick ließ keine Widerworte zu, und als ich den Stoff von meinen Oberarmen pellte, schlug mir seine Fassungslosigkeit wie eine Faust ins Gesicht.

Federn wie Maden auf meiner Haut.

»Ach, sieh an«, murmelte der Oberhauptmann verblüfft. »Und ich dachte, mich kann nichts mehr überraschen. Ich dachte, es hieße, alle Gefallenen wären aus Avize vertrieben worden, doch anscheinend habe ich mich geirrt. Ihr seid wieder zurück.«

»Es gibt kein *wir!*«, widersprach ich heftig.

Daraufhin hob der Wachmann eine überraschte Augenbraue. »Ach nein? Und er hier? Ist er kein Gefallener?« Und dann an Nael gewandt: »Junge, bist du einer?«

»Habe ich das nicht gerade gesagt?«, schnitt ich Nael das Wort ab, als er gerade zu einer Antwort ansetzen wollte. »Ich bin die Einzige. Und ich wüsste wohl, wenn es mehr von *mir* hier gäbe.«

»Habe ich dich gefragt, Mädchen?« Der Wachmann starrte mich nieder. »Ich sprach mit ihm hier. Und?«

»Nein«, sagte Nael steif, als würde ihn die Lüge schmerzen. »Ich bin keiner … kein Gefallener.« Sein Blick sprang für den Bruchteil einer Sekunde zu mir, doch dem Wachmann schien die Steifheit seiner Antwort nicht aufzufallen. Er nickte sie zufrieden ab.

»Falls es nicht so sein sollte, finden wir es heraus«, sagte er gelassen. Wieder machte er eine Handbewegung, um seinen Männern zu bedeuten, dass wir ihm folgen sollten. Beim Gehen fuhr er fort: »Ich sprach ja schon davon, dass wir ein wenig umplanen müssen, da unser Gefängnis momentan sehr gefragt ist. Ich frage mich nur wieso, aber das ist wohl ein anderes Thema – nichtsdestotrotz können wir mit Stolz sagen, dass wir euch unerwartet eine etwas andere Art von Unterbringung präsentieren können.«

Wir betraten den Anfang einer Wendeltreppe. Zu meiner Überraschung endete unser Weg nach wenigen Stufen, vor einem Durchbruch in der Wand. Und inmitten des Platzes … befanden sich gigantische, schmiedeeiserne Käfige. An ihrer höchsten Stelle waren Ringe, an denen Ketten befestigt waren, die nach oben führten. Als ich meinen Kopf in den Nacken legte, sah ich weit über uns eine Balkenkonstruktion, an der die Ketten zusammenliefen. Ein Seilzug.

»Seid ihr schon mal geflogen?«, fragte der Wachmann. »Denn nun habt ihr definitiv die Möglichkeit, diesem Gefühl sehr nahe zu kommen.«

Fliegen. Dieses Wort weckte eine Erinnerung, die mich erschaudern ließ.

»Können wir darüber reden?«, japste ich. »Ich – ich kann da nicht hoch –«

Er sah mich beinahe amüsiert an. »Du kannst was nicht?«, hakte er nach. »Hättet ihr das doch nur gewusst, bevor ihr hier eingedrungen seid, was?« Er nickte den Soldaten zu und bevor ich es verhindern konnte, schnappte die Tür des Käfigs zu. Nael landete in einem Käfig neben meinem; er stieß einen wüsten Fluch aus, als er sich bei dem Versuch, das Zuschlagen der Tür zu verhindern, mit seiner Schulter gegen die dicken Eisenstäbe warf.

»Ihr werdet nun ein wenig Zeit zum Nachdenken haben«, waren die letzten Worte des Oberhauptmanns, ehe er kehrtmachte und den Hof verließ. Dann überließ er uns unseren Ängsten und dem Rest seiner Wache, die knarrend die Räder in Bewegung setzte, um uns in die Höhe zu ziehen.

Der Käfig schaukelte im Wind. Mit meinen Fingern hielt ich den Rand umklammert, wie um zu verhindern, dass ich durch die Gitter rutschte und in den Tod trudeln konnte. Ode hatte mich vor den Fliegenden Käfigen gewarnt, doch hatte es mich abgehalten? Welch eine Ironie, dass ich von meiner Position aus die Straße sehen konnte, auf der er mir seinen Rat gegeben hatte.

»He.« Ich öffnete ein Auge und blinzelte zu Nael herüber.

»Hm?«

»Du bist ganz blass«, murmelte er besorgt. »Dir geht es nicht gut, oder?«

»Es könnte tatsächlich besser sein.« Ich schluckte. »Ich kann nicht fassen, dass ich so blöd gewesen bin, Nael. Ich hätte es wissen müssen. Dass Salys uns nicht einfach so die Lösung dazu geben würde, wie wir wieder normal werden können.«

»Ich hätte es auch wissen müssen«, widersprach er ruhig. Sein Blick haftete dabei in seiner ganzen Ernsthaftigkeit auf mir. »Mach dir keine Vorwürfe.«

»Aber ich kenne ihn schon so lange!«, rief ich erzürnt aus und duckte mich augenblicklich, als einer der Wachen den Kopf nach uns drehte. Ich dämpfte meine Stimme. »Nael! Wir sollten uns nichts vormachen. Es war unglaublich dumm von mir.«

Er schwieg kurz, ehe er seinen Arm ausstreckte und mit seinen Fingern die meinen berührte. Da unsere Käfige nur wenige Zentimeter nebeneinander baumelten und sogar ab und zu, wenn der Wind stärker wurde, gegeneinanderschlugen, war das ohne Weiteres möglich. Es war eine kleine Geste, doch sie bewirkte Großes. Es war, als würde er mich halten, damit ich nicht aus dem Käfig fallen konnte. Gerührt verschränkte ich meine Finger mit seinen. »Danke«, flüsterte ich.

Er lächelte, doch er wirkte erschöpft. Dunkle Ringe begannen sich unter seinen grünen Augen abzuzeichnen. Als eine Strähne durch den steten Wind in sein Gesicht fiel, strich er sie mit einer knappen Bewegung zurück.

»Nael«, sagte ich irgendwann. »Wie sollen wir hier unbeschadet wieder rauskommen? Ich habe die Befürchtung, dass das ein wenig komplizierter werden könnte.«

»Wir finden eine Lösung«, erwiderte er.

»Wie? Woran denkst du? Siehst du nicht, dass wir in –« Es tat förmlich weh, es auszusprechen. »In zehn Meter Höhe in der Luft hängen?«

»Dann, wenn wir wieder unten sind.« Naels Blick tastete mein Gesicht vorsichtig ab. »Wenn wir wieder Boden unter den Füßen haben.«

»Du und dein elender Optimismus!«, knurrte ich. »Wir haben nichts!« Ich merkte, dass ich mich in Rage redete. Meine Angst, durchzogen mit der Wut über meine eigene Dummheit, wuchs zu einem unkontrollierbaren Monster in meinem Inneren heran, das ich nicht zügeln konnte. »Keine Möglichkeit, um den Soldaten zu entwischen! Meine Schlüssel, falls ich dich erinnern muss, sind weg! Wir können nur warten – warten und hoffen, dass die Exekution schnell erfolgt!«

»Ruhe!«, bellte ein Soldat. »Hört auf, miteinander zu reden! Kein Körperkontakt!«

Augenblicklich zogen wir unsere Hände zurück. Doch als der Soldat seinen Blick zufrieden von uns abwandte, fanden sie wieder zueinander. Eine Böe brachte unsere Käfige ins Wanken und meine Finger verkrampften um Naels.

»Emery«, sagte Nael wieder. Und als ich nicht reagierte: »Emery, sieh mich an.«

»Wir werden sterben«, jammerte ich leise vor mich hin. »Und … ich glaube, ich muss mich übergeben.« Daraufhin erblasste Nael.

»Emery«, beschwor er mich. »Du musst versuchen, an was anderes zu denken.«

»Ich kann nicht!«, jammerte ich weiter. Wir würden sterben. Wenn nicht durch die Hand des Henkers, dann in diesen Teufelsdingern, die uns vom Himmel baumeln ließen –

»Ich habe gesagt, kein Körperkontakt!«, donnerte es von unten zu uns herauf. »Es reicht!«

Sofort wandte ich mich zu dem Soldaten um, der uns wieder getadelt hatte, und konnte nur sehen, wie er sich am Rad zu schaffen machte, das uns überhaupt erst hochgebracht hatte. Mit einem Knarren setzte er es in Bewegung. Erst konnte ich nicht erkennen, was er bezweckte, bis Nael fluchte. Dann erkannte ich, dass sich sein Käfig langsam, aber sicher hob.

»So ein Mist«, murmelte er fassungslos, als er wenige Zentimeter über mir baumelte. Bis auf den Boden des Käfigs konnte ich nichts mehr sehen. »Versuch nicht in Panik zu verfallen«, rief er zu mir hinab, als wir den Blickkontakt verloren. »Wir kommen hier wieder herunter!«

»Dein Wort in Domyns Ohr, Nael«, erwiderte ich mit einem Schlucken, doch ich bezweifelte, dass er mich durch das Pfeifen des Windes hören würde. »Dein Wort in Domyns Ohr.«

Der Tag ging zur Neige. Über den Gemäuern des Gefängnisses formten sich die zwei Mondsicheln aus waberndem Gold und mit ihnen verblasste der Himmel um uns herum. Sie stiegen über das Himmelszelt, bis sie ihre höchste Position in ihrer ganzen Pracht einnahmen.

Der Platz unter uns leerte sich, bis irgendwann auch der letzte Soldat sich zurückzog. Krähen klagten über unseren Köpfen. Sie flogen in einem riesigen Schwarm. Sie klangen aufgeregt, als hätte etwas sie verschreckt. Und es dauerte nicht lange, bis sich weiteres Flügelschlagen zu den Klagerufen gesellte. Irritiert richtete ich mich aus meiner gekrümmten Haltung auf und spähte in die Nacht hinaus, versuchte etwas in dem fahlen Mondschein zu erkennen.

Erst sah ich nichts, bis sich ein dunkler Schatten aus der Nacht schälte. Viel zu groß, um eine Krähe sein zu können. Ich konnte nur mit Mühe ein Schluchzen unterdrücken, als ich erkannte, wer sich auf den Weg zu mir gemacht hatte.

Ascher legte die Finger an die Lippen, als er herangeflogen kam. »Du kleiner Störenfried!«, murmelte er anerkennend, als er beinahe geräuschlos vor meinem Käfig zum Halten kam. Seine Flügel bewegten sich träge, um ihn auf gleicher Höhe zu halten. »Du hast es wieder geschafft, dich in Schwierigkeiten zu bringen, was?«, stellte er fest und dann grinste er so breit, dass ich für einen Moment vergaß, in welch schrecklicher Situation wir uns befanden.

»Ihr seid hier«, entfuhr es mir überwältigt. »Ascher. Ich fasse es nicht – wie habt ihr uns gefunden?«

Wieder legte er seine Finger auf die Lippen. »Nicht so laut«, flüsterte er beschwörend. Er griff durch die Gitterstäbe hindurch und drückte meine Hand. »Wir wollen doch keine Aufmerksamkeit auf uns lenken!«

Ich nickte überschwänglich. »Oh, Ascher, du weißt gar nicht, wie glücklich ich bin, dich zu sehen!«

»Ich kann es mir vorstellen«, witzelte er. »Ich fühle mich geehrt. Aber wie kann ich dir helfen, liebe Emery?«

»Könnt ihr uns hier rausbringen?«, fragte ich. Ich war so aufgeregt, dass die Worte undeutlich aus meinem Mund purzelten. »Könnt ihr den Schüssel für die Käfige finden und aufschließen? Fliegt ihr uns weg?«

Daraufhin wurde Aschers Gesicht sehr ernst. »Ich glaube nicht, dass das möglich ist, Emery. Es tut mir leid. Aber vielleicht gibt es eine andere Möglichkeit. Hast du deine Schlüssel bei dir?«

»Nein, sie haben sie mir abgenommen. Zusammen mit unseren Kleidern und dem Mondstein. Es hat überhaupt nichts gebracht, dass wir hier eingebrochen sind. Stattdessen stecken wir nun tief –«

»Sag so etwas nicht.« Seine Finger legten sich über meine Lippen. Ascher zwinkerte mir beinahe verschwörerisch zu. »Jetzt sind wir hier. Kannst du mir sagen, wo eure Sachen sind?«

»Wir mussten uns irgendwo in den Gängen umziehen und die Sachen dort lassen. An mehr erinnere ich mich leider nicht. Wahrscheinlich hat sie der Wachmann weggebracht«, resümierte ich bedrückt. »Ich glaube nicht, dass ihr sie finden könnt.«

»Das wollen wir sehen!«, rief Ascher und zog dann ertappt den Kopf ein. Dann blickte er prüfend nach oben zum Käfig, in dem Nael war. Als sich nichts regte, atmete er erleichtert aus. »In Ordnung!«, schob er flüsternd hinterher. »Warte hier auf mich – aber ich glaube, du hast auch gar keine Wahl. Also warte einfach!«

Ich nickte atemlos und sah zu, wie er in der Luft salutierte und sich dann im Sturzflug in Richtung Boden begab. Im letzten Moment spreizte er seine Flügel, um den Fall aufzufangen, und segelte weiter, bis er sanft landete. Er streckte seine Arme ein letztes Mal nach oben, bevor er seine Flügel unter ihnen so gut es ging zusammenfaltete. Dann verschwand er durch ein Tor, das ins Innere führte.

Bitte finde sie, flüsterte ich ihm in Gedanken hinterher. Aber ich erlaubte mir nicht, wirklich daran zu glauben. Die Enttäuschung würde sonst zu sehr schmerzen, falls Ascher erfolglos sein würde.

Caia war die Nächste, die aus der Nacht auftauchte. Sie klammerte sich mit ihren dürren Fingern an die Gitterstäbe und brachte den Käfig so bedrohlich ins Wanken. Als sie meine Miene sah, ließ sie erschrocken los. »Verzeih!«, flüsterte sie bedrückt. »Das war dumm von mir!«

»Schon gut«, murmelte ich, obwohl ich spürte, wie sich mein Magen verknotete.

»Ihr wart wohl nicht sehr erfolgreich, oder?«, flüsterte Caia bedrückt. »Ach, Emery.«

»Es war einen Versuch wert«, versuchte ich abzuwiegeln, doch Caia schüttelte darüber nur den Kopf. Ihre Betroffenheit war so schmerzlich ehrlich, dass es mir das Atmen erschwerte.

»Emery, war Ascher schon hier? Er wollte zuerst zu dir. Wir müssen uns hier unerkannt bewegen, vielleicht können wir euch dennoch helfen.«

»Ihr könnt uns wirklich nicht aus den Käfigen befreien und wegtragen, oder?« Als ich Caias resignierte Miene sah, sagte ich: »Ascher hatte also recht.«

»Es tut mir so leid.« Caia wirkte ernsthaft mitgenommen. Sie griff durch die Gitterstäbe und legte ihre Hand an meine Wange. »Mach dir keine Sorgen, Emery. Wir versuchen euch zu helfen. Ich hole Rhys.«

Ascher kehrte mit einem freudigen Strahlen im Gesicht zurück. »Rate mal, was ich hier habe«, verkündete er, sobald er mich erreichte. »Du darfst sage und schreibe ein Mal raten, so gönnerhaft bin ich heute.«

»Hm«, machte ich. »Das wird tatsächlich schwer. Nicht zufällig meine Schlüssel? Und den Mondstein?«

»Volltreffer!«, trällerte Ascher und ließ seine Beute sogleich durch die Gitterstäbe in meinen Besitz übergehen. »Sie waren in einem Schreibzimmer, es wäre doch gelacht gewesen, wenn ich das Schloss nicht aufbekommen hätte. Direkt neben der Stelle, von der ich annehme, dass ihr euch eurer Sachen entledigen musstet. Und deshalb – hier.« Ein Kleiderbündel folgte.

»Das ist unglaublich!« Sie mussten sich sehr sicher gewesen sein, dass wir keinen Weg herausfinden würden. Aber unter normalen Umständen wäre die Annahme wohl auch korrekt gewesen.

»Euer Glück, würde ich behaupten«, sagte Ascher schelmisch. »Grandios. Das macht die Sache um einiges einfacher.«

Das ließ mich überrascht aufhorchen. »Was einfacher, Ascher?«

»Denkst du, wir haben nicht noch einen weiteren Plan in der Hinterhand? Wir kommen doch nicht unvorbereitet, um unsere Lieblings-Emery im Gefängnis versauern zu lassen!«

»Ich nehme an, ihr kennt nur eine Emery, Ascher. Das ist dann nur schwerlich ein Kompliment.«

»Papperlapapp«, sagte er liebenswürdig. »Immer musst du alles kaputt machen. Sollen wir euch nun helfen oder nicht? Wobei, wenn ich mir so recht überlege. Hat der Junge es verdient, gerettet zu werden?«

»Ascher!«, entfuhr es mir und ich konnte nicht verhindern, dass meine Ohren sich bei seinen Worten erwärmten. »Ich glaube, das ist der falsche Zeitpunkt für ein solches Gespräch!«

»Nein!«, widersprach er pikiert. »Wieso? Wann soll ich das denn sonst fragen? Wir bekommen dich ja kaum noch zu Gesicht!«

»Oh, das tut mir auch sehr leid, Ascher, aber …«

»Schon gut. War'n Witz. Also wollen wir nun ein letztes Mal für ein wenig Trubel sorgen, was?«

»Was habt ihr vor?«

Er zwinkerte. »Siehst du gleich. Halte deine Schlüssel bereit, Emery. Dein Freund sollte sich dafür bereit machen, loszurennen. Und das so schnell er kann, aus dem Gefängnis heraus. Wir können nicht sehr lange für Ablenkung sorgen, bevor sich ihre Aufmerksamkeit wieder auf euch lenkt. In Ordnung?«

Ich nickte atemlos. »Ascher, wie kann ich euch das danken?«

»Pass einfach auf dich auf«, sagte er auf einmal mit so einer Ernsthaftigkeit, die ich bisher nur von Rhys gekannt hatte. Plötzlich wirkte er tatsächlich wie ein gefallener Engel und nicht wie der Schuljunge, für den ich ihn immer hielt. Diese Erkenntnis verschlug mir für einen winzigen Moment die Sprache. »Emery. Versprich mir das. Versprich mir, dass du auf dich aufpasst.«

»Natürlich, Ascher«, sagte ich atemlos. »Ich verspreche es.«

Zufrieden lächelte er mich an, ehe er mit einer flinken Bewegung durch mein Haar fuhr, es komplett durcheinanderbrachte. »Großartig. Auf geht's.«

Mit dieser Ankündigung ließ er sich wieder fallen, ehe ich ihn aus den Augen verlor und er mit der Nacht verschmolz. Mit pochendem Herzen starrte ich auf die Stelle, an der ich ihn zuletzt gesehen hatte.

Dann legte ich meinen Kopf in den Nacken.

»Nael!«, rief ich. »Nael, wach auf!«

Ein Rascheln über mir. »Was ist?« Seine Stimme klang vom Schlaf belegt. »Ist dir schlecht?«

Das entlockte mir ein Schnauben. »Ich glaube, du solltest dich bereit machen. Vielleicht kommen wir doch noch heute Abend frei. Halte deine Hand raus!«

»Wieso? Woher willst du das wissen?«

»Vertraust du mir?«

»Darf ich das beantworten, nachdem du mir gesagt hast, was du in deinem kleinen Kopf ausgeheckt hast?«

»Du wirst es sehen.«

Ich reichte ihm seine Kleidung hoch. Wenige Minuten später setzte Glockenschlagen ein. Es dauerte nicht lange, bis die ersten Menschen aus den Gemäuern strömten. Männer, die aufregt brüllten, doch in dem Chaos verstand ich nicht, was sie sagten. Anstatt uns herunterzuholen, liefen sie einfach an uns vorbei. Nael brüllte, doch niemand schenkte uns Beachtung.

Dann ging ein Ruck durch unsere Käfige. Naels Käfig senkte sich schneller als meiner, und unsere Blicke begegneten sich überraschend. Er hatte sich genau wie ich umgezogen, bis auf seine Maske.

»Was geht hier vor? Woher hast du die Kleidung?« Ratlos wandte er sich von mir ab und ließ seinen Blick stattdessen über den Platz unter uns gleiten. »Was geht hier vor sich?«, wiederholte er.

»Wir bekommen eine zweite Chance.« Ich hob ich meinen Arm und präsentierte ihm den kleinen Schatz, den ich in meiner Hand verborgen hielt. Als er ihn erblickte, entglitten ihm seine Gesichtszüge. Es dauerte einen Moment, ehe er sich wieder fing. »Das ist die Gelegenheit«, sagte ich eindringlich. »Wenn unsere Türen aufgesperrt werden, machen wir uns aus dem Staub.«

Das Metall knirschte, als es über den Stein schliff. Als unsere Gefängnisse mit einem weiteren Ruck auf der Erde aufsetzten, sprangen die Türen von alleine auf. Mir blieb keine Zeit darüber zu rätseln, wie Ascher es geschafft hatte sie zu öffnen. Sobald unsere Füße das Pflaster betraten, ertranken wir beinahe in dem Chaos, das sich vor unseren Augen abspielte. Ich konnte den Grund für die Aufregung nicht erkennen und betete, dass sie uns nicht bemerken würden. Im Süden des Platzes fingen die Gassen von Avize an. Meine Hoffnung war, wenn wir sie erreichten, würde uns die Stadt verschlucken und nicht mehr so schnell ausspucken.

Im Laufen drückte ich Nael den Revolver und den Stein in die Hand, um mein Kleid besser hochraffen zu können.

Wir hatten die Hälfte des Weges geschafft – ich hatte schon die Gasse ins Auge gefasst, in der wir verschwinden würden – als bei meinem nächsten Schritt eine Hand wie aus dem Nichts hervorschoss und mich zurückriss. Mein linkes Bein protestierte bei der plötzlichen Bewegung und knickte weg. Der Steinboden schürfte meine Schulter auf, als ich der Länge nach hinschlug. Der Aufprall presste mir die Luft aus den Lungen. Ein Moment verging, ehe ich begriff, dass ich gefallen war.

Aus dem Augenwinkel sah ich, dass Nael ein paar Schritte weiter zögerte.

»Was tust du da?«, rief ich, während ich blind nach den Männern trat, die mich packen wollten. »Ich habe eine Möglichkeit – du *nicht!*« Wie um meine Worte zu bestätigen, riss ich an meinem Kragen. Er sah die Bewegung und so etwas wie Verständnis bahnte sich seinen Weg in sein Gesicht.

»Wir sehen uns«, formte ich mit meinen Lippen und warf Nael einen bedeutungsvollen Blick zu, die ihn aus seiner Starre zu holen schien. Er wirbelte herum und verschwand aus meinem Blickfeld.

Wollen wir mal hoffen, dass es nicht meine letzte Verwandlung sein wird, schoss es mir durch den Kopf.

»Was tust du da?«, brüllte die Wache. »Nimm deine Hände runter! Sofort!«

»Ich hoffe, du magst es heiß«, erwiderte ich. Und ich bildete mir ein, Rhys' Gestalt am Firmament zu sehen, bevor meine Finger die Schüssel fanden. Bei den Monden von Unarmon, es durfte nicht die Letzte sein.

Und es endete so, wie alles begonnen hatte. Ich brannte.

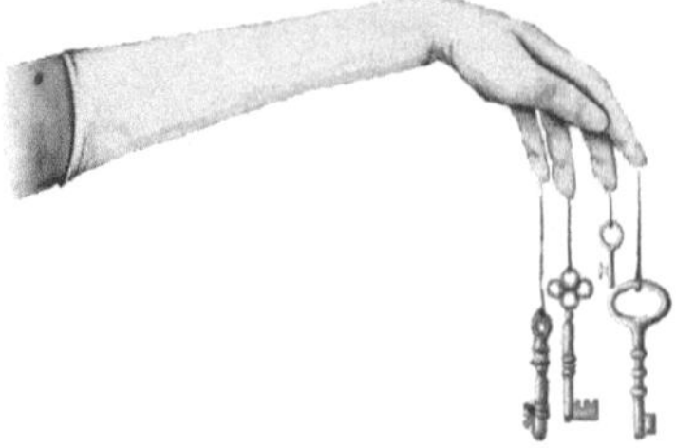

Erwachen

Ein Himmel aus Lavendel hing über meinem Kopf.

Ich blinzelte und versuchte mich daran zu erinnern, was passiert war. Wir waren im Palast gewesen … und dann stürzten die Bilder nur so über mich herein. Die Wache, die Käfige und meine Kurzschlussreaktion, Nael eine Möglichkeit zu geben, aus dem Palast zu entkommen.

Hatte er es geschafft?

Etwas in meinem Augenwinkel regte sich.

»Emery?« Ich versuchte zu antworten, doch meine Zunge fühlte sich merkwürdig taub an. »Emery?« Ein flehender Ton entwich meiner Kehle. Wie ein Winseln.

»Bei Domyn.« Jemand fluchte. »Du hast so blaue Lippen … hast du Schmerzen?«

Ich versuchte mit dem Kopf zu schütteln, doch ich war mir nicht sicher, ob es mir gelang.

Dann mischte sich noch eine weitere Stimme hinzu.

»Emery.« Ich versuchte meine Augen nach der Stimme zu drehen. Schwarze Schatten verdeckten den Himmel über mir. Flügel. »Du warst lange nicht mehr da.«

Rhys. Am liebsten hätte ich geseufzt. Es würde alles gut werden.

Hilf mir, wollte ich sagen. *Es tut so weh.*

»Ich weiß«, antwortete er. Sein Gesicht tauchte auf. Er lächelte traurig auf mich hinab. »Es wird besser werden. Wenn es vorbei ist.«

Aber ich habe Angst.

»Emery, kannst du mich hören?«, mischte sich die andere Stimme wieder ein. »Hast du Schmerzen? Wo tut es weh?« Am liebsten hätte ich mein Gesicht zu einer Grimasse verzogen. Ich wollte mit Rhys reden.

Dieser seufzte. »Du hast nicht auf mich gehört, was?«

Ich wollte es besser wissen.

»Sind deine Freunde da? Emery? Auf der Kathedrale?« Stille. »Bei den Monden, wieso wirkt es nicht?«

Der Lavendel um mich herum raschelte aufgeregt und die Erde bebte durch die Schritte, die auf ihr widerhallten.

Jemand hob mich hoch. Der Himmel leuchtete mal mehr, mal weniger bei jedem Schritt. Die Monde waren noch nicht aufgegangen.

»Muss ich hier rein?«, murmelte die Stimme. »Ach, scheiß drauf.«

Treppen, die sich endlos zogen, bis Wind an meinen Haaren zerrte. Wir waren da.

Rhys?

»Ich bin da.« Ein Flügelschlagen.

Wie lange wird das dauern?

»Das muss schneller gehen …«

Wieso?

»Spürst du deine Fingerspitzen?«

Spürte ich sie? Ich fühlte gar nichts, nicht einmal meine Nasenspitze.

»Streng dich an! Versuche etwas zu spüren!«

Wieso?

»Versuch es.« Ich spürte Rhys' Hände über meine Wangen streichen.

Ich konnte etwas fühlen! Ich suchte das Gefühl für meinen Mund und versuchte, meine Mundwinkel nach oben zu ziehen.

»Wieso lächelst du?« *Rhys.*

»Bei Domyn, du lächelst!«

Ich taute auf. Mit dem Aufgehen der Monde kam das Gefühl in meinen Körper zurück. Als meine Finger zuckten, bildete ich mir ein, dass die fremde Stimme mit den Tränen kämpfte.

Ich suchte in meinem Kopf nach den richtigen Worten.

»Rhys«, flüsterte ich schließlich.

»Was? Was hast du eben gesagt?«

»Rhys«, wiederholte ich. »Bist du da?«

»Emery.« Ein anderes Gesicht schob sich in mein Blickfeld. »Hier ist niemand. Nur wir.«

Ich blinzelte. »Das kann nicht sein.« Meine Stimme klang heiser, selbst in meinen Ohren. Nael half mir, mich aufzurichten, dann wand ich mich aus seiner Umklammerung. Mein Blick wanderte zu der Stelle, wo Rhys immer auf mich wartete. Doch die Plattform war leer. Aber er war hier gewesen, bei mir. »Vielleicht hast du ihn verschreckt. Wie lange bist du hier?«

»Die ganze Zeit.« Nael wirkte verstört. »Ich habe dich hierhergetragen.«

»Nein, das hast du nicht.« Ich schüttelte den Kopf. »Ich habe Rhys gesehen. Er hat mit mir gesprochen.«

»Emery«, sagte er behutsam. »Hier war nie jemand außer uns.«

Rhys war hier gewesen. Ich hatte ihn gesehen.

Und weil ich seinen Worten nicht glauben konnte, schüttelte ich den Kopf.

»Emery … hier war nie jemand. Nachdem du mir von ihnen erzählt hast, bin ich einmal hierhergekommen. Am Tag, doch die Plattform war leer. Hier draußen ist niemand.«

Am Tag? Mein Kopf dröhnte so sehr, dass er zu explodieren drohte. Ich raufte mir die Haare. »Das kann nicht sein. Das kann nicht sein! Wieso lügst du mich an? Ich habe ihn doch gesehen!«

Ich hatte das Gefühl, als würde ich krank werden.

»Wer hat die anderen denn noch gesehen? Rhys und die anderen, meine ich?«

»Ich.«

»Und?«

»Niemand. Nur ich.«

Nael blinzelte. »Vielleicht hat das einen Grund, Emery.«

»Was willst du damit sagen? Dass ich – dass ich sie mir nur eingebildet habe? Sie waren real! Rhys hat mich nach meiner ersten Verwandlung gefunden! Er hat mir alles erklärt – ohne ihn wüsste ich gar nicht, was mein Fluch bedeutet!«

»Hast du dich nie gefragt, wieso er dich ausgerechnet nach deiner ersten Verwandlung gefunden hat? Vielleicht, weil sie mit dieser kamen?«

»Sie waren schon Ewigkeiten hier«, stotterte ich. »Wer soll mir dann meine Schlüssel und den Mondstein gebracht haben, als wir in den Käfigen steckten? Wer soll uns dann geholfen haben?«

»Das weiß ich auch nicht«, antwortete Nael zaghaft.

Ascher war mit mir geflogen. War das auch nicht echt gewesen? Bei Domyn, was sollte stattdessen passiert sein?

Doch mit diesem Gedanken kam noch ein anderer. Rhys, Ascher, Caia … sie waren meine Freunde. Sie musste es geben, oder nicht? Wie oft war ich hergekommen, um mit ihnen zu reden und zu scherzen? Rhys hatte so viele weise Ratschläge für mich gehabt, das konnte ich mir nicht alles eingebildet haben.

Eingebildet. Dieser Gedanke tat so weh, als wären sie gestorben.

»Emery«, murmelte Nael leise und ich fokussierte meinen Blick auf ihn. Durch meine Tränen konnte ich nicht viel erkennen. Nur das Mitgefühl, das in seinen Augen leuchtete. »Es ist alles gut.«

»Sind sie … sind sie tot?«

»Ich weiß es nicht«, antwortete er behutsam. »Es … wenn es sie nie gegeben hat –« Ein ersticktes Schluchzen baute sich in meinem Hals auf und ich presste die Faust auf meine Lippen, um den Laut darin einzusperren. Es gab sie nie. Hatte sie nie gegeben. War ich doch verrückt geworden? Und das lange bevor mich Naels Visionen heimgesucht hatten? Ich stellte mir vor, wie ich hier alleine auf dieser Plattform stand und mit der Luft redete. Lachte. Weinte. Wie ich in der Luft eine unsichtbare Schulter tätschelte und mit einem unsichtbaren Partner versuchte, die ersten Schritte Walzer zu lernen.

»Ist es vorbei?«, flüsterte ich schließlich. Leise. Ich hatte die Arme vor meiner Brust verschränkt und klammerte mich an mich. Denn ich hatte das Gefühl, in jedem Moment auseinanderzubrechen.

»Ich bin mir nicht sicher.«

»Was soll das heißen?«

»Wir müssen die Morgendämmerung abwarten.« Die Dämmerung … die zeigen würde, ob ich zu Stein werden würde oder nicht. Was für tolle Aussichten.

»Dann heißt es warten.« Weitere Tränen schossen mir in die Augen.

»Es tut mir leid, dass ich nicht mehr tun kann.«

»Es ist nicht deine Schuld.«

»Aber es fühlt sich so an.«

Stunden verstrichen, ohne dass wir viele Worte miteinander wechselten. Ich war erschüttert. Einfach erschüttert. Es fühlte sich an wie das richtige Wort dafür, was ich im Moment fühlte. Als hätte sich plötzlich herausgestellt, dass die Monde, die wir jede Nacht am Nachthimmel sahen, nur eine Spiegelung unserer Wünsche gewesen wären.

Und dann setzte die Dämmerung ein. Die Monde verblassten und der Himmel leuchtete auf. Ich merkte nicht, dass ich den Atem angehalten hatte, bis Nael mich an der Schulter berührte.

»Atme«, sagte er leise. »Es ist vorbei.«

Ich war frei. Doch noch konnte ich es nicht begreifen.

»Schau dir deine Hände an.« Nael griff nach ihnen und hob sie hoch. Irgendwann musste ich meine Handschuhe verloren haben. Aber die Haut … meine Haut war nicht mehr voller Federn. Sie war hell und blass, wie ich sie lange nicht mehr in Erinnerung hatte.

»Wie hast du das gemacht?«

Er grinste. Aber ich sah die Trauer in seinen Augen.

»Ein bisschen Zauber hier, ein bisschen Zauber da«, antwortete er vage.

»Und du? Was ist mit dir, bist du auch –?«

Sein Lächeln erlosch.

»Nael. Was ist mit dir?«, fragte ich wieder, diesmal energischer. Mit meiner Händen um sein Gesicht zwang ich ihn, mich anzusehen. »Was ist mit deinen Visionen? Sag es mir!«

Nael wand sich aus meinem Griff und wandte sich brüsk ab. »Es hat nicht funktioniert. Es hat anscheinend nicht gereicht.«

Es hat nicht gereicht.

»Ich verstehe nicht – was ist so schwer daran, einen Stein in der Mitte zu zerteilen?«, schnappte ich schließlich.

»Du warst über zwanzig Stunden bewusstlos, Emery! Was hätte ich denn tun sollen?«

»Mich liegen lassen«, antwortete ich tonlos. »Das heißt, es war alles umsonst.«

»Du stehst hier immer noch, obwohl die Monde verlaufen sind. Wie kann das umsonst sein?«

»Weil wir das verdammt noch einmal zusammen gemacht haben, damit wir beide frei sein können! Nael! Hast du das vergessen?«

»Nein, natürlich nicht! Aber ich hatte nur die Wahl zwischen mir oder dir«, stieß er aus. »Verstehst du das?«

Nein. Nein, tat ich nicht!

»Du hättest dich retten können. Du hättest dich –« Er unterbrach mich mit einem Kuss. Es fühlte sich sanft an, sanft und bittersüß, wie seine Lippen weich über meine strichen. Ich fühlte seine Bartstoppeln an meinem Kinn. Nur wenn es nicht in diesem Leben gewesen wäre … wenn es ein Tag wäre, an dem ich nicht einige der wichtigsten Menschen in meinem Leben verloren hätte … dann hätte ich es vielleicht genossen, seine Nähe zu spüren. Die Wärme seiner Haut. Aber nicht so.

»Bitte«, flüsterte ich gegen seine Lippen. Ich zerfiel, ich drohte zu zerfallen. »Bitte. Mir tut es leid. Dass ich nicht stark genug bin.« Er trat einen winzigen Schritt zurück. »Ich kann das nicht. Nael, ich … deine Visionen, ich kann das nicht.« Ich konnte nicht damit leben, mit dem Wissen, noch viele Tode in seiner Nähe sterben zu müssen.

Er nickte betreten. Verstehend. Wahrscheinlich hörte er das nicht zum ersten Mal.

»Wie hätte ich mich gegen dich entscheiden können?«, fragte er leise. Dann: »Ich werde mich nicht dafür entschuldigen. Ich dachte, es wäre die richtige Entscheidung.«

»Das ist keine Entscheidung, die du *jemals* hättest allein treffen dürfen. Wir beide oder keiner – du hast darauf ein Versprechen gegeben. Was soll jetzt mit dir werden? Was, wenn das unsere einzige Möglichkeit war? Was ist, wenn wir nie wieder etwas finden, was den Fluch bei dir aufhebt?«, flüsterte ich. Nael zuckte nur hilflos mit den Schultern. Der Kummer in seinem Gesicht zeichnete sich so deutlich ab, dass ich die Sorgenfalten auf seiner Stirn am liebsten mit meinen Fingern weggewischt hätte, und die Enttäuschung über diese unvorhergesehene Wendung brannte in meinem Magen. Aber ich lernte an diesem Abend eine weitere Seite an ihm kennen: Fühlte er sich eingekesselt, fuhr er einen Schutzwall hoch.

»Lass uns gehen«, sagte Nael anstelle einer Antwort und legte seine Hände auf meine Schultern, dirigierte mich die Treppe hinunter. Wir passierten das Stadttor von Avize, bestiegen seine Gondel und trieben die Kanäle entlang, bis wir vor Idalyns Haus anhielten. Noch bevor Nael mit dem Befestigen der Gondel fertig war, steckte Idalyn ihren Kopf zur Tür hinaus und stürzte auf uns zu, als sie uns erblickte.

»Bei Domyn, Nael! Hast du sie gefunden?« Zu meiner Überraschung zog sie mich an meinen Schultern aus der Gondel und starrte prüfend auf mich hinab. »Emery! Du bist ja noch in einem Stück!«

»Hallo, Idalyn«, brachte ich schließlich heraus.

»Geht es dir gut?« Sie kniff ihr eines Auge zusammen, als sie auf meine Antwort wartete. Ich nickte nur. »Gesprächig wie immer«, schloss sie. »Dann kann es dir ja nicht so schlecht gehen!«

»Ein Miststück wie immer«, gab ich bissig zurück.

Sie grinste. »Ah, das ist doch die Emery, die ich kenne. Kommt doch herein, los, kommt!« Mit diesen Worten schob sie mich in Richtung ihres Hauses, doch Nael blieb hinter uns zurück.

»Nael?«, rief Idalyn schließlich. »Kommst du?«

»Ich habe noch etwas vor.« Er klang fern, als hätte er sein Boot noch nicht verlassen.

»Was bei den Monden sollte denn jetzt wichtiger sein, als euch zu feiern?« Zum Ende hin wurde ihre Stimme eisig. Eigentlich hatte sie recht … doch wenn sie wüsste, was zwischen uns vorgefallen war, würde sie verstehen. Verstehen, dass es keine gute Idee war, dass wir noch länger aufeinander hockten.

»Dinge«, erwiderte Nael vage. Er ließ sich nicht durch ihre aufbrausende Art durcheinanderbringen. Er hielt die Fassade aufrecht, während ich längst eingeknickt war.

»Können wir reingehen?«, fragte ich leise. Ich war müde.

Idalyn presste die Lippen aufeinander. »Ich habe das Gefühl, dass etwas passiert ist, von dem ihr mir entweder nicht erzählen wollt oder nicht könnt. Ich hoffe für euch, dass es Letzteres ist!«

»Nichts von alledem. Können wir?«

Und dann traten wir in die Dunkelheit des Flurs und ließen Nael in seiner Gondel zurück. Ich bildete mir ein, ihn seufzen zu hören und konnte vor meinem inneren Auge sehen, wie er sich mit einer Hand über das Gesicht fuhr.

Es war vorbei.

Zurück

Ich träumte noch immer von ihnen.

Rhys.

Caia.

Ascher.

Sie waren so lebendig, als würden sie vor mir stehen. Doch wenn ich sie fragte, ob alles nicht echt gewesen war, zuckten sie alle nur mit entschuldigenden Blicken die Schultern.

»Könnt ihr nicht reden?«, fragte ich. Sie schüttelten unisono ihre Köpfe.

Danach wachte ich auf. Genau wie jetzt. Ich blinzelte die Tränen weg, die sich in meinen Augenwinkeln angesammelt hatten, und spürte die kühlen Spuren, die sie auf meiner Haut hinterließen. Das Licht einer Laterne schuf diffuse Lichtflecken an der Decke über mir. Der Nachhall des Traumes ließ sie zu blassen Gesichtern werden, die mich anblinzelten, ehe sie zu Schatten zerfielen. Sie fehlten mir so sehr, dass ich mich nun wie schon so oft fragte, wie sie nicht real gewesen sein konnten.

Neben mir raschelte es.

»Emery?«

»Ich bin wach«, flüsterte ich leise.

»Geht es dir gut?«

Ich nickte. Dann erinnerte ich mich, dass sie mich nicht sehen konnte. »Du solltest schlafen, Amra.«

»Das kann ich gleich noch«, antwortete sie leise. »Brauchst du irgendwas?«

Ich schüttelte mit dem Kopf. »Nein. Schlaf.«

»Bist du morgen noch da?«, fragte sie nach einer Weile. Die Decke raschelte wieder, als sie sich bewegte. Das fragte sie, seit ich zurück nach Hause gekommen war, jeden Abend, bevor wir schlafen gingen.

Bist du morgen noch da?

Als hätte sie Angst, dass ich wieder verschwinden würde. Und dieses Wissen um ihre Sorge war wie ein Stich ins Herz, immer und immer wieder. Ich wusste nicht, wann es enden würde. Ich sah es noch nicht.

»Immer. Morgen, übermorgen und überübermorgen. Und so weiter.«

»Du lässt es wie eine Drohung klingen«, murmelte meine Schwester erheitert. Ihre warmen Finger berührten mich an der Wange. »Aber mir macht das nichts aus.« Bei diesen Worten drückte ich ihre Hand.

»Du trägst keine Handschuhe mehr«, stellte sie fest. »Wieso?«

»Weil es vorbei ist.«

»Aber was?«

Sekunden verstrichen.

»Schlaf, Amra. Du hast morgen Schule.«

»Wirst du auch zur Schule gehen, Emery? Wenn nicht morgen, aber bald?«

»Vielleicht. Wenn wir genug Geld haben.«

»Wann haben wir es?« Nun klang sie traurig, denn eigentlich wusste sie die Antwort darauf schon.

»Bald hoffentlich.« Aber es war nur eine Ausrede. Denn eigentlich hatte ich es schon. Ich hatte doch nicht die Edelsteine in der Schublade des Königs gänzlich unberührt gelassen, wenn ich so unseren Hunger stillen konnte. Dafür war ich zu egoistisch, um nicht gegen meinen Stolz anzukämpfen. Dem Monarchen würden diese paar kleinen Steinchen nicht fehlen. Er hatte andere Besitztümer und Schätze und vor allem … hatte er *Macht*.

Doch ich war vorsichtig mit meiner kleinen Beute. Es würde Aufmerksamkeit erwecken, wenn ein Mädchen wie ich damit bei einem Pfandleiher auftauchen würde, der mehr Fragen stellen würde, als gut für ihn war. Vor allem, nachdem Gerüchte laut geworden waren, dass ein Paar in den Palast eingebrochen und unter mysteriösen Umständen geflohen war, nachdem es gefangen genommen worden war. Jemand hatte einen Brand im Gefängnistrakt gemeldet, doch das Feuer war nie gefunden worden. Wie konnte das nur Zufall gewesen sein?

Wenn genug Zeit vergangen war, könnte ich die Steine zu einem fairen Preis zu Geld machen. Dann könnte ich endlich in ein normales Leben zurückkehren, wie ich es die letzten vier Jahre nicht gelebt hatte.

»Amra?«, flüsterte ich leise. »Bist du noch wach?«
»Hm?«, machte sie schlaftrunken. »Was ist, Emery?«
»Hilfst du mir morgen wieder, wenn du zurück bist?«
»Wobei?«
»Beim … Lesen. Amra?«
»Natürlich.« Sie kicherte. »Es ist ja nicht so, als hätte ich es nicht jeden Tag gemacht, seitdem du wieder da bist.« Das hatte sie wirklich. Und sie konnte gar nicht ahnen, wie dankbar ich ihr dafür war.
»Gute Nacht.«
»Nacht, Emery.«
Ich lauschte, wie ihr Atem ruhig und gleichmäßig wurde. Ich hatte Fortschritte gemacht … es fiel mir von Tag zu Tag leichter, zum einen, weil es mir peinlich war, wenn meine kleine Schwester mich auslachte, wenn ich statt Vogel *Fogel* – oder noch schlimmer *Phogel* – schrieb.
Und dann gab es noch etwas anderes, das mich dazu antrieb, lesen zu lernen, und das war der Zettel. Der Zettel, den Nael mir geschrieben hatte, als ich seine Hilfe verweigert hatte. Bisher hatte ich ihn sicher vor mir weggepackt, aber ich musste beinahe täglich an ihn denken. Dann würde ich vor mein Nachttischchen treten und auf diese Schublade hinabstarren und mich fragen, wann ich bereit dafür sein würde. Wann würde ich es sein? Vielleicht nie. Aber vielleicht musste ich einfach über meinen Schatten springen. Was sollte schon Schlimmes passieren?
Ermutigt durch diesen Gedanken, griff ich vorsichtig über meine leise schnarchende Schwester und tastete mit meinen Fingern über das kühle Holz, bis sie den schmalen Knauf fanden. Ein Rascheln verkündete, dass ich es gefunden hatte. Von den Geräuschen geweckt, fiepte Willa verschlafen, ehe sie wieder zu schnarchen begann.
Ich kauerte mich vorsichtig neben Amra zusammen und hielt meine Hände so, dass Licht von der Straße auf den Zettel fiel. Ich strich ihn vorsichtig glatt und faltete ihn dann auseinander.
Kringel über Kringel.
Nervös fuhr ich mir mit der Zunge über meine Lippen und ging in Gedanken das Alphabet durch. Dann las ich. Meine Lippen formten jedes Wort nach, bis ich beim Punkt angelangt war.

Mit einem Mal überfiel mich mit einer Heftigkeit, die mich überraschte, der Wunsch Rhys um Rat zu bitten. Ich spürte, wie Trauer ihre Hand ausstreckte und mein Herz zwischen ihren Fingern zerdrückte. *Oh Rhys. Was würdest du nur von alledem halten?*

Aber ich wollte genauso wenig wie er meine unter Umständen einzige Möglichkeit verstreichen lassen und mich für immer fragen müssen, was das ›was wäre wenn‹ gewesen wäre.

Ich schloss meine Augen, spürte mein Herz flattern und dass sich meine Lippen unwillentlich zu einem Lächeln verzogen. In unserem Leben drehte sich alles um die Fehler, die wir machten, und die richtigen Entscheidungen, die wir unterließen. Vielleicht war das die Möglichkeit, einen Fehler, über den ich tagtäglich nachdachte, wiedergutzumachen. Denn ich war es leid, davonzulaufen.

»Schwesterherz?«, fragte ich wieder.

Amra stöhnte, vergrub ihren Kopf im Kissen und zog dazu noch ihre Decke über ihr Haupt. Dabei wehte ein Lufthauch den Duft ihrer Seife herüber – und es war nicht ihr geliebter Rosenduft, sondern der vertraute Geruch meiner Seife. Es überraschte mich nicht, doch die Erkenntnis, wie sehr sie mich vermisst haben musste, saß wie ein schmerzhafter Stachel in meiner Brust. »*Emefy, if liebe dif, aber if muff flafen!*«

»Ich weiß«, flüsterte ich und meine Schwester drehte sich so, dass sie mich anblicken konnte. Das Licht einer Laterne fing sich in ihren Augen. »Noch kann ich dir nicht die Antworten auf alle Fragen geben, liebste Schwester. Aber ich glaube, es gibt jemanden, den ich dir vorstellen muss.«

Keine zehn Stunden später stand ich an der Wasserstraße und machte eine Gondel los. Amra stand auf dem Pflaster, in ihrer Miene zeichnete sich die Vorahnung eines drohenden Unheils ab, und sprang von einem Fuß auf den anderen.

»Ich glaube nicht, dass das erlaubt ist, wenn ich ehrlich bin.«

»Macht es das einfacher für dich, wenn ich sage, dass sie wieder zu ihrem Besitzer zurückfindet?«, fragte ich leichthin und bedeutete ihr, sich zu mir zu gesellen. »Wir sind nicht lange fort, versprochen.«

Amra seufzte missmutig und zupfte an ihrer Maske. »Wieso habe ich das Gefühl, dass du das nicht zum ersten Mal machst? Und wieso überrascht mich das nicht?«

»Zum ersten Mal oder nicht – kommst du, Hasenfuß?«

»Ich bin kein Hasenfuß!« Damit hatte ich Amra bei ihrem Stolz gepackt, sie nahm Anlauf und überbrückte den Spalt mit einem kleinen Sprung.

Mir war es egal, wem die Gondel gehörte oder wer sie nun vermisste. Die Fahrt verbrachten wir schweigend – da wir selbst kein Boot besaßen, verbrachte Amra den Weg staunend über die Aussicht, während ich selbst zu sehr mit meinen Gedanken beschäftigt war. War es richtig, zu Nael zurückzukehren? Würde er überhaupt mit mir sprechen wollen, nachdem ich ihn so brüsk abgewiesen hatte?

Bei Nael angekommen, verlangsamte ich das Boot, bis wir zum Stillstand kamen. Ich bemerkte, dass Amra sich nervös umsah.

»Emery, hier …«

»Ich weiß«, sagte ich sanft. »Aber schau!«

Ich öffnete die Klappe, die ins Innere führte, wie schon Dutzende Male zuvor, und bedeutete meiner Schwester hineinzuspringen, ehe ich ihr folgte. Auf der Treppe legte ich die Finger auf die Lippen und deutete nach oben.

»Pass auf, die letzte Stufe knarzt«, flüsterte ich. »Mach mir am besten alles nach!«

Wir überraschten ihn tatsächlich, als er vor einer dampfenden Tasse in der halbdunklen Küche saß.

»Nael«, sagte ich leise. Er stand auf, verwirrt und überrascht zugleich. Aber er sagte nichts, schließlich war er nie ein großer Redner gewesen.

»Steht dein Angebot noch?«

»Was für ein Angebot?«, fragte er verdattert.

»Sag bloß, du hast es vergessen.« Ich spürte, wie ein Grinsen wie eine Rose in meinem Gesicht aufblühte und zog die Maske vom Gesicht.

Wenn du das lesen kannst, fahren wir nach Gavenye.

Das schien ihn aus seiner Starre zu holen. »Vergessen!«, schnaubte er, kam auf mich zu, und zog mich ohne weitere Worte in eine Umarmung. Augenblicklich katapultierte sie mich zurück zu den Tagen, die ich hier verbracht hatte. »Ich bin froh, dass du gekommen bist!«

»Es heißt nicht, dass ich dir komplett verzeihen konnte. Aber ich hatte gehofft, dir jemanden vorstellen zu dürfen«, murmelte ich an seiner Schulter. Als er mich von sich wegschob, blickte er mich fragend an. Ich spürte Amra hinter mir zögerlich aus dem Flur hineintreten. Hilfe suchend klammerte sie sich an meinem Rock fest, als sie neben mich trat.

Naels Blick verweilte einen Moment länger auf mir, bevor er zu Amra schwenkte.

»Wie heißt du?«, fragte meine Schwester, bevor er die Möglichkeit dazu hatte, und reckte ihr Kinn trotzig in die Höhe.

»Nael.«

»Amra.«

Und dann lächelte er.

In kurzer Zeit hatten wir einige wenige Habseligkeiten zusammengepackt. Es blieb nur noch eine Sache – und ich verfluchte mich selbst, wie zögerlich ich die Stufen nach oben nahm, bis ich vor der Schwelle stehen blieb. Meine Faust schwebte für einen Moment unsicher vor der Tür, ehe ich die Zähne zusammenbiss und klopfte.

»Mam?« Und als keine Antwort kam, noch einmal: »Mam?«

Als ich die Tür aufstieß, fand ich meine Mutter am Fenster stehend vor. Mit ihren Fingern zeichnete sie Schlieren auf das verstaubte Fensterglas. Bei dem Anblick hielt ich mich so sehr an der Türklinke fest, dass das Metall schmerzlich in meine Handfläche drückte.

»Mam, wir werden verreisen«, sagte ich betont ruhig. »Wir kommen in ein paar Tagen wieder. In Ordnung? Die Nachbarin von gegenüber wird bei dir vorbeischauen.«

Es war einer der schlechten Tage. Sie drehte sich um, das Gesicht zu einer Maske des Erstaunens erstarrt. Große blaue Augen, in demselben blassen Ton wie meine, leuchteten mir entgegen. »Ihr schließt doch alle Fenster, bevor ihr geht, oder?«

Rosengärten

Amras helle und wehenden Haare waren schon lange zwischen den Stauden verschwunden, begleitet von ihrem Jauchzen und den Worten: »Emery, sie sind tatsächlich rosa! Hast du das gesehen? Emery?«

Ich versuchte gar nicht, ihr hinterherzulaufen, dafür war sie zu flink – ich wusste, irgendwann würde sie mit leuchtenden Augen wieder zwischen den Blumen hervorbrechen. Mit blutigen Fingern und Blüten im Haar.

»Diese Dinger haben verdammt spitze Dornen«, hörte ich Nael hinter mir fluchen. Als ich mich zu ihm umdrehte, hielt er sich den Daumen an den Mund.

»Wirklich?«, fragte ich ironisch und er schnitt daraufhin eine Grimasse. In seinen grünen Augen blitzte es amüsiert auf.

»Probiere es doch aus.«

»Nein, danke. Ich verzichte gerne.« Ich grinste und trat zu ihm. Wir standen abseits von den anderen Menschen, die durch die Gärten spazierten. Geschützt vor neugierigen Blicken, sodass wir unsere Masken hatten abnehmen können. Die Aufregung kitzelte in meinem Magen, als ich daran dachte, wie unerhört diese kleine Geste war.

»Hast du schon die lavendelfarbenen gesehen?«, fragte er plötzlich und wirbelte zurück zu dem Busch, vor dem er gestanden hatte. »Komm mal her!«

»Will ich die denn sehen?«

»Die Antwort kennst nur du allein. Also, willst du?« Ich schnaubte zur Antwort.

Wir hatten noch nicht darüber geredet, über alles, was nach dem Palast und bevor ich wieder bei ihm zu Hause aufschlug, geschehen war. Noch schoben wir es vor uns her, doch ich war mir sicher, sobald wir die richtigen Worte gefunden hatten, würden wir darüber sprechen.

Wenn du das lesen kannst, fahren wir nach Gavenye. Und so standen wir hier. Die Erinnerung hing mir nach, ich spürte meine Mundwinkel, die sich zu einem Lächeln verzogen hatten. Als sich Nael mit einer Rose in der Hand zu mir umdrehte, gefror das Lächeln in meinem Gesicht. Wellen der Vision leckten an meinem Bewusstsein und wurden immer lauter. Ich schloss die Augen und hörte gleichzeitig, dass Nael neben mir stehen blieb. Rosendornen rissen meine Haut auf.

Als es vorbei war, ging meine Atmung noch immer schnell. Nael hatte die Lippen zusammengepresst und den Kopf gesenkt. Ich sah ihm seine Gedanken an.

»Nicht deine Schuld«, keuchte ich in dem Moment, in dem er murmelte: »Es tut mir leid.«

Ehrlich gesagt wusste ich auch nicht, ob ich für immer damit leben konnte. Ich hatte meine Möglichkeiten in eine Waagschale gelegt – und die Seite mit Nael hatte überwogen und tief in mir spürte ich, dass er die Reise wert war. Dass er meinen Mut wert war. Denn es hatte auch Mut gebraucht, sich gegen das Heilmittel zu entscheiden. Und es war das Mindeste, was ich ihm geben konnte. Ein wenig Mut und ein wenig Hoffnung von mir, für ihn.

Meine Schwester kam zurück durch die Büsche gestürzt. In der hellen Aufregung, in der sie sich befand, konnte ich erst gar nicht verstehen, was sie lachend von sich gab.

»Amra, atmen!«, erinnerte ich sie.

»Hast du schon einmal Rosen gesehen, die aus zwei Farben bestehen?«, rief sie und klatschte in die Hände. »Blau und rot? Gelb und rosa?«

»Nein«, antwortete ich. Bei Idalyn hatten zweifarbige in der Küche gehangen, doch ich wollte ihr nicht die Freude nehmen. »Zeigst du sie mir?«

Nael neben mir räusperte sich plötzlich. Seine Stimme klang merkwürdig belegt. »Seit wann trägt deine Schwester Handschuhe, Emery?«

Seit wann trägt deine Schwester Handschuhe, Emery?

Mein Blick sprang zu meiner Schwester, die uns anstarrte. Der Garten war ruhig, natürlich hatte sie seine Worte gehört. Ihre rosa Lippen waren zu einem überraschten *›o‹* geformt.

»Amra«, hörte ich mich sagen. Ich war mir nicht sicher, ob ich es wirklich sagte oder nur dachte, denn ich fühlte meinen Körper nicht mehr. »Zeig mir deine Hände.«

Denn die Antwort war, ich wusste es nicht. Ich wusste es nicht.

»Ich habe gar keine Rosen, die du dir angucken könntest, wenn du wartest, hole ich dir –«

»*Amra.*«

»– weißt du, welche Farbe –«

Ich ließ sie nicht ausreden und schnappte mir ihren Unterarm. Sie versuchte sich unter meinem Griff zu wehren, doch ich war stärker als sie.

»Emery«, heulte sie auf. »Du tust mir weh –«

Ich hatte kein Mitleid mit ihr, denn als ich ihr den Handschuh von der Haut pellte, wusste ich, was sie getan hatte.

Ihr Hand war voller Federn. Schwarze Federn wie Maden auf ihrer Haut.

Und mir dämmerte, wieso Salys sich so ruhig verhalten hatte seit unserem letzten Zusammentreffen. Ich hatte wirklich fälschlicherweise angenommen, dass er einfach das Interesse an mir verloren hatte, nachdem ich aus seinem wirren Lügennetz entflohen war, doch er hatte ganz andere Pläne gehabt. Salys hatte dort zugeschlagen, wo er mir am meisten wehtun würde.

»Was hat er dir dafür versprochen, Amra?«, schnappte ich. »Was war es wert, dass du deine Seele verkauft hast? Gold? Andere Reichtümer? Sag es –«

»Dich«, antwortete sie leise. Mit einem Mal sah sie gleichzeitig verletzlich wie ein Kind und um Jahre gealtert aus. »Er hat mir dich versprochen. Und du bist hier, nicht wahr? Mit mir?«

Fortsetzung folgt